01/14 03/13

*l*ibretto

BORIS PAHOR

PRINTEMPS
DIFFICILE

roman

Traduit du slovène par
ANDRÉE LÜCK-GAYE

*l*ibretto

OUVRAGE PUBLIÉ AVEC LE CONCOURS DU
MINISTÈRE DE LA CULTURE DE SLOVÉNIE

Titre original :
Spopad s Pomladjo

© Boris Pahor, 1958.

© Éditions Phébus, Paris, 1995, pour la traduction française.

ISBN : 978-2-7529-0879-7

Né en 1913 à Trieste, où il vit toujours, Boris Pahor est considéré en Slovénie comme l'un des romanciers les plus importants de sa génération. En 1944, il rejoint les rangs de l'armée de libération yougoslave puis il est déporté en Alsace et en Allemagne après avoir été arrêté par la Gestapo. De sa descente aux enfers, il rapporte *Pèlerin parmi les ombres*, un témoignage bouleversant où il conjure, dans le sillage de Primo Levi et d'Imre Kertész, les spectres d'un passé innommable. Il a également consacré à sa ville natale une « Trilogie triestine » – *Printemps difficile* (1958), *Jours obscurs* (1975) et *Dans le labyrinthe* (1984) – d'inspiration autobiographique qui retrace l'histoire de la ville et de ses habitants. Écrivain slovène le plus traduit et le plus publié en France, Boris Pahor est chevalier de la Légion d'honneur depuis 2007. Il a été fait commandeur des Arts et des Lettres en 2011.

Car ces peuples ravis, étroitement ajustés et avares de paroles, affirmaient au milieu du tumulte, avec tout le triomphe et l'injustice du bonheur, que la peste était finie et que la terreur avait fait son temps.

ALBERT CAMUS, *La Peste*

I

Dans la plaine hollandaise, le train filait, souple sur ses essieux; trop souple peut-être, et d'un confort superflu pour des gens qui n'en avaient plus l'habitude et, pour la plupart, nulle possibilité de le goûter. Les vêtements rayés blanc et bleu n'allaient pas avec le velours jaune des compartiments : c'étaient des vêtements de déportés, en toile de sac, informes et immondes; les crânes, sans un cheveu ou presque, semblaient tristement s'assortir au contraire à la pommette osseuse comme à l'orbite saillante. Quant aux housses, leur étoffe jaunâtre miroitait par endroits, donnant aux sièges à haut dossier l'allure de fauteuils encore capables de faire bonne figure dans des loges dignes et muettes qu'on aurait pu croire offertes à ces voyageurs d'un genre inhabituel. Offertes, non : prêtées plutôt, vouées à accueillir un temps les fantastiques apparitions de ces squelettes zébrés de bâtons se brisant sur les banquettes de velours, et qui les faisaient ressembler aux restes d'une tribu inconnue, exhumés de cent pieds sous terre de quelque filon de mine ou de la gueule d'un volcan éteint; peut-être ne savait-on même pas où on les avait découverts! Et si le train se balançait avec cette délicatesse, on pouvait certes y reconnaître de la douceur, mais aussi une envie, si discrète fût-elle, de débarrasser au plus vite ses wagons d'une cargaison impure risquant de les souiller.

Il occupait le coin côté fenêtre. D'abord, il s'était allongé, les jambes étendues sous le siège qui lui faisait face, reposant son corps étourdi par le bercement ouaté. Puis les moulins à vent réapparurent et, d'un mouvement machinal, il se carra, surpris d'apercevoir des fermes longeant la voie ferrée, comme s'il avait besoin de graver dans sa conscience, avec ferveur, l'image de ces petites maisons. En premier lieu parce que des femmes accompagnées d'enfants s'avançaient sur le seuil de leur maison entourée de verdure, agitant d'une main un mouchoir vers les voyageurs, tandis que de l'autre elles s'essuyaient les yeux; mais aussi à cause de cette terre intacte où s'égaillaient les habitations et que le revenant observait avec une curiosité attentive et tranquille, y cherchant des traces de l'histoire des hommes, l'image de la vie que les vrais hommes avaient continué de mener pendant son absence; il la cherchait d'un œil aussi las qu'incrédule.

Rares étaient les voyageurs qui éprouvaient l'envie de quitter leur siège et de se rendre à la fenêtre; trop faibles, ils ne purent réagir à la nouvelle qu'on voyait des femmes hollandaises sur le pas de leur porte qu'en laissant flotter aux commissures de leur bouche un sourire fatigué qui leur donnait un air béat.

Le velours jaune des sièges perdait de son éclat à mesure que le train, de son bercement léger et régulier, continuait d'emporter les voyageurs dans la grisaille du soir. Et lui se disait qu'ils se rendaient aux bords extrêmes d'un sombre continent, sur une plage déserte où chacun se retrouverait seul face à un destin inconnu et féroce.

– Nous avons magistralement organisé le départ, murmura alors René dans l'obscurité.

– Heureusement que Jean et Marcel ont l'esprit pratique, fit observer François d'une voix où pointait, en dépit de sa tranquillité, une petite nuance de fierté.

Ils parlaient de l'évacuation d'Harzungen; il se retrouva

au milieu d'une foule de corps décharnés, à entendre de nouveau la plainte des cages thoraciques amoncelées dans le camion, mais, plus nette encore, il revit la file de wagons qui n'en finissait pas de s'étirer et d'errer entre les deux fronts, cinq jours durant, rampant sans but, lourde de son entassement d'hommes brisés. Nécropole ambulante de corps zébrés, debout, si étroitement serrés qu'ils avaient le plus grand mal à glisser sur le sol lorsqu'ils cessaient de respirer. Caravane de la mort qui ne pouvait se comparer à nul autre voyage. Voilà pourquoi, quand les portes s'ouvrirent à la gare de Celle, on aperçut une série infinie de caissons qui étaient autant de morgues.

Le train s'arrêta ; quand Pierre se leva, il chancela un peu et dut s'appuyer à la porte du compartiment avant de la pousser.

– C'est Bruxelles, annonça-t-il.
– Bruxelles ?... demanda François dans un bâillement.

Pierre était déjà dans le couloir et tirait de toutes ses forces la vitre vers le bas.

– C'est bien Bruxelles ? répéta-t-il comme pour s'en convaincre.

Ils sortirent pour lui faire signe de la fenêtre du couloir ; des jeunes filles, en uniforme blanc de la Croix-Rouge, une aimable persuasion dans la voix, se dirigèrent alors vers eux avec des boissons chaudes dans des gobelets. Timides et tendres, elles semblaient ne pas vouloir les laisser perdre une seule minute avant de donner à leur corps ces soins indispensables.

La légère vapeur qui montait de leur pot diffusait dans l'atmosphère nocturne des effluves de tisane ; un souvenir de tilleul en fleur bourdonnant d'abeilles les transperça.

II

Lorsque, au centre d'accueil parisien, on les aligna sous les douches, ses pensées le ramenèrent *là-bas*, au milieu des corps desséchés et des crânes rasés, sous l'eau bouillante. Mais il repoussa ces images, car, dans les cabines voisines, les anciens prisonniers de guerre blaguaient à grand bruit. Ils n'avaient pas, à l'inverse des déportés, ces visions de mort sous la douche. Les prisonniers plaisantaient comme à l'armée, s'interpellaient par-dessus les cloisons, y grimpaient, se lavaient en menant grand vacarme, pestaient contre l'eau, riaient en chœur, tandis que l'eau clapotait comme si elle avait décidé de nettoyer l'humanité entière.

Quoique incapable de partager leur allégresse, il sourit à son tour. Quel plaisir d'entendre des voix d'hommes solides, au timbre robuste et animal, qui sortaient des plaisanteries tournant autour du sexe, ce compagnon fidèle, et, ce faisant, témoignaient de la pérennité de l'espèce humaine ! Voilà quelque chose qui n'était pas dans les cordes d'un ancien déporté. Cependant, tout blessé qu'était son corps, pour ainsi dire, il avait plaisir à sentir sur lui le jet chaud qui le ranimait tel un baume. Il avait l'impression que la douche lui permettrait de tout revoir en pensée, mais de façon plus juste, avec une sorte de détachement. De là, ils passèrent dans une pièce où on leur radiographia les poumons, puis dans une autre, aussi vaste qu'une salle de danse. Des médecins y étaient dispersés aux quatre coins, ayant à côté d'eux des infirmières assises à de petites tables pour noter les indications qu'ils leur dictaient. On comptait ainsi six ou sept groupes. Et eux, nus, avançaient lentement.

C'est alors qu'il se rendit compte qu'il ne restait que quatre corps devant lui et que sous peu ce serait son tour; sur le coup, il fut gêné à l'idée de se présenter devant une femme, car c'était justement elle qui serait disponible pour lui. Elle était d'âge moyen et accomplissait son travail avec gravité, l'air un peu pensif. Il ne voyait pas d'inconvénient à se montrer nu devant elle. Toutefois il ressentait une humiliation inattendue à l'idée de voir son pauvre corps résumer toute l'histoire des camps, et devant une femme encore. Ce qui ne l'empêcha pas, quand il n'y eut vraiment plus personne, de se diriger vers elle le plus simplement et le plus naturellement du monde; «c'est toujours comme ça», pensa-t-il: il se cassait la tête pour des broutilles et, quand arrivait l'heure de l'action, subitement, tout devenait simple. La doctoresse était assise sur un tabouret et, telle quelle, elle avait l'air un peu insolite avec son tablier. Elle était préoccupée, mais pas à cause, semblait-il, de cette troupe d'hommes nus, non, cela devait dater d'avant son arrivée. Tout en lui soupesant les testicules, elle s'entretenait avec l'infirmière qui occupait la table à sa gauche: on aurait dit ces femmes qui chez les marchands de tissus froissent sans y penser une étoffe de soie en discutant avec une connaissance. Cette indifférence était presque offensante, mais peut-être était-elle aussi, pour l'heure, l'attitude la plus convenable. Ce qui était intéressant, c'est que l'on tâtait le sexe d'un rescapé de la mort pour décider si l'homme était encore complet. Il revit alors ces malades dans leur chambre exiguë; presque tous ces débris osseux avaient expiré la main sur leur sexe momifié. La doctoresse retira sa main, posa le stéthoscope sur sa poitrine, et ses yeux, sortant de leur rêverie, se firent maternels quand elle entendit les petites membranes résonner du bruit de ses poumons; elle se mit alors machinalement à dicter.

Passé la porte principale, il s'arrêta, indécis, en proie au sentiment d'être devenu trop vite un homme entre mille dans les rues de Paris. Debout sur le trottoir, il trouvait que seuls ses vêtements, qui arrêtaient les regards des passants, lui conféraient de la singularité. La Croix-Rouge! Il s'informa auprès d'un agent de police, et s'engagea dans le labyrinthe des rues de Paris. Y avait-il meilleur endroit pour accueillir un revenant que le métro qui fonçait à travers des galeries sans fin emportant sa cohue souterraine? L'obscurité des tunnels sous les pavés de la cité valait mieux que la palpitation de la grande ville en surface, avec ses avenues et ses boulevards. Un revenant pouvait de la sorte y prolonger son anonymat et son exil, les hommes vivants ne faisant que confirmer sa particularité enfouie. Évidemment, ses vêtements le gênaient. Et si, dans la foule compacte, on ne les remarquait pas trop, il n'en devait pas moins s'en défaire au plus vite. Quand le métro se vida un peu, il demanda à une jeune fille qui l'observait, debout près d'un garçon, si c'était bien là qu'il devait descendre. Elle confirma. Ensuite, elle regarda ses vêtements et voulut savoir ce que signifiait la lettre inscrite dans le triangle rouge sur sa poitrine. Il lui répondit que c'était l'initiale de sa nationalité; elle-même était russe, lui apprit-elle en souriant. Elle ajouta que le jeune homme qui l'accompagnait était français, puis se mit à le questionner sur les camps. Il sourit à son tour: il était impossible de les décrire brièvement. Là-dessus, il marmonna des mots de russe, plus pour lui-même que pour elle. En la voyant rougir, il comprit qu'à Paris, devant une jeune fille, il valait mieux éviter les expressions russes qu'utilisait Vaska quand, ensemble, ils retiraient les morts de leur paillasse trempée. Il était content d'être obligé de descendre et de soustraire son univers à l'innocence de la jeune fille.

Les quelques voitures, place du Trocadéro, n'empêchaient certes pas de contempler le large demi-cercle des avenues qui y débouchent, artères désertées d'une Europe agonisante. Ces rares véhicules, sur le grand fleuve de goudron, avaient l'air de prendre une voie abandonnée et silencieuse qui menait au bout du monde, comme dans l'espoir de trouver sur ces routes solitaires un être vivant capable de leur expliquer le sens des cités humaines, des villes, de l'existence en un mot.

Le palais de Chaillot ressemblait aux deux ailes d'un mausolée, mais, songeant à l'embarras de la jeune fille du métro, il se dit qu'il regardait tout à travers le prisme de son propre univers : en s'empourprant, elle avait pris la couleur de l'aurore rose pastel qui avait dû accompagner la genèse du monde – une naissance si lointaine qu'elle n'avait plus de réalité. Puis Paris s'était déployé devant lui, et dans sa poitrine un muscle engourdi s'était réveillé, à la façon, probablement, d'un cœur de noyé qu'on ranime par respiration artificielle, plutôt en sommeil que vraiment arrêté. «Peut-être que nos cœurs aussi se sont seulement mis en sommeil», se dit-il en traversant la terrasse de marbre qui séparait les ailes du palais. Tout en marchant sur les dalles lisses, il se voyait, de loin, comme dans l'œilleton d'une caméra, apparition en tenue zébrée, au beau milieu de l'esplanade, sous le soleil de mai. Il ne pouvait trouver aucun lien entre son image et le pavé étincelant, légèrement jaunâtre, et encore moins avec la ville qui s'étendait par-delà la tour Eiffel. Accoudé au parapet, il sentait qu'un jour probablement sa vue lui causerait une véritable euphorie, mais pour l'heure il était incapable de saisir le sens de cette étendue et de cette munificence. Tout semblait prêt pour l'arrivée d'hôtes nobles et brillants venant d'une contrée inconnue et qui allaient renaître dans le splendide infini des parcs, des avenues, des boulevards, des monuments et des palais. D'où sortiraient ces nouveaux habitants? Il était bien en peine de le dire et, bien qu'il sût cet infini édifié par des siècles d'histoire, lui, le revenant, le regardait avec une attention proche d'une froideur réticente. Aucune image de *là-bas* ne surgissait en lui, mais il lui semblait qu'à cet instant c'était le camp dans son ensemble qui regardait par ses yeux. C'est pourquoi il s'appliquait à évoquer une vision qu'il pût comparer à ce spectacle. En vain. Voilà. À Dora, il contemplait de la même façon la large voie au bas de la colline qui, entre les baraques, menait à la sortie. Sur les pentes aussi il y avait des baraques disséminées, mais en bas elles étaient bien rangées tout au long de la route jusqu'à la porte. Cette large sortie située au bout d'une large route plate soulignait davantage l'effet d'alignement, d'autant plus qu'on avait la perspective de la route qui continuait là-bas, dehors, au-delà de la porte. Des camions entraient et sortaient, une sentinelle était postée comme sous l'arc d'un pont-levis. Matin et soir, des colonnes passaient cette entrée au pas pour aller travailler et, vues de loin et d'en haut, elles ressemblaient aux longues rangées d'une infanterie d'apocalypse. Et ces colonnes de tenues rayées avançaient, large fleuve de boue grisâtre.

«Non, décidément, cette image de la colline *là-bas* n'a aucun rapport avec celle-ci», se dit-il en descendant l'escalier. Pourtant il devait bien y en avoir un.

III

De nouveaux vêtements dans sa valise râpée, tout en pensant qu'il se rend rue Léonard-de-Vinci, il arpente un trottoir un tout petit peu différent, en ce 4 mai 1945. D'abord parce que, si les gens continuent de l'observer lorsqu'il emprunte mettons l'avenue Kléber ou l'avenue Victor-Hugo, il sait maintenant qu'il porte dans sa valise un autre lui-même qu'il endossera bientôt. Mais c'est peut-être aussi à cause de Léonard de Vinci et de Victor Hugo qu'il se sent différent, car il a désormais l'impression d'avoir une route jalonnée de symboles favorables, bienveillants.

L'avenue Victor-Hugo était encore plus calme que les autres rues : aucune voiture ou presque. Le père Hugo était assis au milieu de la place, reclus dans le silence de midi et dans le grand mutisme qui s'étendait sur le monde comme sur l'océan après une furieuse tempête. Quant à la rue Léonard-de-Vinci, elle était beaucoup trop étroite pour son nom, et trop courte, avec son mur sur la droite d'où saillait la végétation, c'était plutôt une cavée qu'une rue. Presque au bout, à gauche, une large porte s'ouvrait sur une cour carrée avec un petit prolongement et des arbres dans le fond. Là, des familles étaient assises autour de longues tables avec des enfants et des jeunes gens. Ces derniers chantaient un chant de partisans et de leur chœur tonitruant montait une orgie de sons bruyants dans ce tranquille quartier de Paris. Il n'y avait dans ces voix que la vie à l'état pur, avec peut-être en plus le rythme de pêcheurs ramant ou affalant leur voile.

– Buchenwald ? demanda un jeune costaud blond quand ils eurent terminé.

– Une succursale, dit-il en essayant de sourire.

Quand on eut distribué des assiettes en aluminium et des baguettes de pain de presque un mètre de long, le cliquetis des cuillers et des fourchettes couvrit la conversation de la tablée. Au bout d'un moment, on apporta une marmite de soupe et une autre de légumes, et tous firent la queue. Tandis qu'ils savouraient leur soupe, on entendait le doux glissement des cuillers contre l'aluminium. On se serait cru attablé à une terrasse de restaurant, un dimanche, si on n'avait parlé de crématoires et de wagons à bestiaux chargés de mères et d'enfants.

Mais ici la verdure tombait du mur et le soleil illuminait une moitié des tables, emplissant les assiettes métalliques.

Il entra d'abord dans une chambre où il y avait des châlits, des baluchons et un vieil homme qui se mit à fouiller dans un petit sac à dos sur la couchette du haut, près de la fenêtre.

– Nous allons nous balader dans Paris, dit-il. Aujourd'hui, c'est notre dernier jour.

Puis il resta seul.

Le long du mur, il y avait des valises et, près des lits, des paquets de la Croix-Rouge américaine noués avec de la ficelle ; et tout près de la fenêtre, une caisse assez volumineuse. Ils s'en allaient, ils rentraient chez eux. Lui était aussi froid, aussi dénué d'émotion que le constat était simple, rationnel ; il était content pour eux, mais il ne désirait aller nulle part. Mija n'était plus. Et sans Mija, Trieste était une plage sans soleil, un voilier au mât brisé. C'est vrai, il aurait dû s'inquiéter du sort de ses proches ; comme il se sentait injuste envers eux, il rattachait désormais l'idée de sa filiation au non-sens de la présence humaine sur terre. Comme si la sève du passé qui coulait en lui et le reliait aux autres s'était perdue dans le sable. Son corps lui-même manifestait une telle résistance au voyage qu'il en niait l'idée avant même qu'elle eût l'occasion de naître en lui. Il aurait aimé rester couché. Couché pour un temps indéterminé, sans fin. Dans le calme plat, même s'il lui fallait continuer de rester sous une couverture râpeuse. *Là-bas*, même en dormant, il fallait demeurer sur ses gardes, debout, car la position horizontale pouvait signifier le début d'une retraite sans fin. À présent, être allongé, c'était goûter un repos sans chausse-trape, une immobilité sans limites ; et chacune de ses cellules exigeait l'éternité pour elle seule.

Une mère entra dans la chambre avec son petit garçon. C'était une femme grande, aux traits encore jeunes, à qui l'on donnait trente-cinq ans quand son visage était reposé et gai, et quarante-cinq, voire plus, quand il était soucieux et fermé. Elle s'approcha d'un lit au milieu de la chambre, sortit un peigne de son sac et emmena le petit près de la fenêtre où elle s'assit sur la caisse. Elle se mit à le coiffer.

Il se redressa et s'assit. «Le mieux serait de me changer», pensa-t-il. D'abord retirer ces bottes impossibles. Qu'est-ce qui l'avait donc poussé à les mettre ? Peut-être le désir lointain, remontant à son enfance, d'avoir les pieds dans des bottes ? À Belsen, après que les troupes anglaises les eurent libérés, un inconnu les lui avait apportées à l'infirmerie. En échange, il n'avait qu'à lui donner de la nourriture, une gamelle de soupe. «Tiens, une gamelle de soupe, lui avait-il dit, et garde tes bottes, à quoi me serviront-elles ? Je suis en train d'étouffer.» Le gars avait haussé les épaules et les avait laissées par terre.

Pour lors, il avait enfilé les chaussures militaires qu'il avait sorties de la valise et, du plat de la main, sur le lit, il lissait le costume fourni par la Croix-Rouge. Puis il contourna les châlits pour être vu de la femme.

La salle de bains est en bas, avait-elle annoncé, comme

pour le tirer d'embarras. Lui se dit qu'il n'avait fait que se chausser et qu'ainsi, en costume zébré et souliers dénoués, il ressemblait à un criminel à qui on a retiré ceinture et lacets pour l'empêcher de se pendre ou de fuir.

La salle de bains était étroite et grise et l'eau gouttait de la douche à intervalles réguliers. Il faisait froid, mais il ne pouvait aller plus vite ; il s'appuya contre la porte pour retirer d'un seul coup sa jambe du pantalon et son pied de la chaussure. Ensuite, il remit son pied dans la chaussure, enleva l'autre pied et retira la deuxième jambe de pantalon. Et il recommença pour enfiler le pantalon bleu foncé. De cette façon, il ne posait pas le pied sur le sol mouillé. «Quand on devient "un autre homme", quelque chose d'indécis, de presque frauduleux, fait son nid en soi, se dit-il, comme chez le prisonnier qui se cache des gardiens pour préparer son évasion.»

– Et voilà, dit la femme quand il revint dans la chambre. Aujourd'hui, c'est un peu le nouvel an pour vous !

– Un nouvel an plutôt minable.

– Vous devez faire un vœu, dit-elle alors. Il se réalisera sûrement.

Il sourit, ému par le souvenir confus d'une communauté humaine, immense et variée, qui s'étirait dans le passé, saturée par les superstitions et les symboles qui l'avaient traversée.

– Où pourrais-je mettre tout ça ? marmonna-t-il à propos de ses vêtements de camp.

– Ce serait quand même bien de les garder, dit-elle au miroir.

– Si au moins j'avais une photo !

La femme se détourna de la fenêtre et s'avança au milieu de la chambre, le peigne à la main.

– Venez avec nous, dit-elle – et elle souligna son invitation en agitant son peigne.

IV

Il tenait sous le bras sa veste rayée bleu et blanc, qui portait sur la poitrine, du côté du cœur, un triangle rouge avec une lettre majuscule au milieu et un chiffre au-dessous. C'était bien une veste, mais elle était si légère qu'il croyait serrer contre lui un torchon à vaisselle.

– Lui aussi, il va se faire photographier? demanda le petit. Hein, maman?

– Sois sage, dit-elle.

Ils formaient une petite famille qui marchait sur une large avenue, une famille qui avait dû survivre à un déluge cosmique, car il n'y avait presque personne à l'horizon. Seules quelques automobiles circulaient tristement comme à la recherche des survivants.

Le gamin sautillait à la gauche de sa mère et lui se tenait à droite; comme ça, au milieu, elle faisait le lien entre deux mondes. Comme pour équilibrer la balance. «La balance penche franchement de mon côté, se dit-il, car de l'autre côté elle est presque vide à cause du sautillement du gamin. La gaieté des enfants ramènera peut-être l'aurore sur le monde»; il lui fallait donc se débarrasser de ces vêtements.

– Nous y sommes presque, annonça la femme.

L'avenue Foch était bordée de végétation sur ses deux côtés, à l'image d'un fleuve limpide qui coule à travers bois. Et le bois devait être tout proche. Peut-être était-ce le bois de

Boulogne ? Mais il ne vit qu'une jeep de l'armée qui passa comme l'éclair sur le fleuve goudronné et qui semblait filer d'un désert à l'autre. Décidément, les routes couraient autour d'un globe terrestre, semblable à un crâne, dont toute la terre fertile se serait détachée. « La nature seule peut encore réconforter les hommes », pensa-t-il alors que, devant lui, la végétation se faisait plus épaisse. C'était bien l'orée d'un bois. De la musique s'en échappait.

– Maman ! s'exclama le petit en la tirant par la main, maman !

Il lui sembla qu'en lui aussi vibrait une corde étouffée depuis longtemps. Peut-être était-il possible, grâce à la musique, de recoller les morceaux cassés et dispersés de l'humanité. Qui sait, oui, peut-être, bien que la mort, elle aussi, plaçât son orchestre à l'entrée pour ranimer la cadence quand les colonnes partaient au travail ou en revenaient. Peut-être bien. Les hommes sont capables de tout ; de cette musique *là-bas*, de ce rythme comme de ces accords ici dans le bois. En traversant la rue, il vit qu'ils étaient à Luna Park et qu'il y avait des baraques entre les arbres. Ici elles étaient joyeuses, elles abritaient des tombolas, des clowns en chiffon, et un manège tournait comme le *perpetuum mobile* de la pensée antique. Voilà. Luna Park. Et là-bas, Buchenwald. Deux stations sur la voie humaine. Il y en a d'autres, évidemment. La seule question est de savoir pour laquelle on a un billet. Il s'arrêta.

– C'est ici que se trouve votre photographe ?
– Mais vous n'allez pas sur les manèges ! protesta-t-elle.

Et ils passèrent devant des baraques de tir. « C'est vrai, un photographe est un photographe, admit-il. Et les fusils des fusils. À ceci près qu'ici on vise des cibles en plâtre. Et les cibles rondes et blanches qui volent en éclats comme autant d'étoiles. Pour l'heure, les fusils sont bien rangés dans la baraque, crosse contre crosse, ainsi que des armes anciennes dans un musée. C'est mieux ainsi, car c'est le mois de mai, à Paris, et ce sera bientôt la fin de la guerre.»

– Maman, s'écria le petit. Regarde là-bas!

– C'est son avion, expliqua-t-elle.

Ils s'arrêtèrent devant une estrade en bois; il aurait voulu demander pardon à la veste rayée, mais la musique grondait et de l'autre côté des baraques un manège tournait. «Peut-être l'homme est-il tantôt un désert, tantôt une nouvelle musique émergeant tel un palmier au milieu de ce désert, se dit-il; aujourd'hui, il est pétrifié dans la mort; demain, sur un rythme entraînant, il tentera une nouvelle fois ses premiers pas comme un ours maladroit.»

Il monta sur l'estrade, il fallait faire vite ce qui devait être fait.

Des mères et leurs enfants se pressaient devant la caisse. Une femme corpulente qui portait des boucles d'oreilles pendantes encaissait rapidement l'argent et donnait des billets.

Tout en distribuant ses billets, elle lui demanda:

– Et vous, *monsieur*[*1]?

Elle n'attendit pas la réponse.

– Et vous, *madame**?

– Neuf, dit la dame.

Alors il dit:

– Pour moi aussi, neuf!

– Neuf pour vous? demanda-t-elle à la dame – et elle ajouta: Ne perdons pas de temps, *monsieur**.

– Oui, dit la dame.

– Ne perdons pas de temps, *monsieur**, répéta-t-elle en prenant l'argent.

Maintenant il avait son billet. Il entendit le petit qui se plaignait, en bas: «Quand est-ce que j'irai moi, hein, maman?»

---

1. Les mots en italique suivis d'un astérisque sont en français dans le texte.

Mais le photographe en tablier noir qui plaçait rapidement les enfants sur l'avion et allumait les projecteurs en appuyant sur un bouton, maintenant, comme un fait exprès, hésitait.

– Écartez l'avion, lui dit-il.

– L'écarter?

L'homme le regardait, ahuri. Il avait la tête un peu penchée sur le côté et ses paupières bordées de rouge lui donnaient l'air d'être soudain tombé malade pour cause d'offense inattendue.

– Comment?

Alors, il prit peur.

– *Madame**, *monsieur** ne veut pas de l'avion! s'exclama-t-il. *Madame**!

Devant la grosse dame, les mères se bousculaient pour acheter à leurs enfants un billet pour cet avion dont lui ne voulait pas et qui allait s'envoler d'un instant à l'autre.

– *Madame**, dit encore l'homme à la grosse femme.

– Qu'y a-t-il? – et en même temps, elle demandait à une dame: Neuf, n'est-ce pas?

– Il ne veut pas de l'avion, dit le photographe.

– Ne perdons pas de temps, marmonna-t-elle pour elle-même. Et vous, *madame**?

Alors il se décida, retira sa nouvelle veste pour enfiler la rayée.

– Il ne veut pas de l'avion, protesta l'homme.

– Enlevez-le donc, cria alors la grosse femme derrière la masse des mères et des enfants.

L'homme en tablier noir haussa les épaules et, perplexe, revint vers l'avion.

– Ne perdons pas de temps, *monsieur**, dit-elle encore comme si elle répondait d'un ton pensif et protecteur à ses pensées.

L'homme écarta l'avion et son siège cloué à l'arrière, ce qui donna alors l'illusion que les enfants volaient.

«Son temps est précieux», se dit-il à propos de la femme – il portait maintenant sa veste rayée –, bien sûr, maintenant le temps s'est remis en marche, il a repris sa course. Mais peut-être avait-il toujours filé ici pendant leur absence.

– Voilà qui est fait, dit cordialement la femme en revenant avec le petit. N'est-ce pas?

Un tango haletait quelque part, probablement près d'un manège, et l'on pouvait croire que son rythme devait aider quelqu'un à soulever un rocher très lourd. Depuis combien de siècles n'avait-il pas entendu cette musique? Pourtant, on aurait dit qu'elle n'avait jamais cessé et qu'en elle se trouvaient réunis la promenade à trois d'autrefois avec Mija et Jadranka sur la côte occupée de Trieste, les tas d'ossements et les bombardiers, les clowns et l'avion en carton dans lequel les gamins s'asseyaient, les pendus dans le tunnel de Dora et le manège dont les nacelles se déployaient tels les pétales d'une marguerite géante. C'était la musique triomphante d'une grande farce où ceux qui pleurent paient les billets de ceux qui s'amusent.

– Regarde, maman, regarde!

Le petit la tirait par la manche.

– J'aurais peut-être mieux fait de m'asseoir dans l'avion, dit-il.

– Sois sage.

Elle réprimandait le petit comme si elle ne l'avait pas entendu.

– Vous vous rendez compte? Maigre, chauve, et dans cette veste de bagnard.

– Ne soyez pas comme ça, dit-elle tout bas.

– Sous la photo, j'aurais pu écrire ensuite: «Le condamné volant.»

– Ce n'est pas bien d'être aussi aigri, dit-elle d'une voix profonde qui semblait dominer une tristesse inattendue.

– Regarde, maman! – il tirait sa main par saccades. Regarde là-bas!

– Maintenant, une nouvelle vie va commencer, dit-elle sans le regarder.

Debout devant une baraque, ils ressemblaient à deux parents en pleine conversation sérieuse dérangés par leur fils. Il regrettait d'avoir été aussi sarcastique alors qu'elle était bonne avec lui, qu'elle l'avait, dans un élan de sympathie, invité à venir chez ce photographe.

– Regarde ! l'interpella de nouveau le gamin.

Dans une baraque en bois, des têtes en carton étaient alignées sur une longue étagère. Des grosses et des petites. Bien alignées : Mussolini, Goering, Hitler, Ciano, etc.

Hitler avait même des moustaches, en carton évidemment. Le jeu est très simple : une jeune fille vous donne cinq balles de chiffon et vous, vous devez frapper la tête pour la faire tomber de l'étagère. Alors la tête chancelle comme si son cou se brisait. Et il n'y a plus de Mussolini. Il n'y a plus d'Hitler.

– Qu'est-ce qu'on n'invente pas ! dit la femme d'une voix réconfortée, comme réjouie que cela pût le rasséréner.

Car la chose avait beau être stupide, on était reconnaissant au marchand d'avoir su tirer une miette d'humour de tout cela.

L'enfant aussi sourit et ses lèvres prirent la forme d'un papillon.

Ensuite, la jeune fille, derrière les étagères, releva les têtes. L'une après l'autre, bien dans l'ordre, la grosse, la balourde et celle d'Hitler avec ses petites moustaches en carton brun.

– Comment les têtes sont-elles remontées, dis, maman ?

Elle se taisait ; il se dit que c'était une femme sensible, qu'elle était solide et simple comme lui ne saurait l'être avant longtemps.

Puis le petit se souvint :

– Dis, maman, pourquoi n'a-t-il pas voulu se faire photographier avec l'avion ?

V

Après un long parcours, l'ambulance s'arrêta devant un bâtiment entouré d'un parc boisé et, en descendant, il vit le gardien fermer le grand portail de fer forgé. Puis un bâtiment gris, avec à l'entrée un escalier peu élevé mais large; autrefois on appelait «château» ce genre de bâtiment. «C'est là que doivent se trouver les bureaux», se dit-il à l'arrivée d'un employé en blouse grise qui l'emmena par une allée goudronnée entre les arbres, au milieu de l'herbe courte et des fleurs. La chambre où il l'accompagna comptait six lits, mais, hormis le sien, les autres, sous les couvertures blanches, étaient vides.

Ainsi débuta son repos; il fut seulement interrompu le matin par une infirmière qui déposa un potage sur la table de chevet en fer-blanc et l'après-midi par une autre qui apporta le thermomètre. Puis par le médecin, une femme d'un certain âge à la gentillesse un peu rude. Elle comprit qu'il n'avait pas envie de parler; et lorsqu'elle s'en alla, il lui fut vraiment reconnaissant d'avoir fait si vite. Il n'était pas fatigué. Il voulait fermer les yeux et ne penser à rien. Ne voir personne, ne répondre à personne. Il y avait trois lits contre le mur d'en face, trois de son côté et il s'était allongé sur celui du milieu pour n'être ni trop près ni trop loin de la fenêtre. Il ne se souvenait pas d'avoir jamais été allongé ainsi, seul, et l'impossibilité dans laquelle il était de comparer fit naître en lui un sentiment vague d'abandon. Nulle part il n'avait sa place. Il avait beau persister en lui, le monde des camps était une plaine infinie, lointaine, brumeuse, et l'ancien monde des humains, distant et fermé. Cette impression d'absolue solitude était de temps à autre troublée par la claire certitude d'un dégât irréparable, d'une perte définitive et totale ; mais ce souffle de mort cosmique perdait pratiquement toute son horreur face à son corps exténué. Comme si cette atmosphère de néant généralisé aggravait sa fatigue tout en l'enveloppant d'une paix sans voix, éternelle.

Seule le gênait la perspective de changer de chambre après les examens ; mais ce n'était ni pour aujourd'hui ni même sans doute pour demain. Il pensait qu'il parviendrait à se reprendre et à mettre de l'ordre dans ses idées, à leur trouver un sens véritable, s'il avait à lui toute la nuit plus la journée du lendemain. En même temps, il se rendait compte que désormais il ne devait plus désirer ne serait-ce qu'une nuit ou qu'une journée, car, pour se défendre dans ce monde perdu, il recourait au même moyen inconscient que jadis, quand le convoi de wagons à bestiaux avait quitté la gare marchande de Trieste et où, étendu sur le plancher, il avait tenté de replier le plus possible ses jambes afin de les recouvrir de son manteau. Comme tout cela était loin ! Pourtant aujourd'hui encore il se rappelait avec quelle force il avait espéré que le tissu de son épais manteau noir s'élargirait et s'allongerait dès lors qu'il avait compris que son corps ne pouvait se serrer ni se comprimer davantage ; finalement, ses jambes étaient devenues des terminaisons raidies dont l'engourdissement avait peu à peu gagné le haut du corps. Mais il avait senti que, si sa pensée se fixait sur ses chevilles et sur la plante de ses pieds, il serait moins en danger, de même que s'il se représentait clairement la manière dont son corps était allongé de tout son long sur le plancher du wagon à bestiaux. Pourtant, lorsqu'il pensait au wagon, le paysage enneigé qu'ils avaient traversé s'insinuait en lui tout autrement. Le froid ne passait pas seulement par les fissures : les parois du wagon, pour moitié en fer, pour moitié en bois, en étaient saturées. Glacées aussi les roues qui cognaient contre les joints. De même, les rails d'acier étaient les vecteurs horizontaux du froid. Et le métal distillait son poison glacé dans l'atmosphère désolée. Les corps accroupis ou allongés dans les énormes caisses étaient des objets qui ne donneraient bientôt plus signe de vie. C'est pourquoi il avait, une fois de plus, aspiré en lui sa pensée, l'avait limitée à son corps, puis il l'avait plus encore cachée en son for intérieur afin de la tenir le plus loin possible de l'extrémité de ses membres, là où le vent des neiges bavaroises pouvait l'atteindre. Au dehors, c'était la nuit et depuis longtemps déjà ils avaient laissé derrière eux la gare et le halètement des locomotives soumis aux coups réguliers de la sonnerie électrique qui, avec une longueur infinie, annonçait une nouvelle arrivée. Les quelques voix qui, auparavant, demandaient le nom des gares avaient fini par se taire. L'obscurité avait également absorbé les jurons étouffés. Même les braises ténues qui çà et là rougeoyaient comme des lucioles attachées à une cordelette s'étaient éteintes. Mais lui, bien qu'elles fussent évanouies, les percevait toujours.

Pendant un moment, elles avaient été une sorte de compagnes visibles de la source de chaleur qu'il sentait en lui, puis l'image de Mija leur avait succédé. Car c'étaient les siennes, ces cigarettes qui, dans le wagon glacé, évoquaient un souvenir de chaleur. Et la réserve avait beau s'épuiser peu à peu, un brin de satisfaction, une vapeur tiède, l'avait envahi à l'idée que Mija, de loin, étendait sa main bienveillante sur leurs ténèbres glacées. Alors, il s'était souvenu de la vague de chaleur que sa main avait fait déferler sur sa poitrine : à la fois caresse, fragment de rituel amoureux et affection d'une mère pour l'homme menacé. Il s'était abandonné à sa douceur comme si le bouclier souple et miraculeux de ses mains allait le protéger de la nuit froide ; en même temps et bien qu'il fût assailli par la désolation ambiante, sa proximité le reliait à la source de sa vie enfouie quelque part dans le sein de sa terre natale. Néanmoins, il avait peu à peu renoncé à penser à Mija de peur de voir son image ainsi exposée se pétrifier dans le froid. Il avait préféré la laisser s'enfoncer en lui profondément, en silence, aussi présente qu'un second cœur près du sien, un cœur encore plus silencieux, donc moins vulnérable. Il avait aussi eu des doutes sur le sort que lui réservait la Gestapo, mais, à ce moment-là, sa situation sans issue se confondait avec sa route sans but. Le couvre-feu avait déposé son ombre sur leur amour puis, comme un souffle destructeur, il avait anéanti leur corps et leur âme. Dans un ultime effort de volonté, il avait écarté Mija de ses pensées pour la protéger de la paralysie qui n'en finissait pas de monter de ces gourdins inertes qu'étaient devenues ses jambes. Il s'était transporté en pensée au temps d'avant Mija, sous le doux climat du lac de Garde, qui n'avait cependant pas réussi à rivaliser avec l'hiver de la campagne allemande. Et ce d'autant moins qu'il avait aperçu des sommets enneigés au-dessus des eaux ébouriffées du lac. Il s'était alors imaginé au bas de la botte italienne puis sur la côte sicilienne, et avait sauté sur les sables de Libye. Il avait découvert le plateau de Garjan, la poussière jaune, le poste pierreux au pied duquel, dans la vallée, s'étendait le désert tunisien. Et il s'était revu ouvrant avec précaution ses lèvres sèches pour éviter d'en faire craquer la peau rosie, transformées qu'elles étaient par la chaleur et le sirocco en une seule plaie squameuse que le vent brûlait plus profondément encore quand il les humectait d'eau tiède. Un litre d'eau par jour. Heureusement, pour eux bien sûr, que la France s'était rendue rapidement, et qu'on ne les avait pas laissés là. Par la suite, ils avaient planté leurs tentes sous des palmiers non loin de la plage. Évidemment, le sable doré chauffé à blanc brûlait comme s'il y avait une fournaise au-dessous et, quand les feux de l'après-midi tapaient trop fort sur les tentes, desséchant sauvagement la mer de sable, ils se précipitaient dans les vagues de la Méditerranée pour se soustraire aux flammes du Sahara.

Là, dans ce wagon, il lui avait alors semblé qu'il allait d'un instant à l'autre enfouir dans le grain soyeux du sable qui s'ouvrirait sous son pas ces bâtons gelés qui lui servaient de pieds. L'espace d'un instant, il avait vu aussi la farine de maïs que sa mère, lorsqu'il était enfant, réchauffait à la poêle puis versait dans un petit sachet qu'elle posait à l'endroit transi et douloureux. La vision avait rapidement disparu et il s'était rendu compte que ses extrémités dépassaient du manteau comme si elles avaient été sans chaussures. Et nues. Il s'était efforcé de revenir sous la tente dans le désert, il avait tenté de déchiffrer la lettre de Verenka, essayé de revoir les cartes postales que ses trois compagnons avaient fixées sur la toile de tente, au-dessus de leur tête. Pourtant les deux tronçons raidis au bout de son corps rétracté continuaient de s'alourdir; il se sentait attiré vers le bas, il allait traverser le plancher du wagon, glisser jusqu'au métal des roues, jusqu'à l'acier des rails ! Il avait une fois de plus tenté de se recroqueviller tout en se disant qu'il pourrait sortir de sa valise ses maillots de laine et s'en couvrir les pieds. Mais en pensant aux mains tendres qui avaient choisi et plié avec tant de soin son linge, l'idée lui avait paru blasphématoire. Mieux valait s'efforcer de supporter les attaques toujours plus rudes du froid que de porter une main sacrilège sur ces choses précieuses. Ce voyage se terminerait bien quelque part, bientôt poindrait le deuxième matin depuis leur départ de la gare de Trieste. Et de fait, dans la pénombre matinale d'un paysage désolé, le convoi s'était arrêté sur une voie de bifurcation. On les avait fait marcher dans la neige et l'on entendait de nouveau crier les oiseaux de proie, plus excités que dans les rues de Trieste; malgré tout, eux, ils se consolaient à l'idée qu'ils étaient capables de se remettre à avancer. Ils avaient une démarche d'invalides qui auraient eu des prothèses jusqu'aux genoux, mais le mouvement du corps était un indice de vie et, avec ces valises et ces baluchons, le cortège avait l'illusion fugitive d'être une procession de pèlerins en quête de soutien et de protection. Par-ci par-là, dans les rangs, quelqu'un avançait sans bagages, mains dans les poches, et il était plus qu'un malheureux captif solitaire : il était un symbole, le symbole de tous ces gens perdus sur une terre sauvage et stérile noyée sous les cris aigus et glacés des rapaces effrayés.

Il repoussait ces images de toutes ses forces, bien conscient à la fois d'en être entièrement fait : oui, c'était en elles qu'il se reposerait, en elles qu'il se perdrait.

VI

Les jours suivants se distinguèrent à peine les uns des autres, car son alitement était une sorte de pérennité faite à moitié de conscience, à moitié de torpeur. Chaque jour, on lisait dans les journaux des nouvelles de Trieste, mais l'euphorie qu'il avait ressentie en apprenant chez le coiffeur, à Lille, la libération de la ville était peu à peu retombée. C'était comme la fin d'une utopie, surtout depuis qu'il avait compris que le sort de Trieste dépendait des relations entre l'Est et l'Ouest. Les titres et les cartes qui accompagnaient les reportages soulignaient unanimes qu'on avait affaire à l'un des points névralgiques qui gênaient l'avènement d'une paix véritable. Il se trouvait que les gouvernants, malgré la réalité des crématoires, n'étaient pas mûrs pour une sagesse nouvelle, plus profonde, et que, ayant oublié les tonnes de cendres européennes, ils recouraient de plus belle aux voies traditionnelles pour assurer leur suprématie et leur sphère d'influence. Le conflit dont sa ville était l'enjeu prouvait clairement à ses yeux combien étaient dérisoires tous ses rêves de renaissance de l'espèce humaine. Il associait la fin tragique de Mija à l'image de sa ville natale. Même réalité, même perte irréparable. Tout était loin, comme si ne restait qu'un pâle reflet de la contrée et des gens qu'il ne pouvait atteindre faute d'en trouver la moindre trace.

Mija.

Désormais, elle était en lui comme le monde dont il revenait, aussi réel qu'enfoui au tréfonds, allez savoir où, et se manifestant toujours au moment où on ne l'appelait pas. Une réalité à éclipses, mais qui resurgissait quand il s'y attendait le moins. Tout à fait Mija. Elle était en lui une sorte d'absence, de vide, de gouffre qu'il tentait en vain d'enjamber, mais en même temps la source cachée de sa persévérance irrationnelle, de son espérance instinctive. Et chaque fois qu'il se rappelait les prédictions de Mija sur le destin qui lui serait favorable quand elle ne serait plus là, la pensée de son départ irrémédiable s'accompagnait d'une révélation: oui, la mort avait réussi, à l'instar de l'acide sulfurique sur une plaque de plomb, à ronger son être. Son potentiel de richesses avait été englouti avec ses faiblesses et ses défauts. Et Mija était le don qu'il avait perdu, pratiquement avant de l'avoir trouvé, en ces journées tourmentées à Trieste.

Mais, de temps à autre, quand il constatait que le monde des hommes se rapprochait de lui, il sentait alors que Mija était avec lui. Par exemple à la mi-juin, lorsque, au lieu de rester toute la journée sous ses draps, il s'allongeait sur le lit refait, le couvre-lit blanc tiré jusqu'à la taille. Ou bien dans ses séances de chaise longue sur la terrasse où s'ouvrait l'infirmerie. Mija le rejoignait alors en cachette et souriait à cause de la vieille doctoresse qui, quand elle était seule, ne cessait de maugréer, marchait en claquant violemment des talons sur le sol et, au beau milieu de l'examen des radios, demandait soudain de sa voix bourrue: «Vous avez des allumettes, monsieur Suban?» Bien sûr, elle pouvait aussi l'interpeller dans sa chambre, mais c'était seulement de sa chaise en osier sur la terrasse qu'il voyait les récipients de verre, les canules pour le pneumothorax et le cadre au verre laiteux, lumineux, où elle posait les radios. C'était plus agréable, ô combien, d'être étendu sur la chaise longue parce que les branches d'un énorme marronnier touchaient presque la rambarde ; et puis la terrasse, qui n'avait qu'une chaise longue et demie de large, ressemblait à une étroite chambre en pleine verdure. Si seulement il n'y avait pas eu cette porte, toujours ouverte ou du moins entrebâillée, et d'où l'on entendait la voix stridente du médecin expliquer quelque chose à un malade! Même quand elle était de bonne humeur, elle était bourrue. Tout portait à croire qu'elle voulait prouver aux officiers malades que c'était elle désormais qui commandait et elle donnait l'impression de n'attendre qu'une objection pour pouvoir se fâcher même si, l'instant d'après, elle s'informait des potins. Elle était nerveuse et la plupart du temps essoufflée ; elle avait dû être très belle dans sa jeunesse. Sous sa blouse blanche, le corps était resté svelte et élancé et, de dos, si l'on ne voyait pas ses rides, à en juger par sa seule silhouette ou ses jambes, on lui aurait plutôt donné trente ans que soixante, en dépit de cheveux gris mais épais, presque une crinière, évoquant d'ailleurs plus l'opulence que la vieillesse.

Il observait avec les yeux de Mija cette femme âgée qui ne voulait pas être *Madame**. Elle affirmait qu'elle était médecin et qu'en tant que médecin elle n'était ni homme ni femme, qu'elle n'avait pas de sexe. Cette résistance à se faire appeler *madame** était néanmoins la preuve qu'elle aurait par-dessus tout préféré appartenir au sexe masculin : non seulement elle ne voulait pas être *madame**, mais encore elle ne voulait pas être une «doctoresse»; un docteur, point final. Sa raideur, ses cheveux rappelaient Leif, même si Leif était plus grand et avait les cheveux plus blancs. Quand, à Natzweiler, en tenue rayée, il montait les escaliers du camp, malgré le stéthoscope qui brillait sur sa poitrine, il ressemblait plus à un capitaine norvégien qu'à un médecin. Toujours droit et digne, bien que faisant partie des déportés qui avaient dans le dos deux majuscules rouges, N. N., *Nacht und Nebel*. Nuit et brouillard. Ce qui signifiait que leur agonie emprunterait une route à travers la nuit et le brouillard pour finir en fumée par la cheminée du crématoire.

Étendu dans une douce chaleur, il se disait que toutes ces images deviendraient peu à peu des symboles; il sentait que ce passé devait mourir, mais il se demandait quel sens pourrait avoir l'avenir d'un pareil passé. À vrai dire, pensait-il, la seule chose à faire serait peut-être de vacciner les enfants, de la même façon qu'on les protège de la variole et de la diphtérie, contre la cruauté. Il faudrait probablement le faire tôt, dès la naissance, une injection, directement dans le cœur, comme Leif à l'époque.

Non, cette doctoresse n'avait rien du calme froid de Leif. D'ordinaire, elle claquait la porte de l'infirmerie puis on entendait sa voix tranchante et ses talons frapper avec force et éloquence le sol du couloir. À ce moment-là, les radios étaient toutes rangées, elle ne pouvait pas toujours ronchonner uniquement à leur propos; alors elle allumait une cigarette dans le couloir, s'arrêtait à la porte d'une chambre et s'emportait contre un malade qui se couchait tard. Elle faisait celle qui ne prêtait pas attention à ses raisons et en appelait à la radio de ses poumons qu'elle détenait dans son dossier; bien sûr, elle aimait aussi recueillir quelque nouvelle encore bien fraîche. Ce qui, au lieu d'apaiser sa curiosité, l'excitait encore plus. Elle accrochait au passage Mlle Ribau, l'infirmière en chef qui traversait le couloir et lui expliquait avec empressement la chose comme s'il s'agissait d'une affaire professionnelle. «Est-ce que vous saviez, mademoiselle Ribau, que M. Richard s'est fiancé? Vous vous rendez compte!»

Avec ses malades, elle se sentait dans son élément; en effet dans son pavillon, on soignait d'anciens prisonniers de guerre, mais uniquement des officiers. Et d'anciens déportés, tous des intellectuels. Elle ne s'en cachait pas. Elle le soulignait même à la première occasion. De même qu'elle soulignait son désaccord avec les rouges; elle en parlait sur le ton qu'elle aurait pris pour parler d'une tuberculose, qu'on pouvait photographier sur de grandes feuilles de celluloïd, mais dont personne n'était encore capable de venir à bout.

Néanmoins, elle s'entendait fort bien avec Nalecki, tout communiste qu'il se proclamait; ils étaient même grands amis. C'est vrai, le lieutenant Nalecki était un Polonais qui avait rejoint la résistance française, et on pardonne plus facilement à un étranger qu'à un compatriote. Nalecki d'autre part était avocat, il était intelligent, cultivé, spirituel et elle avouait ne pas être à la hauteur. De plus, il avait des manières aimables. Et Mlle Chatain, la secrétaire, en dépit de sa piété et de ses trente-cinq ans, aimait beaucoup voir le lieutenant Nalecki. La doctoresse tenait donc ce penchant pour la conséquence d'une sorte de lien familial. Bien sûr, Mlle Chatain espérait secrètement convertir le lieutenant; pas en luttant ouvertement, non; en se dévouant patiemment; et c'était pour la doctoresse une mine inépuisable d'hypothèses et de conseils, de remontrances et de jalousie sénile. Car rien n'était moins sûr que la conversion du lieutenant Nalecki par Mlle Chatain, mais tout œil un tant soit peu avisé pouvait remarquer qu'en quittant la chambre du lieutenant Mlle Chatain avait bien souvent les joues en feu et qu'elle était aussi, de façon à peine perceptible évidemment, décoiffée.

VII

Lorsqu'il en eut assez de rester allongé, aussi immobile qu'un noyé rejeté par l'eau sur les galets, il fit à son tour une visite au lieutenant. Ou plutôt, il rendait la politesse, Nalecki étant venu le voir le premier à l'époque où il ne quittait pour ainsi dire pas sa chambre. Le lieutenant, de taille moyenne, l'air un peu las, avait dans ses mouvements quelque chose de circonspect. Il avait le front haut, les pommettes saillantes, le souffle court. Comme bon nombre de Polonais, il était fondamentalement inquiet, presque trop, même si son esprit sympathique et mordant le rendait maître en pirouette. Plus encore que son atavisme, d'autres raisons nourrissaient cette inquiétude : années de fuite, foule de métiers exercés pour survivre et terminer ses études de droit après qu'il eut quitté la Pologne, avant la guerre ; là-dessus, les partisans, la tuberculose, une femme qui n'était pas revenue des camps allemands et qui, si elle avait dû en revenir, serait déjà là. Il parlait d'une voix tranchante mais agréable, saccadée, parfois rauque, ses poumons modulant au fur et à mesure une élocution aussi vive qu'infatigable. Il était assis dans son lit, couvert d'un drap jusqu'à la taille, un oreiller derrière le dos. Le drap était jonché de toutes sortes de journaux. À côté du lit, contre le mur, il y avait des étagères pleines de livres, car il était là depuis l'époque de l'occupation allemande ; on l'avait amené ici et introduit en cachette dans le sanatorium. Il était temps. Son poumon gauche était terriblement endommagé et l'air injecté avait comprimé son cœur ; on pouvait craindre que son poumon droit ne subît bientôt le même sort.

– Je sais pourquoi vous êtes venu, dit-il en posant son journal.

– Excusez-moi, mais moi, je ne m'y retrouve pas.

Nalecki reprit son journal et l'agita bruyamment, comme s'il ressentait le besoin d'une présence qui serait un médiateur entre eux.

– Vous avez lu le discours de Churchill ? demanda-t-il avant d'enchaîner : Les gens se trompent fort s'ils pensent que la mention « Danger rouge » n'est qu'une bouffonnerie politique, ainsi que le *News Chronicle* aime à s'en persuader. Nous ne devons pas oublier que l'Angleterre et ensuite l'Amérique ont combattu l'Allemagne parce qu'elles y ont été contraintes ; maintenant que l'industrie allemande est matée pour un certain temps, il est naturel que le socialisme redevienne leur plus grand ennemi. C'est clair comme le jour.

– Je comprends, fit Radko. Pourtant est-il possible que nous devions, après ce que le monde a vécu, recommencer tout, aussi bêtement, de zéro ?

– Vous le voyez, c'est possible, dit Nalecki avec un sourire mi-amer, mi-moqueur. D'un autre côté, on ne peut pas en vouloir vraiment à l'Ouest, car, de Vladivostok à Trieste, il n'y a plus qu'un seul pouvoir ininterrompu.

– À vrai dire, Trieste est maintenant aux mains de l'Ouest.

– Oui, mais la frontière est pour ainsi dire à la limite des faubourgs de la ville.

Il jeta un coup d'œil à Radko Suban et son sourire ironique disparut.

– Vous êtes très déçu ? demanda-t-il sérieusement.

– Pour parler franchement, pas tellement pour Trieste,

mais, quand je pense aux villages de la côte qui sont tous slovènes, je suis hors de moi.

– D'après ce qu'on écrit, à Trieste, la plupart des gens parlent italien.

– Oui, mais si on donne Trieste à l'Italie, il faudra aussi lui donner les villages slovènes. Sinon Rome ne serait rattachée à Trieste que par la mer.

– Trieste est tout de même le port de l'Europe centrale, dit Nalecki en reposant le quotidien sur sa couverture. Si la Yougoslavie n'était pas du côté soviétique, les choses se passeraient sans doute autrement.

– Vous croyez?

– Très certainement. Car l'Ouest n'aurait pas peur de la présence soviétique aux portes de l'Adriatique!

En partant, il se dit que les yeux de Nalecki brillaient de satisfaction devant sa logique implacable. Pourtant il lui plaisait, c'était indéniable, car, bien qu'idéologiquement du côté soviétique, sa raison de Polonais ne refusait pas la vérité lorsqu'elle croyait la reconnaître. Évidemment, Nalecki non plus ne pouvait pas savoir quel aurait été le sort de Trieste si les choses s'étaient passées autrement, mais, quant à lui, il aurait vraiment préféré voir Trieste devenir une ville libre, uniquement pour que les villages slovènes fussent sous pouvoir slovène. Il ne pouvait les imaginer encore une fois aliénés à l'étranger. Autant dire que le monde se moquait des morts et de leurs cendres.

Tout cela expliquait pourquoi il continuait à marcher avec obstination dans la forêt, notamment à la tombée de la nuit, après le dîner, lorsque, insensiblement, la forêt devenait impersonnelle. Il se rendait compte que c'était presque l'équivalent d'une fuite mais quoi! puisque son passé continuait à l'exiger… Car dans la forêt, là où la parole de l'homme n'existait pas, la réalité de la destruction gardait sa valeur et le revenant conservait ses images intactes. Entre les arbres, il y avait bien les pavillons blancs, mais ils étaient éloignés les uns des autres et, malgré leur présence, on trouvait encore assez de forêt libre pour y cacher ses pensées comme une bête féroce le fait de sa proie. Bien entendu, ses pensées étaient les mêmes que dans la journée. Mais le jour il faut fermer les yeux pour les arracher à l'assaut de la chaleur blanche et de la lumière ardente alors qu'à la tombée de la nuit les idées se mêlent au crépuscule froid et à l'humidité de l'herbe. «Car, si l'homme est enfant de la nature, se dit-il, celui qui cherche un remède ne peut que se réfugier en elle, le mieux étant de ne pas la chercher directement, mais de s'abandonner simplement, confiant, à ses bras maternels.» À plus forte raison lui, le revenant, qui s'abrite dans l'immense nuit boisée en espérant que le silence sans fin absorbera la mort illimitée qu'il porte en lui. Ah! qu'il s'en charge et lui donne une épaisseur, pour qu'elle s'échappe tout entière, qu'il puisse tranquillement l'observer une fois dehors, même si, un peu radoucie, elle demeure en lui. Il vivait à la façon d'une créature qui ne fréquenterait les humains qu'en plein jour et qui le soir, prudente, discrète, se retirerait à l'abri des fourrés. Il interdisait ainsi à sa conscience de s'occuper de ce qui montait de ses troubles profondeurs. Il voulait être sans pensées, comme il avait essayé d'être sans pensées, tout le temps, *là-bas.*

VIII

Subitement, un matin de juillet, ce fut comme s'il avait surmonté pendant la nuit une crise grave : il avait soudain senti l'odeur du pain chaud. Éprouvé l'impression que toutes les cellules de son corps s'étaient réveillées en même temps et qu'elles s'imprégnaient d'humidité telles des éponges sèches ; l'impression que les autres aussi se rendaient compte de son nouvel état, tant il était évident et attirait les regards. Peu à peu, au réfectoire, il se mit à reprendre des légumes dans les plats. Surtout quand il remarqua que les autres appréciaient son appétit tout neuf. Néanmoins, il faisait exprès de manger lentement afin de rester seul, une fois la tablée dispersée ; il pouvait alors, sans honte, racler ce qui restait sur les deux plateaux. Plutôt la confiture que les légumes. Presque personne ne l'aimait et tout restait ; et quand il était seul, son corps, pour ainsi dire fortuitement, sentait que cette confiture était son salut. Peut-être était-ce à cause du sucre, des vitamines ou du goût acidulé et stimulant. Ou pour toutes ces raisons à la fois. Il la mangea d'abord sur du pain puis carrément à la cuiller, comme s'il sirotait une liqueur de sève fraîche qui se déversait directement dans son sang.

Sa respiration était encore gênée par un léger essoufflement quand il allait du réfectoire à sa chambre au premier étage. Mais, depuis qu'il restait à table après les autres, ses muscles lui semblaient plus souples. Comme si l'écorce qui jusqu'alors le cuirassait et le cachait tombait en laissant voir les formes de son corps. Le regard qu'il portait sur son physique n'était pas dénué de narcissisme, à ceci près que cet examen était celui de quelqu'un qui se remet d'une ivresse mortelle.

Aussi suivit-il d'abord ce réveil avec une prudence distante, comme par crainte d'être trop pressé. Puis sa réserve l'abandonna peu à peu et il se prit alors à observer son corps au moment où il se levait ou lorsqu'il était allongé à ne rien faire. Bien sûr, ce n'étaient que des éclairs qu'il repoussait vite. C'était néanmoins comme si la vie se développait en lui, en cachette et de biais, comme s'il refusait en quelque sorte de la voir de peur que la moindre idée gaie n'allât rompre le fil invisible et silencieux qu'il suivait. Il était convaincu de ne jamais pouvoir se réjouir tranquille de cette nouvelle sève qui affluait en silence. En même temps, il comprenait que cette acceptation passive, à demi absente, était la source cachée d'un bonheur, consenti avec réserve sans doute, mais d'un bonheur tout de même. Et quand, couché durant de longues journées, il se plongeait dans les brochures économiques et les articles politiques, il découvrait que cette conscience toute fraîche de son corps donnait jusqu'aux paragraphes une nouvelle consistance, un nouveau poids.

C'est alors que fut affectée dans son pavillon une infirmière qu'il ne remarqua pas les premiers jours. En réalité, elle lui apportait le thermomètre et, quand elle réapparaissait quelques instants plus tard, il le lui rendait sans faire attention à ce qu'il y avait de changé. C'était un geste automatique, lié au règlement de tout établissement de soins, et il arrive fréquemment qu'on lève à peine la tête quand on prend le thermomètre ou qu'on le rend. C'est ainsi qu'au début, il n'avait pas vu la différence, entre le départ de Mlle Chatain et l'arrivée de la nouvelle. Sur son front d'enfant légèrement bombé, une mèche de cheveux blonds s'échappait du fichu amidonné et serré qui, noué sur la nuque, encadrait la tête. Il nota ces détails de son lit, qu'il ne quittait pas quand elle entrait et quand elle revenait chercher le thermomètre. Il savait aussi qu'une telle habitude était dans sa nature, car jamais il ne montrait quel effet on produisait sur lui; au contraire, il mettait à profit son apparente distraction pour observer et juger. Cependant, il s'apercevait de la résistance obstinée qui naissait en lui chaque fois qu'il était en sa présence. Comme si quelque chose tentait de s'approcher de lui par force, qui risquait de faire voler en éclats son monde clos; c'était cette même peur qui le retenait de rendre plus souvent visite au lieutenant Nalecki et l'envoyait de préférence, quand il quittait sa chambre le soir, dans la forêt ou sur la large route goudronnée menant au village. Et s'il s'avouait ensuite qu'il avait pensé à elle et même désiré sa venue, du même coup, dès qu'elle apparaissait, il s'enveloppait, avec une obstination grandissante et presque obtuse, dans une froide indifférence.

Malgré la bâche marron qui de biais ombrageait la terrasse, la chaleur de juillet inondait franchement la chambre; il s'imaginait couché dans une barque, sous une voile jaune, alors que le soleil frappait à pic la surface immobile de la mer. Dans cette canicule, son corps engourdi préférait tout oublier; son esprit se dégageait de la chaleur et de la fatigue pour filer vers les côtes ensoleillées de Trieste. Il en reconnaissait les moindres recoins, toutes bizarres et transformées qu'elles lui semblaient : des jeeps anglaises la sillonnaient et un général britannique habitait à Miramare. Mais les vieux rochers étaient toujours au bord de l'eau et des baigneurs bronzaient sur le rivage qui s'incurvait en douceur de Barkovlje à Miramare, tel un hippocampe étiré dont la tête toucherait au château de Miramare. Au-dessus de la rive, les treilles mûrissaient sur les terrasses qui grimpaient jusqu'aux villages du Karst. C'est alors que Darinka apparut sur la pente escarpée. Elle revenait du bain, toute hâlée et étonnée de le voir :

– Mais tu n'es pas en France, mon bonhomme, comme en court le bruit ?

Lui, indulgent, souriait de sa surprise en évitant de prendre l'air de quelqu'un qui a vaincu la mort. Car, c'est certain, elle lui aurait lancé une remarque caustique. Rien à faire, elle est comme ça, Darinka ! Pourtant, elle aurait pu lui demander comment il avait réussi à se sauver. Au moins ça. Ça ne valait vraiment pas le coup de venir de si loin pour recevoir un pareil accueil ; c'était peut-être mieux de retourner là-bas, dans la chambre du sanatorium français. D'ailleurs, on lui annonçait justement la visite d'une demoiselle qui venait de son pays et qui voulait le voir. « Elle est blonde et extraordinairement jolie », disait la doctoresse dans le couloir ; il se retourna et essuya la sueur de la sieste pour la recevoir plus dignement. Il ne tousserait pas... On frappa alors à la porte et il se demanda quelle était la jeune fille qui lui rendait visite.

– Monsieur, dit-elle.
– Oui.

En se réveillant, il la vit qui lui tendait le thermomètre.

– Vous avez fait de beaux rêves ?

Il l'observait à travers les couleurs de son rêve.

– Dans ces conditions, je regrette de vous avoir dérangé ! s'exclama-t-elle en levant la main – devant son air mystérieux, elle se tut un moment. Aujourd'hui, je fais vite – elle haussa les épaules. Puisque tout le monde est allé à Paris !

Il se souvint alors :

– Ah oui ! dit-il, c'est le 14 Juillet.

– Cette nuit à Paris, tout le monde va danser dans les rues et sur les places, fit-elle, l'air absent.

IX

Pendant la consultation, la doctoresse fut plus irritable qu'à l'accoutumée. Même avec Mlle Chatain qui, comme d'habitude, l'accompagnait, son carnet à la main.

– Après la visite, nous essaierons un pneumothorax.
– Laissez ça pour le moment, protesta-t-il en souriant.

Mlle Chatain jeta d'abord un coup d'œil sur lui puis sur le docteur, comme si elle voulait éviter un accrochage inéluctable.

– C'est moi le médecin, il me semble, pas vous, n'est-ce pas? dit-elle avec colère – puis, se tournant vers Mlle Chatain: Elle est bien bonne, celle-là! Qui est le médecin, lui ou moi? Vous avez noté, mademoiselle Chatain? conclut-elle, plus fermement encore.

– Oui, docteur, répondit calmement Mlle Chatain.
– Bien. Nous essaierons après la visite.

Mais sa détermination avait dû quelque peu chanceler, car elle enchaîna comme si brusquement elle s'en prenait à Mlle Chatain:

– Est-ce qu'il veut guérir, oui ou non? Alors? Je n'ai jamais vu ça. Mais vous, mademoiselle Chatain, vous savez comment sont ses radios. Oui? Alors c'est lui ou c'est moi, le médecin?

Il recroquevilla ses jambes sous le drap pour protéger son

corps, désarmé à l'horizontale devant les deux femmes en blouse blanche debout près de son lit.

— Vous n'avez rien à refuser, ajouta-t-elle, furieuse, en frappant avec rage les branches de son stéthoscope contre sa blouse blanche — à la porte, elle se retourna une dernière fois. Votre place, lança-t-elle comme si elle voulait réparation de son entêtement, votre place est dehors, sur une chaise longue !

Le soleil obliquait sur les marronniers et la chambre s'abandonnait tout doucement à la vague de chaleur matinale ; passer de la chambre longue et étroite à cette atmosphère chaude, c'était glisser en barque du sable de la grève à l'eau tiède de la mer où les vagues désinvoltes se perdaient, invisibles, dans le lointain, dernières traces de la fraîcheur matinale.

Insufflation d'air dans la plèvre. Pneumothorax. Oui, mais si on ne veut pas qu'on vous farfouille là-dedans avec une aiguille ? Évidemment, ce genre d'obstination n'est pas raisonnable ; cependant, si on n'en a rien à faire, de la raison ? Qui sait quand viendra le jour où on pourra distinguer le raisonnable du déraisonnable ? Cela dit, elle, elle essaierait quand même. Eh bien, qu'elle essaie ! Puisque, de toute façon, elle n'y arriverait pas. Ce qu'il y avait de bien, c'est qu'elle le laisserait sans doute tranquille après. Bien sûr que ce n'était pas raisonnable, mais dormir avec des phtisiques dans un espace confiné, était-ce raisonnable ? Il n'avait pas pu faire autrement, il s'était refusé à déménager pendant la nuit, à trahir des malades condamnés. Il savait aussi qu'il n'aurait pas supporté d'être dans la pièce voisine où régnaient la dysenterie et la pourriture des phlegmons. Pour chaque catégorie d'odeurs, un stage approprié était nécessaire. Pourtant, ce geyser qui lui avait empli la gorge était impressionnant et maintenant encore il se revoyait quittant à la hâte le rayonnage de châlits tout en sachant parfaitement qu'il ne pouvait échapper à lui-même. Ç'avait vraiment commencé à tourner mal pendant le voyage de Bergen-Belsen quand même la faim avait disparu et que, cloué au sol, il était resté couché dans un coin du wagon, enroulé dans une couverture. Cette faiblesse était devenue particulièrement nette en gare de Celle où un malheureux, étendu sur le sol dans un wagon proche, avait demandé de l'aide. Il n'avait pas pu le porter, il n'avait vraiment pas pu. En se traînant avec le troupeau des survivants, il s'était naturellement reproché de ne pas avoir tenté de ramener le corps impotent et il n'avait retrouvé son calme que lorsqu'on avait annoncé que des véhicules iraient récupérer ceux qui étaient à bout de forces, les gardiens, contre toute attente, n'achevant pas ici les inaptes. Oui, il était vraiment dans un piteux état quand, juste avant qu'on les libérât, un liquide chaud avait de nouveau empli sa gorge, et il n'y avait pas eu grand-chose à tirer de lui lorsqu'il était resté couché dans le camion américain pendant que Pierre, René et François, assis sur les côtés, saluaient les troupes motorisées qu'on croisait.

Bon, qu'elle essaie ; mais il serait totalement absent. Comme *là-bas*. Il tendit la main vers le journal de la veille.

Bombe sur Hiroshima.

Après tous ces crimes, il ne manquait vraiment plus que celui-là. Pour couronner le tout. Comme une coupole au sommet d'une immense basilique dédiée au Mal. Pour empoisonner jusqu'à la petite miette de satisfaction ressentie à la fin de la guerre. La mort en si grand nombre d'une population doit avoir quelque chose d'apocalyptique ; d'une certaine manière, c'était pire que dans les camps. Non, peut-être pas. Au camp, les gens étaient dans l'antichambre de la morgue. Et ils attendaient. Et ils savaient que la cheminée du four crématoire était la seule issue. Avec la bombe atomique, c'était différent. On brûle comme du celluloïd. Effectivement, à Hiroshima, les gens ont regardé sans trop d'inquiétude l'avion solitaire qui tournait au-dessus de leur tête, croyant qu'il s'agissait d'un patrouilleur. Puis tous, en une seconde, n'ont plus été qu'une lumière blanche. Par dizaines de milliers. D'un seul coup. Il faudrait vraiment faire quelque chose. Mais quoi ? À l'un, on injecte de l'air sous les côtes, on le soigne par tous les moyens, et d'un seul coup on éjecte du monde cinquante mille autres. S'il était l'un des cinquante mille, pas le moindre diable ne s'intéresserait à ses poumons.

Mais le plus important dans tout ça, c'est que l'homme ne sait plus où fuir, puisque l'Extrême-Orient est maintenant le terrain d'essai d'une nouvelle mort. Où irait Gauguin maintenant ?

Une sorte de roulement se fit entendre dans le couloir puis on frappa.

– Vous êtes de mauvaise humeur ? demanda Chatain.

Elle tira par la porte un appareil qui ressemblait à une perche montée sur des roues en caoutchouc ; tout en haut, deux récipients à moitié remplis d'eau.

– Le docteur arrive tout de suite, dit-elle en souriant avant de sortir.

« Et elle a laissé ça ici, pensa-t-il ; comme un épouvantail, comme une cigogne aux grands yeux vitreux. »

Il se tourna vers les marronniers touffus et il lui sembla, à cet instant, trouver en eux les fidèles camarades qui veilleraient sur lui. Ce support en fer, les tuyaux de caoutchouc, les infirmiers avec leurs thermomètres et leurs mixtures contre les maux de tête, tout lui fit l'effet d'un beau spectacle joué par des femmes et des filles en blouse blanche. Encore une fois, il avait conscience d'être injuste. Mais il aurait voulu fuir sur la terrasse, se laisser glisser dans le parc par la gouttière et se cacher dans la nature qui, seule, pouvait le guérir.

Avec son exubérance étourdissante, elle entra alors.

– Où est Mlle Chatain ? – elle alla jusqu'à la porte. Chatain ! appela-t-elle. Je lui avais dit d'être là, ajouta-t-elle près de son lit. Où est-elle encore allée ?

– Elle était là à l'instant.

– Elle était là ? – elle se retourna à la porte en martelant le sol du talon. Mademoiselle Chatain !

Les talons recommencèrent dans le couloir leur claquement sec.

– Mademoiselle Chatain !

Celle-ci répondit de l'escalier qui donnait sur le vestibule.

– Je vous avais dit de m'attendre ici. Je ne vous l'avais pas dit ?

– Le téléphone a sonné, répliqua calmement Mlle Chatain en s'avançant vers l'appareil.

– Qui était-ce ? demanda-t-elle, soudain curieuse devant l'air absent de l'infirmière.

– Le médecin-chef, reprit Mlle Chatain comme pour elle-même.

– Que voulait-il ?

Elle s'était déjà radoucie.

– Il vient cet après-midi, dit froidement Mlle Chatain.

– Cet après-midi ? Et vous ne m'en disiez rien !

Mlle Chatain déplaça le lit ; le médecin passa contre le mur.

– C'est à droite, bien sûr, dit-elle comme pour elle-même en se penchant sur lui. C'est ça, marmonna-t-elle encore – elle enfonça l'aiguille. Et monsieur qui s'entête et refuse comme s'il en savait plus que le médecin. Ça ne fait pas mal ? Bien sûr que non. Ça va ? demanda-t-elle à Mlle Chatain.

– Non, docteur.

Lui pensait que les marronniers, en face de la terrasse, veillaient sur lui, gardiens conscients et fiers de la sève qu'ils lui légueraient dès que la doctoresse en aurait fini ; ils la déverseraient imperceptiblement sans tuyau de caoutchouc ni longue seringue fichée entre les côtes.

– Ça y est, dit-elle en retirant l'aiguille et en piquant un autre endroit. Ce n'est rien: oseriez-vous dire que vous avez senti l'aiguille? Et maintenant? ajouta-t-elle à l'adresse de Mlle Chatain.

– Toujours pareil, docteur.

– *Mince alors*!* s'exclama-t-elle en se levant. Nous perdons notre temps, marmonna-t-elle en gagnant le milieu de la chambre. Collez un morceau de sparadrap.

– Je peux m'en aller? demanda Mlle Chatain.

– Allez, allez, dit-elle en agitant la main. Nous réessaierons.

Lui se taisait.

– Ça fait mal?

Elle avait l'air étonnée: il aurait pu se vanter d'avoir prévu que ça ne marcherait pas. Il crut bon de lui montrer qu'il avait besoin de son aide.

– J'ai toujours mal à l'épaule, docteur, dit-il. À l'épaule droite.

– À l'épaule? répéta-t-elle avant d'appeler par la porte: Mademoiselle Chatain!

– Oui, docteur! répondit celle-ci de l'infirmerie.

– Notez sur le cahier qu'on lui masse l'épaule. M. Suban dit qu'il a mal – dès qu'elle fut dans le couloir, elle se plaignit à Mlle Chatain. Le médecin-chef annonce qu'il arrive cet après-midi. Et vous ne me dites rien!

X

Une douce pluie rafraîchit le parc et à la mi-août, le soleil sembla honorer le vert flamboyant des marronniers, histoire de célébrer leur récente humidité. L'après-midi était bien avancé et, à en juger par le bruit confus venant du couloir, l'infirmière passait de chambre en chambre avec ses thermomètres dans le bocal. Non, il ne l'attendait pas vraiment. Mais l'idée de la voir arriver d'un moment à l'autre le gênait dans sa lecture ; il avait le sentiment qu'elle n'appréciait pas son quasi-mutisme et, tout en refusant d'y penser, il ressentait une vague satisfaction qu'il écartait de la même façon.

Chassant ces embryons d'émotions et ces réflexions naissantes, il se plongea dans la contemplation de la verdure. Il était couché à plat, le regard presque à l'horizontale, et les grandes feuilles, au lieu d'entourer l'étroite terrasse, lui donnaient l'illusion d'être au-dessus de sa tête. On aurait dit que la végétation s'insinuait en lui, sinon dans ses pensées, du moins pour l'instant dans l'extrémité de ses membres.

On frappa.

Mais voilà qu'elle appuyait sur la poignée et entrait. Elle pirouettait, semblait-il, pour présenter avantageusement ses jambes ; des jambes de moineau, trouva-t-il.

– Le thermomètre !...

Elle rectifia son fichu blanc, l'air de se rappeler que son crâne n'avait pas l'habitude de cette étroite cuirasse.

– Merci, dit-il en secouant la tête.

– Il le faut bien ! repartit-elle, un consentement complice dans le sourire enfantin.

– Trente-six huit, annonça-t-il en croisant les mains sous sa tête. Inchangé depuis quinze jours.

Elle haussa les épaules avant de replacer le thermomètre dans le bocal.

– Notez-le, murmura-t-elle, le regard embrassant la terrasse, et sa main de nouveau se portant sans raison sur l'étoffe amidonnée nouée au bas de sa nuque. Au revoir !

Elle sortit.

Son comportement n'était pas hautain, elle était seulement prompte à la repartie comme ces fillettes qui dans leurs jeunes années ont surmonté une maladie grave. Il pensa : « Un maintien droit, bien à elle, qui évoque un corps adulte marchant sur les petites jambes d'une enfant. » Il se souleva sur les coudes, prit le stylo sur la table de nuit en fer-blanc et inscrivit un petit trait sur la feuille millimétrée accrochée au mur. Après quoi, il se laissa retomber. À vrai dire, cette ligne dentelée était amusante, avec son air d'avoir été dessinée par un écolier de cours préparatoire, un écolier qui aurait à la tête de son lit un tableau recouvert de papier quadrillé. Il valait d'ailleurs mieux que ce trait ne fût pas intéressant. S'il avait présenté de grandes descentes et puis des pics, ç'aurait été mauvais signe pour le corps allongé au-dessous ; ces Français étaient un peu ridicules, à prendre la température au rectum. Et non pas dans la bouche comme les Américains. Ni sous les aisselles. Mais précisément à cet endroit ! Ce jour-là encore, elle ne semblait pas enthousiasmée par sa mission d'infirmière. Peut-être était-ce justement la raison pour laquelle elle parvenait à le troubler. Il se rendait compte qu'il ne pouvait s'empêcher de regarder avec une tendre indulgence son intérêt réservé. Car tout ce que faisaient les infirmières lui semblait une aimable plaisanterie, comparé à l'image de l'infirmier des camps qu'il portait en lui. Un rituel anodin qui occupait les gens et donnait à leur action un but qui les rassurait. Bien entendu, il était encore une fois injuste, mais Josef Kramer, tandis qu'il considérait les traits sur le papier quadrillé, s'imposait à sa pensée. Probablement parce qu'il y avait sa photo dans le journal au pied de son lit. Et il n'était qu'un de ces monstres. Vous savez, aurait-il dit à la petite, vous trottinez de façon bien intéressante avec vos thermomètres, mais vous ne vous représentez ni de près ni de loin que *là-bas,* avant de jeter les jeunes filles dans la gueule du four, ils leur coupaient les cheveux; ensuite, fatigués – leurs victimes étaient si nombreuses –, ils se faisaient, avec ces soyeux cheveux de femmes, de doux coussins pour reposer leurs membres las...

«C'est insensé, cette façon de me battre contre elle», se reprocha-t-il, tandis qu'il ressentait violemment l'impression d'avoir un oreiller bourré de cheveux de femmes. Il souleva légèrement la tête.

Voilà la misère du vingtième siècle – et, tandis qu'il se faisait cette réflexion, il repoussait de toutes ses forces la sensation de soie moelleuse liée aux jeunes mortes. Il s'appliqua à évoquer les thermomètres; sans doute était-ce mieux de tracer sur le papier une ligne vers le bas le matin, une vers le haut l'après-midi: chacun de ces traits sur le papier quadrillé était une demi-journée concédée par la vie, offerte par les arbres dehors.

On frappa de nouveau.

– Puis-je entrer? demanda-t-elle, car c'était encore elle. Ai-je laissé un thermomètre ici?

Il sourit.

– Ah, c'est vrai, vous n'aimez pas ça! – en même temps, elle obliqua sur la gauche et, se redressant un peu naïvement, s'en fut jusqu'à la table, où elle posa le bocal de thermomètres. Vous avez noté?

– Oui, répondit-il en faisant bruire exprès son journal.

– Vous lisez sans cesse...

Mais sa voix ne trahissait nul intérêt. Au contraire, elle dénoua son foulard, tranquille, aussi sûre d'elle que si c'était une habitude quotidienne, devant le miroir au-dessus du lavabo.

Il l'observait. Si son attitude avait été plus coquette, tout aurait été plus simple.

– Ça serre, fit-elle.

De sa main droite, elle tira sur le tissu et l'arracha pratiquement de sa tête, qu'elle releva et secoua pour faire onduler ses cheveux. Blonds, lourds, légèrement bouclés, ils soulignaient le col fermé et strict de sa blouse blanche et son visage rosé. Maintenant, elle était plus féminine. Pourtant, ses mouvements évoquaient une enfant distraite qui tutoie encore une fois un inconnu alors que sa mère l'a cent fois réprimandée à ce sujet.

– Maintenant, c'est mieux – elle remit la coiffe et, tout en refaisant le nœud, trouva le temps de secouer de nouveau la tête. Si le docteur me voyait... fit-elle alors, tandis que sa main gauche saisissait machinalement le bocal sur la table.

Il lui sourit, l'air indifférent, sans ouvrir la bouche ; elle se pencha malicieusement sur son journal.

– Hum, la presse de gauche.

Sa voix laissait transparaître une nuance de reproche feinte.

Il haussa les épaules.

– Je sais, je sais, on ne l'aime pas dans ce pavillon – et il agita négligemment son journal comme si sa présence l'ennuyait. Mais ça m'est complètement égal, conclut-il.

Elle donnait l'impression de ne pas l'écouter ; quand elle se retourna, elle avait la tête comme prise dans un bonnet d'enfant. Ses sandales aussi étaient menues. On aurait dit que ses petits pieds avaient une vie propre, séparée du reste du corps.

La main sur la poignée, elle lâcha : « Ah ! nous autres plébéiens », fit la moue et sortit.

Dans sa remarque, il y avait un soupçon de raillerie, juste la quantité requise pour prononcer de tels mots, mais aussi une fierté complice. Naturellement, la fierté en question ressemblait à l'assurance d'une écolière qui se vante avec un petit sourire : « Mon papa aussi a une dent en or. »

Il abandonna le journal et croisa les mains sous la tête. Le soleil se couchait par-delà les grands marronniers touffus qui formaient, devant la terrasse, un épais rideau que la lumière avait peine à traverser. Néanmoins, ce rideau était une arabesque brodée de dentelles dorées, entrelacées de fils et d'étoiles scintillantes. Que signifiait tout ça ? Si ce n'était pas une femme facile, alors elle était sans nul doute somnambule. Non, elle n'était pas facile, du moins pas dans le sens courant du terme. Elle ressemblait plutôt à une phalène qui se jette obstinément sur la flamme. En tout cas, elle promettait un mystère autrement important que l'apparition d'une femme correcte, comme il faut ; face à pareille femme, bien organisée et raisonnable, il n'aurait su ni comment se comporter ni comment se défendre. Oui, mais quel bond en perspective, s'il voulait sauter de son monde jusqu'à ces couches rêveuses où elle évoluait ! À moins que... Peut-être son inconscience convenait-elle bien à quelqu'un qui n'avait pas encore écarté les brumes de la mort.

Le coucher du soleil, à travers le feuillage épais, était toujours aussi flamboyant ; il commençait tôt pour lui, à cause des grands arbres qui masquaient la vue. Il se dit que les couchers de soleil à la campagne et à la mer ne se ressemblaient pas. Le cercle ardent plongeant dans l'étendue liquide évoquait un haut-fourneau grandiose au-dessus duquel s'effilocherait un rideau violacé et ensanglanté. Ici, on ne voyait pas le soleil s'enfoncer derrière les arbres jusqu'à sa disparition, qui était probablement silencieuse et douce, à voir les filaments orangés si ténus éraflant le ciel bleuâtre. On s'attendait à voir d'un moment à l'autre la coupole de soie bleue se défaire par endroits, ménageant de longs et étroits interstices qu'immédiatement viendraient combler des nuances rosées.

XI

De la salle à manger du rez-de-chaussée jusqu'au premier étage, il n'y avait guère de chemin, mais il prenait tout son temps, exprès, pour se laisser envahir par l'humeur mi-légère, mi-enjouée, qui précède une visite. Passer du long silence à la conversation en société provoquait en lui une excitation singulière et, chaque fois, il devait s'y préparer. Il se sentait dans la peau d'un acteur qui se compose un visage avant d'entrer en scène. Il n'avait pas peur, mais il était jaloux de son monde intérieur ; et quand il lui fallait l'abandonner un certain temps, il sentait qu'il devait, autant que possible, le cacher au tréfonds de lui-même. C'était de la peur, oui, mais devant la progression irrésistible du quotidien. Et Nalecki, quoique révolutionnaire et combattant, faisait lui aussi partie de son quotidien. Car les bouleversements et la lutte étaient des fragments de vie alors qu'en dormant avec la mort on s'habituait presque à se chauffer à son poêle.

Le lieutenant était assis dans son lit, avec sur les genoux le tabouret qui servait de table de repas aux malades.

– Vous avez déjà dîné, dit-il d'une voix cassée.

Il avait l'air misérable dans sa veste de pyjama ouverte, il respirait avec difficulté, et peut-être était-ce précisément pour cette raison qu'il se montrait encore plus infatigable et plus disert.

– Belle soirée, observa Radko Suban en allant sur la terrasse.

Vus de ce pavillon, les arbres étaient distants du bâtiment : ils commençaient après l'allée et l'on voyait un chemin forestier plus étroit entre les troncs. Sur la droite du passage qui menait à la sortie, le bois faisait place à une côte dévoilant une trouée de ciel.

Il regagna la chambre.

– Il aurait fallu des pins, dit-il.

– C'est vrai, dit Nalecki tout en coupant son escalope.

Une casserole chauffait sur la plaque électrique. Mlle Chatain avait dû lui préparer quelque chose ; quand elle aurait dîné, elle accourrait. Et elle serait dépitée de ne pas le trouver seul, car rien ne rend ombrageux comme le moment des rendez-vous.

– Quoi de neuf ? demanda Nalecki.

Radko Suban s'avança.

– Aujourd'hui ? À vrai dire, c'est l'article sur la Pologne qui est encore une fois le plus intéressant.

– Je l'ai lu, dit rapidement Nalecki. Il est ici quelque part.

Il fouilla dans le tas de journaux sur son lit.

– C'est objectif.

– Je l'ai lu, je l'ai lu, répéta Nalecki comme s'il craignait d'être devancé.

Rien ne pouvait être nouveau pour lui. Son inquiétude intérieure était amusante, à croire qu'il voulait toujours être le premier en tout. Sans compter qu'il s'agissait de la Pologne, ce qui le rendait d'autant plus nerveux.

– Je le sais, dit-il. J'ai moi-même eu affaire au régime de l'entre-deux-guerres. C'est à cette époque-là que j'ai fui la Pologne. Une aristocratie féodale, moyenâgeuse et rétrograde, une politique idiote et criminelle. Mais vous pensez ! ils voulaient faire de la Pologne un rempart contre la Russie soviétique, alors qu'ils étaient aussi, naturellement, contre l'Allemagne!

– Ils faisaient confiance à l'Occident!

– Pour faire confiance à l'Occident, ça oui! C'est comme ça que la Pologne s'est héroïquement suicidée! s'écria-t-il avec colère.

Sa respiration saccadée semblait ponctuer ces erreurs historiques, comme si l'adversaire était à portée de vue et de voix.

On entendait maintenant les grillons. Radko Suban se dit que Mlle Chatain allait entrer dans la chambre d'un instant à l'autre et se tut pour laisser Nalecki se calmer.

– Je suis tout essoufflé, dit celui-ci d'une voix mi-rauque, mi-sifflante.

Il sourit, mais ses yeux semblaient désorientés devant les conséquences de cet effort.

Il quitta le pavillon et se dirigea vers la sortie. Peut-être allait-il la rencontrer; aussitôt surgie, l'idée l'étonna.

Dans le bâtiment haut et étroit des infirmières, une rangée verticale de larges fenêtres était éclairée : l'escalier; à part cela, presque toutes les autres fenêtres étaient dans le noir. La sienne en faisait certainement partie. Il se prit à penser de nouveau à Mlle Chatain. Dans ces moments-là, elle lui apparaissait toujours sous des traits sévères. Elle avait surtout été déçue de le trouver chez Nalecki. Rien de plus compréhensible : elle avait tourné les mots pour le saluer, et voilà qu'elle trouvait un visiteur. Mais elle était probablement outrée parce que Nalecki s'était épuisé à converser avec lui, ce revenant des camps qui lisait les journaux de gauche. Ils discutaient à leur façon dans une atmosphère qui leur était familière à tous deux. Elle était étrangère à cette atmosphère et, à ses yeux, il était le tentateur qui donnait à Nalecki l'occasion de développer ses points de vue. Elle aurait préféré savoir Nalecki seul avec ses pensées, qu'elle seule contredirait tout en le désarmant en douceur par ses soins, sa compote et le thé en train de chauffer sur le réchaud.

Après la sortie, il prit la route du village ; il n'avait besoin de rien là-bas, mais de temps à autre il trouvait agréable de regarder les porches derrière lesquels des familles s'apprêtaient à dîner. Notamment au crépuscule, quand les malades flânaient pour rentrer ; le jour, il y avait presque trop de monde dans la rue. Des soldats américains du village voisin vendaient des vêtements, des chaussures, des tubes de crème à raser et des cartouches de Lucky Strike. Mais la plupart des malades se promenaient simplement en attendant l'heure du retour. Ils marchaient sur la route goudronnée qui traversait le village tout en longueur et, plus loin, longeait champs et prés. Les plus costauds parcouraient les trois kilomètres qui les séparaient de la Seine et s'arrêtaient devant une haute barrière. On remarquait surtout un groupe de dix à douze Russes, toujours ensemble et qui savaient magnifiquement faire des affaires avec les soldats américains. Ils étaient tous autour d'Aliocha, un sous-lieutenant blond comme les blés ; ils s'asseyaient sur un muret proche du lavoir en bas du village et bavardaient avec les jeunes filles. Elles étaient probablement toutes amoureuses d'Aliocha. Mais pendant que les laveuses riaient, les Russes discutaient, ils disaient qu'on ne pouvait comparer les sanatoriums français aux splendides sanatoriums russes de Crimée où ils iraient bientôt. Ils attendaient seulement qu'on vînt les chercher. À la moindre difficulté, ils s'adressaient à Aliocha. Il se tenait au milieu d'eux comme un dieu blond, sans dissimuler son assurance juvénile. Il y avait aussi parmi eux un jeune Mongol qui expliquait que chez lui on soignait la tuberculose avec du sang de cheval. Quand on abattait un cheval, on buvait un litre de son sang, encore chaud bien sûr, et on guérissait...

En longeant une maison, il tendit l'oreille au son d'une radio. Les petites habitations étaient bien rangées de part et d'autre de la route; de temps à autre, à la faveur d'une porte ou d'une fenêtre ouverte, un rectangle de clarté tombait sur le goudron, seule trouée dans l'obscurité qui enveloppait tout. C'était précisément cette vie floue dans les ténèbres qui l'attirait, plutôt qu'une conversation avec Nalecki. Nalecki avait sans doute raison d'être aussi réaliste, mais peut-être n'était-il pas tout à fait dit que l'humanité abandonnerait ses victimes. L'humanité? Mais qu'est-ce que l'humanité, sinon de simples gens qui travaillent toute la journée aux champs ou dans les usines et attendent impatiemment le soir pour se reposer, pour se coucher? Et cet homme banal, quotidien, passé le premier choc purificateur, se retrouvait une fois encore sous l'empire de l'imprimé qui s'immisçait dans sa conscience naïve et crédule.

Il fit demi-tour lentement.

Des deux côtés de la route, les grillons endormaient la nature, car les gouttes de rosée, tombées dans leurs fins sifflets, gargouillaient de façon bien agréable quand ils se mettaient à striduler.

XII

– Je suis là.
– Vous avez quand même fini par abandonner vos thermomètres.

Elle posa sur la table le petit pot de pommade en porcelaine et, comme elle était allée directement de la porte à la table, alors seulement elle se retourna.
– Vous êtes prêt ?
– Oui.

Il se dit qu'elle ressemblait à une enfant qui, en arrivant parmi les adultes, se dirige droit vers un objet sans un regard pour eux. Une mèche blonde s'échappa du tissu blanc et tomba sur son front. Ses yeux étaient à la fois pensifs et enjoués. Le temps de se mettre sur son séant, de retirer sa chemise par la tête, elle était à son côté.
– Pourquoi vous moquez-vous de mes thermomètres ?

Elle le regardait de côté, d'un air espiègle.
– Parce qu'ils sont toujours dans la sauce.

Elle releva le menton et avec une fierté enfantine détourna les yeux. Un instant, ses narines palpitèrent, puis elle cligna imperceptiblement des paupières et s'exclama :
– Vous ne voulez pas que je vous masse ?
– Mais si, bien sûr. Plus exactement, je vous en prie.
– Mais si vous ne me tournez pas le dos, je ne pourrai pas atteindre l'épaule.

Il la regardait avec bonne humeur. Il se voyait en train de prendre un chemin inconnu, aventureux, le seul qui lui fût offert.

– Qu'est-ce qu'il y a ?

Il se retourna pour être assis de biais sur le lit face au mur.

– Vous ne ressemblez pas à une véritable infirmière, dit-il, les yeux sur la cloison.

– Pourquoi cela ?

Sa main, qui venait de toucher son épaule, s'arrêta ; « une main d'enfant », pensa-t-il.

– Pourquoi ? répéta-t-elle comme s'il dépendait de la seule réponse que la main se remît en mouvement.

– Je ne sais pas. Dès le début, j'ai eu cette impression.

– Quand, par exemple ?

– Quand ?...

Il pensa à la main qui se déplaçait par à-coups sur sa peau : une petite fille qui enduit ingénument d'huile d'amande douce les épaules de sa mère, sur la plage, l'été.

– ... Quand ? Eh bien, disons le jour où vous êtes venue arranger votre foulard.

– Ça vous a semblé déplacé ?

– Absolument pas.

– Vous m'avez trouvée coquette ?

– D'une certaine façon, oui.

La main s'arrêta sur ses épaules.

– Mais je me suis vite rendu compte que je me trompais.

– C'est vrai ?

– C'est la stricte vérité.

– Et moi qui pensais que vous ne faisiez attention à rien !

– Moi je pensais : voilà une enfant qui croit aux contes de fées, dit-il toujours en direction du mur.

– Vous ne vous êtes pas beaucoup trompé, dit-elle d'une voix vaguement absente.

Son acquiescement venait confirmer de façon inattendue qu'il avait eu raison de rompre le silence. Il se faisait l'effet de quelqu'un qui abandonne une atmosphère familière et se donne à un monde nouveau, mais une satisfaction irréfléchie lui assurait qu'il avait bien fait. Ce genre de certitude à demi pressentie lui apportait toujours joie et animation. Il dit alors :

– Mademoiselle Dubois !

– Oui ?

– Seriez-vous assez aimable pour me masser l'épaule droite ?

– C'est de l'épaule droite que vous souffrez ? Elle est bien bonne, celle-là ! Mais pourquoi ne pas l'avoir dit tout de suite ?

– Je ne sais pas. J'ai dû oublier, murmura-t-il au mur devant lui.

Elle rit et s'assit sur le bord du lit ; de la main gauche, elle s'appuyait sur son épaule et, de la droite, lissait son épaule droite. « S'asseoir sur le lit, sur le bord du lit, ça aussi ça ne ressemble qu'à elle », estima-t-il.

– Si le docteur ou Mlle Chatain nous voyaient... dit-elle derrière son dos.

– Il paraît que la doctoresse n'est pas là.

– Non, elle n'est pas là. Elle est à Paris avec le médecin-chef. Cette vieille est bizarre, non ?

– Elle voulait à tout prix m'envoyer de l'air sous les côtes, fit-il en riant.

– Et ça n'a pas marché ?

– Non.

– Et la vieille, qu'est-ce qu'elle a dit, la vieille ?

– Que c'était elle le médecin et pas moi.

– Dommage que ça n'ait pas marché, murmura-t-elle comme pour elle-même. On sauve tellement de gens comme ça !

Il trouvait fameux qu'elle l'appelât la vieille et que sa voix, en le lui disant, eût ce ton de camaraderie. Sa main semblait suivre machinalement ses pensées plutôt que le masser. En l'imaginant sans son fichu blanc sur la tête, les cheveux défaits comme l'autre jour devant le miroir, il comprit qu'un vent de subversion avait envahi la chambre. C'était la première fois que son lit était dans un pareil désordre et ce, sous le poids de leurs corps.

– Je n'aime pas qu'elle trifouille dans mes poumons avec ses instruments.

– Ah, c'est ce qu'elle a dit, que c'était elle le médecin ! s'écria-t-elle avec exubérance dans son dos, tout en s'asseyant mieux, comme la gamine qui pousse pour prendre dans le lit la place que sa sœur ne veut pas lui donner. J'ai failli dégringoler, marmonna-t-elle.

– Asseyez-vous plus haut.

Il se recula.

– Ça va, ça va, j'ai presque fini. Qu'est-ce que vous croyez, que je vais vous frictionner le dos pendant une éternité ?

– Je dirais oui tout de suite.

– Voyez-vous ça ! s'étonna-t-elle, usant de ce timbre vibrant qu'ont les enfants qui s'arrêtent de pleurer et de taper du pied. Et moi qui vous voyais en solitaire endurci et déprimé !

– Aujourd'hui, c'est exceptionnel.

– Il me semble qu'ici, dans votre petit coin, vous observez tout ce qui se passe autour de vous et que vous vous faites tranquillement votre petite idée. Ce n'est pas ça ?

– Peut-être. Mais aujourd'hui, c'est vraiment exceptionnel.

– Ce n'est pas loyal de ne pas l'exprimer – elle fit encore un mouvement pour changer de place puis elle dit : Encore un petit peu dans ce coin-là, et j'y vais.

Elle se retourna, regarda en direction de la terrasse et lui, de côté, examinait ses sandales et ses chevilles. Ses sandales ouvertes et ses jambes bronzées, nues, étaient d'une finesse excessive. Elles n'allaient pas du tout avec le tablier blanc qui lui couvrait les genoux. Ses chevilles évoquaient plutôt celles d'un gamin remuant et vagabond.

– Dans quelle partie de la France vivent les gens comme vous?

Elle souriait et, en croisant les jambes, elle fit grincer les ressorts du lit; de sa sandale gauche, elle prit un appui plus solide sur le sol et le creux se fit plus profond sous leurs corps.

– Dans la moitié nord.
– Près du Havre?
– Non, non.
– Près de Calais?
– Non, non. Pas aussi haut! Plus à droite!
– Lille?
– Plus bas, plus bas. Verdun, Reims, Sedan. Monsieur devrait connaître ça par l'histoire.
– De Sedan même?
– Maintenant, vous devenez trop curieux, dit-elle malicieusement en se levant – elle fit la moue: Je crois que je vous ai assez massé.

Lentement, il se retourna au milieu du lit pour ne pas toucher l'oreiller. Elle s'était dirigée vers la table et se penchait sur le journal. Elle en entreprit la lecture, en silence et avec sérieux, comme si elle avait bien mérité qu'on lui laissât maintenant la paix. Comme le jour où elle était venue pour le foulard.

Elle avait commencé par poser les coudes sur le journal puis peu à peu elle avait baissé les poignets, oubliant qu'ils étaient gras et qu'ils allaient faire une marque. On aurait dit que ses mains ne lui appartenaient pas. Que tout se passait dans un monde innocent et que, comme dans un conte de fées, elle franchissait les frontières édictées par les normes sociales. Il se rendit compte qu'il aurait désiré voir pendant longtemps ses poignets sur le papier, il eut même comme la certitude qu'il la priait en lui-même de laisser dans sa chambre une empreinte visible de sa rêverie.

– Les camps de la mort, murmura-t-elle en se redressant.

Il se taisait, mais la regardait avec sérénité.

– Vous étiez à Buchenwald?

Elle désigna le journal d'un mouvement de tête.

– Pas à Buchenwald même, dit-il en souriant. Dans une de ses succursales.

– C'est horrible, souffla-t-elle – puis elle sursauta: Pourquoi vous moquez-vous? Vous dites cyniquement: Dans une de ses succursales! – l'instant suivant, elle se retournait: Je vois. Ça vous semble idiot de nous entendre nous exclamer «terrible!» et «horrible!». Vous avez raison de vous moquer de moi.

– C'est de vos mains que je souriais.

Mais elle ne pouvait pas comprendre la joie qu'il ressentait à regarder ses poignets qui laissaient des taches sur le journal.

Elle dit alors:

– Je comprends que vous puissiez être cynique – et aussitôt elle secoua la tête. Maintenant, je dois y aller, au revoir.

– Attendez, j'ai encore autre chose.

Il ne savait même pas comment il avait pu y penser.

– Vous avez encore mal quelque part?

– Des gouttes, dit-il en montrant son œil.

– Dans l'œil? – elle se redressa et prit un air sévère. Vous avez demandé au *médecin*?

– Oui.

– Vraiment?

– Vraiment.

Elle sourit et, comme pour mettre fin à la plaisanterie, elle dit doucement d'un air entendu :
– Venez à la salle de garde avant le dîner. D'accord ?

Après son départ, il se fit l'effet d'être dans une chambre dont on a oublié de fermer les fenêtres et où le vent a éparpillé les papiers sur le sol, apportant, au milieu des objets familiers, la respiration de forêts inconnues et de rochers abrupts.

Avant le dîner, avait-elle dit, mais ça allait sonner dans un instant. Vraiment, tout ce que renfermait cette chambre rafraîchie par la tempête était subitement devenu artificiel et absurde, depuis que l'inondait l'odeur âcre de la terre. Cependant, il ne sentait pas la fraîcheur, mais plutôt la chaleur de l'été qui s'éveillait autour de lui ; le monde réel dont il avait si longtemps fait abstraction revenait. Et en y repensant, il lui sembla que son hypnose avait été d'une incroyable longueur ; et la sensation que le monde des camps n'avait été qu'une période circonscrite de sa vie l'émut en cet instant comme une invraisemblable découverte.

Il se leva pour refaire le lit, borda le drap, le tira et le caressa. Il avait le sentiment confus et agréable que lui, le solitaire, remettait en ordre une couche où s'était célébrée la cérémonie intime de l'amour. Cet homme, c'était à la fois lui et quelqu'un d'autre, qui arrivait à l'instant ; l'événement venait bel et bien de se produire, mais cela ne l'empêchait pas de n'être plus que la trace, désormais tangible, d'un très lointain désir.

Il enfila sa chemise en se disant qu'en réalité tout se passait comme sur le nuage chaud et blanc d'une passion dont il était à peine conscient, mais qu'abritaient le contact de leurs corps, le creux des draps, le bruit des ressorts quand elle avait brusquement remué. Tout autour, l'été les enveloppait dans une touffeur complice. Bien entendu, il mesurait le rire, le jeu, la plaisanterie. Mais justement, cette apparente indifférence donnait à leur passion révélée une innocente sincérité.

Tel devait être le monde à son commencement: une passion passant presque inaperçue ; à cette pensée, il eut un sourire : le journal sur la table montrait les traces de ses innocents poignets.

XIII

Elle était déjà là ; elle avait ouvert les battants de l'armoire située au fond du couloir et le panneau de gauche la cachait presque entièrement. On ne voyait que ses chevilles et ses petits pieds nus dans ses sandales.

Hissée sur la pointe des pieds, elle cherchait parmi les flacons et les pots : une vraie gamine fouillant dans le buffet de la cuisine en l'absence de sa mère.

– Il doit y en avoir quelque part, dit-elle d'un air pensif.
– Continuez ; il n'y a pas d'urgence.
– Vous n'êtes pas pressé d'aller dîner ?
– Non.

Elle continua sa quête, consciencieusement, sans le regarder.

– En fait, dit-elle d'un air faussement sévère, je doute que la vieille vous ait réellement prescrit des gouttes pour les yeux.
– Vous en doutez ?
– Puisque ce n'est pas noté sur le cahier de Mlle Chatain !
– Ah bon.
– Je vous ai eu, non ?
– Non, pas du tout.
– Mais si.
– Je les ai demandées à la doctoresse il y a trois jours. Ça n'est donc pas inscrit sur le cahier aujourd'hui.

– Et vous avez attendu tout ce temps ?
– Oui, car ces gouttes sont sûrement aussi utiles qu'un cautère sur une jambe de bois.
– Quel saint Thomas ! s'exclama-t-elle du fond de l'armoire. Celles-ci vous feront sûrement du bien.
– Puisque ce sont les vôtres, c'est sûr.
– Les voilà, dit-elle en lui lançant un regard espiègle – elle pressa le caoutchouc de la pipette. Bon, baissez-vous un peu !
– Voulez-vous un tabouret ?
– Oh, vous n'êtes pas si grand, quand même ! Et ne riez pas, vous allez les recevoir dans la bouche si vous remuez la tête comme ça ! Attendez, encore une, dit-elle dans un souffle tandis qu'il s'essuyait les yeux avec son mouchoir.
– C'est beau de vous voir pleurer.
Lentement, elle reboucha le flacon.
– C'est peut-être le seul moyen, dit-il. Il n'y a que le bonheur qui m'émeuve.
– Maintenant, vous allez avoir des yeux de poisson, continua-t-elle, l'air de rien, avant de ranger le flacon.
Dans le couloir, tout était silencieux ; de la salle à manger, on entendait le bruissement confus des gens qui parlaient tout en faisant tinter leurs couverts.
– Maintenant, j'y vais, vous avez perdu assez de temps avec moi.
– C'est mon devoir. Rien que mon devoir.
– Mais vous allez sûrement dîner vous aussi ?
– Je vais même le faire vite, car ma sœur m'attend ! – elle tourna la clef dans la serrure puis elle demanda : Monsieur Suban, irez-vous vous promener après dîner ?
– Oui, pourquoi ?
– Venez avec nous, dit-elle rapidement, comme depuis son monde lointain. Si le cœur vous en dit, bien sûr.
– Avec vous deux ?

– J'ai parlé de vous à ma sœur. Elle vous connaît déjà.
– Moi ?
– Attendez – elle réfléchit. Vous savez où se trouve le monument aux morts ? J'y serai après dîner ; mais pas trop tôt.

À peine au réfectoire, il constata que son appétit avait disparu, comme s'il se préparait à un voyage. Il n'y avait probablement rien à voir dehors : tout le monde écoutait un sous-officier de la marine raconter le sabordage de la flotte française quelque part du côté de la rade de Toulon. Il lui manifesta, par des sourires répétés, de l'intérêt – on voyait bien que M. Ledoux appréciait l'attention qu'on lui prêtait. C'était probablement un ancien sergent-major, un scribouillard quelconque de la marine, intendant peut-être, ou l'équivalent. En tant que sergent-major d'active, il était d'une vanité paterne. Et d'une sensibilité virginale, avec son doux visage blanchâtre, un brin joufflu, qui faisait plutôt garçon de café que marin ; et c'est vrai qu'il y avait en lui du garçon de café quand, dans le couloir, il gratifiait la doctoresse de ses boutades faciles. Mais, au centre de cette tablée qui discutait de navires envoyés par le fond, Radko Suban était prisonnier d'une bonne humeur qui remontait au moment où il avait fléchi les genoux et où elle lui avait instillé les gouttes dans l'œil. Où ses mains avaient laissé ses empreintes sur le journal. Elle avait déjà parlé de lui à sa sœur. Une vraie écolière qui, tous les jours en rentrant de l'école, raconte les menus événements de la classe et du chemin. Au fond, c'était pour lui un monde hasardeux, car il ne pouvait rien imaginer de plus écœurant que les contes de fées. M. Ledoux parlait familièrement de De Gaulle comme si celui-ci avait été son oncle. Et lui, en pensant à elle, avait conscience de trahir son propre monde, de le renier. Ce faisant, il chassait de ses pensées les images apocalyptiques qui surgissaient de tous côtés. À vrai dire, c'était elle, avec ses jambes fines, son corps souple, qui les repoussait. *Je lui ai parlé de vous.* Elle avait dit cela comme si cela avait été décidé entre eux. Surgit alors le monument aux morts, et il lui sembla qu'elle l'attendait depuis longtemps.

La table manifestait une pointe de déception : comment, ce n'était pas Ledoux lui-même qui se trouvait sur l'un des bateaux sabordés, mais un ami, sergent-major dans la marine lui aussi. Radko Suban posa alors couteau et fourchette sur l'assiette et se leva.

– De la confiture, Suban ? proposa aimablement le sergent-major pour atténuer un peu l'effet qu'avait produit la révélation qu'il n'était pas un héros.

«Rien ne presse, se dit-il, elle ne va pas dîner si vite.» Il savait bien que le besoin impulsif de se hâter était dû à la crainte d'être repris par les spectres auxquels il avait peu à peu habitué sa chambre. Non, ce n'étaient pas seulement des spectres, il ne devait pas les qualifier ainsi, pas question ; puisque pour l'instant il n'y était pas et qu'il allait à un rendez-vous avec la vie, il ne voulait pas renier ce monde. Mais il avait le sentiment que la mort, négligée, s'éloignait lentement, enveloppée dans l'ombre chaude du soir pendant que lui était un homme enrichi reniant sa pauvre mère. Pourtant il n'était rien moins qu'arrogant, au contraire ! C'est alors que l'image de Mija monta en lui et elle lui apparut cordiale, de loin, elle qui lui murmurait, à l'ombre des marronniers : «Tu as assez fréquenté la mort ; désormais elle ne doit plus se mettre en travers de ton chemin.»

Tandis qu'il ouvrait l'armoire pour y chercher un objet quelconque à emporter, les idées palpitaient en lui. Quand on se prépare pour un rendez-vous, il est fréquent qu'on se change, qu'on enfile une autre chemise, qu'on ajoute un petit quelque chose à son aspect extérieur. Mais lui était là, les mains vides, démuni des instruments que nécessite le travail de la vie.

Il haussa les épaules. Rien, c'était mieux. Il était une sorte de terrain alluvial : ce qui restait de l'homme après le déluge. Ces êtres-là n'ont pas besoin de nouveaux vêtements ; les ombres du vide et de l'innommable les habillent. Et, quel que soit le rendez-vous, c'est un arrière-plan un peu particulier. Bien entendu, cet état d'esprit était excessif, il ne s'agissait que d'un rendez-vous avec une infirmière. Mais, à cet instant, elle représentait l'ensemble des gens. D'autant que c'était une femme et qu'elle montrerait vite sa réticence envers un homme qui porte toujours le même pantalon et toujours les mêmes chaussures militaires. « Qu'elle se manifeste donc ! » pensa-t-il. Un geste à peine perceptible, un signe discret suffirait.

Il se planta devant la vitre de la porte donnant sur la terrasse : un mètre soixante-dix, blond comme les blés, des pommettes assez saillantes, beaucoup moins qu'en mai toutefois, des yeux gris-bleu. Leur expression ? Gris fatigué. Comme un mur solitaire et raboteux, un jour de nuages, sur une côte déserte des faubourgs.

Il s'éloigna. « On ne devrait jamais s'observer dans une glace ; seul le visage de l'autre peut être miroir », se dit-il. Seul un visage peut lire un autre visage et les yeux d'autres yeux. Cela, elle doit le savoir ; comment expliquer son attitude, autrement ? Elle doit être pareille avec tout le monde. De toute façon, l'intérêt d'une femme attentive, compatissante, ne l'aurait pas sorti de son silence apathique. Alors que sa bienveillance ressemblait en quelque sorte à celle que déverse, impersonnelle, la forêt la nuit. Elle qui l'accueillait toujours sans réserve et l'incluait dans son ordre naturel, vaste et vivant.

Il quitta la chambre, sortit du bâtiment.

Près du pavillon des infirmières, dans une prairie triangulaire clôturée, broutaient une jument et son poulain ; des arbres ombrageaient le pré, tout évoquait l'atmosphère douce et tranquille d'une ferme, le soir.

Il passa devant la loge du concierge, franchit la grille, et l'entrée du camp lui apparut. Il chassa ce souvenir, car il voulait être le touriste curieux qui, ayant rencontré une étrange inconnue en se promenant l'après-midi, part à sa recherche après le dîner.

XIV

Non loin du monument aux morts s'élevait, abrupt, le mur du sanatorium; en bas, dans le bois, le long d'un sentier étroit, un ruisseau d'une main et demie de large clapotait, arrosant la tache vivante de l'herbe verte. Elle ressemblait à du blé clairsemé à peine levé, et les oies y clopinaient sans égards.

Une borne kilométrique, c'est ainsi qu'il jugea le monument; s'il le remarquait maintenant, c'était à cause du rendez-vous; jusqu'à présent, les noms des morts de la Première Guerre mondiale gravés sur la stèle ne l'avaient pas attiré. Cachés dans le grain de la pierre grise, ils étaient silencieux et n'effrayaient pas les oies qui se dandinaient paresseusement du ruisseau jusque dans les cours. Non, ce n'était pas vrai, il s'était déjà arrêté ici auparavant. À ceci près qu'à l'époque il leur avait parlé comme s'il avait été un des leurs. Ce soir son rendez-vous l'éloignait d'eux: il s'efforçait de sentir leur présence sympathique et affectueuse tout en les tenant à distance.

Il avança sur la route puis fit demi-tour. C'est alors qu'elle apparut au détour du chemin.

En jupe grise et corsage blanc, elle marchait à petits pas un peu heurtés tandis que deux anglaises se balançaient sur ses joues.

– À la dernière minute, j'ai dû porter une bouillotte à

quelqu'un, dit-elle sans le regarder et en avançant à petits pas exactement comme elle l'aurait fait si elle avait été seule.

C'est ainsi qu'elle entrait dans sa chambre, avec cette différence qu'ici son maintien tranchait encore plus avec la rigidité de sa démarche; ses seins sont des seins de femme, un peu trop peut-être même, alors que ses jambes, des genoux jusqu'à ses fines chevilles, semblent des soutiens trop graciles pour son corps.

– Votre œil va mieux?

Elle regardait devant elle.

– Ça va...

Il allongea le pas, qu'il avait ralenti pour voir si elle le remarquerait. Mais elle allait son chemin.

– Vous marchez toujours comme ça? demanda-t-il.

– Ma façon de marcher vous semble bizarre?

– Elle ne l'est pas?

– Mais non!

Il la regarda discrètement de côté. Encadré de ses cheveux soyeux, son front haut et bombé se voyait moins; ses lèvres étaient charnues et arquées comme la bouche d'un enfant qui est passé des pleurs au rire.

– Et en quoi elle vous étonne? demandèrent les lèvres.

– Elle est irréfléchie.

– Ma façon de marcher?

– Oui, et vous également, vous toute! dit-il.

Du coup, machinalement autant que par coquetterie peut-être, elle accentua son raide maintien d'automate.

– Vous voulez dire que cette promenade aussi est irréfléchie?

– Oui, elle l'est aussi.

– Vous avez sans doute raison...

Elle monologuait presque.

Le chemin commençait à grimper. À droite, le paysage

légèrement vallonné offrait des vergers et, à gauche, des potagers où poussaient des haricots à rames.

Elle s'éloigna, alla arracher une cosse verte toute tordue puis revint sur ses pas.

– ... Mais pas complètement, dit-elle. Ce n'est pas vrai qu'elle soit complètement irréfléchie.

– Vous voulez dire que cette promenade était préméditée ?

Il la regardait sourire et mordiller l'extrémité de la cosse verte. Elle arrondissait les lèvres en grignotant ; puis, d'un mouvement de tête, elle écarta ses cheveux pour lui jeter un coup d'œil et détourna encore une fois son regard bleu. Et si elle regardait de la sorte lorsqu'elle voulait faire la rusée ? Il remarqua ses lèvres arrondies comme celles d'un poisson qui aspire l'air dans son aquarium. Et il lui sembla que, pendant qu'elle le massait l'après-midi, tourné vers le mur, il avait déjà pensé à ses lèvres. Peut-être pas juste à ce moment-là, mais en tout cas quand elle lui avait mis des gouttes dans les yeux.

– Vous croyez ?

– Non.

– Alors, si vous-même avez des doutes, c'est que vous vous trompez.

– Je n'ai pas de doutes, dit-il en riant. J'en suis sûr.

– Quelle prétention ! marmonna-t-elle avec nonchalance en grignotant sa cosse – et aussitôt, comme si elle s'arrachait à ses pensées : Vous me prenez pour meilleure que je ne suis en réalité.

– Il ne s'agit pas d'être meilleure ou pire.

– Et de quoi s'agit-il ?

– D'irresponsabilité.

– J'ai donc été irresponsable en vous invitant à faire cette promenade ?

Elle posa sur lui ses yeux bleus tandis que ses dents mordillaient la cosse avec satisfaction.

– Vous avez raison, dit-elle d'un air complice – et pour la première fois il sentit dans ses yeux l'ombre humide d'une passion tout à la fois rebelle et secrète. Mais pas tout à fait, ajouta-t-elle rapidement en regardant encore une fois droit devant elle. Un homme qui est toujours silencieux excite la curiosité.

– Il se peut que le silence cache le vide.

Elle continuait à grignoter sa cosse comme si c'était la plus belle occupation du monde tandis que, sur un rythme à la fois enjoué et absent, ses petits pieds allaient leur chemin. «Il me faudra réfléchir à cette démarche tranquillement et raisonnablement», se dit-il.

– Ceux qui reviennent de *là-bas* ne peuvent être vides, remarqua-t-elle alors. D'ailleurs, ce qu'ils ont vu *là-bas* est inscrit sur leur visage.

Ils se turent et il pensa que sa réflexion allait aussi son chemin, comme ses jambes, comme sa poitrine un peu trop redressée. C'est ainsi que marchaient les courtisanes, dont le corps adoptait sur la route, même en marchant, les mouvements étudiés de l'amour. Mais chez elle, c'était un défaut attendrissant, plaisant.

Elle s'arrêta et se retourna.

– Savez-vous que vous êtes incroyablement bavard?

Elle le regarda un moment puis se détourna.

– Tous les solitaires deviennent bavards, dès qu'ils peuvent se confier à quelqu'un.

– Ils prennent leur revanche sur le silence qu'ils ont enduré?

– En quelque sorte. Mais dès qu'ils ont parlé tout leur content, ils se sentent ridicules et se détournent.

Elle sourit.

– Donc, vous pourriez recommencer à vous taire comme un misanthrope?

– Je n'en suis pas un.

– Ça me mettait horriblement en colère.
– Ce n'était pas volontaire.
– Il aurait mieux valu.

Ces derniers jours, il avait fait semblant de ne pas la voir, et elle ne savait pas qu'elle avait finalement gagné.

– Ma sœur habite ici, dit-elle. Chez un fermier qui loue deux chambres pendant les vacances, toujours aux mêmes hôtes.

À ce moment-là, une jeune fille brune sortit de la grande cour de la ferme et d'un pas vif vint à leur rencontre.

– Je suis en retard ? demanda-t-elle. Il faut m'excuser, ajouta-t-elle avec l'embarras de quelqu'un qui ignore le rôle qu'on lui a attribué pendant son absence.

Mais la petite s'était déjà retournée et reprenait avec assurance le sentier par lequel ils venaient d'arriver.

– C'est de lui que je t'ai parlé, Joséphine, dit-elle.
– Ma sœur m'a beaucoup parlé de vous, dit Joséphine.
– De moi ?

Il était surtout surpris par la petite qui marchait seule devant, comme si elle ne faisait pas partie de leur groupe et ne se montrait pas mécontente d'avoir de l'indépendance. On l'aurait dite emportée par les ombres du soir qui traversaient le tamis rosé du couchant ; cependant il savait qu'elle écoutait, qu'elle était présente, au côté de sa sœur Joséphine et à son côté, comme la clarté orange et diffuse qui se dispersait au sommet des arbres fruitiers.

Elle s'arrêta et ils la rattrapèrent ; c'est alors qu'elle lui prit la main.

Quand la petite main l'eut saisi, sa première sensation fut une bouffée de ravissement. Plus merveilleuse que s'il avait été le premier à la toucher, car, dans tout amour, avec ses doutes, ses incertitudes, les premiers instants sont sans doute les plus grisants. Et elle, sans transition, sans préparation, elle avait levé ces hésitations intermédiaires. Et cette preuve spontanée, surprenante, de son acceptation était, au-delà de tout, irréelle et indéfinissable. D'autant plus qu'elle faisait son geste en présence de sa sœur, même si Joséphine n'avait encore pu le remarquer. C'était comme si, grâce à la présence de Joséphine, elle s'était soudain sentie sur un terrain familier, stable : il ne lui restait plus qu'à lui saisir instinctivement la main.

– Hum, marmonna-t-elle. Cet après-midi, je lui ai massé l'épaule ! Nous avons bien ri. Heureusement que la vieille n'était pas là !

– Arlette ! dit Joséphine, scandalisée.

– Vous vous appelez donc Arlette ?

– C'est un nom idiot, non ?

– Voyons, Arlette ! protesta de nouveau Joséphine d'un ton maternel.

Comme Joséphine penchait la tête pour voir sa sœur, il se rapprocha un peu plus d'Arlette afin de cacher leurs mains jointes. D'ailleurs elles n'étaient pas jointes. La main d'Arlette était cramponnée à la sienne. S'ils avaient été seuls, ces instants eussent été irremplaçables ; mais il se défendait de sa main, car il avait l'impression qu'elle le conduisait comme un frère malade alors qu'elle était elle-même une enfant somnambule. Il tenta donc de s'en libérer peu à peu. Mais la main tenait fermement la sienne. Elle n'était pas tendue, elle ne la balançait pas comme on le fait d'habitude pour marquer sa joie ; son coude était replié en triangle comme si elle craignait inconsciemment qu'il lui échappât. Néanmoins, ce coude saillant était charmant ; c'est ainsi qu'une petite fille tient son père pour l'entraîner de force vers une vitrine qui la fascine.

– Tu sais, Joséphine, il était aussi près de Buchenwald.

– C'est horrible, dit Joséphine – un temps, puis : Cela doit faire un drôle d'effet, non, quand on revient et qu'on se promène de nouveau librement dans les bois ?

– Oui, murmura-t-il, embarrassé, car ils quittaient le sentier et il devenait plus difficile de dissimuler la main d'Arlette.

Joséphine l'avait certainement remarquée. Il crut voir dans ses yeux un étonnement indulgent ; elle avait l'air à la fois surprise et soulagée. Pour lui, elle savait fort bien que sa sœur était inconsciente et donc vulnérable ; son côté maternel devait être rassuré par cet appui que cherchait Arlette sur sa main. Pourtant, elle restait soucieuse.

– Alors, vous vous plaisez chez nous ? dit-elle avec un aimable sourire.

– Je me sens comme chez moi.

– Oh, comme chez vous ! Quand même pas !

« Sous ses sourcils noirs, quels beaux yeux ! » se dit-il tout en se rapprochant d'Arlette.

– Au fond, nous ne sommes chez nous nulle part, expliqua-t-il comme s'il y avait moins de danger à propos de sa main si elles l'écoutaient toutes les deux. De toute façon, il vaut mieux ne pas revenir brutalement devant les visages connus et les objets familiers. Ils ne nous comprendraient pas, peut-être même nous repousseraient-ils ; tant d'amis aujourd'hui ne sont présents en nous que pour avoir laissé la marque de leur mort tragique ! Voilà pourquoi j'ai presque de la reconnaissance envers ma maladie.

– C'est le comble de l'ironie, murmura Arlette.

– Peut-être. Mais c'est la recherche d'un confort particulier, une sorte de repos dans une oisiveté dénuée de responsabilité. Un peu comme se coucher sur la croupe chaude d'un monde désolé et inhabité en attendant que survienne un événement. Impossible d'en faire autant dans un univers familier où gens et choses vous assaillent en vous empêchant de vous retrouver.

Mais sa main l'encombrait. Une main tout aussi étourdie qu'elle, à n'en pas douter. C'était bien la raison qui les rendait solidaires. Mais leur rencontre aurait dû voir le jour sans témoin.

Alors il décida de se baisser pour renouer un lacet en apparence défait. Et là, penché sur sa chaussure, il respira de soulagement.

– Vous avez dit: se coucher dans un monde inhabité? demanda Arlette. Si je comprends bien, dans votre chambre, vous êtes coupé du monde et nous, tout autour de vous, nous n'existons pas!

– Excusez-moi. Mais ça n'a rien à voir avec de l'orgueil.

Elle reprit, comme pour elle-même:

– Il lit toute la journée sans parler. Il ne te remarque même pas quand tu entres dans sa chambre.

Son allure si particulière lui plut, tout à coup, maintenant qu'il n'était plus gêné par sa main.

Joséphine, silencieuse, se contentait d'afficher un sourire aimable et compatissant; ils avaient l'air perdus dans un monde où ils ne se rencontreraient pas, ne le mesurant pas à la même aune. Joséphine choisit ce moment pour sortir de sa rêverie respectueuse.

– Arlette, nous sommes pressées, dit-elle.

L'attaque était d'autant plus foudroyante qu'il n'avait absolument pas pu la pressentir.

– On vous attend?

– Oh, le devoir!... s'exclama Arlette.

«Un style à mi-chemin de l'aimable conversation et de l'histoire forgée de toutes pièces», songea-t-il.

– ... Cet après-midi, des officiers américains sont venus demander à la directrice de leur prêter des infirmières ce soir, pour le bal de leur club!

– Et Arlette dit que je dois y aller moi aussi, fit Joséphine avec un sourire embarrassé, un brin interrogatif.

– Bien sûr. Pourquoi pas? répondit-il.

Mais il se sentit envahi par une ironie trouble et en même

temps par une indifférence sans limites; subitement il se sentait à des lieues du comportement rêveur de l'enfant né avant terme.

– Ils vont venir nous chercher en jeep, dit Arlette.

Ils étaient arrivés près du monument aux morts. Il s'arrêta.

– Oh! Accompagnez-nous jusqu'à l'entrée! s'écria Arlette.

– Je préfère me promener encore un peu, dit-il.

– Nous vous aurions bien invité, mais ils n'ont besoin que de filles, dit Arlette.

On voyait clairement qu'elle se rendait compte à quel point sa plaisanterie tombait à plat.

XV

Il s'avança entre les arbres où se faufilait le crépuscule, douce marée d'air qui recouvrait les troncs avec soin. Il se sentait banni de cette sombre nature. Son corps en était exclu et, malgré l'obscurité, il voyait ses pieds avancer, et ses pensées s'enchevêtrer dans son crâne. Mais il repoussa cette sensation bouleversante à laquelle un instant aurait suffi pour mettre en pièces la machine humaine ; cet instant était le ménisque d'un récipient plein à ras bord qui n'attendait qu'une goutte pour déborder. La pénible sensation évacuée – comme le matin où dans la salle de bains il avait serré dans sa main son mouchoir maculé de rouge –, il appela les arbres à son secours. Mais les ténèbres refusaient de l'aider ; les troncs y restaient négligemment isolés dans un éloignement volontaire et tenace. Ce n'était jamais que du bois, et il ne pouvait se joindre à la présence infinie, impersonnelle du cosmos ; et pourtant, au long des mois qui venaient de s'écouler, à l'unisson de la forêt, la nuit, il avait senti affluer en masse les souvenirs d'une mort qui ressemblait à une obscurité sans limites. Voilà que cette immensité de terreur tranquille et sombre était réduite à une mèche de cheveux blonds. S'il ne l'avait pas vue dans la jeep, il en aurait été moins éprouvé. Après leur départ, il n'avait pas pu rester sur la route, il lui avait fallu venir ici, rejoindre ses arbres. Là-bas, devant l'entrée, elle s'était assise dans le véhicule et de la main lui avait adressé ce signe heureux qu'on voit faire à une enfant qui enfourche un cheval de bois. Par bonheur, la jeep était partie immédiatement, à toute allure, animal carré sur ses longues pattes. Mais l'instant avait suffisamment duré pour le secouer. Il fallait qu'elle soit un peu toquée pour le prendre ainsi, mine de rien, par la main devant sa sœur? C'était une petite somnambule qui, les yeux grands ouverts, se promenait dans le pays de ses contes de fées. Mais son visage animé, ses cheveux qui voletaient dans la jeep qui s'esquivait n'avaient vraiment rien à voir avec la confiance de l'enfant qui tient la main d'un homme et s'y fie comme si c'était celle de son propre père. À moins que si... Mais alors, pourquoi l'avoir invité, si elle était incapable de prêter attention à quoi que ce soit et si c'était pour mettre à sa place un club de soldats? En voiture, elle avait ri, elle avait trouvé la formule du bonheur, pas possible autrement! C'était un péché contre l'esprit d'avoir abandonné son univers pour une jeune fille un peu dérangée, voilà pourquoi la forêt ne voulait plus l'accueillir et les arbres le rejetaient comme un corps étranger. Au même instant, il lui sembla qu'il avait vécu dans le monde des camps à l'époque brumeuse d'avant sa naissance, et que désormais, sur la terre des hommes, il n'y avait plus personne pour le reconnaître comme un des siens. Parce que maintenant il n'appartenait plus à personne. Elle l'avait attiré à dessein hors de sa tanière, puis elle s'était moquée de sa maladresse. Lui avait trahi son univers en se figurant que, s'il allait au rendez-vous après dîner, sa solitude se déchirerait. Il s'était défendu contre toutes les images qui auraient pu le gêner dans sa nouvelle expérience. Dorénavant, il ne désirait qu'une seule chose: ne pas se sentir exclu de la nature; en cet instant, il avait trop grand besoin de l'obscurité de la forêt et des ténèbres de la nuit pour se cacher, pour se retrouver lui-même dans l'atmosphère du passé. Il était intenable d'être à la fois étranger au monde de la mort et étranger au monde des hommes. Ce constat d'évidence le calma et, tout en reprenant sa respiration, il sentit que le bois relâchait petit à petit sa résistance. Bon, c'était un faux pas, à l'avenir il serait plus prudent. Quand elle reviendrait avec ses thermomètres, quel changement il opérerait! Elle ferait connaissance avec sa froideur. Et il se retrouva dans les bras de la nature; enfant dans le sein maternel, il vivait d'elle, d'elle qui déversait imperceptiblement sa force en lui. Des feuilles se mirent à bouger quelque part là-haut, un oiseau s'envola dans un frou-frou d'ailes, et alors, au loin, l'éternité fit écho à ces bruits et la terre bourdonna, intemporelle.

La cloche à l'entrée du pavillon sonna, et la nuit s'anima un court instant. De l'endroit où il se tenait, il ne la voyait absolument plus comme une cloche de monastère, mais autrement – sans qu'il pût dire comment. Loin de le ramener au pavillon, ses pas l'enfoncèrent dans le bois.

Sans doute l'infirmière de nuit allait-elle bientôt passer dans sa chambre et remarquer qu'il n'était pas encore couché. Tant pis! Peut-être serait-ce le nonchalant Michel qui serait de garde, celui qui entrebâillait doucement la porte et qui, par la fente blanche, inspectait le lit au faisceau de sa lampe de poche. Que d'attentions pour qu'on aille se reposer à l'heure donnée et qu'on se rétablisse vite, alors qu'on anéantissait des millions d'hommes! Quel rapport a par exemple l'amitié silencieuse d'une forêt française avec le pays de la mort? Apaisé, recueilli, le bois parle, dans un murmure, de la bonté qui jamais ne se dédit, en émane la douce certitude que rien ne s'est passé d'irréparable et que la nature conserve intacte sa pureté. Cependant n'était-ce pas justement parce qu'il avait renié l'atmosphère de *là-bas* qu'il était parvenu à le ressentir? N'avait-il pas, en passant devant la loge du concierge pour aller à son rendez-vous, n'avait-il pas volontairement chassé l'image de la porte d'entrée du camp?

Souhaitant sauvegarder son unité dans ce monde damné, il aspira, en toute connaissance de cause, à retrouver l'atmosphère qui était sienne. Il lui suffisait de cligner doucement les yeux pour faire resurgir le pays perdu qui l'encerclerait complètement sur-le-champ. Tiens, pour évoquer ce jour qui, dès avant l'aube, l'avait vu quitter les wagons à bestiaux les ayant amenés de Trieste. À la grande entrée, face au fronton où planait le gris de plomb du poste de brigands en train de s'éveiller, la première chose qu'ils avaient pu contempler, c'était un bâtiment de pierre bien réel. Ils avaient compris que des lieux clos les attendaient – local avec cheminées, escaliers, portes, toilettes –, que c'en était fini de l'urine coulant le long des wagons bringuebalants, des déchets enroulés dans du papier jetés entre les barreaux de fer. Voilà pourquoi ils avaient, au moment même, franchi la porte dans l'état d'esprit de ces pauvres voyageurs qui, égarés au cœur de la nuit glaciale, aperçoivent, à l'aube, les poutres noircies d'un refuge forestier. Puis leurs rangs s'étaient arrêtés dans l'immense cour et, découvrant à la lumière pâle les trois mots noirs en majuscules inscrits sur la façade, ils avaient senti un souffle les envelopper, plus glacé encore que celui qui en chemin s'exhalait de la neige. Cet aphorisme selon lequel le travail rend libre laissait pressentir le néant et l'assujettissement à une atmosphère saturée de vide. Finalement on les avait lâchés à l'intérieur d'un long bâtiment, dans une gigantesque salle de douches où ils furent pris dans le tumulte d'un caravansérail qui aurait perdu le sens commun : en guise de chameaux groupés en images de rêve, en guise de pur-sang arabes poussant leur strident hennissement, en guise de vociférations gutturales lancées par des guides bédouins, fusaient, au-dessus du claquement de centaines de pieds et du bruissement des corps, par-delà la mêlée des questions et des réponses, des ordres donnés par des hommes en vêtement zébré. Aux rabatteurs armés qu'ils remplaçaient, ils avaient emprunté le vocabulaire et le ton agressif, il ne leur manquait que l'hystérie propre aux cris des

Allemands. *Los*[1] *!* La rapidité est aussi le rythme de la peur. Et, comme les autres, il retira en toute hâte ses vêtements, ôta les chaussures de ses pieds qui commençaient à se réchauffer. Ensuite, tout aussi brusquement, il dut abandonner sa tête à un barbier qui lui rasa les cheveux à la tondeuse. Quand il écarta les bras pour que l'alerte figaro pût écumer ses aisselles, sans davantage faire attention à l'homme, il se tourna vers le reste de la multitude. Il ne réfléchissait pas, ses yeux captaient des images insensées, comme arrachées à un rêve. C'est seulement lorsque le rasoir, tel le couperet d'un châtreur négligent, s'achemina vers son pubis qu'il découvrit à travers un voile qu'il ne s'agissait pas d'une simple histoire de poils, mais qu'en réalité on retirait un par un à la majorité des corps dénudés les éléments de leur personnalité. En effet, dans la presse et les hurlements, comme au milieu des cochers irascibles qui crient après leurs rosses, se déroulait un rituel qui, sans être sanglant, était fatal, puisque tous les nouveaux en sortiraient marqués à jamais ; et quand ensuite il avança en compagnie des autres sous l'une des douches qui diffusaient une vapeur bienfaisante sur leur peau nue et leur crâne rasé, insensible à la chaude cascade qui se répandait sur ses membres gourds, il promenait un regard panoramique sur ces corps, essayant de trouver un sens aux gouttes qui leur ricochaient sur le sommet de la tête et glissaient sur le trapèze des hanches. C'étaient des chairs blanches du Karst, des hommes qui devenaient sur le tard les recrues d'une religion folle. C'étaient des corps sans méchanceté qui n'avaient pas l'habitude de lutter contre le mal et la monstruosité. Il y avait déjà pensé quand à coups de grand pinceau on avait badigeonné de désinfectant les parties rasées de sa peau qui s'étaient alors mises à cuire ; à ce moment-là aussi, il avait songé aux corps de ces paysans qu'on avait rabaissés au rang

[1]. «Vite!»

de génisses. Certes, il avait tenté d'éteindre les feux et pressé ses mains sur les flammes qui lui léchaient les aisselles et le pubis, mais il avait compris qu'il était devenu irrémédiablement vulnérable, face à la nudité de Filip, de Pepi et de tous ceux qui jusque-là étaient pour lui une garantie de solidité et de vigueur. *Los!* Le barbier s'emportait sur un corps d'un certain âge dont le membre se dérobait à sa main, mais finalement le rasoir s'était rendu maître du goulot fatigué, et la main alerte avait tiré le sexe une fois à droite, une fois à gauche comme un élastique distendu.

Ce n'était pas tout : les vêtements aussi, il dut les fourrer dans un sac en papier sur le même rythme fiévreux. Évidemment, il tenta de bien ranger ses affaires, mais bientôt des mains étrangères s'en mêlèrent et empoignèrent convulsivement le linge repassé. *Schneller, schneller*[1], siffla avec colère une bouche qui se pencha sur ses mains juste au moment où il tirait de sa valise les tricots de laine que Mija lui avait envoyés en prison. Puisque dans la grande salle on donnait tout, comme dans une foire d'apocalypse, de ses poils et de ses cheveux jusqu'à ses chaussures, au point de se retrouver aussi nu et lisse qu'au moment où l'on avait contemplé pour la première fois la lumière du monde, il ne fut pas malheureux de se voir ravir linge et vêtements. Mais il se sentait orphelin et d'un seul coup complètement vide, car il n'avait plus les petits billets de Mija. Il les avait cachés dans les ourlets de son manteau noir, persuadé, naïf qu'il était, qu'il l'aiderait à affronter l'hiver allemand. Il avait cru que, même privé de tout, il serait à la hauteur des épreuves si ces petits mots restaient à proximité de son cœur. Maintenant, il se sentait comme arraché à la terre des vivants, presque en apesanteur. Et c'est dans cet état qu'il avait dû sortir pour rejoindre les autres en rangs serrés devant une baraque où

---

1. «Plus vite, plus vite!»

étaient collectés les renseignements personnels. Corps nu sur la neige, emplâtre gelé de l'air sur les flancs, coiffe d'acier sur le crâne rasé; plus que tout, il lui semblait que c'était le sentiment d'irréalité qui allait le faire vaciller. Le vent soufflait en effet des aiguilles acérées qui se plantaient dans ses tempes, et sa conscience semblait s'échapper de lui comme cette vapeur qu'il avait quittée juste à l'instant pour la neige de février. Mais il avait à la main un mouchoir avec, à l'intérieur, ce qui restait des paquets de cigarettes de Mija. Un bien maigre baluchon. Au dernier moment, avant la douche, il l'avait sauvé et il le tenait maintenant dans ses mains serrées contre sa poitrine comme s'il protégeait par là même son dernier souffle de vie. En tapant des pieds sur la neige figée pour ne pas s'abandonner au néant de gel, il se rendit compte que les autres n'avaient plus le moindre souvenir, si misérable fût-il, du monde des hommes. Alors, s'aidant de son cadeau, qu'il serrait nerveusement dans ses mains tout en courbant les épaules pour les soustraire à la bise tenace, il tenta d'évoquer l'image de Mija; mais ses traits se perdirent avant même qu'il pût les rassembler. Il se retrouva devant une table, cependant que le vent soufflait d'un bout du monde à l'autre par l'entrée opposée. Ensuite, à la porte, une main experte saisit sur un tas des culottes bouffantes italiennes vertes, une veste civile courte et des galoches. Mais déjà le rythme sinistre recommençait à pousser le troupeau nu. *Los! los!* Et dans la scansion de ce rythme, il enfila son caleçon ainsi qu'une chemise courte puis ferma son pantalon tout en marchant, car la bande de romanichels se rassemblait déjà pour le départ. De la main gauche, il agrippait la ceinture, et de la droite, qui serrait toujours le petit paquet, il s'efforçait de joindre les revers de la veste afin de protéger du vent sa gorge et sa poitrine. En galoches, ils pataugèrent dans la neige avant de s'arrêter devant deux baraques. Puis, les chaussures alignées s'enfoncèrent dans la neige, et le froid qui soufflait de la réserve intarissable de la mort, perçant l'étoffe, lui pénétra le dos, lui enchaîna les chevilles juste au-dessus des chaussettes, et s'insinua dans les jambes de pantalon jusqu'aux genoux. Combien de temps restèrent-ils debout? Le temps s'était congelé, sa réflexion également s'était pétrifiée. Tout était devenu un immobile néant blanc. S'était-il finalement produit ce qu'une peur irraisonnée lui annonçait dans son enfance, quand les fascistes brûlaient la maison de la culture slovène à Trieste? Un vide qui ne commence nulle part et n'annonce aucun avenir. Une éternité muette. Un non-sens tantôt pointu comme une aiguille incandescente qui va vriller le cerveau, tantôt relâché, détendu, immense comme un assaut froid qui enserre de toutes parts et qui donne envie d'avoir des milliers de mains pour s'en couvrir le corps. Un destin sans cadre. Un noyau toujours exposé, peau, écorce parties. Et maintenant aussi privé des accessoires qui, d'habitude, accompagnent l'homme sur le chemin du silence sans fin. Tout le superflu était resté dans le sac de papier. Le linge que seule la main de Mija avait pu choisir. Un gros manteau du temps où il cherchait sa voie dans ces livres de théologie dont Mija s'était moquée avant de lui demander d'oublier à jamais son ironie déplacée. Tout ça dans un grand sac de kraft. Avec des chaussettes de laine. Et un pull-over. Dans le wagon, il n'avait pas voulu y enrouler ses jambes, pas plus que dans le maillot, pour ne pas leur manquer de respect. Qui sait si, un jour, il pourrait encore les toucher? Mais surtout étaient restées dans le sac en papier ses lettres, qui disaient son déchirement. Car sa pondération n'était qu'apparence pour des yeux myopes. Le sac contenait toutes leurs rencontres dans la ville camouflée. La promenade avec Jadranka et la bouche ouverte d'un poisson diaphane, couleur de rubis, dans l'aquarium. La mer qui brille comme de la cendre. La plage condamnée par la botte allemande. Puis le train. Les acacias le long des voies. Dans le grand sac en papier aussi, le petit port de Barkovlje. Et le plaqueminier avec ses fruits d'onyx lumineux. Et le pin qui pliait sous les assauts de la bora. Il était toujours debout, les coudes serrés au corps pour barrer le chemin à l'hiver bavarois. Il était seul. Il n'avait plus conscience de l'existence des autres à ses côtés. C'était comme si le petit grain de chaleur qu'il conservait constamment en lui avait fondu tel un flocon dans la main : le néant était à l'extérieur autant qu'à l'intérieur de lui-même. C'est alors que quelqu'un qui marchait vers la baraque voisine s'était arrêté à l'extrémité de la file. Il ne le voyait pas, mais bientôt remonta la nouvelle que d'un instant à l'autre ils entreraient dans une baraque : il ne fallait pas se plaindre d'attendre ainsi, il n'y avait pas si longtemps, ils vidaient des brocs d'eau sur les nouveaux, nus bien sûr, qui se métamorphosaient en statues de glace. L'inconnu ajouta qu'il était possible d'acheter en douce une paire de chaussettes ou même un pull-over aux préposés aux sacs de papier. Un paquet de cigarettes pour un pull. Ou pour une paire de chaussettes. Il continuait de serrer ses coudes contre son corps, mais maintenant il bougeait légèrement son avant-bras pour sentir le petit renflement moelleux de sa poitrine. Car il pressentait que le pull-over en lui-même n'était pas une solution quand tout son être était exposé. Il se disait que Mija l'accompagnait, qu'elle avait posé sa main du côté de son cœur, pour l'aider en secret.

Un chien aboya.
Il s'arrêta : un berger allemand ! Mais l'instant suivant, il sut que l'aboiement venait d'une ferme éloignée. C'était une incroyable consolation de savoir, même s'il ne les voyait pas, qu'il se trouvait au milieu de fermes françaises avec des chiens dans les cours. Son corps était en sécurité et personne ne le menaçait. Arlette ? Il devait oublier cet intermède enfan-

tin. On allait remarquer qu'il n'était pas dans sa chambre. Mais pourquoi aller dormir, quel intérêt avait-il à sombrer dans l'inconscience alors que le lendemain tout serait de nouveau privé de solution et de sens ? Tout en continuant à marcher entre les arbres, il retourna *là-bas* et songea que, dans un camp, un nouveau est bien différent d'un nouveau dans la vie courante, d'un conscrit par exemple. Car même en possession d'un gilet de laine et d'une paire de chaussettes pour éviter à son corps d'être transpercé par le froid brutal pendant le rassemblement, un nouveau n'en était pas pour autant en meilleure posture au moment où les anciens choisissaient la main-d'œuvre qui devait partir autre part. On emmenait tous les sélectionnés devant un entrepôt où ils devaient enfiler une nouvelle tenue, peut-être meilleure, peut-être pire. C'est ainsi qu'il se retrouva lui aussi dans un transport qui l'emmena vers l'inconnu. C'était justement d'eux, les nouveaux venus de Trieste, que les *prominents*[1] de Dachau se débarrassèrent d'abord. Puisqu'ils étaient arrivés les derniers ! On ne pouvait pas laisser une masse à ce point informe dans un camp de la distinction de Dachau ; comme dans toute institution bien organisée, *là-bas* aussi les classifications étaient opérantes, réputation, curriculum, appartenance politique, recommandation d'un prisonnier influent. Or eux n'étaient que des paysans du Karst ou des Triestins ordinaires : c'est pourquoi, à la première occasion, on les transféra dans un endroit où il y avait besoin de main-d'œuvre. Il se retrouva avec des hommes de Repentabor, de Dutovlje, et leur visage, leur allure, alors qu'ils roulaient encore une fois à travers la plaine enneigée, lui semblèrent familiers et proches. Le froid traversait les wagons, traversait les vêtements, traversait les os, cependant les hommes étaient plutôt

---

1. Ceux des déportés auxquels les nazis avaient conféré une autorité.

vifs. Comme si l'atmosphère sans espoir dans laquelle ils se retrouvaient leur avait inoculé le virus de la vie vagabonde et désordonnée. L'épouvante avait reculé quelque part au fond d'eux et l'on voyait se conjuguer en eux la curiosité impatiente qui les portait à communiquer avec ce trait spécifique du paysan qui veut tout savoir, suivre avec passion et vigilance aussi bien la germination que la croissance. Naturellement, en Alsace ils furent harcelés par un rythme de travail fou : ils devaient passer la moitié de la journée prisonniers d'un tunnel isolé et on ne les laissait même pas dormir en paix sur les paillasses de l'usine désaffectée. C'est en poussant des cris perçants qu'on les tirait de leur sommeil et qu'on les mettait en rangs. Mais leur familiarité avec la pioche et la pelle leur permettait de manier énergiquement le pic ou de repousser les rails avec des barres de fer dans le tunnel. Ils trimaient ainsi dans les courants d'air venus de la neige, mais la capacité de résistance qui s'était accumulée en eux grâce à leur lutte séculaire contre la terre pierreuse du Karst empêchait maintenant leur corps de dépérir.

Chaque fois que la nuit les cris des oiseaux sauvages pénétraient, diaboliques, dans les tissus tout juste endormis, le corps, le matin, ne se levait pas de son châlit ; alors, au moment de partir en rangs vers le tunnel, on le sortait dans une caisse que la nouvelle neige, dans la cour, recouvrait à moitié. Un matin, un camion emporta une caisse de ce genre sur une route en lacet des Vosges et lui qui quittait ses camarades encore vigoureux malgré leur travail dans le tunnel s'assit sur la caisse. Exténué, il était resté allongé par terre, si bien qu'ils l'avaient fait monter à coups de pied dans le camion qui partait pour la centrale de la mort, dans la montagne, là où, sur le versant abrupt, il y avait des terrasses plantées reliées de part et d'autre par un escalier, chaque plate-forme ayant un double lien avec celle du dessus et celle du dessous. Une baraque limitait chaque extrémité des terrasses, c'est-à-dire à droite et à gauche des deux escaliers. Au milieu de la terrasse du haut, une potence en bois projetait son bec courbe vers le ciel ; tout en bas, au-dessus d'une baraque apparemment semblable aux autres, s'élevait une haute et étroite cheminée d'où s'échappait sans cesse de la fumée. Lorsque le vent soufflait en direction des baraques, une odeur de suif fondu planait dans l'air. Quand quelqu'un devait, la nuit, poussé par la dysenterie, se traîner hors de son lit, il pouvait voir tout en bas, non loin de la limite des barbelés, une rose incandescente au-dessus de la cheminée. Elle fleurissait dans la nuit, comme suspendue dans les airs au milieu des montagnes, et ne se fanerait pas tant que dureraient dans l'entrepôt, sous la cheminée, ces inépuisables réserves de combustible. Et là-bas, à proximité de ce haut-fourneau perpétuel qui les transformait en cendres et en fumée, lui aussi allait et venait dans la foule grouillante. Dans le royaume silencieux du néant. Sans pensées, car elles s'étaient envolées comme des oiseaux dont le feu aurait roussi les ailes. Seul son corps se débattait encore, ses cellules résistaient. Mais lorsque ses tissus appauvris ne purent plus retenir l'humidité, quand ses jambes sèches comme des échalas firent de ses pieds des billots de bois qui se levaient avec difficulté d'une marche à l'autre, alors il ne resta plus à son corps qu'à s'étendre, sans plus bouger. Et alors que, à bout de forces, il était ainsi allongé devant la baraque sur la terre où la dernière neige avait fondu depuis peu, une lettre était arrivée. Les nouvelles de ses proches, depuis Trieste, avaient erré en Styrie où une main de femme lui faisait savoir que tout allait bien à la maison, sinon que Mija était partie voir sa sœur Mimica. C'était si miraculeux d'avoir une lettre qu'il ne réussit pas à rassembler ses esprits et qu'il ne comprit pas ce que voulait dire l'inconnue. Puisque Mimica avait été emportée par la grippe espagnole pendant la Première Guerre mondiale. Il ferma les yeux pour se concentrer sur le sens des mots et tenter de les saisir. Mais tout s'effilochait au fur et à mesure et se perdait comme si un souffle immatériel dispersait la moindre nébuleuse qui se formait sous son crâne. Il était allongé sur un étroit passage devant la baraque et il sentit alors qu'il devait se lever, car ses viscères s'étaient remis en route, évacuant du liquide comme pour exprimer au plus vite toute l'humidité de ses membres. Et il s'en fut, marchant vers l'inconnu ; après quoi, exténué pourtant, il s'en revint et se recoucha. Il sentait sous lui la terre piétinée et un désir à peine perceptible le poussait à lui demander, suppliant, de l'aider, d'affermir ses cellules ramollies, de se cristalliser en lui. Mais le nuage invisible restait suspendu dans l'air, et l'odeur de graisse étuvée qui en émanait, cette odeur lourde, paraissait maintenant passer à travers les mailles de filet de son corps allongé, flocon de vapeur à travers un tamis. Mija était partie chez Mimica. C'était donc comme si on lui disait qu'on l'avait montée jusqu'au dépôt au-dessus duquel, toutes les nuits, s'épanouissait la fleur rouge. Il avait beau se forcer, il ne réussissait pas à y penser. C'était à l'autre bout du monde, parmi des êtres différents ; cependant, leur destin était semblable à celui qu'il vivait sur cette maudite montagne. Mais il n'avait pas en lui suffisamment de vie pour évoquer distinctement le visage de Mija ; il devait se relever, le mal opiniâtre installé dans ses entrailles le conduisant vers des marécages brumeux et désolés. Là-dessus, il y retourna, mais sa pensée s'était tarie, transformée en une source asséchée et muette dont on ne voit plus que la cuvette de sable blanchi. L'infini au sein duquel il ne réussissait pas à convoquer l'image de Mija le poursuivait sans relâche sur ces terrasses, de la potence au four, si bien qu'il ressentait sa disparition comme un recul dans le vide où lui-même, à tout moment, pouvait s'abîmer. De même, la nuit, quand, couché au troisième niveau du châlit, il les cherchait dans son sommeil, ses traits se dérobaient avec obstination. Il dormait et il savait qu'il dormait. Elle n'était pas là, elle qu'il attendait en vain et, pendant ce temps, sa couche chavirait : un sous-marin qui s'enfonçait dans les profondeurs. Au bout d'un moment, le lit en planches remontait, les deux grosses massues de ses pieds flottaient devant lui tels deux poids blancs, deux outres pleines de graisse pendant du plafond. Il tentait de se convaincre qu'il ne dormait pas, mais il savait que, dans son rêve, il nageait jusqu'à Mija, dont il désirait passionnément distinguer les traits. Mais il n'y parvenait pas, il nageait seulement, ses mains s'agrippant nerveusement au bois pour ne pas glisser du châssis qui, de nouveau, versait, sombrait dans l'obscurité, se précipitait dans un gouffre noir.

Il se rendit enfin compte que la nuit était silencieuse, qu'il marchait sous la futaie, qu'il fuyait devant l'image d'une jeune fille étrange qui avait commencé par lui tenir la main, contre toute attente, avant de se rendre au bal. Se serait-il livré pieds et poings liés à ce mouvement d'immaturité teintée d'absurde humiliation ? Oui, il s'était rapproché d'un monde inconnu, mais le hasard l'avait empêché d'en enjamber la frontière.

Pourtant, autant il était soulagé de s'être tenu en deçà de la fatale ligne de démarcation, autant il sentait qu'il lui faudrait sortir de la réclusion qui l'enserrait.

«Mija», pensa-t-il ; et sa force tranquille et harmonieuse lui apparut ; il s'en retourna comme si elle l'attendait dans la chambre, mais, ce faisant, il sentit une fois encore de façon claire et distincte que Mija ne tenterait pas de l'entraver sur le chemin qui s'ouvrait à lui.

Il avait beau marcher aussi vite que s'il se fuyait, il n'allait qu'au-devant de lui-même.

XVI

– Ainsi donc, monsieur dort encore? s'exclama la doctoresse avec une gaieté un peu rude.

Elle l'avait trouvé endormi, et en tirait un brin avantage, se sentant pour ainsi dire confirmée dans sa virilité; en effet, pour une bonne part, ses manières brusques résultaient à n'en pas douter de cette idée, formée d'instinct, que c'était elle qui en dépit de l'âge et de ses cheveux grisonnants circulait de pied ferme entre les lits de ces hommes réduits à l'impuissance.

– Comment vous sentez-vous? Un de ces jours, nous allons essayer le pneumothorax.

– Mais vous avez déjà essayé, docteur, protesta-t-il en s'appuyant sur ses coudes.

– Vous ne voulez pas! s'écria-t-elle, soulignant la brusquerie de son propos de coups de stéthoscope sur son tablier blanc. Mais c'est moi le médecin!

– C'est vrai que vous avez déjà essayé, docteur, dit calmement Mlle Chatain, partagée entre l'obligation d'un constat précis des faits et les égards dus à sa supérieure.

D'une pierre deux coups: Mlle Chatain donnait l'impression de veiller avec attention et circonspection à ses prérogatives.

– Bien sûr que j'ai déjà essayé. Et ça n'a pas marché. Je le sais bien, dit rapidement la doctoresse d'une voix cassante.

– Et comment va votre épaule, monsieur Suban? demanda alors Chatain.

– Qu'est-ce qu'elle a, son épaule?

Elle s'était retournée d'un bloc. Il se dit que, dans son tablier blanc, elle avait vraiment une carrure masculine.

– Vous aviez prescrit des massages, remarqua poliment Chatain.

– Je sais, je sais. C'est vous qui l'avez massé? Non? Qui vous a massé, monsieur Suban, Mlle Ribau?

– Mlle Dubois, dit Chatain avec précaution.

– Ah, c'est la petite, dit la doctoresse presque en aparté.

Déjà elle s'était engouffrée dans l'encadrement de la porte, mais, réapparaissant à la seconde même, elle lança du seuil un «Maintenant, votre place est sur la terrasse!», après quoi l'on put entendre le vigoureux claquement de ses talons faire résonner les dalles du couloir matinal.

Il se leva pour rejoindre la terrasse.

Il s'allongea sur une chaise longue et croisa les jambes.

La nature voulait-elle lui faire remarquer sa présence? En tout cas, un merle siffla du haut d'un arbre. Il songea que le chant d'un oiseau évoquait peut-être en l'homme qui, les yeux fermés, n'aurait pas vu la forêt l'image des branches, des feuilles, de l'arbre touffu puis de la forêt tout entière. Les branches et les arbres, seuls, ne peuvent donner la même sensation. Sauf quand le vent les fait bruire. Mais le vent est une aide externe. Étranges pensées. Mais non: il sentit qu'au fond il devait, petit à petit, régler ses rapports avec la nature, car jusque-là il n'en avait entretenu, la nuit, qu'avec la forêt; en somme, il n'avait associé une nuit qu'à la précédente passée dans le tunnel obscur de verdure où il marchait comme un soldat au front, sous un abri voûté. De jour, il se refusait toujours à toute réflexion sur la nature comme s'il craignait d'aborder trop vite une nouvelle découverte et, donc, de la gâter.

Il remua, comptant sur son corps pour modifier ses pensées. Tiens, ce matin, elle n'était pas venue avec ses thermomètres. La doctoresse et Mlle Chatain avaient semblé plutôt réservées à son propos; la «petite» ne leur plaisait sans doute pas. L'idée engendra une connivence, une camaraderie complice avec Arlette, qui avait parlé de la «vieille» en usant d'une expression qui semblait, entre eux, aller de soi. Il fallait reconnaître qu'elle s'était rapprochée de lui à sa façon, une façon bien à elle. Du coup, il sentit sa main sur lui, qui le massait, il entendit les ressorts l'accueillir d'un grincement.

Au fond, il lui pardonnait presque sa trahison de la veille. Après sa promenade nocturne, il était plus calme et plus raisonnable; comme s'il sortait d'un bain purificateur. Qu'avait-elle fait de plus que l'inviter à une promenade? Lui avait-elle rien promis de plus? Non, ce n'était pas sa faute si la promenade avait déclenché cette réaction.

«Présentement, se dit-il, me voilà, quand je pense à elle, le vieillard heureux de contempler la jeunesse indomptable de sa fougueuse petite-nièce»; l'idée le submergea de plaisir, nichant son corps au creux d'une douce et chaude poche de sable. Pouvait-on lui reprocher d'être dans tous ses états à la suite d'une invitation au cercle des officiers? Que pouvait-elle faire d'autre dans ce village perdu? Tout blessé qu'il avait été par une telle légèreté, force était de reconnaître que c'était cette légèreté qui faisait son charme.

«Ce qui fait son charme», se répéta-t-il.

Il était allongé paupières closes dans l'ombre, ce qui ne l'empêchait pas de percevoir très distinctement le matin, marée blonde et chaude, qui gagnait en hauteur, le long des énormes marronniers. Il se rappela qu'elle avait parlé de lui à sa sœur, il la revoyait qui le tenait par la main; et sur le coup son absence ne fut qu'un tendre regret qui l'enveloppait, conjointement avec la chaleur qui montait petit à petit. Oui, ils se ressemblaient beaucoup par ce côté inconsidéré. La vie dans un sanatorium est une sorte de pause dans une serre où l'on est coupé de la vie réelle. Et il le leur avait avoué la veille au soir, il ne désirait pas rentrer chez lui. Il lui semblait bien qu'il ne pourrait trouver aucune raison pour se convaincre qu'il avait une maison quelque part et que tôt ou tard il lui faudrait y retourner.

Il était citoyen du monde, de ce monde que les gens de l'après-guerre allaient tout de même construire et que lui aussi, quand il serait prêt, aiderait à créer. Il savait quelle différence de taille séparait les deux hommes, celui qui était seul avec ses pensées et celui qui se promenait à son côté. Pour un peu, il ne se serait pas reconnu. Ainsi, là-bas, volubilité et optimisme naissaient au fur et à mesure, c'était plus fort que lui. Une énergie échappant à tout contrôle. Peut-être ces derniers jours s'était-il justement retenu de crainte que cette onde de vie n'allât submerger *le reste* pour toujours. Cependant, il faudrait laisser les deux moi s'affronter, et que l'emporte le plus vigoureux! En pensant à elle, il crut deviner lequel ce serait; mais comment se rapprocher d'elle sans renier son univers? Elle devrait tout savoir de lui et l'accepter comme si elle avait tout vécu avec lui et, ce faisant, rester intacte, une terre en friche en somme, prête à recevoir n'importe quelle semence. Il l'en estimait capable, avec son caractère insolite. Pour sûr, il exigeait trop, mais, d'un autre côté, n'était-il pas vrai que la trace laissée sur le lit quand elle le massait se creusait? Certes, l'empreinte de son corps n'avait grandi que dans son souvenir, pourtant cette image était marquée du sceau de l'expérience. Et il était persuadé que ce qu'il pressentait physiquement avec tant de clarté se réalisait toujours. Le processus, vaille que vaille, suscita de nouveau la sensation qu'il était allongé seul dans cette cavité, sur une grève qui lui était familière. Car il n'y avait que les images d'une plage de galets pour adresser à sa conscience, vivante, la vision de son pays natal. Ce morceau de côte de

Barkovlje à Miramare. Skojera, par-delà le petit port de Kontovel. La baie de Miramare sous le château. Grljan tout entier dans les feux blancs du soleil d'août. Là-bas jadis, Tatjana avait enfoui ses membres couleur de chocolat dans le sable de Grljan. Voilà ce qu'il voulait dire : même si sa raison savait que c'était lui qui était autrefois avec Tatjana à Grljan, il était presque aussi incontestable que ce n'était pas lui. Il y avait lui avant l'Allemagne et lui après l'Allemagne – qui sait si les deux versants se rencontreraient un jour ?

« Ces réflexions sont malsaines, mieux vaut la compagnie d'Arlette », trancha-t-il, même s'il était persuadé qu'elle ne pensait absolument pas à lui ; à cause de sa démarche et de son rythme inhabituel qui pénètre le sang ; à cause des deux fruits lourds qui croissent sur une branche très fine, à ceci près que deux poires juteuses par exemple courbent leur branche et que son maintien à elle restait rigide quoique plaisant. C'est vrai, une poitrine particulière, une démarche particulière, des mains d'enfant particulières aussi. Et particuliers aussi ses mots.

Il se soutint la tête de ses mains.

« Je l'ai déjà dans la peau », poursuivit-il ; et le constat ne lui déplut pas. À vrai dire, il avait perpétuellement envie de se lever et de sortir de sa chambre devenue soudain trop exiguë. Et s'il demandait une permission à la doctoresse, histoire de partir une journée ?

Il se redressa sur son séant. Très bien, mais on ne peut aller en ville les mains vides.

Il se leva.

Il entra dans la chambre et ouvrit l'armoire blanche.

Les étagères du haut étaient vides ; au milieu, une petite valise ; en bas, des bottes bien rangées, côte à côte, au « garde-à-vous ». À croire qu'il y avait seulement une minute un soldat allemand les chaussait encore, avant de s'enfuir au battement de la porte.

Il tendit la main, souleva les bottes, s'imaginant tenir les chaussures d'un homme qu'il aurait tué et caché là.

Il les fit tournoyer dans l'air.

Elles étaient presque bonnes. Tige s'ouvrant en corolle, cuir clair et en excellent état; les pieds n'étaient pas fameux, mais si on les coupait, il restait encore tout ce précieux cuir. Il les replaça en bas de l'armoire et, de sa main gauche, s'essuya machinalement les doigts qui avaient touché le cuir. C'est alors qu'il remarqua la couverture grise sur l'étagère. Oui, il emporterait aussi la couverture, même si elle sentait la paille dans laquelle ils avaient couché, quand le camion les menait vers la frontière hollandaise. Cette couverture, c'était une partie de lui-même. Mais quoi, il en tirerait peut-être quelque chose.

C'était dit, il la vendrait également; tout en refermant l'armoire, il eut l'impression d'avoir une fois de plus décidé de négocier un être vivant et il se sentit soulagé quand elle fut refermée; dépouillée de ces sombres objets, la chambre était plus simple, meilleure; bien rangée et blanche, avec un lavabo en porcelaine blanche, un lit blanc, une table blanche, une armoire blanche qui du reste était si lisse qu'on l'aurait crue en émail.

XVII

Il était saisissant, ce terrain vague en bordure de la capitale, brûlé de soleil et poussiéreux; oui, poussiéreux, à cause de ce fleuve lent et noir de la foule qui le traversait. On aurait cru qu'une bombe atomique avait détruit Paris et que ses habitants en fuite se pressaient dans la chaude poussière stagnante de ce mois d'août. Il longea les étals de peignes, de rasoirs à quatre sous, de lacets de chaussures et de petites culottes. Les peignes montrant leurs dents pointues étaient eux aussi bon marché, les lacets, des lacets tout ordinaires; seul le rose ou le bleu pâle des petites culottes égayait un peu cette désolation. Venaient ensuite des éventaires de chaussures retapées : à la lumière vive du soleil, elles fournissaient, somme toute, le même témoignage sur le passé que le poudreux bric-à-brac du brocanteur. La poussière flottait au-dessus des têtes, au-dessus des vieilles chaussures, au-dessus des pièces de cuir de toutes tailles et de toutes formes exposées par un camelot.

Le mieux serait de s'en débarrasser rapidement et de tourner les talons.

Il assura le paquet sous son bras. Un regard sur le premier homme à un étal, puis : «Je vais les lui proposer», décida-t-il. Il n'aurait qu'à insérer les bottes dans le lot de chaussures ordinaires, et elles passeraient pour les vestiges d'un géant défunt.

– J'ai quelque chose à vendre, commença-t-il à mi-voix en s'approchant.

L'autre était maigre, ses joues étaient couvertes de poils noirâtres.

– Que voulez-vous? demanda l'homme d'une voix forte.

«Dans mon embarras, je n'ai probablement fait que murmurer», se dit-il.

– Des bottes. Des bottes de soldat.

– Je n'en ai pas – il criait presque. Je n'en vends pas.

– Moi si, dit-il avec empressement. Moi, j'en ai à vendre.

– Ah, ça non, jamais de la vie, non, jamais de la vie!

Il paraissait s'être radouci à l'énoncé de l'incroyable marchandise qu'on lui offrait.

– Je vous les laisse à n'importe quel prix.

– Non. Pas question, dit le camelot en soulignant son refus d'un geste de la main, qu'il redoubla de la tête.

Il rajusta le paquet en partie défait et se fondit dans la foule. Il aurait pu être aimable, je les lui aurais données à n'importe quel prix; au lieu de cela, il ne me laisse même pas les déballer et les lui montrer. Il avançait avec la foule; désormais, on ne voyait plus d'étals, rien qu'une longue coulée de gens qui marchaient sur un chemin poussiéreux, dans l'herbe jaune et sèche. Hommes et femmes jouaient des coudes en silence, semblables à des curieux qu'eût attirés une catastrophe, un avion tombé dans la plaine brûlée. Pourtant, dans la foule, deux courants se croisaient, la procession de ceux qui avançaient et les autres, qui regagnaient le gros de la cohue. Personne n'allait mains vides. Un vieillard voûté avait, plié sur l'avant-bras, un pantalon repassé de frais. Une femme grisonnante portait précautionneusement une jupe. On voyait un appareil photo aux mains d'un grand échalas, un disque dans celles d'un quidam; un petit maigrichon entourait un gilet des mêmes attentions que s'il transportait une fleur que personne ne devait heurter.

Il remarqua ensuite, de part et d'autre des deux cortèges, des gens qui ne marchaient pas. Ils avaient posé des objets par terre et montaient la garde à côté. Par exemple, un homme un peu éméché, en pantalon gris très étroit, avait installé une paire de chaussures jaunies. Le regard intermittent qu'il leur jetait semblait leur dire : « Patientez calmement ! Tout va bientôt s'arranger. » Cependant, il paraissait redouter de les voir piétinées par la foule comme des chiots. En effet un monde fou allait et venait en silence. Personne ne vantait sa marchandise, une femme se contentait d'avancer lentement, un manteau d'enfant pendu à ses mains, un homme, un gilet devant lui, revenait de l'autre côté tout aussi taciturne. « Quelle horreur, ce silence ! » pensa-t-il. Pourquoi utiliser des mots puisque tout le monde peut voir notre honte ? telle paraissait être leur logique. C'était leur funeste grandeur. Surtout si l'on pensait que les camps ne tarderaient pas à être oubliés, ainsi que la bombe tombée sur Hiroshima. Mais ici on se taisait et chacun tenait un objet à la main.

Sur le côté, on pouvait voir un homme, un gramophone posé à ses pieds, et près du gramophone, tel un gardien, son fils, tout petit.

– Il n'y en a plus ? demanda-t-il à son père.

– Non, il n'y en a plus, répondit le père.

Lui, en regardant le père et le fils, se demandait : « Il n'y a plus de quoi ? » Il s'attendait à entendre la prochaine question du gamin : « Dis, papa, maman aussi a brûlé là-bas ? » Il aurait voulu crier : « Réveillez-vous, hommes et femmes, décampez d'ici, pourquoi venez-vous ici vendre votre misère ? » Mais à quoi bon maugréer, ne leur ressemblait-il pas ? Est-ce que son paquet ne représentait pas un degré d'humiliation comparable à celui auquel atteignait le manteau du fils mort porté au bout des mains de la mère et promené avec précaution à travers la foule ?

Il faisait déjà demi-tour, prêt à prendre la fuite, quand son regard s'arrêta sur le visage d'un vieillard assoupi. Il avait l'air doux, les yeux mi-clos d'un ressuscité d'entre les morts qui eût attendu avec humilité le moment de se recoucher pour se reposer. À ses pieds s'alignaient trois paires de chaussures, petites et pointues.

– Je voudrais vendre des bottes, lui dit-il comme apitoyé par son visage fatigué.

– Montrez, déclara le grand-père, mû surtout par la reconnaissance envers l'intérêt qu'on lui témoignait.

Rapidement, il défit l'emballage.

– Non, prononça promptement le pépé en voyant les bottes militaires.

– Elles sont bonnes.

– Non. Ce n'est pas de la marchandise pour moi ! dit le vieillard avec mauvaise humeur. Non.

– Je vous les laisse pour pas cher. Pour presque rien.

– Ce n'est pas de la marchandise pour moi, répéta le vieux d'une voix coupante avant de tourner la tête.

Il se retrouva mêlé au fleuve qui traversait la poussière sous le soleil brûlant. Ce n'était pas de la marchandise pour lui ! Comme si ses petits souliers pointus antédiluviens étaient de la marchandise ! Non, mais qui pourrait soutenir que, dans cette complète pénurie d'après-guerre, de vieux bouts de cuir pourris étaient meilleurs que la peau lisse et claire de ces bottes ? Il n'aurait eu qu'à se débarrasser des pieds : il aurait pu tirer de quoi tailler deux paires de semelles...

Il s'arrêta sur la droite, à la limite de l'herbe du terrain jaunâtre, et posa ses bottes à terre ; il en rectifia du pied l'alignement puis replia la couverture sous son bras. Le vieux avait sûrement eu peur en voyant les bottes, peut-être même qu'à les voir il les avait entendues battre le boulevard parisien à l'heure du laitier, voilà pourquoi il l'avait éconduit si brusquement. Décidément, il ne les vendrait pas. Qui pourrait les acheter ? N'importe quel Parisien – séquence de film d'après-guerre – en rêverait la nuit, les verrait s'éclipser de l'armoire et marcher toutes seules dans les rues de Montmartre endormi.

Il attendait debout, tout en se demandant pourquoi il ne pouvait pas dire à la foule qu'il les sacrifierait à n'importe quel prix juste pour pouvoir s'en aller. Peut-être voulaient-ils tous céder leur marchandise à vil prix et fuir; sans un mot, ils serreraient les billets dans leur main, sans un mot ils partiraient. C'est alors qu'il sursauta. Quelqu'un disait: «*Kharacho, kharacho!*[1]»

Il se retourna et vit un jeune Russe bien bâti; un signe inopiné de camaraderie. Comme s'il était avec Vania. Ou avec Vaska. Il avait transporté des morts en compagnie des deux, compagnonnage d'un genre particulier entre l'un qui devait, au moment de les mettre sur le brancard, les prendre par les chevilles pendant que l'autre les soulevait par les épaules. Chacun d'un côté.

Il souleva les bottes du sol et les mit sous le nez du Russe. Il était grand et se tenait au milieu de son fatras avec l'allure d'un riche venu racheter toute cette misère.

Il le regarda un moment en silence; beaucoup de Russes sont entêtés ou impolis, admit-il, cependant leur audace, leur vitalité, ont leur charme.

– Donne-m'en ce que tu veux, dit-il.

Mais le gars comptait pensivement son argent, raide, de l'air de quelqu'un qui se trouve fortuitement au sein de cette immense foule et n'a vraiment rien à faire du bonhomme aux pantalons sur le bras qui rentrerait chez lui puis se rencognerait en attendant docilement la fin.

– Je te les donne pour n'importe quoi, répéta-t-il.

– Mets-toi dans la file et tu les vendras, dit alors le gars. Pourquoi as-tu honte?

---

1. «Bien, bien!»

Là-dessus, il partit en compagnie d'un nouvel arrivant; Radko Suban se tourna vers l'enchevêtrement de pieds qui passaient. Oui, peut-être avait-il cru être le point de mire de tous les regards, lui et ses bottes. De quoi, en effet, avoir honte? Le gars avait probablement raison, personne ne lui demandait rien et lui ne disait rien, il était debout et attendait, comme cette femme de l'autre côté qui tendait deux paires de chaussettes de laine. L'essentiel, c'était d'être là. Et d'être ensemble sur ce terrain, tous acteurs et tous spectateurs à la fois de cette folle histoire du vingtième siècle.

Peut-être la honte venait-elle de ce qu'il pensait à ceux qui avaient brûlé dans les fours. «Il faudrait les placer dans ce spectacle muet, couvert de poussière et brûlé de soleil», songea-t-il.

C'est alors qu'on cria: «La police! la police!»

Sur-le-champ, la marée des têtes se pencha comme si un avion vrombissait en plein ciel; les gens se baissèrent pour ramasser leurs affaires et s'égaillèrent. Comme des fourmis qui fuient, apeurées, emportant des brindilles dans toutes les directions. Des chaussures disparurent sous une aisselle, une veste fut cachée contre une poitrine, un appareil photo glissa dans une poche. Radko Suban tenait ses bottes à la hauteur de son estomac et marchait lentement, du pas du flâneur.

La poussière se soulevait en nuage sur le terrain vague, les gens étaient devenus autant de parachutistes en déroute largués à l'instant et se demandant quoi faire sur ce sol à l'herbe jaunie.

Il poussa un juron étouffé, comme tout honnête homme face à la police en ce siècle, mais il ressentait une satisfaction: au moins les policiers les avaient rappelés à la dignité humaine. Quelqu'un doit nous réveiller.

Peu à peu, la foule se recomposa. Qui sait si la police était venue pour de bon? Un simple pressentiment peut ébranler la masse, c'est une matière très inflammable que la multitude. Il retrouva à son côté la femme qui proposait ses deux paires de chaussettes de laine.

– Deux cents francs, lança-t-elle.

– Deux cents francs? répéta, étonnée, une jeune fille qui du reste ne regardait pas les chaussettes mais les bottes.

Son fiancé la tenait par le bras, ils affrontaient côte à côte la chaleur, la foule et la poussière.

Ils avaient les mains vides et peut-être n'allaient-ils rien acheter; ils se contentaient de promener leur amour. Le jeune homme montra les bottes à terre et elle suivit sa main du regard. Ensuite, il lui dit quelque chose à l'oreille en riant.

– Tu vends des bottes? demanda la petite dame aux chaussettes.

– Oui, répliqua-t-il sèchement, irrité par le rire du jeune homme.

Ce n'était pas vrai qu'il pût se débarrasser de ce soldat; en serait-il venu à vendre ses bottes, dans ce cas?

– Combien? demanda la petite dame sans attendre la réponse, car elle offrait à l'instant même ses chaussettes à des passants.

– À n'importe quel prix, répondit-il.

– Ce n'est pas cher.

Elle n'avait pas entendu, elle croisa pensivement les bras.

C'est alors qu'un vieillard chenu émergea de la foule.

– Combien cette couverture? l'interrogea-t-il.

– Vous m'en donnez combien?

Le vieux se taisait, palpant la couverture de ses doigts osseux que des poils gris faisaient ressembler à des pattes d'araignée. «Le premier acheteur», se dit-il, plein de gratitude pour le jeune Russe. C'est vrai, maintenant, il avait probablement l'air plus sûr de lui. La manière de se tenir n'est pas indifférente. Il n'émane pas la même chose d'un homme embarrassé et d'un homme résolu.

Le vieux approcha son nez de la couverture et renifla; curieux qu'il s'attachât à la couverture, alors que lui voulait surtout vendre les bottes. «Renifle donc, ironisa-t-il, renifle bien, ça sent la paille dans laquelle j'ai dormi sur le Rhin et où je me suis roulé une nuit que nous avions seulement les fossés pour faire nos besoins.»

Le vieux s'en alla.

«Avec la couverture, ça n'ira pas non plus; ce n'était peut-être pas bien de l'avoir provoqué ainsi en pensée; et voilà le résultat, quand on oublie qu'on transmet toutes ses pensées à autrui.»

Mais au bout d'un moment le vieux s'en revint.

– Elle est vieille, dit-il.

– C'est une bonne couverture.

Et il pensa au jeune Russe.

– Vieille, marmonna encore une fois le bonhomme.

Il étala la couverture et de ses bras tendus la mesura. Elle faisait plus que son envergure et, derrière elle, il avait l'air d'une chauve-souris, avec les petites griffes jaunes de ses doigts de momie parcheminée à chaque bout du pan d'étoffe.

– Je ne vous en donnerai pas beaucoup, dit-il enfin.

– Combien?

– Elle est râpée, dit le vieux comme pour lui-même. Très râpée.

– Vous m'en donnez combien?

– Trois cents.

Il le regarda pour la première fois; d'un regard oblique, interrogateur.

– Donnez!

– Comment? demanda le vieux, dont le visage prit peur.

Le vendeur avait donc brusquement changé d'avis! Mais en un instant il comprit que son exclamation valait acceptation. Il compta l'argent et se perdit dans la foule.

À dire vrai, la foule se raréfiait comme baisse l'eau d'un

réservoir, une fois les vannes ouvertes. «Midi approche», pensa-t-il. Il tenait toujours les billets en main, le terrain vague abandonné lui parut extraordinairement différent. Et ce changement venait du papier qui bruissait dans sa paume. Comme si, de fait, il ne faisait plus partie de ces malheureux, mais qu'on l'attendît quelque part – des gens joyeux et dispos auprès de qui il pouvait se rendre à sa guise. «Nous avons encore un long chemin à parcourir avant que l'argent perde sa terrible puissance», se dit-il.

– Personne ne veut des bottes, dit-il à la petite dame qui n'avait plus qu'une paire de chaussettes dans les mains.

– En hiver, vous les vendriez, lui dit-elle comme si d'avoir tiré parti de la couverture le rendait un autre homme.

– Cet hiver, je serai chez moi!

– Chez vous?

Encore une fois, elle ne prêtait pas attention à la réponse, elle suivait des yeux la foule compacte qui manifestement se désagrégeait.

Au bout d'un moment, elle laissa tomber:

– L'hiver, des paysans les achèteraient.

– Les paysans?

– Mmm... marmonna-t-elle pensivement.

– J'ai entendu dire qu'en France les paysans portent des bottes de caoutchouc...

– Ils les achèteraient – on aurait cru entendre une mère occupée qui, aux questions d'un enfant, répond dix fois la même chose. L'hiver, ils les achèteraient.

– Cet hiver, je serai chez moi, répéta-t-il. Du moins, je l'espère.

Elle n'écoutait pas, mais, du fond de sa rêverie, elle identifiait la contradiction au son de sa voix.

– Pourtant, l'hiver, ils les achèteraient certainement, insista-t-elle, quoique toujours aussi distraitement.

Chez moi... Il lui parut étrange de parler de chez lui avec

autant d'assurance alors qu'il ne ressentait pas le moindre mal du pays ; surtout ici, sur ce terrain vague. Peut-être un petit vase de liquide bleu rescapé de la mort et que le feu éternel n'avait pas asséché, puisqu'il avait jailli, imprévu et spontané, comme l'eau d'une grotte du Karst, voilà ce qu'était son pays natal. C'est vrai, sa famille l'attendait, Vidka, sa cadette rousse, malade, la garrigue libérée, ses dolines et ses pins, et pourtant il se sentait presque chez lui, ici, sur ce terrain ocre de poussière. Les deux étaient vrais. Il était probablement plus encore chez lui dans sa chambre du sanatorium – mais c'en eût été fait de sa réputation auprès de la doctoresse si elle l'avait vu ici en ce moment.

– Adieu, monsieur, fit la petite dame.
– Adieu, madame.

Quelle que fût son envie de la suivre, il n'en fit rien. Puisque personne ne l'attendait, tout cela était bien indifférent. Quel sens cela avait-il de ramasser les bottes et de partir ? Mais continuer de faire le piquet en avait-il davantage ?

Même sans les regarder, il sentait très fort leur présence. Il savait exactement à quoi il ressemblait avec ces bottes à côté de lui, et c'est justement parce qu'il ne les avait pas regardées une seule fois qu'il voyait si distinctement le tableau. Un prodige, pourquoi pas, et elles s'évaporeraient... Mais il était sûr qu'il ne se passerait rien. Le seul événement, c'est qu'il y avait de moins en moins de monde, car la nappe d'eau silencieuse de la foule se retirait. Et cette absence de bruit, le silence de la foule aux mille visages était, au même titre que la révolution muette de la terre, un mystère de la création. Il faudrait maintenant que les bottes s'évanouissent dans un nuage de poussière jaunâtre. Mais elles n'allaient pas disparaître : l'homme doit subir jusqu'au bout les épreuves, et il ne peut compter sur aucun miracle. Un vol aurait tout arrangé. Mais qui prendrait ces chaussures, symbole du mal absolu, le mal incarné peut-être. Même si un Français n'avait pas de chaussures, est-ce qu'il ne préférerait pas labourer pieds nus plutôt que d'enfiler ces bottes ?

Et il fallait justement que ce soit lui qui apporte ce genre de marchandise ! Personne ne proposait d'affaires semblables et quoi d'étonnant si nul n'y faisait attention ? Encore heureux que personne ne l'eût apostrophé en lui reprochant de mettre ainsi sous le nez des gens ce qui avait causé le malheur général.

La foule allait se raréfiant. Çà et là demeurait à peine un groupe compact semblant prêter attention aux paroles de quelqu'un qu'il ne pouvait voir. Le terrain vague pelé offrait au soleil les larges taches de sa peau jaunâtre, desséchée et transformée en parchemin par la canicule. « Tout cela, la terre comme les hommes qui l'habitent, ressemble à une histoire sèche et momifiée », pensa-t-il. Mais à l'instant même il tressaillit comme s'il craignait de voir son corps s'enkyster dans l'image d'un monde sans vie. Il empoigna les bottes et partit ; il les aurait bien jetées au loin, mais il savait d'instinct qu'elles devaient encore l'accompagner, elles étaient au cœur de sa présente avanie.

La poussière retombait peu à peu et, passé le moment des émotions humaines, le soleil retrouvait une force inouïe. Il garda d'abord les bottes à la main, puis il les mit sous le bras. Histoire de gagner un brin d'assurance. Il repassa par les étals, mais là encore les groupes s'effilochaient, à part quelques isolés qui s'arrêtaient pour choisir des chutes de cuir informes. « Ils pourraient découper ce cuir clair », se dit-il et, presque à la seconde, il se rendit compte qu'il ne devait pas porter les bottes de cette façon.

Un vendeur de journaux passa devant les éventaires. Il en acheta un. Il se dit que seule, peut-être, Arlette saurait l'accepter. Mais allez savoir pourquoi il pensait à elle, maintenant que tout était fini ? Il longea un étalage de petites culottes et arriva sur le pont qui enjambait une large route ;

les automobiles qui fonçaient avaient l'air de jouer à un jeu singulier dans un monde singulier.

Il obliqua, et quelques pas plus loin s'adossa au parapet sous lequel les automobiles roulaient à vive allure. Ôtant une chaussure, il la posa sur le mur; il enfila une botte. Il songea qu'il aurait dû avoir honte, mais les passants sur le pont marchaient sans lui prêter attention. Que le monde devienne votre maison, alors la rue en sera le couloir. Il était soulagé de voir le pantalon cacher la botte. Après quoi, il retira l'autre chaussure et mit la seconde botte, non sans sautiller en prenant appui sur le mur, son pied ayant du mal à rentrer.

À côté des chaussures, il avait laissé le journal; quand il le déplia, il vit, en première page, la photo de la blonde Irma Gröse, prise au milieu de soldats alliés qui lui tendaient galamment la main et l'aidaient à descendre d'un camion. «Ils conduisent au tribunal la meurtrière de nos filles, je les trouve bien chevaleresques.» «Quelle belle fille!» diraient les braves gens. Il les entendait déjà. «Quel dommage, la peine de mort, pour une si belle fille!» Voilà ce qu'ils allaient dire. Hé oui, les jeunes filles que la blonde Irma avait fait brûler, ces jeunes filles, il n'était plus possible de les photographier. Photographie-t-on la fumée?

«Pendant ce temps nous vendons des gilets, des disques, des cigarettes américaines et des bottes», se dit-il en enroulant d'un geste brusque ses chaussures dans le journal.

Mais au bout d'un moment il le déplia et plaça ses chaussures de façon à cacher sous les semelles Irma et ses cheveux bouclés.

Idiot, inutile – et il serra le paquet sous son bras. Il haussa les épaules. Puisque tout était insensé, et les automobiles rapides qui fonçaient sur le lit de pierre au-dessous de lui, et ces gens qui marchaient sur le pont...

Lentement, posément, il se dirigea vers la bouche de métro.

XVIII

Dans le wagon, il était serré contre la foule des gens debout. Il était fatigué, car il était sur pied depuis le matin, lui qui d'habitude restait allongé toute la journée. Malgré tout, c'était agréable d'être ainsi en étroite communion avec des gens bien déterminés à se rendre quelque part et si différents de ceux du marché aux puces. Il prit conscience que le terrain vague commençait à s'estomper dans son esprit. Comme quelque chose qui ne le concernait pas vraiment. Il avait une capacité d'oubli exceptionnelle. Et il évoqua l'après-midi de la photographie avec la femme et l'enfant, où le photographe ne voulait pas écarter l'avion. Même cet épisode avait l'air de s'être déroulé avec quelqu'un d'autre. Cette capacité qu'il avait de prendre du champ lui venait très certainement de *là-bas*, mais, dans ces circonstances, cette liberté d'un genre particulier qui effaçait les événements au jour le jour ne lui semblait pas antipathique. La fatigue qui lui alourdissait les pieds et les genoux lui procurait une douce sensation de faiblesse et il était reconnaissant à la foule de le maintenir vertical. Le métro filait à grand fracas dans le tunnel sans fin. Quand, aux stations, les portes s'ouvraient, la foule se déversait d'abord sur le quai, puis celle du quai s'engouffrait. De temps à autre, pendant le trajet, le sifflet retentissait; par exemple maintenant, à la station Château-Rouge. Il rajusta son paquet sous son bras tout en se disant que c'était un nom plutôt glorieux pour une station de métro enterrée. *Château-Rouge*. Un nom éclatant. Et un beau château, s'il était vraiment rouge. Il doit avoir une particularité pour porter un nom pareil. Rouge sombre au milieu de la verdure. Comme Miramare au crépuscule, rougi par le soleil et tout arrosé de vin de Teran. Naturellement, la mer à son tour est rouge elle aussi, et pas seulement le château. Ainsi que les vignes en terrasses qui surplombent le rivage. En vérité, maintenant, il aimerait prendre le train pour Miramare et voir la baie d'azur sous le mur du château, les barques sur l'eau transparente, les grands parasols bariolés devant les restaurants, le vapeur qui débarque les baigneurs sur la jetée en bois. Un château rouge. Peut-être celui d'ici, là-haut, n'a-t-il rien de rouge. Mais que des noms pareils nous accompagnent pendant notre voyage sous terre, et l'on a l'impression de traverser un monde de fées, on peut se représenter tout ce que l'on veut de la ville qui est au-dessus.

Le métro filait dans le tunnel. Soudain la clarté d'une nouvelle station l'enveloppa et il se vit en plongeur allumant sa lampe par intermittence. S'il n'était pas aussi fatigué, si au moins il pouvait, tant bien que mal, s'asseoir dans un coin ! Ou même par terre. Venir offrir ses bottes aux Parisiens, quelle bêtise ! Maintenant, avec Arlette, il était quitte. La faute qu'elle avait commise en le remplaçant par le club militaire n'était en rien plus grande que la sienne, lui qui tentait de vendre des chaussures ayant appartenu à l'un des bourreaux de ses camarades. Qu'est-ce qu'elle peut bien faire en ce moment ? En tout cas, à l'instant même, il saurait lui parler aimablement. Grâce à cette demi-journée passée sur un terrain vague, qui l'avait rendu plus sage, moins sévère, lui avait appris qu'il devait petit à petit se détacher du monde perdu. Tôt ou tard, il le faudrait : c'était comme l'enfant qui doit sortir du ventre de sa mère, on n'y pouvait rien. Et tant mieux si elle n'a pas idée de l'horreur de cette atmosphère :

ce n'est vraiment pas une marchandise pour l'exportation. À cette pensée, il eut envie de se retrouver dans sa chambre pour la revoir au plus tôt.

Il descendit à Barbès-Rochechouart, où il avait une correspondance pour Étoile. Une demi-heure de trajet au moins. Dans le nouveau wagon, les voyageurs étaient un peu moins nombreux. Il s'assit et posa le paquet de chaussures près de lui. Il était encore sacrément faible. Il étira un tout petit peu ses jambes et il les sentit en coton. Cependant, c'était un soulagement de se laisser ainsi emporter par un train d'acier vers un lieu inconnu. Par une telle fatigue, absolue et confortable, même la mort serait probablement légère ; c'est pourquoi les corps desséchés, complètement déshydratés, expiraient toujours sans bruit sur les paillasses. Au fond, cette sensation présente était un bonheur doux et apaisant qui durerait toujours. Pigalle. Le mieux serait peut-être de vivre ici à Montmartre. De se cacher dans les ruelles derrière les moulins, dans les couleurs et l'ironie de Toulouse-Lautrec, d'y rencontrer, qui sait, une de ses femmes. Dans l'érotisme saturé de souvenirs et de destins séculaires, il commencerait par trouver un sol où enfouir ses racines mises à nu. Pourquoi par exemple penser à sa maison et désirer rentrer chez lui quand il n'y a plus personne là-bas à qui confier sa visite en enfer ? Mija n'est plus ; c'est pourquoi, quoique Ulysse contemporain, il ne se languit pas d'Ithaque. Il lui importe peu de débarquer ici ou là. Il n'aurait probablement pas son Homère pour le célébrer. Car cet Homère du vingtième siècle devrait être tout à la fois Goya, Bosch et Picasso, et son histoire sans fin récit, image et musique. Et même en possession d'un pareil artiste, l'humanité ne trouverait aucune explication à ce qui lui était arrivé. Clichy. « Allons, laisse cela » ; il aurait aimé être à Montmartre avec Arlette. Son éclat particulier aurait tout éclairé alentour. Et ici, en bas de la place Pigalle, il ne pourrait lui reprocher d'être allée danser. Sa légèreté aurait un charme particulier près du Moulin-Rouge. Avoue que tu es venu ici à cause d'elle. Pourquoi le nier? Courcelles. Extraordinaire comme le temps passe vite quand on est emporté par un courant de pensées sympathiques, dans un instant on sera à Étoile. En fait, il avait désiré l'embrasser dès qu'elle s'était mise à grignoter la cosse du haricot. Mais à ce moment-là la surprise avait été si grande qu'elle avait empêché son désir de devenir conscient. Au fond, ç'avait été la même chose quand elle s'était levée sur la pointe des pieds, entre les battants de l'armoire, pour chercher un flacon. Son corps souple était juste à la hauteur de son visage et son tablier blanc lui touchait presque la joue. Étoile. Arc de triomphe. Mais qui sait ce qu'elle aurait fait s'il avait essayé de l'embrasser? Bien sûr, pas comme ça à froid, sans préparation. Peut-être qu'elle ne se serait pas beaucoup défendue, mais ensuite elle aurait fait une remarque de sa façon. Ou bien elle aurait été tendre. Oui, qui peut le dire? Mais pareille supposition était complètement superflue. De toute manière, sa main qui, sur le chemin du retour, l'avait tenu si fermement était une promesse. Si seulement il avait pu enlacer sa taille! Probablement que le monde environnant en eût été changé, il aurait tenu dans ses mains un vase rempli d'une sève nouvelle offerte par la nature. Oui, d'abord ses mains, sans passion, auraient doucement enveloppé ses seins. Ç'aurait été son premier contact avec les rives de la vie. Il aurait été résolu, en même temps que follement ému parce qu'un millénaire s'était écoulé depuis la dernière fois que cela lui était arrivé. Si c'était bien à lui que c'était arrivé. L'essentiel était de n'être ni fébrile ni impatient à ce moment-là. Ça gâcherait tout. Bien sûr, ça dépendait aussi d'elle; et, si elle s'écartait, il ne faudrait en aucune façon la rattraper avec avidité. Ça perdrait toute sa valeur; pareil assaut ramènerait entre eux tous les fantômes. Non, le début devrait être tendre et sa main douce comme celle d'une sage-femme lors d'un accouchement difficile.

Il descendit, alla s'asseoir à la terrasse d'un café.

Il s'appuya au dossier de son siège et croisa les jambes. C'était la première fois qu'il se sentait aussi sûr de lui, la première fois depuis son retour. Peut-être était-ce l'endroit, peut-être étaient-ce les Champs-Élysées qui lui donnaient cette sensation de grâce. Car même un luxe exceptionnel n'était pas un cadre trop grand pour un homme qui avait retrouvé sa place parmi les hommes. Et l'arc de triomphe avec les troupes qui y paradaient le 14 Juillet pour commémorer la prise de la Bastille y était aussi pour quelque chose. Et les festivités qu'il y avait alors. Liberté, fraternité et égalité de tous les hommes. C'est certain. Et la confiance dans les gens, à Paris. Et les Parisiens eux-mêmes. Tout cela y était pour quelque chose, ainsi que cette sorte d'absinthe française qui lui rappelait celle du Karst et le Karst lui-même. Il était ici comme sur la côte. Comme s'il avait devant lui de grands parasols et le môle de San Carlo, à tout moment un vapeur allait accoster et déverser les baigneurs sur le quai…

Alors presque machinalement, comme si cela allait sans dire, il prit une feuille de papier et écrivit.

Je suis à la terrasse d'un café des Champs-Élysées, et je viens juste de lire un article sur la ville «dont parle le monde entier», comme vous diriez, vous. Les nouvelles des manifestations de rue à Trieste me troublent tant que j'avais envie de m'y joindre ; mais je dois avouer que tout ce tapage à propos de ce qui se noue autour de ma ville, en fait, me fatigue. L'endroit où, pendant des décennies, nous avons connu la peur et la désolation est devenu l'épicentre de l'Europe sismique ; et moi je veux du silence et du calme. C'est vrai, je me sens apatride, car ma patrie est partout et nulle part. Mais je ne sais pas pourquoi je vous raconte tout cela. Peut-être pour que vous me disiez si un homme qui revient du pays de la mort a le droit de s'éprendre de lèvres qui grignotent une cosse de haricot. Et si cet homme peut s'insurger quand sa jeune compagne désire aller danser.

En vérité, je ne sais pas moi-même trouver de réponse, de temps en temps je crois sentir votre main dans la mienne comme pendant notre promenade. Vous ne vous êtes sans doute pas rendu compte à quel point votre pression était forte, ce qui est encore plus merveilleux. Oh, j'aimerais que vous soyez avec moi à cette table et que nous plaisantions. À dire vrai, je ne sais pas, peut-être seriez-vous encore plus belle sur ce chemin, une autre cosse verte entre les dents. Quoi qu'il en soit, vous serez avec moi quand je marcherai dans l'avenue au milieu de la foule, quand j'écouterai les gens et que je regarderai leur visage; peut-être y devinerai-je alors une réponse à toutes ces questions bien compliquées.

XIX

Le train fonçait dans le soir, les voyageurs étaient animés, deux dames tricotaient et tout en bavardant surveillaient le wagon d'un œil circonspect. «Quand l'heure du coucher sonnera, je serai arrivé», se dit-il. Il souhaita ne rencontrer personne en rejoignant sa chambre. Ce serait mieux. Être seul. Car pour mettre en place son nouveau monde, il voulait choisir tous les éléments qu'il lui fallait. Ces éléments devraient être vivants et gais. Il était persuadé qu'il devait commencer à les rassembler lentement, avec soin : il convenait de les chercher dans toutes les directions et de les choisir judicieusement. C'est pourquoi il avait pris sans hésiter *Colas Breugnon* chez un bouquiniste, et il était par-dessus tout reconnaissant au vieillard aux fines griffes de lui avoir acheté sa couverture. Le terrain vague lui était déjà complètement sorti de l'esprit. Il avait aussi acquis une brochure contenant la traduction du livre V du *De la nature* de Lucrèce et lu dans l'avant-propos une phrase oubliée qui semblait se rapporter au camp : «Épicure reconnaît sans conteste que les dieux existent, qu'ils ont une vie heureuse et sans souci et qu'ils se moquent des difficultés des hommes et de leur croix.» Oui, prendre chez chacun ce qui convient. Si pendant la Seconde Guerre mondiale, le monde avait été un abattoir pour cinquante millions de personnes, cela s'était produit dans le monde des hommes, aussi l'homme devait-il le refaire sur des bases humaines et sensées. C'est seulement après qu'il pourrait y inviter les dieux, car on ne plante les fleurs dans le jardin que lorsque la maison est entièrement construite.

Il y avait peu de monde dans l'autobus devant la gare et il n'y monta que trois voyageurs descendus du train; le trajet à travers la plaine endormie fut donc fort à propos silencieux et recueilli. Quand ils passèrent le pont, la lune se reflétait dans le fleuve, ensuite la route serpentait légèrement sur la berge le long des versants tout bleuis sous le clair de lune.

La grande porte d'entrée.

Une cloche se mit à sonner. Ce n'est pas la nôtre, la nôtre est fêlée.

L'allée était déserte; seuls, sur le chemin de gauche, quelques malades montaient vers des pavillons cachés dans les arbres et dans la nuit. Le bâtiment étroit où habitaient les infirmières avait plusieurs fenêtres éclairées. Qui sait si elle est dans sa chambre? Et à cet instant, il lui sembla incroyable qu'il lui eût écrit, à elle, dans une de ces chambres éclairées.

Alors, à deux pas, la cloche sonna et il s'y attendait si peu qu'il sursauta. C'était certainement Mlle Ribau qui tirait la corde; ce son ressemblait à un son connu, mais lequel? Un son très lointain mais familier.

La vieille demoiselle Ribau, qui venait de lâcher la corde, se trouvait en effet sur le seuil, sa haute stature tournée vers les pas qui s'approchaient.

– Ah, vous voilà! dit-elle.

– Je pensais à la cloche. Je ne peux absolument pas dire ce qu'elle me rappelle.

– Elle est fêlée – elle sourit d'un air absent.

– C'est justement pour ça qu'elle a ce son... Voilà, je sais, mademoiselle Ribau. Elle me rappelle la cloche qui est dans la cour des pompiers à Trieste! Elle sonne quand il y a un incendie. Mais elle sonne aussi pour les exercices. Et nous, les enfants, nous nous arrêtions au portail et nous collions notre tête entre les barreaux de fer. Vous savez, pour nous, c'était extraordinaire de regarder des hommes enfoncer leur casque sur leur tête et grimper sur les grandes échelles en haut de la tour qui se trouvait au milieu de la cour! Ensuite, toujours pour l'exercice, ils sautaient dans une couverture carrée.

– Vous êtes incorrigible!

Avec un embarras poli, elle déplaça son grand corps souple. Ensuite, elle s'enfonça rapidement dans la pénombre du couloir. *«Bonne nuit*! Bonne nuit*!»* répéta-t-elle en s'en allant, avec l'accent chantant qui caractérise chez les Français le jeu mélodique des salutations.

Quand il éclaira chez lui, la petite pièce lui sembla agréablement étrangère en même temps qu'insignifiante dans sa blancheur; elle lui fit l'effet de s'être vidée pendant son absence et apprêtée pour l'arrivée d'un hôte inconnu. Il déposa les bottes sur la terrasse en se disant qu'il ne leur en voulait plus. Ensuite, il arpenta la chambre, cherchant un objet qui eût un quelconque rapport avec son nouvel état d'esprit. Il ouvrit l'armoire et souleva le couvercle de la petite valise. Rien que des babioles. Rien qui eût une signification particulière et fît office de bienvenue. Sûrement pas cette veste de pyjama. Au fond, il devrait la donner à désinfecter à la blanchisseuse, et il pourrait l'utiliser. Maintenant, il valait mieux ne penser ni à cette veste ni à l'endroit d'où elle venait.

Il posa soigneusement son pantalon sur le siège; ces sièges carrés d'hôpital sont décidément bien trouvés pour ranger les pantalons. Cette pensée n'était pas dictée par une misère supposée attachée à la possession d'un unique pantalon, qui devait par conséquent être l'objet de soins jaloux. C'était un bonheur complice, comparable à ce que ressent certainement l'homme qui, ayant trouvé en forêt un animal condamné à mourir, l'emmène et le guérit lentement, presque miraculeusement. En faisant ce qu'il faisait, il ne veillait pas seulement à ce qu'un morceau de toile bleu foncé gardât son pli. Il lui semblait que s'accrochait à ce tissu la peine de toutes les mains humaines qui avaient fait de lui ce qu'il était et que c'étaient des mains d'hommes et de femmes qui l'avaient fait pour lui, dans la certitude qu'il reviendrait.

Cela ressemblait au contact d'un corps étendu avec un drap de toile.

Quatre mois déjà qu'il éteignait ainsi la lumière avant de se coucher et, chaque soir, il était touché par le confort du tissu blanc et propre. Ce soir, tout était encore plus vivant, car il était au centre d'une liberté inattendue qui s'étirait à l'infini et qu'il pouvait entamer par n'importe quel bout, utiliser dans n'importe quelle direction. Bien sûr, le drap pouvait se déployer en un instant dans le lointain et se transformer en une plaine blanche sur laquelle grinçaient des convois de mêlées humaines grelottant sous les flocons ; mais désormais il savait précisément qu'il ne devait pas confondre la vie avec la mort. Peut-être était-ce le terrain vague qui en était la cause, ou Paris en tant que tel, peut-être étaient-ce les livres des quais, la foule des jeunes gens dans les cafés et les librairies du Quartier latin ; peut-être étaient-ce les Indochinois ou les jeunes Tunisiennes, le menu chinois sur la porte d'un restaurant asiatique. Parce que c'était là qu'il avait pris conscience du fait qu'il devait trouver une place au milieu des gens qui vivaient pour l'avenir.

De la terrasse arrivaient une petite fraîcheur et des stridulations tournantes. Une chouette fit entendre son hululement, assez loin du pavillon, car le cri était très faible, à la limite du perceptible. Mais il apportait le souffle des plantes et l'évocation de la forêt. Non, il n'avait pas le souvenir, avant la guerre, d'avoir ressenti si vivement la proximité de la nature ni le désir de cette proximité. Comment accorder ce besoin de nature avec la vie quotidienne ? Mais c'était encore loin et donc encore irréel.

La cloche lui rappelait les pompiers, lui avait-il dit. Effectivement, le mieux était peut-être de commencer par là, par le tout début, par la tête du petit minot qui, à travers les barreaux de fer, regardait les hommes casqués sur les échelles de corde. Commencer par le début et tout examiner tranquillement. Ou bien non, commencer par aujourd'hui et prendre dans ce qui précédait de quoi construire du neuf. Il lui sembla que la nuit respirait une atmosphère d'optimisme et de force créatrice.

XX

Il fut troublé en entendant l'infirmière parcourir le couloir, aller d'une chambre à l'autre tandis que les thermomètres tintaient dans le bocal de verre ; tout en se reprochant cette tension, il était surpris de ne pouvoir empêcher ses oreilles de suivre les pas de porte en porte dehors.

Ce fut Mlle Luçon qui entra et, sur le coup, il fut satisfait de constater que sa rencontre avec Arlette était remise. Mais l'instant d'après il dut se contenir pour ne pas manifester sa mauvaise humeur. Quand Mlle Leroux apporta le courrier, il y avait une enveloppe bleue pour lui.

Mercredi soir.

Comme ça, sans nom. Et écrit au crayon.

Je suis seule dans ma chambre, ce qui est étonnant, car tous ces temps-ci je suis encombrée d'amitiés remuantes et superflues. Seule, allongée sous la lumière de la lampe de chevet. Je viens juste de fermer la fenêtre et les papillons de nuit devront rester dehors, mais ils ne veulent pas abandonner, et leur corps velu cognent contre la vitre comme des âmes tourmentées.

La nuit est fraîche comme un souffle d'enfant. Des bribes de musique parviennent jusqu'à moi. Oh, quelle épreuve est-ce de sortir pour se mêler à une humanité échauffée et passionnée sous l'immensité du ciel ! J'aime me laisser aller ainsi à des actions que ma vraie nature refuse. Mais n'est-il pas vrai que toute femme ou tout embryon de femme ondule en dansant comme les brins d'herbe de la prairie. C'est si agréable de se donner au vent quelquefois, de s'ignorer soi-même, de tenter une vie multiple – difficile à réaliser, mais moi, je suis tout simplement impulsive et, en général, on ne sait tirer aucune leçon de ses expériences !

Donc, ce soir, je devrais être là-bas, au bal du village, mais je ne sais par quel caprice ma gorge s'est enflammée ; la seule solution, par la force des choses, est d'être sage. Cependant, j'ai découvert une douceur sucrée dans mon petit coin familier et dans cette lueur de miel. On entend une légère valse viennoise venant de je ne sais quelle partie du bâtiment (je crois que je saurais vous la fredonner).

Et ainsi je peux enfin vous répondre. Oui, moi aussi j'ai été heureuse de ce rendez-vous près du monument et de sa clôture de fer (il est si misérable, le pauvre !), et ensuite j'ai eu l'intuition très nette que, si je partais, j'allais tout perdre, même si je ne savais pas exactement quoi. J'étais déchirée entre le désir confus de rester avec vous, de continuer à bavarder, et, je l'avoue, le désir d'être au plus tôt avec Joséphine et de courir ensuite à cette réception. Chez les «occupants», qui étaient autour de nous comme de grands ours voraces. «Une nouvelle tribu», comme on dit, mais une tribu encore si peu patinée.

Aussi ai-je été bien punie pour avoir trahi notre joie de rester ensemble ce soir-là.

Terrible soirée ! Après que le vieux colonel (qui ressemblait à Churchill) eut choisi sa cavalière, nous avons accompagné nos modernes chevaliers dans le cercle des officiers. Une grande salle qui semblait abandonnée avec ses chaises vides et ses rideaux blancs bougeant sous les doigts d'un vent invisible. Bière forte, cigarettes, airs de swing, tentatives de conversation dans les deux langues, tous les quatre, nous bâillions derrière nos mains. Et ce maudit colonel et sa maison en rondins (j'aimerais avoir un chalet comme celui-là pour les vacances), ce colonel et son attaque de Luçon! Le combat avait dû être chaud si on en jugeait par ses propos et ses cheveux en désordre.

Et maintenant, bonne nuit. Je ne vais pas dormir, j'éteindrai seulement la lumière, puis j'ouvrirai la fenêtre car il fait chaud; et je veillerai sagement, bien sagement.

Bonne nuit et à bientôt. Il est fort possible que je rentre en congé chez moi ces jours-ci. J'aimerais vous voir avant cette longue absence.

Il sortit sur la terrasse, s'allongea sur la chaise en osier. «Il faut considérer cela lentement et tranquillement, chaque phrase, chaque lettre, mot par mot», se dit-il. La doctoresse est au château avec le médecin-chef et elle ne rentrera pas de sitôt. Goûter soigneusement chaque expression, l'épuiser à fond, car il n'était préparé à rien de tel. Tout est écrit au crayon, d'une écriture allongée, mais c'est clair et lisible; quand elle a eu écrit quatre pages, elle a coupé une autre feuille en deux qu'elle a remplie aussi. Comme un médecin qui détache une nouvelle feuille de son carnet et y inscrit à la hâte une ordonnance.

Écriture un peu enfantine; en même temps, fluide et spontanée, avec ses *s* et ses *v* d'imprimerie, ses mots composés de lettres détachées et aussi ses phrases entières étroitement reliées entre elles comme une chaîne rythmique. Tout est concret et transcende la réalité à la fois. *Je suis étendue dans une clarté de miel et les papillons de nuit cognent leur corps velu contre la vitre... Toute femme ou tout embryon de femme ondule en dansant comme les brins d'herbe de la prairie... Ils tournent autour de nous comme de grands ours voraces... Oh, quelle tribu encore si peu patinée, ces modernes chevaliers !...* La mosaïque d'images qu'elle fait tomber en passant, presque inconsciemment, et pourtant avec un bon sens limpide et un humour joyeux ! Ensuite sans la moindre feinte : *Aussi ai-je été bien punie pour avoir trahi notre joie de rester ensemble ce soir-là.*

Il ferma les yeux. *Trahi.* Elle employait vraiment le mot juste, celui-là même qu'il avait utilisé ; rien que pour ce mot, elle pouvait être bénie et câlinée. Et si cette vague d'émotion, maintenant, qui lui enflait la poitrine, c'était le bonheur, alors en cet instant il était heureux. Il devait le reconnaître et rester modeste, ne pas en tirer vanité, de peur que la mort, à l'affût, ne se vengeât. Sans le savoir, c'était ce qu'il attendait d'elle. Et c'était l'essentiel. Elle ne l'avait pas déçu. Au contraire. Elle en avait écrit beaucoup plus : *J'ai eu l'intuition très nette que, si je partais, j'allais tout perdre, même si je ne savais pas exactement quoi.* Autant dire qu'elle avait ressenti la même chose que lui quand ensuite, dans le bois, il l'avait reniée. Et si elle l'avait deviné, alors c'était bien elle, alors il ne s'était pas mépris. Tout cela aurait presque été sans importance si c'était une autre femme qui avait dit cela et non elle, qui restait sagement, bien sagement, allongée sur son lit, une fois la lumière éteinte. Sagement, bien sagement. Comme sa main qui l'avait machinalement guidé durant la promenade. Et c'était très bien ainsi, l'amour est recherche de l'incertain, il est passion et jeu. Passion dispersée sur toutes les pièces de la mosaïque et pourtant unique. Y compris les papillons de nuit avec leur corps velu, la nuit aussi fraîche qu'un souffle d'enfant, la description du cercle des officiers. Tout était partie intégrante d'elle. Comme ses mains sur le journal après le massage. Surtout. Comme la cosse verte de haricot, les gouttes dans l'œil et la valse de Vienne en provenance d'un rayon de la ruche qu'était leur bâtiment. Comme elles, qui étaient les abeilles dans leurs alvéoles. *Je saurais vous la fredonner*. Non, *j'aimerais vous la fredonner*! Il ouvrit la lettre et chercha la ligne. Il avait mal lu, c'était bien *j'aimerais vous la fredonner* qui était écrit. C'est aussi un élément de la mosaïque, car, sans cette capacité à s'identifier aux choses, l'amour est un voilier privé de vent. Or elle a cette capacité. Si bien que tout cela était presque irréel.

La porte s'ouvrit et la doctoresse apparut.

– Ah! vous êtes là.

Comme toujours, sa voix était tranchante; on aurait dit qu'elle ne cessait jamais de s'en prendre à un adversaire imaginaire. Mlle Ribau l'accompagnait.

– Depuis combien de temps M. Suban est-il ici? demanda-t-elle à Mlle Ribau.

– Depuis le mois de mai, n'est-ce pas, monsieur Suban?

– C'est ça. Depuis les premiers jours de mai.

«Elle veut me renvoyer du pavillon, pensa-t-il, et, du coup, elle est venue accompagnée de Mlle Ribau.»

– Nous allons recevoir de nouveaux malades, des grands malades...

Avec brusquerie, elle battait l'air de son stéthoscope.

– Je comprends, docteur.

– Il n'y a rien à comprendre; moi-même, il y a une heure, je ne me doutais pas qu'ils allaient arriver!

– Dois-je m'en aller tout de suite?

Il s'assit, faisant grincer la chaise longue.

– Maintenant, n'est-ce pas? demanda le médecin à Mlle Ribau. Le mieux serait de partir maintenant?

– Oh, ça ira vite, dit-il. Je n'ai qu'une petite valise et une paire de bottes!

– C'est ça. Vous êtes ici depuis le mois de mai, se disait

la doctoresse presque à elle-même, avant de s'étonner : Des bottes ? Quelles bottes ?

– Des bottes militaires, docteur.

Mlle Ribau ouvrait déjà la porte, mais la doctoresse demanda :

– Allemandes ?

– Allemandes, docteur. Je vous les montre ?

– Non, je ne veux pas voir ça – et elle passa la porte. Ce qu'il ne va pas imaginer ! fit-elle dans le couloir.

XXI

À bien y regarder, le bâtiment n'était pas mal situé. La vue s'étendait loin dans la vallée. Tout en longueur, avec trois étages, le pavillon ressemblait à un bateau blanc au milieu des arbres, et pour y accéder on empruntait un chemin montant qui prenait à gauche juste après l'entrée et le «château». Des châtaigniers touffus l'ombrageaient tout du long. Une solide clôture et des barbelés servaient de frontière. Mais, malgré cette clôture, des sentiers escarpés à peine visibles grimpaient dans le bois. En bas, invisible à cause des arbres, il y avait le chemin et, dans le virage, le monument aux morts. On ne voyait pas davantage la terrasse d'en haut, pas plus que l'allée ou les trois maisons. Pour repérer les fermes, et encore vaguement, il fallait suivre le chant d'un coq. Il pensa avec plaisir aux deux lignes du carton bleu: «Après le repas, près du monument aux morts.» Deux lignes. Mais aussi importantes que la terre et le soleil réunis. Aux antipodes de l'angoisse. Pour tenter de ne pas penser au soir, il rouvrit *Colas Breugnon*. Mais Romain Rolland et son harmonie le dérangeaient. Un tintement rythmé. Trop enjoué pour l'instant; semblable style ne peut conquérir un homme lui-même trop inquiet pour s'insérer dans un pareil phrasé mélodique.

Les chaises longues étaient alignées le long du mur, elles avaient devant elles une large flaque de soleil qui dégringolait des grandes toiles rougeâtres que des bras métalliques maintenaient tendues au-dessus de la balustrade. Quelqu'un ronfla à l'extrémité de la terrasse et son voisin, pour la deuxième fois, bondit de sa chaise pour le secouer.

Elle arrivait par la grand-route. Son col ouvert et ses cheveux lisses se terminant en légères ondulations lui donnaient une allure fraîche et sérieuse. Ses chaussures de sport broyaient le sable fin du chemin.

– Tout est donc rentré dans l'ordre ? lui dit-il.

– Oh, cela n'a pas été sans peine. Ce soir-là, j'ai pris froid. Le vent soufflait en large et en travers, les rideaux claquaient comme des drapeaux blancs.

– Parce qu'ils *bougeaient sous les doigts d'un vent invisible*?

Elle lui lança un coup d'œil et il put y lire une assurance espiègle et enjouée.

Le soir tombait; de l'autre côté de la campagne, le long de la route, une rangée de petites maisons luisait dans la sanguine du crépuscule; elles étaient toutes sur le côté gauche de la rue, montrant leur façade. Comme des visages à la fois échauffés et calmés dans la clarté saturée du couchant.

– C'est votre sincérité qui m'a le plus étonné, dit-il.

Un sourire plissa le coin de ses lèvres.

– Je serais bien allée me chercher une cosse de haricot, si vous n'en aviez pas parlé dans votre lettre.

Néanmoins, elle s'approcha d'une rame en bordure du chemin et en détacha une cosse verte.

– On ne peut pas exiger d'une femme qu'elle soit toujours sincère, dit-il quand elle fut revenue au milieu du chemin.

– En revanche, quand on est trop sincère, on devient pour ainsi dire collant. Et une femme ne doit jamais être collante, dit-elle.

Elle mordillait la cosse, mais avec moins d'insouciance que la première fois, plus pensive, plus concentrée.

– Elle devrait être confiante et sincère sans perdre son attrait ?

– Oui, mais c'est très difficile. En tout cas, tout vaut mieux que d'être collante. Je ne peux rien imaginer de plus impossible qu'une femme pendue à son mari comme une voile mouillée à son mât.

Son visage était grave, presque dur.

Non, elle ne le serait jamais : elle interposait entre elle et les autres tous les objets qui l'environnaient. Et puis, elle savait se donner aux choses et il fallait les chercher en elle. On aurait dit qu'elle allait s'éparpiller au vent telle une fleur de pissenlit.

– Vous ne serez jamais collante, dit-il.

– Vous croyez ?

Mais elle ne semblait pas l'écouter ; ses petites dents brillantes manifestaient plus d'intérêt pour la cosse.

Le chemin montait, et d'eux-mêmes leurs pas suivirent l'ornière de gauche.

– Comment se fait-il que vous soyez infirmière, mademoiselle Arlette ? demanda-t-il au bout d'un moment.

– Mon père voulait que je travaille, dit-elle, révoltée. Pas à cause du salaire. Il y voyait Dieu sait quel avantage.

Elle avait le visage étranger et absent, ce qui rendait ses traits plus précis, presque plus simples.

– Par bonheur, un médecin m'a trouvé, peu après, une ombre au poumon gauche. Le sanatorium a suivi. En fait, il n'y avait rien, c'était plutôt le risque que quelque chose se déclare. Ces mois-là sont tombés à pic pour moi. Comme exprès. On m'a nommée bibliothécaire, et vous imaginez que j'ai bien utilisé tout ce temps. J'ai lu la moitié des rayons !

– Pas mal de gens lisent beaucoup, mais ça ne se voit pas.

– Ensuite, au sanatorium, on a ouvert un cours d'infirmière. Le médecin m'a presque forcée à y assister.

En bas, le soir colorait les cimes des pommiers et des poiriers, l'herbe avait complètement envahi les ornières, à gauche une marche inclinée et herbeuse tombait sur un verger.

– Papa est un homme bizarre. En revenant de la Première Guerre mondiale, il a rendu visite à la femme de son ami mort au front. Qui l'avait convaincu d'épouser ma mère. À l'époque, elle avait déjà Joséphine. Mais ils n'étaient pas faits l'un pour l'autre. Elle était timide et patiente, lui agressif et braillard. Maintenant, il est un peu calmé, mais, quand il était jeune, il était impossible.

– C'est à lui que vous ressemblez sans doute le plus.

Elle s'arrêta, le scruta comme si elle avait oublié son visage.

– Peut-être. Mais j'aime beaucoup maman.

Ils s'assirent sur une bande herbeuse entre les arbres fruitiers et la haie vive qui, de l'ornière, cachait la vue.

Il lui offrit une cigarette et tandis qu'elle aspirait de longues bouffées, il l'observa, avec la crainte de voir ses lèvres se crisper de cette façon intolérable qu'on peut observer chez certains fumeurs. Mais sa froideur était maintenant devenue enfantine et sympathique; il n'y avait en elle qu'une vague insouciance.

– J'aime vraiment maman. Peut-être ai-je aussi un peu de compassion, l'amour a toujours la compassion pour socle.

– Sûrement pas toujours.

Elle haussa les épaules:

– Presque toujours.

« Ce corsage bleu avec son col ouvert et ses manches boutonnées sur ses fins poignets lui va bien, pensait-il, et puis aussi ses cheveux épais et doux qui tombent de biais sur sa tempe gauche. »

– Quand j'étais petite, maman devait toujours rester près de moi la nuit, sans quoi je ne dormais pas, dit-elle en fixant un point à travers la fumée de sa cigarette. Je dormais à côté de son lit, sa main pendait au-dessus de moi pour que je puisse la saisir. Elle ne devait jamais oublier sa main, qu'elle soit éveillée ou qu'elle dorme.

– Mais si elle l'oubliait?

– Je me réveillais et je criais dans l'obscurité. C'était comme si l'obscurité devenait solide. J'avais une peur panique.

Le crépuscule tombait doucement; mais, à cause de la lune qui se levait, on avait l'impression que le large parachute qui lui servait à descendre sur le monde allait rester bleu. «Maintenant, nous devrions quitter ce sentier de traverse pour retrouver le chemin, estima-t-il. Je devrais toucher doucement sa main.» Mais il s'allongea sur le dos et mit son bras gauche sous sa tête.

– Je ne sais pas si j'avais peur de l'obscurité ou de la solitude, dit-il. Mais on m'a dit que je hurlais quand je restais seul dans ma chambre. Sans doute l'homme a-t-il un sixième sens grâce auquel, même nourrisson, il a conscience d'être seul.

Son coup d'œil eut l'air de lui dire tout l'intérêt que lui inspirait sa nouvelle attitude, puis elle se détourna en prenant son temps.

Le clair de lune devenait plus visible, même si la clarté du jour n'avait pas totalement disparu; dans l'herbe, les criquets chantaient avec davantage de netteté, comme orchestrés par le crépuscule.

– Et votre sœur? dit-il.

– Elle est partie le lendemain du bal.

– Je n'ai pas été très aimable avec elle. D'abord parce qu'elle nous a rejoints trop vite. Ensuite, je lui en voulais, à cause de votre main.

– À cause de ma main?

Et comme si son être continuait tout seul sa vie propre, elle posa sa main sur l'herbe, près de son coude à lui.

– Quand j'ai lu que vous étiez allongée dans une clarté de miel, j'ai pensé à votre main.

Il prit sa main dans l'herbe. Elle était petite, à peine visible, néanmoins il lui avait fallu de l'énergie. À la vigueur de son indécision, il sut que ces instants étaient ineffaçables, en quelque sorte archaïques et éternels.

Arlette ne retirait pas son bras : alors, il glissa sa main sous la sienne et leurs doigts se mêlèrent.

– Oui, en lisant votre lettre, dit-il sans surveiller ses paroles, j'ai eu envie d'être allongé près de vous quand vous étiez sagement dans le noir, la fenêtre ouverte. Juste ça.

– Juste ça? demanda-t-elle gaiement dans l'obscurité.

Sa main était docile, ses doigts se promenaient librement dans sa paume. «Voilà la tension qui se déployait dans l'air comme un voile qui, dans un instant, deviendrait visible et palpable», se dit-il.

– Peut-être serais-je resté devant la vitre comme les âmes perdues que sont les papillons de nuit et peut-être aurais-je frappé en vain.

– Pourtant les papillons de nuit ont essayé, dit-elle, l'air à la fois taquin et absent, comme s'ils se parlaient de très loin. Il faut toujours essayer, non?

– Nous ne sommes pas tous nés don Juan.

– Donc vous n'essayez que lorsque le succès est garanti? Ce n'est pas bien héroïque.

– La question n'est pas d'avoir la garantie du succès, mais d'atteindre l'harmonie, laissa-t-il tomber comme pour lui-même. Peut-être qu'on connaîtrait le succès en cherchant l'audace en soi. Mais ensuite, si l'on ne sait pas feindre un sentiment qui n'existe pas? Et s'il existe, pourquoi l'exposer au danger d'être repoussé et peut-être détruit par la même occasion, alors qu'on atteindrait, au bon moment, l'idéal d'un rapprochement?

– Peut-être qu'un amour qui est repoussé dans les premiers instants ne fait que croître et embellir en passion. Les grands poètes ont chanté les femmes qui n'ont pas répondu à leurs vœux.

– Il faut pour cela être un grand poète; pour le commun des mortels, une tentative malheureuse est une pierre sur la tombe de l'amour naissant. Ce qui commence par une humiliation ne peut devenir un grand amour. Dans ces poèmes, le poète célèbre plus sa passion intérieure que la femme en question.

Il s'assit.

Arlette se taisait, elle attendait peut-être de l'atmosphère que se produisît ce qui devait se produire. C'est peut-être pour mettre à l'épreuve cette tension qu'elle dit:

– Avec l'humidité de la nuit, j'ai peur pour ma gorge.

Il se leva et lui tendit la main.

– Oh, mais je ne pensais pas partir tout de suite!

– J'avais complètement oublié votre gorge.

En apparence, il avait la voix calme, néanmoins elle dut sentir un léger dépit. Car elle proposa:

– Alors, nous rentrerons lentement.

XXII

Il l'aida à passer du verger au sentier.
– Oui, nous rentrerons lentement, acquiesça-t-il, conciliant, après un silence.
Le clair de lune avait maintenant une véritable couleur d'argent, à la fois bleutée et diaphane. Dans la nuit paisible, l'univers sonore des criquets n'en finissait pas de s'élargir.
– Pour moi, l'œuvre d'un poète est l'expression de son grand amour pour ELLE, dit-elle. Une œuvre dont il lui fait cadeau, car le grand amour donne tout, même s'il ne reçoit rien.
– Bien sûr que son poème est grandiose. Son amour aussi est grandiose. Mais c'est son amour à lui, ce sont ses sentiments à lui. Quand l'amour devient douleur et que le poète s'en libère par l'amour pour la poésie, pour les autres, la femme réelle peut tout aussi bien n'avoir plus d'importance. Nous avons alors affaire à la transfiguration d'une expérience forte et concrète, utilisée par le poète à des fins plus élevées. L'amour véritable, réel, ce n'est pas cela, il exige deux cœurs et deux corps, pas seulement un cœur.
– Je comprends. Pour vous, seul celui qui chante une relation parfaite entre deux personnes peut composer un poème sur l'amour véritable.
– Parfaite, et déchirée s'il le faut, et de nouveau parfaite. Si elle est forte et douce, sentimentale et physique, paisible et subversive, alors c'est un grand amour humain. Le poète

peut magnifier un amour repoussé, humilié, il ne peut pas lui donner le goût de chair et de sang sans lequel il n'y a pas d'amour véritable.

Ils étaient arrivés sur le chemin, il sentait sa main près de lui comme si elle avait tout ce temps attendu en vain. Il la prit doucement et simplement.

– Avec toutes ces considérations, nous avons oublié votre gorge.

– Quelques jours à l'air de chez moi, et ça sera passé !

« Cette conversation ne nous mènera nulle part », se dit-il ; ce ton heureux naît chaque fois d'un sentiment caché, mais nous gardons toujours la même proximité avec lui, donc la même distance. Il faudrait trouver des mots qui soient en accord avec sa main quand il lui enlacerait la taille.

Mais on voyait bien que commencer ainsi leur semblerait à tous les deux banal et fort gênant.

– Que lisez-vous d'intéressant ? demanda-t-elle alors.

– *Colas Breugnon.*

– Quel style, non ? Vous avez remarqué le rythme que créent les consonances au milieu des phrases ?

– Il y en a presque trop. Au moment où je pensais que vous étiez partie, ce rythme me picotait comme un hérisson. Je lisais justement l'histoire de Belette.

– Je m'en souviens.

– Peut-il exister une torture plus grande que de constater, dans ses vieux jours, que la fille qui semblait si espiègle et si insaisissable qu'il n'osait la prendre, que cette fille l'avait attendu ?

Mais elle était absente ; ils passèrent devant le monument et s'approchèrent lentement de l'entrée. Le clair de lune inondait la route goudronnée et la cime des hauts châtaigniers. Ils se taisaient tous les deux, comme si, arrivés trop vite, ils calculaient en silence comment prolonger leur chemin. Il n'était écrit nulle part qu'ils dussent franchir l'entrée, néanmoins ils pénétrèrent dans le parc en passant devant la maison du gardien. Il sentait une légère agitation monter en lui, comme une marée.

– Allons par là !

Elle l'emmena sur le chemin qui, derrière la loge, disparaissait entre les arbres sombres et touffus.

– Il doit conduire à votre pavillon.

– À notre cage.

Sa main le guidait comme lors de la promenade avec Joséphine.

– Par là, on arrive au jour, c'est là, je crois, qu'une jument et son poulain broutent d'habitude, dit-il.

– Au jour, c'est le mot : ici nous sommes comme dans un tunnel.

Elle avait un demi-pas d'avance sur lui. Maintenant leurs mains se tenaient fermement, comme en vertu d'un commun accord, et sa propre agitation n'émanait plus d'un unique foyer ; il se sentait à la fois proche et loin d'elle ; comme le bourdonnement des pointes de roseaux dont le courant côtier d'un grand fleuve agite les petites tiges.

– Il y a une ferme cachée là, dit-il.

– Oui. Et un lavoir.

– Un lavoir ?

– Je crois. Espérons que le chien ne va pas aboyer.

Leurs paroles semblaient accompagner machinalement leur trouble et leur tension ; elles sortaient, murmure extérieur de vagues cachées à l'intérieur.

– Ici, il doit y avoir un hangar, dit-elle.

Les arbres s'écartaient et la lune éclairait un toit posé sur quatre piliers. Sur les côtés, on pouvait voir des chariots et des bottes de foin.

– Allons par là, dit-elle presque en aparté.

– Est-ce que par là nous retrouvons le chemin ? À travers le hangar ?

Mais son murmure resta en arrière avec lui, car elle l'entraînait dans le petit sentier au clair de lune. Elle le tenait fermement par la main, ayant toujours son demi-pas d'avance, comme s'il n'y voyait pas et qu'elle dût l'aider. Les criquets faisaient tournoyer leur moulin à chanson et leur stridulation monotone participait à l'automatisme et à la magie qui flottait dans l'air. Alors, dans le hangar, il l'arrêta par le bras et posa ses mains sur les délicates cascades de ses cheveux. Sur l'arc doux de ses lèvres qu'il sentit enfantines, tendues, et en même temps tendrement accueillantes. Ensuite, sa main sentit vivre le tissu lisse qui habillait son corps.

Et de nouveau le fondant de ses lèvres. Sa poitrine était à la fois un éloignement arrondi et un doux pont qui pénétrait en lui, s'élargissait, se divisait, mais restait imprenable. C'était son corps, mais, en même temps, ce n'était que le clair de lune argenté qui brillait au-dessus des tas de paille bleuâtre. «Arlette», murmura-t-il lorsqu'elle répandit sur son cou une dentelle de menus baisers qui se multipliaient avec ardeur tandis qu'il noyait ses mains dans le bleu, poussant jusqu'à ses seins qu'il façonnait, remodelait avec douceur. C'était comme la naissance du monde qu'il avait maintenant en son pouvoir, une force vitale montait en lui et il était en même temps celui qui ranimait la vie. La mort était restée dans un gouffre profond, loin, par-delà les murs obliques de la lune bleutée. Mais il dompta en lui sa nouvelle et orgueilleuse assurance. Et, avec attention, avec prudence, il se consacra à accepter sa jeunesse. Les vagues de la vie qui déferlèrent ensuite les firent chavirer tous deux sur un invisible radeau d'azur. Instinctivement, avec douceur, elle l'empêchait de sombrer dans des profondeurs douces et sombres, mais le pont vacilla encore une fois et, autour d'eux, l'eau écumante mugit ; il n'y eut plus qu'eux deux. Deux dauphins. Souples et tendus. Vifs dans leur course et vifs encore dans le retour au cercle précédent, dans leur fuite à travers les couches d'eau et leur clapotis à la surface de l'eau. Puis dans leur navigation paisible sur le paysage bleu sous le ciel bleu; enfin presque figés, immobiles, comme transpercés tous les deux ensemble par un même harpon.

Ses lèvres se promenaient sur ses tempes et ses paupières, lentement, pour adoucir les effets de la tempête qui s'éloignait. «Arlette», murmura-t-il pour se convaincre de sa réalité.

Elle se taisait, par intervalles, elle embrassait la main qui caressait son visage.

– C'est donc vrai, dit-il.

Elle ne dit rien, comme si elle était seule et loin.

– Mon pauvre, vous arrivez d'un tel endroit, dit-elle enfin.

– C'est donc par pitié, comme tu l'as expliqué tout à l'heure?

– Il n'est pas dit qu'il ne doive y avoir que de la pitié.

Il relâcha son étreinte; s'il était une chose dont il n'avait pas besoin, c'était bien cela. Il se retrouva immédiatement dans le coin de sa chambre au camp: avant la nuit, avec Vaska, il habillait des corps osseux par terre. Les asperger de pitié? Cette idée la rendait à ses yeux une sorte d'inutile infirmière. Simultanément, il la revoyait le conduisant par la main comme un somnambule et il se dit qu'elle ne savait pas ce qu'elle racontait.

– Pitié ou autre chose, le principal c'est que ce soit réel, dit-il avec vivacité.

– On va se vanter maintenant?

– Pourquoi pas? Devant une jeune fille qui a eu *pitié*? Non! Je voudrais pousser un cri d'allégresse à réveiller le chien et toute la famille endormie!

Mais il n'avait absolument pas l'impression que des gens dormaient quelque part. Le bâtiment où elle logeait était sans doute tout proche, mais tous les autres pavillons étaient dans les arbres, sur la colline. Ils étaient seuls sous le clair de lune qui les reliait directement à l'univers.

– Je dois y aller, dit-elle alors.

– Oui, sinon ta gorge va encore se révolter.

«Son départ va être trop froid», songea-t-il. Oui, c'était peut-être que la rencontre de leurs deux mondes avait été trop brutale. Peut-être aussi trop visible son désir. Mais, dans tous leurs mouvements, ils avaient été en accord, ils avaient été unis.

Il écarta ses cheveux.

– Quand te reverrai-je?

– Je pars d'abord en congé.

– Justement maintenant? Comme un fait exprès, juste maintenant?

– Tu sais bien que mes congés étaient décidés bien avant!

– Bien sûr, acquiesça-t-il.

Il le savait, pourtant son intonation était absente, presque fâchée.

Elle se leva et à pas lents se dirigea vers le chemin sous le clair de lune.

– Mais avant de partir, tu me donneras signe de vie?

– Je l'espère.

Lui espérait l'entendre dire qu'elle repousserait son départ de quelques jours. «Quoiqu'il en soit, mon cher, ne sois pas affecté», s'admonesta-t-il. Le clair de lune les enveloppait de sa lumière bleue transparente et devant eux, au milieu des arbres, inondait le bâtiment étroit et haut qui dormait tous feux éteints, debout et en silence.

Alors elle leva le visage vers lui.

«Il est impossible de ne pas être touché» – et, à cette idée, il entoura ses épaules avec fermeté et attention pendant que sa main droite lui tenait le menton. «Qu'elle aille où elle veut, elle est bien réelle!» Il écoutait les stridulations accompagner leur baiser, résonner au sein du baiser même et jusque dans l'écho de sa bouche tendre et ensoleillée. Puis sa main s'immobilisa sur ses seins qui imprimèrent sur sa paume une empreinte indélébile.

– Au revoir, souffla-t-elle.

Elle se détourna et partit.

L'instant d'après, elle s'arrêtait pour retirer ses chaussures.

– C'est plus prudent, dit-elle.

– Arlette ! murmura-t-il.

– Il est tard – elle lui sourit.

Mais elle revint, se hissa jusqu'à sa hauteur puis se mit à courir pieds nus dans le clair de lune, ses chaussures à la main.

XXIII

En rentrant de promenade le soir, au beau milieu de la côte menant au pavillon, l'idée qu'elle était partie lui devint intolérable. Il se tançait : peut-être était-ce une naïveté de revenant, il n'y avait que lui pour aller se promener en espérant qu'elle éprouverait elle aussi le besoin de revenir en ce lieu partagé. Seul un revenant peut ainsi passer une journée entière à cultiver les images et les mots d'amour ! Sans doute fallait-il en chercher la raison dans cette journée entière passée sur la chaise longue et où, la chaleur aidant, les images s'étaient fondues et multipliées d'elles-mêmes. D'autant plus que tout ce qui pouvait se produire dans l'amour était arrivé soudainement. Sans préparation ni recherche. Dans un demi-rêve. La petite main qui l'avait conduit dans la grange au clair de lune était bien celle qui, plus tard, avait tenu ses chaussures pendant que ses pieds couraient sans bruit loin de lui. Et c'est avec une extrême tension qu'il guettait l'allure et la démarche des gens qui, l'obscurité venant, se faisaient de plus en plus rares. Était-il possible qu'elle partît comme ça ? Peut-être ce matin, en se réveillant, avait-elle bâillé, peut-être s'était-elle étonnée d'avoir fait un rêve inhabituel. Il avait eu envie de s'éclipser du pavillon pour aller se promener dans la forêt. Mais il avait senti que le bois ne lui serait d'aucune aide. La forêt, la nuit, pouvait sans doute évoquer le silence infini de l'anéantissement, mais maintenant il s'agissait de la vie, du fondement de la vie.

Les toiles brunes s'avançaient au-dessus des balustrades comme de grandes paupières avachies; elles ombrageaient la longue terrasse, et pourtant les rayons du soleil ne se décidaient pas à faire la sieste. Ils se glissaient furtivement sous la toile et éclairaient une large bande de la terrasse au pied des chaises longues; là où la toile fléchissait, ils s'échappaient en une ample flamme et créaient un îlot de lumière sous les fauteuils en osier. Les corps, étendus dans la touffeur, se perlaient de sueur pendant leur sommeil; la chaleur, telle une blanche infirmière, versait goutte à goutte le sommeil sur les visages, et les paupières se fermaient peu à peu.

Ici et là, quelqu'un lisait ou observait le paysage à travers les barreaux de la balustrade. En bas, les champs en friche s'étendaient, las, au soleil, comme des invalides en uniforme colonial; la campagne perpétuait la tristesse des années de guerre. À l'extrémité de la terrasse, un battant de porte grinça doucement et une infirmière passa devant les sièges; elle examinait les numéros au mur et inscrivait ceux des chaises vides. Quand elle s'approcha de Jules, il cacha son livre sous sa cuisse. Puis il ferma les yeux, l'air de sommeiller, bienheureux, quand elle fut à sa hauteur. «Maintenant, je ne sais plus à quelle page j'en étais», marmonna-t-il après son départ. Puis la cloche du rez-de-chaussée sonna, et ceux qui dormaient tressaillirent comme des hommes assoupis dans une barque dont l'avant vient de heurter le rivage. Ensuite, leurs yeux, tels d'indolents coquillages, s'ouvrirent. Jules s'appuya sur son coude; il lui plaisait d'observer, dans cette position à demi nonchalante, à demi affectée, la longue rangée de chaises. Il avait dans les quarante ans, mais son visage allongé était abattu; quand il était debout, son épaule droite était visiblement plus basse que l'autre.

Il posa le paquet sur ses genoux. Avec application, il se mit

à rouler une cigarette tandis que ses lèvres préparaient une plaisanterie. Il fit un clin d'œil à son voisin et cria :
– *Aufstehen*[1]*!*
– Tais-toi! protesta quelqu'un.
Jules prit un air furieux.
– *Aufstehen! Los, Mensch!*
– Ferme ta gueule, tordu, dit Jojo d'une voix rauque.

Il s'agita sur son siège et fit craquer l'osier sec. Son corps évoquait celui d'un haltérophile, mais, quand il toussait, il devait, comme maintenant, prendre la petite boîte ronde en carton sous son oreiller.
– Tirez-le de sa chaise, s'exclama-t-il ensuite.
– Les choses absolument indispensables à l'homme sont au nombre de trois, dit Jules, pensif. Seulement trois.
– Farceur! s'esclaffa Jojo.
– Tais-toi, reprirent les autres à l'adresse de Jojo.
– Le premier des principes essentiels, c'est la santé – Jules prit le visage d'un capucin qui ne se laisserait pas troubler par des objections de mécréant.
– Fais voir! Fais voir!
– Et la santé, nous l'avons!
– Fais voir!
Toute la terrasse rigolait.
Jules jeta ses jambes hors de la chaise et enfila ses pantoufles; ensuite, il se leva.
– Pourquoi? demanda-t-il, sérieux. Quelqu'un en doute?
– Ils ont déjà commandé ta caisse au menuisier! s'exclama Jojo. Ha ha ha!
– Silence! marmonna-t-on sur les chaises à l'encontre de Jojo.
– Qui en doute?

1. « Debout! »

Jules se redressa et serra ses poings contre sa poitrine comme un coureur, après quoi, à grandes enjambées souples, il marcha jusqu'au bout de la terrasse puis revint sur ses pas.

– Plaisantin ! s'exclama joyeusement Jojo.

– Merci, et je ne suis pas essoufflé, dit Jules.

Et de reprendre sa marche. Ensuite, il s'arrêta et se frappa la poitrine.

– Ces poumons-là sont sains, dit-il en battant l'air de sa main. Des poumons de première classe, s'il vous plaît !

Il fut alors saisi d'une toux qui fit trembler sa poitrine, la voûta et laissa encore une fois voir combien son épaule droite était basse. Il s'assit sur le bord de sa chaise et prit la petite boîte dans sa poche.

– Qui vient avec moi chez le menuisier chercher sa caisse ? s'écria Jojo d'une voix qui résonna à travers toute la terrasse.

– C'est à cause de la fumée, s'écria Jules avec hauteur. À cause de la cigarette.

– C'est parce que, là-dedans, ça gargouille comme dans une marmite de haricots, dit Jojo. Ha ha ha !

– La deuxième chose qui compte, juste après la santé, chers amis, c'est le travail, énonça Jules d'une voix calme.

Il s'assit sur la chaise et joignit les mains sur ses genoux pour prendre un air modeste d'anachorète.

– Ça aussi, nous l'avons.

Il tourna la tête et lança un regard béat sur la longue rangée de chaises.

Les visages ricanaient, mais lui se frottait doucement les mains en penchant la tête.

Une infirmière poussa alors le battant de la porte vitrée et apparut. Son arrivée inopinée ayant arrêté les rires, elle eut l'air gênée.

– Venez, venez, dit Jules.

– Je n'ai pas le temps maintenant.

– Venez, puisque je vous le dis !

Jules avait tout du père qu'impatiente sa fille effrayée par un petit chien, mais qui ressent en même temps une grande indulgence pour le petit être immature.

– Écoutez, mademoiselle Gilbert ! dirent les voix.

Elle s'arrêta près de la balustrade et s'en rapprocha comme pour se protéger de son embarras.

– La troisième, c'est l'amour.

Jules la regardait d'un air interrogateur comme si c'était à sa question qu'il avait répondu.

– Je ne comprends pas, murmura Mlle Gilbert qui finit par tourner la tête et entreprit d'examiner les chaises longues.

– Voilà les trois choses essentielles, dirent les malades en riant d'un air complice.

– Je ne comprends pas, dit plus bravement l'infirmière. De quoi s'agit-il ?

– Vous ne savez pas comment ça se passe, l'amour ?

Jules était sérieux, presque contrit, comme s'il devait battre sa coulpe pour elle, qui ne savait pas des choses aussi essentielles.

– Dis-le-lui, Jules, s'exclama Jojo.

– Voilà. Des dizaines de milliers d'anciens prisonniers, dont nous, ont entamé une action en divorce.

Il parlait lentement, presque tout bas, mais le son de sa voix avait quelque chose de menaçant. On aurait dit qu'elle se mettait à siffler doucement juste au moment où elle baissait. L'infirmière remua insensiblement ; elle retourna la feuille qu'elle avait dans les mains.

– Comme vous êtes pessimiste ! observa-t-elle, indécise.

– Savez-vous combien coûte un divorce ? demanda Jules en cherchant son portefeuille dans la poche intérieure de sa veste.

Mais elle se retourna et se dirigea rapidement vers la sortie.

— Attendez que je vous montre les papiers ! s'écria Jules.

Mais elle avait déjà poussé le battant de la porte et disparu.

Jules haussa les épaules et fit un sourire amer en rangeant les papiers.

— Tu aurais dû te payer cette Allemande, s'exclama Jojo. Est-ce que je ne t'avais pas dit : « Jules, picore-la, tu vois bien qu'elle n'attend que ça ? »

Robert s'écria :

— C'était facile, toi, tu n'es pas marié !

— Et si tu rentres chez toi et que tu découvres, comme ces malheureux, que ta femme est partie avec un autre ? dit Jojo. Et que, en supplément, tu as rapporté avec toi le bacille de Koch ?

— Elle n'a pas voulu regarder les documents, dit Jules pour lui-même, et il fit une grimace.

Ils sortirent les uns après les autres et la terrasse fut bientôt vide. Sur les étroits matelas jaunis qui recouvraient les chaises en osier ne demeuraient que des journaux et des livres ouverts, et les rayons du soleil se brisaient, solitaires, contre les couchettes. Le long du mur, elles étaient vides, leur dossier relevé, points d'interrogation restant en l'air. Au rez-de-chaussée, quelqu'un mit la radio, la musique s'échappa du haut-parleur comme une eau vive qui n'en finissait pas de couler pendant qu'eux devaient se débrouiller avec la désolation. Il se souvenait de la première musique entendue à son retour, le jour où il était allé se faire photographier à Luna Park ; mais celle qu'on entendait monter du bas était familière et amicale. Une sorte de témoin sonore de la jeunesse. Du coup il lui sembla que l'être humain portait en lui des germes de vie qu'aucune gelée mortelle n'anéantirait. Même Jules et les autres, malgré tout, continuaient d'abriter cette vitalité. Évidemment que la dérision est une potion amère, car on n'y distingue pas le remède du malade ; mais c'est justement cette capacité de se maîtriser qui caractérise l'espèce humaine.

La troisième, c'est l'amour...

Et si c'était la première ?

Non, la première, c'est la santé, ses relations avec Arlette seraient tout à fait différentes s'il devait comme Jules, Jojo, Robert et tant d'autres, transporter une petite boîte ronde. Arlette est comme la musique du rez-de-chaussée, du Mozart vif et raisonnable à la fois. Seule question : était-elle pour lui ?

Brutalement, en bas, la musique se tut.

S'ensuivirent quelques instants de silence, puis une voix d'homme se fit entendre : « Nous continuons la liste des disparus. Jacques Décor a été emmené tel jour. Il a été vu à Belsen. Si quelqu'un sait quoi que ce soit le concernant, qu'il écrive à telle adresse. Antoine Lemaire était au Struthof jusqu'en septembre 1944. Si quelqu'un l'a vu plus tard, qu'il écrive à sa mère, Mme Lemaire à telle adresse. »

Il s'agita légèrement sur sa chaise longue ; ces mots lui parvenaient d'une contrée reculée, enfouie au centre de la terre, bulles qui remontent d'un corps noyé jusqu'à fleur d'eau. Toute cette histoire pourtant n'avait que quelques mois. Maintenant les gens s'intéressaient à la moisson et aux prochaines élections, lui à la lettre d'Arlette. Au loin, sur la Seine, une sirène retentit, évoquant le meuglement d'une vache qui sait son veau dans une étable par-delà le fleuve et qui, ne pouvant traverser, piétine, désespérée, dans les roseaux. Ensuite une volée de corbeaux croassèrent derrière les arbres comme s'ils se disputaient sur les noms des morts.

Il était étendu à son aise sous les bâches brunâtres, à pester contre son départ ; il se faisait l'effet d'un malfaiteur qui écoute en cachette la radio détailler ses signes distinctifs et raconter comment le cercle de ses poursuivants ne cesse de se resserrer. C'était injuste. Mais cela pourtant prenait corps ; et grandissait à mesure que montait du rez-de-chaussée cette énumération sans fin, comme si chaque nom proféré lui reprochait de se laisser aller à la sieste. Il eut envie de se lever. Il ne le fit pas. Peut-être eût-il été plus convenable d'écouter debout, mais il resta allongé, le corps en plomb, attaché par d'invisibles liens, se bornant à ouvrir un peu plus sa veste de pyjama sur la poitrine. « Quelle chaleur étouffante ! » se plaignit-il. Immédiatement, surgit l'image du vieux Belge vêtu de cette veste de pyjama et arrivant de la salle de bains dans sa chambre. C'était après l'époque où Vaska et lui chargeaient le soir dans le camion les corps râlant encore ; maintenant, on l'avait mis dans la salle des érysipèles. Aux douches, le vieux avait reçu cette veste en guise de chemise. Puis, quand l'homme en était sorti et qu'il l'avait revu à cause de son érysipèle, il marchait à l'aveugle en agitant les bras et, si sa nudité ratatinée entre ses cuisses sautait aux yeux, c'était moins la faute de ses longues jambes osseuses que de sa veste courte. Car cette veste rayée blanc et bleu descendait beaucoup moins qu'une chemise ordinaire. Et le vieux était une grande perche. Heureusement pour lui, ses paupières gonflées l'empêchaient de voir sa misère. Deux cloques rosâtres recouvraient ses yeux. Puis quand il s'était allongé et qu'on lui avait apporté une écuelle de potage, ses doigts maigres n'avaient pu l'atteindre qu'à tâtons. Il refusa le pain, « qu'il le garde », avait-il dit en parlant du Tzigane de la paillasse du dessous, qui le lui avait plusieurs fois chipé sous sa tête de lit, où il le conservait dans l'espoir de pouvoir le manger un jour. Mais tout ça ne servit à rien et, quand il mourut, le kapo se fâcha, comme d'habitude, en constatant que les pieds dépassaient du couvercle de l'étroite caisse.

Au rez-de-chaussée, la radio continuait sa litanie des noms. Combien de numéros lui-même avait-il inscrits sur des cuisses! Comme la peau était flasque et rugueuse, il fallait soigneusement mouiller la mine sinon le crayon ne marquait pas. Le chauffeur, à la porte du four, devait relever les numéros sur les jambes avant de basculer les corps. Et lui, qui avait mangé le pain des déportés, se prélassait sur une confortable chaise longue, prêt à courir au rendez-vous – on ne sait jamais, peut-être a-t-elle retardé le moment de partir en congé. Il était coupable et il ne l'était pas; les deux à la fois. Car il avait voulu leur pain, et c'était leur mort qui le nourrissait au jour le jour. Il n'attentait pas à leur vie, mais il vivait de leur mort. Bien sûr, personne ne pouvait le lui reprocher. Ni la mère d'un déporté ni sa femme. Mais c'était dommage: si seulement l'infirmière de garde avait remis la musique! Non. Il fallait écouter jusqu'au bout! Au bout? Et comme pour lui donner la preuve immédiate du bien-fondé de son ironie, une voix féminine vint relayer le speaker. C'est qu'on se fatigue à compter les tombes par milliers. Notamment quand un pareil décompte n'a aucun sens. La campagne aussi, là-bas, près du fleuve, savait cela, et les numéros de la radio se déversaient sur elle comme des graines sèches. *Un tel et Un tel ont été vus pour la dernière fois à Dachau en avril 1944...* Oui, il lui avait pris sa veste bleue. Quand il était mort, il avait bien fallu le déshabiller; ensuite, il avait fait bouillir la veste dans un broc. Pourtant, il n'en avait pas vraiment besoin, il l'avait plutôt prise en souvenir; comme si le vieux Belge avait été un parent. Et s'il la portait aujourd'hui, c'est parce que la seule chemise qu'il avait, c'eût été du gâchis de la mettre pour faire de la chaise longue. Oh, pour sûr, des tas de gens n'en auraient pas voulu pour eux, mais devait-on y voir un délit?

Il se leva. Non. Il n'était pas coupable. Sinon, ils le seraient tous. Car c'est juste devant les fours, juste lorsque la mort s'était habillée en zébré qu'ils avaient véritablement pris conscience du mal. Mais alors à quoi bon avoir été très nombreux ? Au contraire, une conscience hébétée qui ne se réveille complètement que devant la gueule du four n'éprouve qu'impuissance, une impuissance folle et muette. C'est avant que l'Europe aurait dû y penser.

« C'est pourquoi il ne faut pas attendre une minute de plus pour réfléchir à l'avenir », se dit-il en longeant la balustrade. Oui, penser dès aujourd'hui à l'avenir, en premier lieu témoigner de cette expérience pour que les gens lisent noir sur blanc tout ce qui s'était passé.

Cette idée le calma et il se rassit sur sa chaise longue. Il prit son carnet pour y noter la scène avec le vieux Belge, mais dès la première phrase : *Alors, il n'était plus seul...* il s'arrêta, se demandant si un tel début était correct. Il devait d'abord décrire le décor pour bien faire comprendre où se situait ce lambeau de souvenir. Ce premier doute fut suivi d'un second : ne devait-il pas, avant de parler de cette veste, décrire le transport de nuit dans les wagons d'acier à travers la campagne enneigée ?

Indécis, il regardait droit devant lui, le stylo à la main, mécontent que la richesse du sujet lui signifiât son impuissance.

XXIV

Le matin ; sur la terrasse les autres discutaient à voix basse, bien que ce ne fût pas encore l'heure. Mais il avait conscience de ne pas être avec eux, et leur conversation formait une frontière invisible qui l'isolait.

Mon chéri, je viens juste de me réfugier dans le petit salon, seule avec le bruit de l'horloge murale, et ce bruit me semble étranger.

Bien sûr, mon retour chez moi, tout frais, pourrait m'inspirer quelque chose, mais la vie est bizarre et l'humeur change. J'étais encore malade en arrivant. Peut-être est-ce pour cela ? J'ai erré dans la maison de ma jeunesse comme une étrangère. J'ai ouvert des tiroirs, relu de vieilles lettres, je me suis arrêtée devant de vieilles robes avec un sentiment de vide inexprimable. Comme la petite fille que j'étais encore il y a peu, j'ai grimpé au grenier, passé la tête par la lucarne et retrouvé au-delà des toits d'ardoise la chaîne sans fin des collines où autrefois j'allais me promener.

Hier, j'avais encore mal à la gorge et j'ai passé la journée au lit avec mes livres (j'ai pensé que je te rapporterai *Le Blé en herbe*, de Colette). J'ai pensé à toi, Radko, mais je ne t'ai pas écrit, car tout m'était tourment et parce que j'étais comme creusée, insensible et vide. Comprendras-tu cela ? Me pardonneras-tu ?

Tiens, écoute, Alonçon aboie. Je suis allée lui ouvrir la porte qui donne sur une rue sombre. Alonçon est notre chien, bohème, rouquin et laid, avec des poils sur les yeux. C'est, je crois, une sorte de bouvier (lui non plus ne m'a pas reconnue quand je suis arrivée).

Maintenant, bonne nuit. Je reste encore une semaine ici, écris-moi et dis-moi que...

Tout lui était comme offert, comme créé à partir de rien d'un seul coup. Presque irréel. Pourtant, il entendait distinctement le tic-tac de l'horloge au mur et il la voyait en train d'écrire, bien sage, sur la table. S'il y avait quoi que ce fût à mériter, il aurait bien dit que ça valait souvent la peine de supporter quelques jours de tourment. Mais cela, on ne le sait qu'après.

Il prit du papier à lettres et, faute de table, écrivit sur ses genoux. C'était comme s'il avait près de lui tout le bouillonnement de la vie, comme s'il était un voyageur assis devant sa tente au milieu de la nature retrouvée qui fleurissait pour lui. Et il avait la sensation que son ancienne maladie d'écrire le reprenait. Car, si un homme en bonne santé est un homme d'action, alors écrire est vraiment une maladie. Mais il aimait souffrir de cette maladie. En particulier parce qu'il lui écrivait, à elle. À son retour d'Allemagne, il avait été une sorte d'apôtre enthousiaste de la renaissance du monde. Il était convaincu que tous les gens allaient se rassembler et décider de concert comment organiser l'avenir pour le rendre humain et bon. C'était à l'époque où il ne la remarquait même pas quand elle entrait dans sa chambre, tant il était prisonnier de ses souvenirs. Mais il l'avait trouvée, et l'effleurement de sa main de femme avait pour ainsi dire tout effacé devant la vie. C'est pourquoi, après son départ et en raison de son silence, le temps était redevenu inutile, dénué de sens. C'était une impression d'inanité extrême, celle d'un torchon qui tombe d'une fenêtre dans la rue et qui ne trouve pas le moindre souffle d'air pour le pousser le long du trottoir. À cela s'ajoutait la misérable constatation qu'un beau jour il faudrait jeter l'ancre, s'attaquer à quelque tâche, lui qui se sentait de jour en jour plus apatride. Oui, comment renoncer à Arlette alors qu'il était en train de se reconstituer grâce à elle ? Comment lui mentir sur sa foi en l'avenir, alors qu'il cherchait vainement des projets pour elle ? Sans compter qu'elle méritait elle aussi une affection tendre et durable.

En dépit de tout, un homme peut parfaitement savoir qu'il ne ment pas en disant qu'il aime, comme il l'affirmait en ce moment. Et il sait bien qu'elle ne trouvera pas dans cette lettre ce qu'elle en attend ; il sait aussi qu'il aimerait qu'elle y voie quelqu'un qui pense sans cesse à ses mains, à ses prodigieuses caresses. Oui, pourvu qu'après avoir lu cette feuille elle aille ouvrir les tiroirs, qu'elle y retrouve la douce intimité qui s'attache aux choses grâce auxquelles nous sommes ce que nous sommes ! Il croit voir luire au soleil les toits d'ardoise et, malgré l'aveuglante clarté du jour, ses yeux briller à la lucarne du grenier.

– Content ?

Tout bancal qu'était son français, personne ne s'en apercevait, Nikos ne manifestant jamais d'embarras.

Il parlait toujours avec tant de calme qu'il paraissait plus âgé. Vingt-huit ans. En raison de sa stature solide un peu enrobée, il ressemblait à un médecin sérieux et réservé. Il avait une démarche raide, tout d'une pièce.

– Ces derniers jours, tu ne l'étais pas, poursuivit-il en hochant doucement la tête, qu'il avait garnie de cheveux noirs épais et drus légèrement frisés. L'amour ?

Nikos pinça les lèvres. Puis, avec un signe dubitatif :

– Ça ne vaut pas le coup, énonça-t-il. Une femme ne peut être qu'un bon compagnon.

– Un peu simpliste, non ?

Mais cette façon aussi simple qu'inébranlable d'exprimer sa conviction avait le charme de l'enthousiasme naïf.

Derrière le pavillon, ils bifurquèrent vers le bois et gravirent lentement le chemin entre les marronniers ; sur la route, une petite maison basse se nichait sous les arbres, entourée de grillages, une porte verte au milieu de la clôture.

– Il ne s'agit pas d'adorer la femme, mais de reconnaître ses particularités. Une femme peut être un bon camarade comme tu le dis, il faut même vouloir qu'elle le reste toujours. Mais quel sens aurait la vie sans l'amour ?

– L'amour est l'attirance de deux corps.

– Sans doute n'y a-t-il pas d'amour véritable sans le physique. Mais le corps féminin, indépendamment de son charme insaisissable, de son caractère, le corps d'une femme est pour l'homme un mystère qui complète le mystère de sa propre vie.

– Fariboles qui ne font que brouiller la vue et empêcher la raison de résoudre des problèmes importants !

Il y avait quelque chose d'inexorable dans ses paroles et dans son air, plus grave encore que ses propos. Quelque chose de consternant pour la lumière de l'après-midi qui découpait la cime des marronniers et nuait l'atmosphère de ses reflets d'or.

– On ne se comprend pas, Nikos. Une femme libre, émancipée, sera certainement un meilleur compagnon. Dans l'amour aussi. C'est précisément tout le charme de son image à l'avenir. Ainsi sera-t-elle pour l'homme le mystère-compagnon, mais le mystère quand même ; au même titre que la mer en mouvement, qui restera un mystère pour la terre ferme jusqu'à la fin des temps.

– Philosophie !...

On sentait qu'il aurait aimé continuer à s'expliquer, mais que les mots lui manquaient en français. Ils étaient arrivés dans une clairière, au centre de laquelle s'élevait un autre pavillon : on aurait dit qu'un architecte l'avait placé là à la demande d'un groupe d'amoureux de la nature. Lentement, ils prirent le chemin du retour.

– Oui, c'est de la philosophie, dit Nikos. Quand on pense que notre jeunesse se bat dans les montagnes grecques. Et quand on pense qu'ailleurs la guerre est finie, alors que chez nous les filles meurent avec les combattants !

– C'est absurde de régler sa vie sur des lois qui ont cours en temps de guerre.

– Nous vivons en ce moment. Et en ce moment, c'est le temps de la lutte.

Il avançait d'un pas raide, dans son costume sombre qui était un tout petit peu trop étroit ; son pantalon trop long de deux doigts godait sur ses talons. Ce qui accentuait sa ressemblance avec les médecins qu'on peut voir sur les photos du dix-neuvième siècle. Malgré ce costume que lui avait fourni la Croix-Rouge grecque et malgré sa démarche, il émanait de lui une vitalité séduisante.

Il se taisait en marchant, l'air grave, à travers le filet de lumière que dessinaient les feuilles sur le chemin.

– Ils t'ont pris où ? À Athènes ?

– Ils m'ont embarqué avec un tas d'autres, puis ils en ont choisi un sur dix et ils nous ont alignés contre un mur. Qui sait ce qui les a ensuite fait changer d'avis et pourquoi ils ont préféré m'envoyer en Allemagne ? – il tordit la bouche avec mépris. À l'époque, je crachais déjà le sang.

– C'est un miracle que tu sois revenu.

– Aucune bête au monde n'aurait tenu le coup.

Nikos jeta un coup d'œil sur le côté comme s'il voulait changer de conversation et effectivement, montrant la feuille que Radko tenait à la main, il demanda brusquement :

– Qu'est-ce que c'est que ce journal?
– Un quotidien de ma ville.
– Moi aussi, j'en reçois un d'Athènes.
– Je sais, dit-il. Mais c'est différent pour nous.
Nikos ralentit le pas.
– Tu ne peux pas imaginer ce que ça fait quand on prend leur journal aux gens.
Nikos le fixa avec intérêt puis s'avança lentement.
– Est-ce que chez nous la presse de gauche n'est pas interdite? demanda-t-il, l'air moqueur.
– Je sais, Nikos, mais chez nous c'est notre langue qui a été condamnée à mort.
– Vous n'aviez aucun journal? Même pas un journal fasciste?
– Non, parce que, écrit dans notre langue, il aurait été la preuve que nous existions et nous n'en avions pas le droit.
– C'est pire que dans les colonies.
– Et Trieste n'est pas en Afrique, mais à deux pas de Venise. Ainsi, au beau milieu de l'Europe, nous étions laissés à la merci des sauvages.
– Il est vrai que le fascisme plaisait à bien des gens, dit Nikos. C'était un formidable rempart contre le communisme.
– Chez nous, ils ont même menacé de fusiller un prêtre qui prêchait en slovène.
– À Trieste?
– À Trieste. Dans une église du centre-ville.
Sans qu'il sût pourquoi, un sourire naquit sur les lèvres de Nikos.
– Une forteresse antibolchevique, dit-il.
– Je pourrais te parler de ce curé de campagne qu'ils ont amené sur le balcon ligoté, des chaînes aux pieds, aux mains et autour du cou, dit Radko. Je pourrais te raconter l'histoire de nombreux prêtres qui ont dû passer la frontière ou qui ont été internés. Tu n'aimes pas beaucoup les prêtres, je sais,

cependant ça t'intéressera d'apprendre que chez nous, pendant le fascisme, deux évêques ont dû s'exiler parce qu'ils se conformaient à l'Évangile et défendaient les droits des Slovènes.

– On croirait entendre une fable.

– Et que dirais-tu si je te racontais qu'ils sont allés jusqu'à brûler des livres slovènes devant le monument de Verdi ?

– Ce n'est pas possible !

– Si. Et si tu viens chez nous un jour, tu pourras vérifier que le monument de Verdi est juste au centre de la ville.

Nikos s'arrêta encore.

– Et notre théâtre qui a été brûlé par les chemises noires était aussi en pleine ville.

– Quelle barbarie, dit Nikos d'une voix grave un peu étouffée par l'émotion.

– Maintenant, tu sais ce que signifie un quotidien qui paraît là où on a voulu priver de sa langue toute une communauté.

– C'est une grande satisfaction, dit Nikos.

Il tendit la main pour se convaincre de la réalité du journal dont il était question. Il fit bruire le papier, ouvrit le journal et le replia.

– Vous avez eu affaire au fascisme bien avant le reste de l'Europe, fit-il comme pour lui-même en rendant le journal.

– En 1918, en plus de Trieste, les Alliés ont aussi donné à l'Italie l'arrière-pays, c'est-à-dire presque un quart du territoire slovène, jusqu'aux Alpes juliennes. Et juste deux ans plus tard, à Trieste, bien avant l'avènement du fascisme, ils se sont mis à incendier nos centres culturels.

Ils se turent un moment, bien convaincus qu'il était parfaitement inutile d'énumérer leurs malheurs.

– Vous devriez écrire ces épisodes de votre histoire, dit alors Nikos.

– Certainement, car maintenant on inclut tout dans la grande calamité de la dernière guerre et on oublie les dates !

C'est alors que la cloche, à l'entrée du pavillon, annonça le début du repos de l'après-midi ; ils rentrèrent.

Allongé sur sa chaise en osier, son carnet de notes sur les genoux, il se répétait qu'il devait réellement s'attaquer à la rédaction d'une chronique. Les feuilles jaunes du carnet ressemblaient à du buvard. Du papier de guerre. Ce n'était pas pour lui déplaire, car les anecdotes qu'il notait étaient elles aussi en lambeaux, décomposées. Écrire une chronique ! Oui, bien sûr. Mais comment, puisque à chaque fois qu'il commençait, les images qui se présentaient le renvoyaient à des périodes si différentes que la mise en ordre de ses notes était un vrai casse-tête. Il devrait commencer par ce matin où ils étaient venus le chercher et où il avait soufflé à Vidka de cacher les documents. Pauvre Vidka qui dans la première lettre qu'elle lui avait écrite ici s'accusait toujours, pensant que s'il avait été envoyé en Allemagne, c'était parce qu'elle n'avait pas su cacher ces papiers. Pourtant, il lui avait fait savoir de la prison que ses scrupules étaient sans fondement. C'est vrai, il devrait commencer par ce boucan dans l'appartement avant le lever du soleil. Mais peut-être pas, peut-être valait-il mieux débuter par les jours passés dans la cave sous la place Oberdank. Partir de l'époque comprise entre l'arrivée en voiture des officiers de police SA qui s'étaient garés sur le trottoir puis les avaient emmenés, Egon et lui, dans le hall du grand bâtiment et le retour en prison. Le camp et son atmosphère avaient beau laisser en lui des traces qui reléguaient le reste à l'arrière-plan, il n'en demeurait pas moins que sa mémoire gardait presque intacte l'image de l'angoisse qui l'avait saisi dans sa cellule souterraine.

Il s'efforça d'évoquer les rues de Trieste, et des instantanés de son enfance surgirent : ils couraient derrière les cerceaux de fer, ils plaçaient sous les roues des tramways des petites bombes faites d'un mélange de soufre et de potassium, et ça claquait sec lorsque le tram arrivait. Il était bien persuadé de devoir inclure ces bribes de souvenir dans son récit, mais il n'y parvenait pas. Parfois il se disait qu'il pouvait mettre en parallèle l'entêtement et l'obstination des gamins qui régnaient dans les rues de la ville et l'emprisonnement dans la cellule souterraine de la Gestapo ; mais l'instant d'après, il lui semblait dérisoire d'introduire dans un récit roulant sur la Gestapo les hauts faits de ces gosses plaçant des pièces de cinq centimes sous les roues du tram afin de les aplatir et de pouvoir les utiliser ensuite dans les distributeurs de boules de gomme. Toutes ces images, bien sûr, lui étaient revenues en janvier 1944, quand le lourd tramway de la rue Carducci avait roulé au-dessus de sa tête et vrombi, étouffé, jusque sous le pavé de sa cellule. Mais maintenant, assis à une terrasse non loin de la Seine, il se sentait ramené des siècles en arrière et les forces lui manquaient. Parce que, là-bas dans la cave, il y avait aussi Ivo, dont il avait vu la cigarette, chaque fois qu'il en tirait une bouffée, créer un reflet sur le cuir à hauteur de la poitrine et qui, maintenant, était devant lui, bien réel, tout amaigri sur le châlit du camp. Avant de le porter avec Vaska dans l'entrepôt situé sous le four insatiable, il avait déniché une lame et l'avait rasé. Ainsi Ivo avait-il pris congé des Vosges sans bruit, de la même façon qu'il s'était simplement confié à lui sous les pavés de la place de Trieste. Oui, il lui faudrait parler d'Ivo, dont il avait suivi les épanchements dans l'obscurité de la cave exiguë de Trieste et raconter également sa mort dans les Vosges lorsque, déjà inconscient, il avait murmuré le nom de sa femme.

Mais cette fois encore il ne parvenait pas à décider s'il allait s'en tenir à l'ordre chronologique ou s'il allait laisser ses pensées vagabonder librement à travers ses souvenirs pour en faire un tout. Ainsi la question restait-elle sans solution et le papier jaunâtre se couvrait-il d'extraits, d'épisodes distincts sans lien entre eux.

Parfois il se disait qu'il pourrait même commencer par l'incendie du théâtre slovène. Il avait sept ans quand les flammes avaient détruit le bâtiment, un grand bûcher avait illuminé la montagne et la mer flamboyait de l'autre côté de cette place par-dessous laquelle, un quart de siècle plus tard, il se tenait avec Ivo. Décrire, depuis l'incendie, la vie de cet enfant qui avait de ses yeux vu le centre culturel slovène réduit en cendres, jusqu'à sa faiblesse quand la Gestapo l'avait collé dans un placard. Histoire d'un génocide qui, par un coup d'œil rétrospectif, montrerait de façon d'autant plus efficace le chemin de croix de sa communauté. Mettons: jusqu'à cette inscription sur le mur du placard à côté du bureau de la Gestapo: «Anica, je n'ai pas parlé.» Ou bien jusqu'à celle-ci, à la fois ferme et décidée, avec son point d'exclamation: «Ô Triglav, ma patrie!» Ainsi, en décrivant une victime enfermée dans un réduit, non seulement il exprimerait la résistance massive de son peuple, mais encore il illustrerait l'étouffement de la vie slovène. Un peuple victime d'un tel ethnocide qu'il lui a fallu, sous le fascisme, asphyxier en lui jusqu'à ses mots, jusqu'à sa langue, peut se comparer à l'être que relègue la Gestapo dans un local aveugle où il ne peut que tourner sur lui-même, non? Suivrait bien sûr la description du sentiment hagard d'enfermement et d'angoisse, de l'impossible révolte, de la tentative, purement mentale, pour s'en sortir: évoquer le placard où la mère rangeait les dames-jeannes, la cuvette d'étain destinée aux bains de siège et les minces bourrelets qui servaient à calfeutrer les fenêtres l'hiver quand la bora soufflait par toutes les fentes. Et il y joindrait un autre effort pour tourner le dos à l'angoisse: traverser l'appartement jusqu'à la cuisine, accrocher à la fenêtre un miroir pour se raser; la mère débarrasse les haricots de leurs fils, tout en marmonnant: «Patience, tôt ou tard, ces démons finiront par prendre leurs cliques et leurs claques.» Sans la voir, car il fait face à la glace, il devine son sourire quand elle remplit le faitout en alu des haricots qu'elle vient de nettoyer. C'est tout cela en même temps qu'il devrait raconter, ensuite viendraient ces affreux rêves de cravache: celle dont le fouettait le SS se distendait pour devenir un long filin vomi par une grue d'acier, un crabe boursouflé à son extrémité. L'animal oscillait imperceptiblement et, lorsqu'il se retournait, il pouvait voir la grosse corde pointer vers le ciel, jaillissant du ventre d'un type de la Gestapo pendu...

Quand il reposa son carnet, il sut qu'il hésiterait sans doute encore longtemps avant de tirer de ces épisodes quoi que ce soit d'organisé. Cependant il se consolait un peu à l'idée qu'au moins il avait essayé d'affronter les images qui affluaient devant ses yeux chaque fois qu'il les fermait pour se concentrer.

XXV

Il n'avait pas vu septembre commencer.
La terrasse ressemblait toujours au pont d'un long bateau qui naviguait sans cesse, sauf que la vue était parfois masquée par la bâche. Les jours coulaient, le passé s'enfuyait, l'avenir affluait, et eux, constamment allongés sur les chaises longues, surveillaient la vie comme des voyageurs les vagues qui écument sur les flancs du navire. Voilà à quoi il pensait avant de se répéter encore une fois sa réponse. Il devait l'excuser si elle l'appelait « mon petit » – hé oui, ça lui plaisait, elle avait l'impression de le bercer dans ses bras. Elle avait lu sa lettre sur le petit chemin au milieu des maisons aux jardins tout fleuris. Le soleil se couchait derrière les nuages sombres, c'est pourquoi il faisait encore plus clair quand par la suite il se montrait un instant. Elle lisait en marchant. Il savait bien que sa lettre lui avait plu, était-ce si nécessaire de le lui dire ? Elle comprenait parfaitement ce qu'il lui avait écrit sur eux deux. Ce n'était pas mentir, au contraire, que d'affirmer qu'on aime tout en étant persuadé que cet amour n'aura que peu de vie (pas en force mais en durée). Certaines personnes avaient probablement plus que d'autres le sens du précaire. Il y avait de grandes chances pour qu'il sût par avance qu'elle ne lui serait pas indispensable dans l'avenir. Mais elle, elle devait juger son amour avec sa naïveté d'origine – naïveté désormais consciente, bien entendu, simplicité consciente.

Elle n'ignorait pas la variété des vies et des caractères, mais pour elle l'amour devait susciter le sentiment de la durée et de la paix. De la continuité. Rien n'excluait une séparation dans le futur, il s'agissait seulement de désirer la pérennité, voilà tout. S'attacher à quelqu'un, c'était voir en lui l'incarnation de son avenir, son centre. Et réciproquement. En ce qui la concernait, elle ne serait pas tyrannique, loin d'elle l'idée de l'asservir. Comprenait-il cela : elle serait ce qu'il voulait qu'elle soit ; et, s'ils s'aidaient l'un l'autre à vivre, même pour un temps seulement, ils pourraient dire qu'ils avaient réellement et profondément vécu.

La terrasse était silencieuse, c'était parfait ; pour accueillir la joie, il faut la solitude. Qu'elle vienne ce soir, qu'elle écrive ! Et ce sera bien elle qu'il aura vue, la dernière fois, dans l'éclat de la lune, courant vers son pavillon, ses chaussures à la main, pour qu'on n'entende pas ses pas dans le couloir endormi. Qu'elle soit sur le chemin là-bas, de l'autre côté du bois ! Il lui semblait en même temps qu'elle avait le corps protégé par un bouclier d'indépendance dont il n'avait pas notion, et qui parait tous les assauts, la mettait hors d'atteinte. Comme si ce corps n'avait jamais été proche ou peut-être comme si d'avoir été à lui le rendait plus distant à force de vouloir l'oublier... À présent, il craignait de la perdre, il n'y avait rien à faire. Tandis que, s'il ne l'avait pas encore approchée, il pourrait espérer la conquérir.

Mais ce n'est qu'une appréhension, finit-il par se rassurer. Rien que l'inquiétude que leur rencontre ait été un simple mirage. Une pure anxiété. Puisqu'elle affirmait qu'elle lui appartenait ! Mais le corps est une valeur en soi. On peut exclure son corps de son amour. Non, elle ne le ferait pas. Sa lettre en est la meilleure preuve. Pourtant, il a peur de son recul. Comme si la grande surprise provoquée par l'annonce de son arrivée avait immédiatement fait germer un nouveau doute. Pourquoi ?

Nikos s'approchait des chaises longues. «Il va s'arrêter», s'inquiéta-t-il. Il aurait voulu pouvoir rester seul; en même temps, dans l'état de tension où il se trouvait, il n'attendait qu'une chose de Nikos: être contraint de ne plus penser à elle et avoir ainsi le bénéfice qu'apporte une réalité différée.

Nikos posa les yeux sur la lettre.

– L'amour? dit-il en hochant la tête. Toujours l'amour?

– Puisque c'est tout ce qui nous reste de valable.

– L'amour?

– N'est-ce pas la seule base sur quoi l'homme puisse encore bâtir? – il souriait, anticipant la résistance de Nikos. Et, même s'il ne s'agit pas de refaire le monde, l'amour n'est-il pas la seule chose capable de nous montrer sous un jour un peu moins stupide l'absurdité des événements?

– Décadence! laissa paisiblement tomber Nikos.

Pourtant, on aurait dit que l'offense presque personnelle qui venait d'être exprimée déposait comme une légère fumée sur son visage.

– La question est de savoir si nous saurons modifier les conditions de vie de l'humanité. L'humanité est un but. L'individu, non.

– L'humanité est l'ensemble des individus particuliers, mon cher Nikos. Et quand les individus ne sont pas satisfaits, l'humanité est malheureuse.

– Il vaut mieux que l'homme se sacrifie dans l'intérêt des générations suivantes plutôt qu'être prisonnier de son égoïsme.

– Le renoncement, l'abnégation ne sont féconds que s'ils sont volontaires et conscients.

– Tant que les gens ne sont pas mûrs et rééduqués, c'est impossible de faire autrement. Si ce soir le contrôle ne te trouve pas dans ton lit, tu devras te justifier demain devant le médecin.

Il s'assit et l'osier de sa chaise longue craqua.

– Mais ici nous sommes des malades en sanatorium ! dit Radko.

– Une société qui se réorganise est aussi une malade, dit Nikos en se retournant dans un mouvement calme et solide.

– Non, Nikos, le socialisme apporte aux gens la foi en eux et c'est pourquoi ces gens ne sont pas des malades, mais des forces optimistes. Dans une large mesure, cet élan est réel et vrai. Et c'est justement pourquoi le socialisme ne peut impliquer d'appareil policier dense. Voilà ce que je veux dire.

– Tu parles comme un réactionnaire.

Il était sérieux, mais pas le moins du monde irrité.

Radko sourit.

– Non, je parle comme quelqu'un qui ne voudrait pas perdre sa foi dans un socialisme qui, parce qu'il serait au pouvoir, pourrait décider ce que les citoyens, les peintres, les écrivains doivent penser, peindre, écrire, et tout ce qui s'ensuit.

– Même en écrivant, on peut détruire ce que la masse construit à grand-peine.

– Non. Une telle intolérance ne peut représenter le socialisme. Sinon, tu transformes le pays en un monastère où chacun aurait remis sa volonté au père prieur. Si le socialisme est bien la jeunesse du monde, alors, Nikos, il ne doit pas être la copie de l'Inquisition.

– Tu ne peux pas faire de telles comparaisons.

Il restait froid comme un lutteur que les coups de l'adversaire n'ébranlent pas d'un pouce.

– Je sais, l'Inquisition était réactionnaire et le socialisme se veut progressiste. Cependant, même si c'est avec une arrière-pensée progressiste, faire prendre conscience par la force n'est pas progressiste.

– Non. Tu ne peux pas invoquer l'Église, protesta Nikos. Le socialisme apprend aux gens à aimer la vie, à créer dans la joie. L'Église veut que l'homme pense à la mort. Les mots me manquent, ajouta-t-il avec une grimace.

Il agitait la main, à moitié chagrin, à moitié résigné.

On sonna pour le goûter et ils longèrent la balustrade jusqu'à la sortie. Nikos marchait avec raideur.

– Elle est séparée de son mari, elle est grecque, elle vit en faisant de la couture, dit-il soudain confiant. Elle a un enfant et veut que j'aille habiter chez elle en sortant d'ici.

Radko Suban s'imaginait en train de la convaincre en grec de l'inanité d'un tel projet. Du coup, il sentit qu'Arlette et lui commençaient quelque chose de différent, d'unique.

Nikos se tut et repoussa la porte battante ; il aurait voulu parler de ce qu'il éprouvait, mais à l'idée de devoir s'expliquer en long, en large et en travers, il préféra se taire.

En bas, on entendait le bruit de la salle à manger et des malades qui se pressaient devant la porte.

– Que puis-je faire à Paris ? De plus, est-il possible de s'embusquer comme un bourgeois quand les partisans de Markos se battent dans mon pays ?

– Mais ce ne serait pas s'embusquer. Car enfin tu as fait ta part. Tu penses que tu n'as pas assez donné ?

– J'étais déjà malade avant qu'on m'envoie au camp.

Un groupe de malades qui se rendait au réfectoire les sépara et ils durent rejoindre chacun leur table.

– *Eh bien, ça va, mon petit pote* ?*

C'était Jojo qui apostrophait bruyamment Nikos en passant devant lui. Jojo qui se réjouissait d'avance de la perplexité qu'il allait, par ses expressions argotiques, provoquer chez Nikos.

– Je ne comprends pas, dit Nikos.

– *Ça gaze* ?*

La table rit, mais c'était peut-être à cause de Jules qui, sérieux, avait déjà son bon mot prêt, dans l'ombre joueuse. Certains étalaient le beurre sur leur tartine, d'autres la confiture, et l'on était attentif aux plaisanteries qui s'échangeaient, la bouchée n'en serait que plus savoureuse.

– Tu as lu l'article sur les criminels de guerre à Nuremberg? Hein, Nikos?

Quand Jojo vociférait ainsi, il y avait dans sa voix un je ne sais quoi d'âpre mais de sympathique.

Nikos le regardait, entre deux airs, se demandant quel piège ou quel jeu de mots pouvait bien cacher cette nouvelle question.

– Nuremberg! cria Jojo de plus belle. Tu as lu?

– Oui.

– *Tu as vu? Espèces de salauds*!*

Maintenant, Jojo apostrophait Jules, comme si c'était lui le responsable de tout.

– Un médecin tous les matins dans la cellule, un médecin et un dentiste!

– Ce sont des invités de marque, dit Jules avec sérieux.

– Parce que, vous aussi, vous aviez un médecin et un dentiste à votre disposition tous les jours? Hein, Nikos? l'interpella-t-il de l'autre bout de la table, son buste d'athlète penché pour mieux le voir.

Les lèvres de Nikos se tordirent, sarcastiques. Jojo, s'adressant de nouveau à toute la compagnie, se redressa et, bras tendu à l'horizontale, posa son poing sur la table. Ses manches retroussées lui donnaient un petit air de Tarzan.

– Vous voyez ce que font nos chers criminels toute la journée. Ils lisent! Ils lisent des histoires et autres choses du même genre! – puis, se retournant de nouveau vers Nikos: Vous aussi, vous lisiez des histoires avant d'aller au crématoire, hein, Nikos?

Ce dernier fit un sourire amer, pour lui-même, sans lever la tête.

– Ils lisent les livres qui sont mis à leur disposition dans la bibliothèque, dit Jules. S'il y avait des romans policiers dans cette bibliothèque, ils en liraient. Ou bien des romans d'amour. Non?

– Vous aussi, vous lisiez des histoires? reprit Jojo.

Sans attendre la réponse, il se servit un morceau de pain, mais on se demandait s'il avait la moindre envie d'y mordre.

– Non. Mais qu'est-ce que vous imaginez? Dentiste et nourriture spéciale pour travaux de force! Tout ça pour garder la forme!

Et d'abattre de la paume gauche une gifle sur la table.

– Tais-toi, dit Jules. Ils dorment enroulés dans une couverture, sans drap!

– Et ils doivent même saluer les officiers alliés, dit Robert en rigolant.

– Moi, je te leur lâcherais une bombe atomique! hurla Jojo. Pas sur les habitants d'Hiroshima, sur eux, et amen!

– C'est sur la population d'Hiroshima qu'ils l'ont lâchée, pas sur les usines Krupp! laissa tomber Robert.

– Hiroshima et Nagasaki, alors que la plupart des usines allemandes sont debout, dit Jojo plus bas, maintenant occupé à mastiquer son pain. Vous avez vu en revenant de captivité?

– Pourquoi donc ont-ils combattu l'Allemagne? demanda un jeune homme aux joues creuses qui était assis à côté de Jules.

– Ça, c'est le mérite de Roosevelt, observa Jules qui courba la tête d'un air dévot. On ne sait même pas encore pourquoi.

Robert soupira:

– Il s'est aussi mis d'accord avec Staline, Roosevelt. S'il vivait encore, tout serait différent.

Il se leva, imité par la plupart des convives.

– Jojo, moi j'y vais, dit Jules.

– Essaie donc! Vous vous êtes dépêchés de manger pendant que je parlais et maintenant vous êtes pressés. Lève-toi pour voir, si tu oses, Jules. Lève-toi donc.

Mais Jules, entre distraction et béatitude, souriait en l'attendant; sur les tables on voyait encore des plats et des corbeilles de pain vides. On aurait dit que Jojo, nouveau géant Polyphème, avait tout ingurgité tout seul. Jules, goguenard, sourit aux anges et se roula une cigarette.

XXVI

En cette chaude soirée, la campagne s'étalait docilement dans les tons pastel du coucher de soleil; il allait à la rencontre d'Arlette, satisfait de s'approcher d'elle un peu plus à chaque pas, tout en se demandant s'il serait franchement tendre et amoureux ou plutôt affectueux et enjoué; il lui semblait soudain que tous ces jours passés étaient abolis et qu'Arlette et lui se voyaient juste après leurs adieux en pleine nuit. Oui, ils se dirigeaient l'un vers l'autre comme si, d'un commun accord, ils avaient décidé de faire chacun la moitié du chemin. Ses cheveux. Elle les avait relevés sur le haut de sa tête. Elle semblait plus grande et un petit peu étrangère. Et un brin coquette. «Cette coiffure fait moins enfant», remarqua-t-il.

– Je ne te reconnais pas, fit-il alors qu'elle était encore à quelques pas de lui.

– Bonsoir, Radko.

Mais elle ne répondit pas à son étreinte.

– Tu es donc rentrée au siège central.

– Tu l'as dit! lança-t-elle, moqueuse. Je me suis débarrassée de ces tantes imbuvables.

– Tu dois les inquiéter.

– On dirait qu'elles ne souhaitent qu'une chose, trouver ce qui ne va pas.

– Que veux-tu, elles se dépêchent de déguster le plaisir promis avant qu'il se volatilise...

– C'est bien possible, en effet. Mais pourquoi donc cette hostilité cachée dans leurs yeux ?

– Parce qu'elles sont frustrées et qu'elles le savent.

Ils marchaient côte à côte, mais à une certaine distance, comme un couple sur le point de divorcer. Il regardait ses cheveux. Par-derrière, ils étaient relevés en un chignon haut fixé au sommet de la tête ; ce qui soulignait la finesse de son cou et la forme de son crâne, son allure élancée, son port de tête droit et volontaire. Il avait envie de la caresser et de lisser son cou de baisers ainsi que sa gorge, jusqu'à la fossette prise dans la chaleur de la batiste bleue. L'impuissance qu'il sentait si lourde en lui était camouflée par l'étonnement qu'il ressentait devant la courbure de ses lèvres et le son de sa voix. Comme si elle venait juste de laisser la compagnie de filles de rien ; mais ce n'était aussi qu'une contenance, celle des enfants singeant les adultes sans le savoir.

– Tu fumes ?

Il lui alluma une cigarette, sur laquelle elle tira avec avidité. Elle la tenait entre le pouce et le majeur comme une écolière qui s'amuse avec un crayon ; de sorte que son effronterie d'enfant était moins marquée. Et l'expression de ses lèvres moins dure.

Le ciel s'assombrissait lentement, les couleurs s'en donnaient à cœur joie, chacune semblant vouloir léguer un échantillon toujours plus exact de son essence à un pan de plus en plus restreint de la terre du soir. « Il se passe ici quelque chose dont je suis le témoin non initié », se dit-il. Et il se rappela une phrase de sa lettre : « Et pourtant, je serai ce que tu voudras que je sois et si nous nous aidons l'un l'autre à vivre, même pour un temps seulement... » À regarder ses lèvres, ces mots maintenant n'étaient plus une phrase qu'elle aurait apprise des adultes et utilisée pour ses petites difficultés : elle y participait.

– Alors, tu nous as complètement oubliés ! dit-il.

– Il n'est pas difficile d'oublier ce trou.

Elle avait répondu comme pour elle-même, mais le ton railleur qu'il avait utilisé semblait lui plaire. À se demander si elle ne prenait pas modèle sur un certain genre de femmes parmi lesquelles elle était ravie de se compter, tout en éprouvant une satisfaction acide et insolente à pouvoir se compter parmi elles pour une raison précise. « Par-dessus tout et malgré ce détail, c'est pourtant son irresponsabilité qui l'emporte », pensa-t-il.

Dans les champs, les taches de couleur se dissipaient lentement et la lune découpait plus nettement sa tête tronquée sur le relief. « Dommage pour une telle soirée », se dit-il, et il décida d'être gai.

– Nous sommes moroses, ce soir, non ?

Elle ne fumait plus, elle marchait comme si elle était seule. La distance entre eux était plus grande que le premier soir, quand il avait dû se défendre de sa main à cause de sa sœur.

– Et mon camarade grec qui me démontre que l'amour n'est qu'un obstacle à la révolution ! observa-t-il.

Tournant la tête, elle fit une grimace malicieuse.

– Graves problèmes... – mais sa main, comme sous l'empire d'un ordre particulier, se rapprocha machinalement de la sienne et la saisit. Ah, ce Grec est dans ton pavillon ?

– C'est un type remarquable.

– Je l'ai rencontré au foyer d'un autre pavillon. Il a d'épais sourcils noirs et un visage sérieux. Il m'a paru rigide mais pas méchant.

– Il est rigide. C'est une force de la nature qui ne connaît ni le bien ni le mal.

– Lui aussi revient des camps ?

– Oui. Et on comprend qu'il considère l'amour comme une futilité coupable : on se bat dans son pays.

– Un homme d'action doit être seul, dit-elle.

Il plia le bras sous le sien sans lâcher sa main.

– Principe qui vaut encore plus pour nous, renchérit-il. Nous qui devrions à tout moment apprécier complètement notre retour parmi les vivants. La mort est pourtant la plus grande des solitudes – il se tut quelques instants. Tu sais, c'était mal vu, dans ta lettre, de me soupçonner de savoir d'ores et déjà que tu ne me serais pas toujours nécessaire. Je ne sais rien d'avance sur toi et moi. Ce qui est maintenant est réel. Ce que je ressens, c'est que je ne suis pas au clair sur le sens que peut avoir l'existence pour un revenant. Par exemple, que peut signifier pour lui d'enseigner, de faire un travail qui consiste à expliquer les verbes irréguliers en latin ou en italien alors qu'il faudrait, me semble-t-il, expliquer aux gens à quelles iniquités en sont arrivés les hommes ?

La lumière s'évanouissait lentement et les espaliers déployaient en silence leurs filets de pénombre douce mais déjà grise.

– On pourrait dire que nous sommes invalides. Mais généralement un invalide a un organe ou un membre en moins, tandis que nous, toutes les possibilités nous sont ouvertes. Nous pouvons nous laisser aller, car la vie est pour nous comme une liberté sans fin ; à ceci près que nous ne savons pas quoi en faire.

– C'est trop, pour le commun des mortels.

Maintenant, la pénombre et son calme semblaient amollir toutes les rigueurs et défaire tous les nœuds. Cependant, il se sentait encore comme devant une étrangère qui ne lui avait jamais offert ses lèvres.

– Dans ta lettre, tu dis que peut-être je sais dès maintenant que mon amour va finir. Faux. Devant une prairie au printemps on ne pense qu'à la sève fraîche, qu'à la verte moiteur. En aucune façon, on ne peut parler de fin. Pour reprendre la même image, rien qu'à imaginer l'herbe du printemps, on a l'impression de grandir avec elle et en elle. On la broute – il se tut un instant. Par conséquent, tu peux imaginer comment je pense à toi.

Elle garda le silence, mais détourna le visage et le haut du corps.

– Quand tu es loin, il ne faut pas que je souhaite ta présence : si je la désire ardemment, c'est comme si j'allais la perdre, continua-t-il.

Sur le chemin, les criquets chantaient plus fort.

– Mais aujourd'hui, malgré mon attention, tout s'est dissipé...

– Ça s'est dissipé ? répéta-t-elle.

Sa voix manifestait une certaine préoccupation : on eût dit qu'elle commençait seulement à être présente.

– Quand tu es arrivée, je te trouvais presque étrangère. Il n'y avait rien eu entre nous, ni lettre ni le reste.

– Vraiment ? – sa voix avait désormais de la douceur et de l'inquiétude. C'est ce que tu as ressenti ?

– Je le ressens toujours.

– Ne dis pas ça !

Elle fit volte-face.

« Ne dis pas ça », répétait-elle, soudain contre lui, douce vague d'une mer calme qui commence par se presser sur le rocher avant de se diviser pour l'embrasser de son onde transparente et onctueuse. Proximité simultanée, contact commun de deux vagues séparées et défaites. Le reflet de cette appréhension qui s'était répercutée en elle, elle ne souhaitait rien tant que de l'en laver, rétrospectivement, en repensant à la promenade de l'autre soir. Ainsi parlait la courbe de son corps doucement cambré, tel celui de l'abeille qui s'est contentée de tâter les étamines et puis s'abandonne avec une ardeur retenue et délicate au calice de la fleur. Mais la quintessence gisait sur les lèvres d'enfant rebondies et dans la moiteur féconde de la bouche de femme. « Il n'y a pas de transition », pensa-t-il, du sein à la sève où il s'enfonçait. Il n'y avait pas de transition, pourtant avoir une enfant pour guide qui vous introduit dans le monde réel de la femme, c'était vraiment posséder une verte prairie pour soi seul. Brillante et douce avec ses racines qui poussaient en lui. Sa main glissa pour retenir, pleine d'attention, la palpitation supplémentaire, marginale et délicate, de son printemps. Car tout commençait. À cet instant. Mais lentement, avec sollicitude, légèreté, presque avec prudence.

Et il sourit à ses menus baisers qui lui couraient sur le cou.

Au bas de la route s'étendait un espace herbeux planté d'arbres et, dans l'obscurité, ils dévalèrent de biais la rive ; sous eux, les criquets dévidaient attentivement les fils du silence.

– La lune n'a pas la force de briller, dit-elle.

– Elle est à peine dans son premier quartier, expliqua-t-il sans savoir s'il disait vrai.

Autour d'eux, les arbres montaient la garde avec application et les criquets perçaient de minuscules lucarnes dans l'obscurité pour les épier. La nature était à ses côtés, avec lui, et il sentait qu'il lui devait le style de son amour. Comme dans la nature, tout devait être proportionné et justement réparti puisqu'elle connaît partout la même croissance et partout, dans les vaisseaux des racines, la même sève. Une sève peut-être argentée, peut-être transparente, mais dont la force s'étalait largement et puis revenait, concentrée, sous chaque plante. Simultanément, par-delà le chant des criquets, semblait lui arriver l'haleine de la mer rencontrant le soir le môle, devant sa maison. Alors il la saisit doucement et, avec tendresse, lui caressa le dos d'une façon qui ramenait vers le milieu la vie logée aux marges. Sa main, douce mais ferme, lui tenait le menton, et son baiser plongea de nouveau au cœur d'une réalité fascinante. «Peut-être est-ce trop ardent», songea-t-il un instant ; mais non, la nuit approuvait calmement.

Maintenant, ils la maîtrisaient tous les deux, ils s'étaient rendus maîtres de son obscurité, de ses étoiles et de ses plantes. Et quand il la retint pour la déposer dans les bras de la terre, les criquets en s'éloignant élargirent le cercle de leur chœur, puis ils se rapprochèrent et le refermèrent. Il avait conscience de se trouver quelque part sur la terre, sous ses arbres et son ciel étoilé, mais il regrettait la proximité de la mer, de cette mer qui comble la solitude. À la seconde pourtant il toucha son visage dans l'herbe. Il était lisse et échauffé sous ses doigts, qui cherchèrent le contour de ses yeux, s'y attardèrent avant de suivre la ligne des joues. L'étroit filet de ses menus baisers les retint sur ses lèvres ; rien qu'un instant, car ses doigts descendaient déjà le long des deux traits de son cou ; le bout de ses doigts qui l'effleuraient à peine. Ils marquèrent une pause dans un léger creux auquel succéda ce relief parcouru comme la rondeur que la main encercle et caresse. Encercle et caresse en attendant de s'y reposer. Sur une pâte qui lève. Douce et tendue. Comme les doigts doux et tendus. Les doigts et toute la main. Et elle, en ce moment même, pur azur avec sa blouse, comme si sa peau, oui, sa peau était bleue ! Bleue et agitée comme la mer sous les baisers qui flottent, qui se pressent sur elle. Les baisers, et depuis peu les mains jointes autour d'une source, dans la terre. Autour de deux sources. Sa bouche qui bénit la soif et le plaisir de sa satisfaction. Alternativement des deux sources qui jamais ne tarissent. Mais légèrement, lentement, consciemment, pour que la terre tourne autour du soleil et en revienne dans cent ans. Comme la bouche sur la poitrine de la terre éternelle. Les criquets tournent leur moulin et remontent des puits profonds leur calice de sève qui ne tarit pas. La sève de l'immortalité. Et son émotion soudain ne peut s'arrêter ni se retenir au corps qu'il caresse, au contraire il se presse contre lui, dans la nuit, il le prend tout entier dans ses mains. À peine remonté, le poisson revit et s'échappe sur le pont. Il a beau fuir, il reste là pendant que lui sent les brins d'herbe se briser sous ses mains. Il lui semble alors, et c'est inattendu, que le filet de la mort s'entrebâille. Alors il serre les paupières et ses mains saisissent encore de plus près la vie qui veut s'enfuir. Ses doigts écartés ressentent l'herbe et la terre, mais voilà que, dans un élan aussi grisant que clair, il presse la terre contre lui et s'unit à elle. Car le corps de la jeune fille est maintenant tout son univers. Ses membres sont assemblés aux plantes de la nuit. Ses fines jambes sont des brins d'amour. Et ses mains. Ses mains d'enfant. Ses hanches dans ses mains. Un nouveau frémissement du poisson prisonnier. Un frémissement vite cerné. Un frémissement pris au piège. Et de tous côtés, le silence qui se résume en une seule signification. «Sur ses très vieilles épaules, la terre n'a, pour l'homme, qu'une signification», pensa-t-il au dernier moment.

On entendait la stridulation paresseuse, endormante des criquets. Il inclina la tête sur son épaule, mais, plus qu'un geste de tendresse, c'était l'expression de confiance teintée de camaraderie qu'éprouve le marin envers son voilier victorieux dans les régates.

Elle lui caressa le visage.

– À quoi penses-tu?

– Que ce serait bien de te perdre.

– Déjà?

– De te perdre et de te retrouver.

Il entoura son corps de ses bras. Il ne savait pas d'où lui venait cette étrange idée de perte.

– Donc rien ne s'est dissipé de ce que tu as dit avant.

– Avant, c'était avant.

Le chant des criquets divertissait les arbres et les étoiles au-dessus d'eux. Tendant la main vers son cou, il toucha ses cheveux mêlés à l'herbe.

– Maintenant tout va bien, dit-il – il s'écarta et s'allongea près d'elle. Avant, tu étais enveloppée dans une atmosphère désagréable.

– Peut-être que j'étais bizarre, avec ma coiffure.
– Ce n'était pas la coiffure.
– Ma tête a une autre forme.
– C'est ton visage qui avait une expression différente – il se tut un moment. C'était comme si tu étais en compagnie de femmes un peu spéciales.
– Tu as eu cette impression ?
– Même la démarche, même la cigarette.
– Pourquoi ça ? Pourquoi ? – ensuite, elle lança, subitement fâchée : Ces sorcières m'ont rendue furieuse à force de me regarder.

Il sentait l'herbe, la nuit humide, son corps contre le sien.

– Laissons cela, dit-il.
– Et tu l'as ressenti tout le temps ?
– On voit sur ton visage des expressions de visages d'adulte. Elles s'impriment en lui.
– Tout ça, c'est dans l'enfance. Affaire de bavoirs en dentelle et de bouillies !
– Les acteurs aussi savent prendre les traits de leur personnage.
– Mais je ne suis pas actrice !
– Eux le font volontairement, tandis que chez toi c'est inconscient.
– Parce que ça aussi, c'est inconscient ?
– Tout comme tes mains sur le journal dans ma chambre quand tu lisais l'article sur Buchenwald après m'avoir massé l'épaule.
– Et j'ai taché le journal ?
– À ce moment-là, j'aurais mis sous tes poignets n'importe quel document précieux.
– J'aurais dû y penser.
– Non. Je désirais que ton sceau soit ineffaçable.
– Tais-toi, je t'en prie !

Elle lui prit la tête dans ses mains et la posa contre sa poitrine.

«Cette honte enfantine et cette prière», pensa-t-il. Sans regarder les étoiles, il sentait là-haut leur présence; «elles ne se soucient pas de cette nouvelle naissance, songeait-il, et pourtant les astres sont les sages témoins du bonheur de l'homme».

Il mit la main sous sa nuque et remonta jusqu'à ses cheveux.

– Ta nouvelle coiffure a fait des siennes, dit-il.

– Tu es content, alors?

– Je suis content que tes cheveux soient mêlés à l'herbe. Ce qui est en rapport avec la terre et la végétation est toujours propre et authentique.

– Je sais. Cette coiffure ne te plaisait pas.

– Je préfère voir tes cheveux défaits. Mais ça me plaît aussi comme ça.

– Non, ça ne te plaît pas.

– Ça ne me plaisait pas quand tu étais bizarre. Ensuite, ç'a été.

– Quand?

– Quand tu as eu peur que nous soyons devenus des étrangers – après un silence, il dit: Tu ressembles à un hippocampe.

– Je n'ai jamais vu d'hippocampe, c'est grand?

– Comme le pouce.

– Ah si! Je crois que j'en ai déjà vu. Une fois. Sur un livre d'école!

– Bien sûr que tu en as déjà vu. Il a un cou bien galbé et une tête bien droite.

– Et devant, je veux dire l'avant de ma tête, elle a aussi les traits de l'hippocampe?

– Devant?

– Oui, dis-moi ce que tu penses de mon nez.

– Ton nez est le plus mignon qui puisse exister.

– Maman dit que je l'ai écrasé en dormant dessus quand j'étais petite – et elle enchaîna d'une voix où perçait l'étonnement : Tu restes dans ta chambre, absent comme si tu te fichais du monde entier. Et ensuite tu es incroyablement folâtre.

– Et tu es déçue ?

– Je dirais plutôt désarmée. C'est comme si soudain tu sortais une arme à laquelle je n'étais pas préparée.

– Mais cette impression ancienne a pourtant disparu, dit-il.

– Elle a changé.

– Elle est devenue banale ?

– Je dirais plus mystérieuse.

– Plus simple, pas plus mystérieuse. Et pourquoi ?

– Parce que ce que tu as vécu fait toujours partie de ta vie.

– Toujours aussi réel, seulement un peu plus éloigné.

– C'est bien.

– Que ça s'éloigne lentement ?

– Bien sûr. Sinon, il serait impossible de vivre.

– Je ne sais pas. Peut-être serait-ce plus juste, si ces images escortaient les gens nuit et jour. Mais tous les gens, pas seulement ceux qui étaient là-bas. Si elles les accompagnaient nuit et jour, comme une ombre, comme un cauchemar.

– Tu vois, même si tu as cette impression, tu es en même temps plein d'humour. Voilà.

– C'est une énigme ?

Il sentit qu'elle bougeait doucement son épaule sous sa main.

Une pause, puis :

– Je dirais plutôt que c'est de l'énergie, reprit-elle, une énergie inhabituelle.

Il se leva sur ses coudes et appuya son menton sur une main ; de l'autre, il la saisit par la taille.

– Peut-être. Mais uniquement depuis que je te connais.

– Je ne dirais pas ça. Tu étais déjà comme ça quand je suis venue te masser !

– Peut-être. Mais c'est parce que j'avais pressenti qui tu étais.

Il posa son visage sur sa poitrine ; il se revoyait marchant la nuit entre les arbres et tâchant, dans l'obscurité, de conserver leur éternité aux images de la mort. Mais la vie ne s'est pas arrêtée. Il ne pouvait rien renier, mais la vie l'entraînait. Et c'est ainsi que maintenant il prenait conscience du premier quartier de lune et du silence de la nuit. À son oreille, un criquet découpait lentement le temps en secondes chantantes. Alors, comme éveillé en sursaut, il releva la tête et saisit l'arc tendre de ses lèvres. C'était encore une fois un baiser de femme et une étreinte d'enfant. La maturité dans l'immaturité. La clarté dans la confusion. Et là-haut, le clignotement bienveillant des étoiles qui les accompagnaient. Sa main aussi, poussée autant par la passion que par le jeu, frôla son corps, histoire de se convaincre de sa propre existence tandis qu'en retour lui revenait l'illusion de construire l'autre à l'aide de terre et de brins d'herbe. Elle le créait. Elle lui donnait la vie. En même temps, elle puisait en lui, elle le prenait toujours plus en elle pour qu'il atteignît son essence indestructible pendant que la terre reposait amicalement à leurs côtés pour ne pas les gêner en sommeillant doucement.

XXVII

Dans la maison de santé, la monotonie était si organisée que la moindre bagatelle prenait des allures d'événement. C'est Jojo sur la terrasse qui dirige le chant ou c'est Jules qui marche pieds nus parce qu'on lui a caché ses chaussures. Jojo, par exemple, commence son hymne à l'éléphant au milieu d'un silence recueilli :

> *Un éléphant qui se balançait*
> *Sur une toile d'araignée*...*

Il le fait d'une voix d'abord aussi rocailleuse que la toux d'un moteur froid de vieux camion et qui, ensuite, sonne creux. Après lui, les voix reprennent, montant des chaises longues, et s'unissent en un chœur comique. Discussions en cercle restreint. Qui peuvent durer une éternité. Plaisanteries, plaisanteries légères. Mais, sur la terrasse, il y a une longue rangée de chaises longues et les corps y sont à l'horizontale ; des corps d'hommes, étendus sur le dos, les uns à côté des autres, à l'ombre des bâches marron tandis que les paysans, dans la matinée ou au gros de la chaleur de l'après-midi, travaillent aux récoltes venues à maturité.

De l'aube, avec la pesée effectuée dans les sous-sols, au crépuscule, n'importe quoi est événement. Ce matin par exemple, Jojo est sur la balance et l'infirmière pâle sourit, l'air embarrassé.

– Ils sont abîmés, mademoiselle Gilbert, dit Jojo. Abîmés jusqu'au trognon.

– Vous aimez plaisanter ! réplique Mlle Gilbert, qui tâche de prendre une mine grave.

– Vous vous trompez, mademoiselle Gilbert, repart l'autre, qui la domine de toute sa hauteur. Vous jugez d'après le poids, mademoiselle Gilbert.

Elle réprime difficilement un sourire :

– Allons, allons, sur la balance !

– Vous jugez d'après le poids. Mais c'est injuste, mademoiselle Gilbert !

– *Montez* !* dit-elle en le repoussant doucement de sa main qui tient un calepin – une main légère et diaphane qui s'approche, mais ne touche pas son avant-bras poilu.

– Il doit passer le dernier, mademoiselle Gilbert. Pour ne pas abîmer la balance, s'écrie alors Jules. Sinon comment va-t-on me peser ?

Jojo rit, elle inscrit le poids sur son carnet ; tout autour, les gars retirent leur pantalon puis le remettent après la pesée.

Jojo part alors dans un coin et dégage ses jambes du pantalon. On dirait un boxeur qui se prépare à un contrôle médical avant d'entrer sur le ring.

– Maintenant, vous allez être convaincue, dit-il. J'ai maigri d'un demi-kilo.

Elle sourit, gênée, et il rajuste son caleçon de l'armée américaine en toile verdâtre.

Dans cette édition, *Le Blé en herbe* faisait juste soixante-quatre pages et il aurait pu le finir tout de suite, mais il voulait faire durer le plaisir. Le roman était aussi beau qu'une pièce d'or. Ne serait-ce que la lumière. La mer et la clarté, et les jeunes corps dans le reflet de l'eau entre les galets. La passion dans l'eau bleue et la sérénité dans la chaleur.

« C'est ainsi qu'il faudrait représenter notre vie, le long du rivage, à nous qui vivions au bord de la mer », pensa-t-il. Mais auparavant il aurait fallu atteindre l'insouciance nécessaire. Peut-être maintenant après la libération. Arlette et lui avaient commencé, de leur propre chef, à construire un nouveau monde ; il était seulement dommage qu'ils ne fussent pas à la mer. Il s'appliquait à lui-même ce qu'il lisait à propos de Philippe : «... gisant sur cette côte blonde, après une dînette d'enfants, il fut en même temps un Phil très ancien et sauvage, dénué de tout, mais originairement comblé, puisqu'il possédait une femme. » Il faudrait qu'il recopie cet extrait ou alors qu'il l'apprenne par cœur.

« Plus que l'enfant, l'adulte devrait apprendre par cœur, notamment celui qui doit évacuer de sa pensée des images monstrueuses », se dit-il. Et sans cesse les échanger contre de belles images jusqu'à ce qu'elles seules passent finalement à l'usage quotidien. Comme dans les tableaux du Polonais blond du pavillon 2, où il y avait tant de soleil. Il était entré par hasard dans sa chambre en cherchant quelqu'un. Il était très haut, ce pavillon 2, et le Polonais avait une chambre tout en haut. En bas, le bois paraissait se loger dans un gouffre. Sur le mur, le gars avait accroché un carré d'épais carton. Un tableau représentant une porte de chambre qui s'ouvrait sur une terrasse. Tout arrosée de soleil, inondée de lumière. Et un banc de jardin, fait de raies jaunes de lumière avec, tout autour, une verdure compacte. Et l'on avait aussi l'impression que ses lèvres affichaient un perpétuel sourire. Le Polonais ne ressemblait à aucun des hommes qu'il avait rencontrés jusqu'alors, surtout si l'on pensait que les Allemands avaient brûlé son père et sa mère, qu'il ne rentrerait pas chez lui, mais qu'il allait émigrer en Amérique chez cet oncle qui lui envoyait de l'argent pour ses peintures. Oui, il est peut-être possible d'écrire un livre ensoleillé même si l'on ne perçoit pas le soleil ou si on ne l'a pas en soi, à condition d'y aspirer.

Peut-être doit-on en quelque sorte accuser le passé ou le vivre comme si on l'annulait. Vivre comme celui à qui on aurait aimé ressembler et, ce faisant, commencer à lui ressembler.

Le soleil s'acheminait vers le zénith. Les bâches chauffaient et l'air était juste un tout petit peu plus frais qu'en août. Même dans les champs, il n'y avait encore aucun changement. Il était seul, car c'était l'heure où les malades, en attendant le déjeuner, se répandaient par tout le pavillon et dans la cour. Ils discutaient dans les chambres, faisaient des parties de billard au foyer ou écrivaient des lettres. Certains se dirigeaient vers l'escalier pour rejoindre le réfectoire. Lui avait les jambes contractées et il était peut-être par la pensée sur le banc de sable ensoleillé dans un petit port de Križ, ou au milieu des rochers de Devin. Là-bas, au bas de la forêt de pins, à pic de la berge, une petite baie ciselée entaille la pierre. Un sentier caché mène à ces azurs captifs encerclés par une étroite plate-forme rocheuse. Tout est là : les rochers, la mer, les pins et les villages qui la surplombent. Il se retrouva sur-le-champ transporté avec Arlette contre les énormes rochers de calcaire crevassé qui grossissaient avec le recul de la mer ; doux et épais tourbillon vert. Arlette au bord de la mer et lui qui, près d'elle sur le rivage brûlant, ensevelit furtivement des images de mort sous le sable chaud.

À l'extrémité de la terrasse, la porte s'est ouverte, et machinalement ses pensées s'opposent à ce que quelqu'un vienne le troubler.

– Tu es ici, dit-elle.

– Une véritable apparition.

Il a envie de se lever, mais une sensation de satisfaction inattendue lui engourdit agréablement les membres.

– Et pourquoi ?

– À l'instant, tu étais dans mes pensées. Tu es sortie de mon esprit pour avancer sur la terrasse.

– Comme cette déesse grecque qui a surgi du crâne de Zeus.

Elle fronça doucement les sourcils ; mais ces petites rides n'étaient que le signe que sa pensée, déjà loin, l'avait abandonné.

– Qui était-ce déjà ?

Il haussa les épaules.

– Dieu seul le sait.

Elle posa les mains sur le tube métallique de la balustrade. Sa jupe flottait librement à chaque mouvement de son corps. Il lui sembla qu'il devait à peine la conquérir. « C'est peut-être une des propriétés des corps féminins petits et sveltes d'être toujours semblables à ces enfants qui, après la fugitive émergence d'une émotion ou même sur le coup, retournent à leurs jeux insouciants », pensa-t-il en se levant.

Il se pencha sur la balustrade, son livre à la main.

– Colette écrit admirablement, n'est-ce pas ? dit-elle.

– Cette pure passion terrestre me fait l'effet d'un remède, répondit-il.

– Tout est aussi transparent que de l'eau de roche, mais, en même temps, dans le fond, tout est aussi concentré et digne – il s'arrêta et sourit. Encore une fois, je me suis vu chez moi, sur la plage, avec toi sur le sable.

Ils s'appuyèrent sur le gros pilier de la balustrade, protégés du soleil qui n'éclairait que leurs pieds par une large bâche à moitié décolorée.

– Un jour... commença-t-il – et il se tut pour mieux cerner son souvenir. Un jour, je suis allé au petit matin sur la jetée située devant la place principale de la ville. Aux premières heures du matin, elle était presque toujours solitaire. C'était l'automne et, du large, soufflait un vent argentin qui fleurait bon l'été, même s'il n'en était plus le messager. Un souffle qui était presque intolérablement vivant sur la peau parce que, va savoir pourquoi, il symbolisait tout ce qui était inaccessible.

Eh bien, ce matin-là, une fille était assise sur l'un des troncs de pierre autour desquels on amarre les gros cordages des vapeurs transatlantiques. Elle était petite, ses pieds ne touchaient pas le sol; pourtant, ce n'était plus une enfant. Elle tournait le dos à la mer, mais en quelque sorte elle la regardait de biais. Elle n'y faisait sans doute pas attention. Ses jambes étaient bien parallèles sur la pierre arrondie, le vent jouait avec sa jupette. C'était une jupette, je ne peux pas dire une jupe. L'air la gonflait comme un drapeau de sorte que l'étoffe légère dansait sur ses genoux découverts. Ils étaient roses et lisses, on pourrait dire enfantins. Pourtant ce n'étaient plus ceux d'une enfant. Elle ressemblait à une enfant parce qu'elle se fichait d'être dénudée par le vent indiscret. Pourtant ce n'en était pas une. On sentait dans son regard absent qu'elle n'était pas une enfant – il s'arrêta. Qu'allais-je dire? J'allais bien trouver une excuse pour l'approcher, mais j'allais peut-être tout gâcher. Passer devant elle comme je le faisais était insensé. Oui, voilà ce que je voulais dire. Depuis ce matin-là, j'ai l'impression de posséder le symbole de la vie. En elle. En moi, dans mon rapport à elle. Je ne sais pas au juste. Mais toujours, quand mon souvenir la rapproche de ce vent, je suis saisi par une sensation de manque infini.

– Et aujourd'hui, tu ressens cela de nouveau?

Il prit sa main et la posa autour de ses épaules, comme s'il attendait de cette main une aide amicale.

– Quand tu t'es penchée sur la balustrade et que tu as fait bouger ta jupe en te balançant, je l'ai là-bas, sur le port, remplacée par toi.

– Tu ne dois pas dire ça – sa voix était presque suppliante.

– Mais c'est vrai.

– Tu ne dois pas dire ça. Moi, je ne suis qu'une fille ordinaire, une fille banale.

Au rez-de-chaussée, la cloche émit alors un bruit creux.

– Elle est aussi fêlée que la nôtre!

Ça bourdonna bizarrement dans sa gorge.

Comme elle se redressait, il lui releva les cheveux. Elle lui rendit son baiser, mais ses mains résistaient.

Elle le saisit par le bras et se dirigea vers la sortie.

– En fait, j'étais venue te dire que je suis de service ce soir – elle marchait devant lui. J'avais oublié de te le dire, fit-elle avec détachement, quelque chose comme une indépendance distante.

«Elle marche comme si, pour sa plus grande satisfaction, elle avait recouvré sa liberté», pensa-t-il.

Il se taisait, avec l'impression soudaine qu'il ne savait rien, ni où il en était ni pourquoi il s'inquiétait.

– Cet après-midi, je vais dans une ferme éloignée.
– Laquelle ?
– Je t'en ai déjà parlé. Je vais chercher du beurre pour le petit Rivet. Il va tellement mal, le pauvre.
– Quel âge a le «petit» Rivet ?
– Tu es méchant quand tu parles comme ça.
– Et si je t'accompagnais ?
– Tu ne peux pas. Tu ne serais pas rentré pour trois heures, dit-elle fermement comme si elle ignorait sa proposition.

Ils étaient arrivés à la porte, et elle lâcha son bras. On entendait la rumeur et les voix qui montaient par l'escalier ou qui se répandaient dans la salle à manger.

Elle prêta l'oreille au bruit venu d'en bas.

– Je m'en vais par l'escalier de service, dit-elle comme en réponse à un conseil chuchoté. Au revoir.

Elle poussa le battant de la porte.

XXVIII

Voilà donc qu'il connaissait cette impitoyable inquiétude susceptible de surgir d'un mot, d'un mouvement, mais qui demandait pour guérir une surabondance de signes. Ce n'était certes pas nouveau, cette façon qu'elle avait de marcher devant comme si elle était seule. Cependant, tout apparaissait sous un jour différent depuis qu'elle s'était montrée réticente à l'idée qu'il l'accompagnerait chercher du beurre, denrée qu'on ne trouvait pas dans les magasins. Elle n'avait pas voulu qu'il l'accompagne. Et cela en dépit de l'atmosphère exceptionnelle qu'avait engendré sa visite. N'importe qui, dans ces circonstances, se serait attendu à une exclamation de joie complice à la perspective de passer cet après-midi ensemble, sur les chemins, à travers bois. Et elle au contraire : au revoir, au revoir ! Sans que cela lui fasse ni chaud ni froid de se séparer avec une telle indifférence. Elle n'avait nullement senti la rudesse de son adieu.

Après le déjeuner, ils s'étaient tout de même revus.

Lui n'avait pas été mécontent de retrouver ce ton plaisant, cordial, avec une pointe de raillerie pourtant, qui était toujours sa meilleure défense. Elle aussi, sans aucun doute, était heureuse de le trouver de bonne humeur, et elle lui avait pris plusieurs fois la main. Mais elle l'avait lâchée aussi, cette main, au premier bruit de moteur derrière eux. À cette heure-là, ce ne pouvait être qu'un camion militaire. Avant même d'identifier le véhicule, elle avait tourné la tête comme si elle s'attendait à voir quelqu'un. Et puis non, même un enfant tourne la tête de cette façon sur la route.

Mais est-ce que son amour était destiné au revenant et ses regards aux chauffeurs de camions militaires? Il y avait quelque chose d'incompréhensible et de repoussant dans tout ça. Une fille qui aurait roulé sa bosse pendant la guerre et qui, maintenant, cacherait en vain sa nature. Et il revit son visage le soir de son retour de congé; se rappela comment elle déformait ses lèvres et comment elle fumait.

Son humeur accablée se modifia le jour suivant, quand le peintre du pavillon 2 vint le visiter. «Dorénavant, il n'y a plus de pavillon 2 ou 3 qui tienne», fit-il savoir: il allait partir. Son oncle avait tout arrangé pour son voyage à New York. Il avait sur les lèvres un sourire qui rappelait les taches de soleil sur ses toiles. Peut-être le sourire se déferait-il quand il raconterait la fin de ses parents à son oncle d'Amérique. Mais probablement cela ne durerait pas: il redeviendrait indulgent et distrait.

– Je t'ai apporté deux toiles, dit-il.

L'une d'elles était la porte béante laissant voir la terrasse et faite de rayons de soleil, avec un banc au milieu de la verdure; ils en avaient discuté lors d'une de ses visites.

«Il arrive parfois, se dit-il, que, contre toute attente, quelqu'un comble un vide laissé par le départ de quelqu'un d'autre; cela réveille la conscience et lui rappelle qu'il existe d'autres valeurs en ce monde. Car, si l'amour libère, il est capable d'asservir. Il faut donc parier sur l'amour quand il libère.» À l'idée qu'il ne verrait pas Arlette le soir, il découvrit qu'il était en quelque sorte curieusement sûr de lui. Il n'était pour rien dans ce rendez-vous manqué, il n'était pour rien dans la visite du peintre, mais on porte volontiers à son actif un renoncement, même involontaire, dès lors qu'on met à sa place, fût-ce fortuitement, quelque chose de précieux. Il lui sembla que, durant ces deux jours, sa relation avec Arlette avait vraiment évolué pour cette raison. Il était plus libre. Tranquille, raisonnable, même si dans l'attente d'une nouvelle épreuve la tension et le désir d'une rencontre étaient eux aussi plus forts.

«Nouveau rapport avec le journal également», pensa-t-il en étalant le quotidien. Une sorte d'accès différent à l'aventure disparate de l'humanité. Bien entendu, autre chose que s'il était réellement au cœur des événements. Disons à Hiroshima. Ou à Londres. Dans le centre de Paris. Du reste, à Hiroshima ce ne serait pas possible à cause de la radioactivité qui subsiste longtemps après l'explosion. Mais maintenant, passé un mois et plus, cet air atomique ne cause peut-être plus de dégâts. Voilà ce que doit être le monde *humain* d'après-guerre. En réalité, ce n'est pas encore vraiment l'après-guerre puisque la paix sera tout juste signée ces jours-ci avec le Japon. C'est l'après-camps. Car quand, dans ce monde en ruine, les fours s'éteignent, on part pour la terre promise de la bonne entente et du repos et l'on se rend compte peu à peu que le monde des crématoires n'était qu'une partie du monde de l'homme. Pas à l'extérieur de lui. En lui. Comme Trieste. Comme Hiroshima. Même Hiroshima est dans le monde de l'homme, pas en dehors.

Ce jour-là, on pouvait lire dans l'éditorial du *New York Times*: «La bombe atomique n'est rien d'autre qu'un assassinat collectif, un acte de terrorisme pur. Plongeons ensemble dans l'Atlantique et le Pacifique… L'homme est trop faible pour qu'on lui confie une telle puissance.» Bien sûr, mais il s'agit d'un acte qui a déjà été commis. Et même deux fois. Maintenant, on peut aussi le considérer comme un assassinat collectif. Après. Mais oui, après. Mais *avant*? Comme les camps de la mort avec leurs onze millions de corps réduits en cendres. Un meurtre collectif. Et maintenant, on peut prendre connaissance de tout cela et soupirer avec satisfaction parce qu'on est étendu sur une chaise longue sous la bâche d'une terrasse, en France, pendant qu'on disperse les cendres des autres dans les plaines et les champs allemands. À Treblinka, par exemple, les enfants ont dû les épandre sur les routes et les paysans de Vulka en ont charrié six ou sept fois par jour dans leur char à deux roues; du printemps de 1943 jusqu'à l'été de 1944. Des millions de gens. Un détail. Au premier septembre, on avait, paraît-il, dénombré cinquante-trois mille victimes à Hiroshima. Un moyen beaucoup plus efficace que le gaz Zyklon au *Vernichtungslager*[1] de Lublin. Là-bas, dans une pièce hermétiquement fermée, ils asphyxiaient deux cent cinquante personnes d'un coup. Maintenant, l'homme a inventé la manière de faire sauter la planète sur laquelle il vit. Ainsi le journal cite-t-il les mots de George Bernard Shaw: «Les protons s'uniraient aux électrons tournoyants et aux neutrons solitaires qui composent la matière et provoqueraient une chaleur qui transformerait toutes les étoiles en poussière et les volatiliserait. Tous les habitants brûleraient vite et aussi complètement que dans un crématoire.»

C'est alors qu'on sonna au rez-de-chaussée et il fut reconnaissant à la cloche fêlée de déchirer cet impressionnant silence. Il respira comme si son tintement avait crevé le voile d'angoisse. Car pour tout ce que lui-même avait vu, rien que pour ça, on serait en droit de détruire la terre. Pourtant comment est-il possible de transformer en poussière le sol où pousse le printemps, où mûrit la vigne. Comment pulvériser l'eau de mer azurée et détruire les montagnes enneigées? Pour obtenir quoi – rien? Au lieu des couchers de soleil – rien? Le vide que laisse un ballon d'enfant éclaté? «Si nous pensons à notre conduite antérieure, nous ne pouvons pas exclure cette possibilité», dit encore Bernard Shaw.

Il ne tenait plus en place sur sa chaise longue. Il avança

1. Camp d'extermination.

vers la balustrade comme pour mieux se persuader que le bois, sous la terrasse, était bien réel, et les champs par-delà toujours tranquilles dans la plaine.

« Oui, se dit-il, c'est bien d'avoir Arlette auprès de moi, même si elle est irresponsable. » Et, il avait beau savoir que sa rumination n'était pas pure manifestation pathologique dérisoire, il sentit combien le monde rajeunissait dans le corps d'Arlette. Quand il était serré contre le sien.

« Il nous faut utiliser à bon escient le temps qui nous reste », se dit-il alors.

XXIX

– Quisling ? demanda Jules sans lever la tête de sa boîte à rouler les cigarettes.

– Quisling, oui, dit Jojo. Tu n'as pas lu ?

– Condamné à mort, dit Jules en haussant les épaules. Et alors ?

– À mort, oui. Il a peut-être mérité quelque chose de mieux ?

– C'est à moi que tu dis ça ? ricana Jules tout en humectant le bord de son papier à cigarette.

– Je dis que les Norvégiens l'enverront dans l'autre monde *pour de vrai.*

– Est-ce qu'on peut aller dans l'autre monde pour de faux ?

En parlant, Jules sourit juste un peu, il était assis de travers sur la chaise longue, les pieds par terre, et tournait le dos à Jojo.

– On peut savoir ce que tu veux de moi au juste ? lui demanda-t-il, l'air indulgent, en tournant le visage.

– *Rien, mon dodo**. Tu es trop maigre !

– Ha ha ha ! retentit le chœur des rires.

– Tu rendrais l'âme pendant l'opération.

– Ha ha ha !

Jules y alla aussi d'un simple sourire ; il tournait toujours le dos à Jojo en fumant tranquillement.

— Ils vont le condamner à mort, c'est sûr, fit Robert, tandis qu'il tirait une cigarette d'un petit paquet.
— C'est ce que je voulais dire ! s'exclama Jojo.

Il s'avança jusqu'à la balustrade, de l'air du lutteur qui a terrassé l'adversaire et attend que l'arbitre compte. Un instant, le parapet devint même sous sa main la corde d'un ring.

— Ça, c'est les Norvégiens ! laissa-t-il tomber – puis, se rapprochant des chaises longues : Ils ne feront pas comme nous avec Pétain.
— Mais le nôtre, c'est un maréchal ! dit Jules, paternel, fixant la braise de sa cigarette, sur laquelle il soufflait consciencieusement.
— *Ta gueule**! dit Jojo en colère, comme s'il était temps d'en finir avec les plaisanteries.
— De Gaulle est général. Et un général ne fait pas fusiller un maréchal, dit Robert.
— Voilà un homme d'État sage.

C'était Jacques ; aussi maigrichon et défait que Jules, sinon que ses pommettes étaient encore plus visibles. Mais son anorak ajusté à la taille et ses mains presque constamment fourrées dans les poches latérales le faisaient paraître énergique et leste.

Jojo soupira.
— Écoute, dit-il avec une indulgence d'adulte.
— J'écoute.
— Que de Gaulle ait vu l'importance des compagnies motorisées dans une France occupée à construire la ligne Maginot, bien. C'est tout à son honneur. Qu'il ait mené la résistance extérieure, bien. Mais laissons le reste. C'est mieux. Tu dois être convaincu que c'est mieux.
— Sinon, quoi ?... fit Jacques, railleur.

Jojo grimaça, puis plissa les yeux.
— De Gaulle est le représentant de ces deux cents familles

qui tiennent entre leurs mains tout le capital français. Il les a sauvées en faisant sa guerre.

— Sauvées de quoi? De ces blancs-becs du maquis?

— C'est qui, les blancs-becs?

Robert s'était approché, agressif, de la chaise longue de Jacques. Maintenant, Jacques était debout.

— Je vais te démolir la tronche! dit Robert en serrant déjà les poings.

Mais Jacques garda ses mains dans les poches de poitrine de son anorak et s'approcha de la clôture d'un pas nonchalant.

— Parlons comme il faut, demanda alors Jojo. Discutons calmement. Sans plaisanter.

— Pourquoi les traite-t-il de blancs-becs? siffla Robert.

Jacques se tourna vers Jojo:

— Il faut avoir un grain pour affirmer qu'un général ne fera pas fusiller un maréchal, c'est ce que tu me dis? Alors qu'à chaque révolution le nouveau vainqueur se débarrasse du précédent!

— C'est vrai, acquiesça Jojo, qui se demandait posément comment faire pour ne pas participer aux moqueries visant désormais Robert. C'est vrai. Là, tu as raison!

Il y eut un moment de silence. Jacques, les mains dans les poches, regardait les champs de l'autre côté du bois, au loin, absents, immobiles dans l'air de l'après-midi qui avançait.

Mais Jojo se reprit rapidement:

— Une révolution, tu dis? Mais de Gaulle n'a fait aucune révolution! Non, bonhomme. Qu'un général n'épargne pas un général quand il s'agit de pouvoir, c'est sûr. Mais ici, ce sont tous deux des fils de la bourgeoisie: la différence, c'est que l'un a été plus sage que l'autre.

— Mais je l'ai dit, qu'il était sage.

Jacques haussa les épaules, puis les tint ainsi un certain temps en un point d'interrogation muet avant de les laisser retomber.

– Sauf que moi je dis qu'il a été sage au moment où Pétain collaborait avec les Allemands ! Nuance !

– Maintenant aussi, il est sage.

Jacques se retourna de nouveau en direction du bois.

Jojo, tout en se frottant le dessous du nez avec son index, fit un instant face à l'auditoire avant de fixer Jacques.

– Eh bien ? commença-t-il, mains écartées, voyons en quoi c'est une grande sagesse...

– En ce qu'il n'a pas humilié le pays avec la mort du vainqueur de Verdun !

Jacques avait répondu vite et durement ; mais on aurait dit que la proximité de Robert le rendait nerveux.

– Il-n'a-pas-hu-mi-lié-le-pays, contrefit Jules.

– Le vainqueur de Verdun ? (La voix de Jojo couvrit tout.) Raison de plus pour ne pas se salir en collaborant avec les Allemands !

– Il fallait bien quelqu'un pour diriger le pays !

– Mais le héros de Verdun aurait dû imposer à l'État de résister à l'ennemi qui l'assiégeait. Voilà ce qu'il aurait dû faire. Il n'avait pas d'autre devoir !

– Or, durant le règne du «vainqueur de Verdun», les Allemands ont envoyé des wagons entiers de patriotes, de résistants, dans les fours crématoires, observa Robert.

– Le maréchal ne pouvait pas tout empêcher...

Maintenant, c'était Jules qui s'exclamait d'une voix sifflante.

– ... Son cerveau s'était ramolli, le pauvre vieux !

– Alors c'est toi qui as raison, Jules, s'esclaffa Jojo. Et Jacques aussi a raison ! À quoi bon exécuter une vieille ganache !

– Ha ha ha ! explosèrent les occupants des chaises longues.

Il se demandait pourquoi on l'appelait chez Mlle Rivière. Quand il entra, celle-ci retirait une aiguille d'un récipient où elle l'avait fait bouillir.

– C'est une surprise, non? fit Arlette, tandis que Mlle Rivière manipulait l'aiguille. Tu ne pensais pas me trouver ici?

Arlette avait posé sa cuisse droite sur la table tout en appuyant son pied gauche sur le sol; entre les doigts de sa main gauche, elle tenait une cigarette et quand elle tira dessus, c'était tout à la fois avec maladresse et affectation. Elle avait les cheveux relevés au sommet de la tête.

– Excusez-moi, dit Mlle Rivière. Un malade a besoin de sa piqûre.

– Je t'attends, Claire, dit Arlette.

Ils se retrouvèrent donc face à face dans l'étroite pièce équipée d'une armoire et d'une table blanches; seule tranchait la fenêtre, carré de verdure découpé sur fond d'arbres.

– Que s'est-il passé?

Tout en parlant, il fit le tour de la table et s'arrêta devant la fenêtre; là, près de cette ouverture, il se sentait plus libre.

– Il aurait dû se passer quelque chose?

– C'est ce que j'ai pensé.

Il regarda dehors; gauchement, elle s'était fait les paupières en bleu et sa manière de fumer, sa manière de s'asseoir aussi l'agaçaient de plus en plus.

– Est-ce mal de te déranger?

Il y avait une nuance de raillerie dans sa question.

Il répondit d'un haussement d'épaules.

– Ça manque de choses qui me dérangent.

– Par exemple?

– Ça n'a pas d'importance.

Il la revit sur la route, se tournant vers l'automobile. Image qui s'accordait à merveille à celle qu'il avait devant les yeux. «Il y a quelque chose qui cloche, se dit-il. Quelque chose d'essentiel.» Debout devant la fenêtre, il regardait au loin, ignorant sa présence.

– Est-ce qu'on peut savoir pourquoi tu te conduis de cette façon?

Quand elle se souleva sur sa main, on entendit sa paume se poser à plat sur la table. Elle avait le buste dirigé vers la fenêtre.

– C'est ce que moi aussi je me demande, dit-il.
– Mais quoi? Quoi? Quoi?

Il se retourna alors et la regarda en face; toujours en appui sur la main, elle se pencha vers lui par-dessus la table. Son foulard blanc était à côté d'elle.

– Ce bleu autour de tes yeux, je me demande par exemple ce qu'il fait là. Voilà, par exemple.

– Ça t'embête?
– Tu en as besoin pour soigner les malades?
– J'en ai besoin parce que je suis pâle.
– Vraiment?
– Et pour quelle raison penses-tu que je me sois mis cette touche à peine visible?

– Je ne sais pas. Comme je ne sais pas pourquoi tu te pavanes sur cette table avec cette cigarette aux lèvres.

Il détourna le regard, en même temps qu'il s'écartait de la fenêtre.

– Maintenant, je m'en vais, car je ne veux pas que ta Mlle Rivière me retrouve ici.

– C'est bien.
– Ce n'est peut-être pas bien. Mais je n'y peux rien si c'est comme ça.

– Moi non plus.

Il s'arrêta et la regarda avec agressivité. Puis brusquement il s'en alla et referma la porte derrière lui.

«Ce sentiment de désunion et en même temps d'impuissance ressemble au tourment d'un homme qui aurait les pieds et les poings liés», songea-t-il le soir. Un amour comme le leur, la nuit dans l'herbe, et ensuite cette façon de s'asseoir sur la table! Ce n'était pas vraiment sa façon de s'asseoir, mais ç'aurait été presque charmant si son visage n'avait eu cette expression. Quelque chose qui confinait à de l'effronterie. Et ces maladroites taches bleues sur ses paupières! Tout ça ressemblait à la conscience vide d'une fille préparée à la débauche par sa sœur aînée. Non, pas vraiment. Ce n'est pas ça, mais ça s'y apparente. Est-ce que ce n'est pas Mlle Rivière? Ou son entourage? Mais peut-être est-ce lui le naïf qui rêve d'amour poétique, de fusion avec la nature, lui, le revenant. Comme si elle s'était préparée pour le recevoir, au milieu des bois et des plantes, pour le sauver. Hum, c'est sûr qu'elle n'avait pas attendu tout ce temps après lui. Et cette Rivière avec son sourire visqueux…

Il marchait sur la route, s'éloignant rapidement du village. Le goudron avait pris les reflets solennels du crépuscule et il crut comprendre qu'il devait marcher, s'écarter du parcours habituel de ses promenades. La route lisse courait vers la Seine et bientôt la rivière bleue, sinueuse elle aussi, serait seule dans la lumière de la lune; des taches violettes sur le goudron et dans les champs lui rappelèrent l'espace d'un instant la couleur des coteaux qui encerclent en amphithéâtre la baie de Trieste. Chez lui, de sa fenêtre, quand le soleil se couchait, on pouvait voir le versant des collines, leur paroi verticale, mur de rêve haut et abrupt. Il était sans doute encore comme ça maintenant. L'idée lui parut surprenante. Bon, mais il penserait à ça plus tard. Maintenant, c'est ici. Voilà. Et en effet, vu d'un autre angle, tout cela n'était probablement qu'enfantillages. Elle voulait jouer à la femme d'expérience, du coup elle prenait des attitudes et des mines. Mais tout cela n'a aucune allure; aucun style. Et, de façon impromptue, des images d'un monde perdu s'approchèrent. Il les repoussa avec force et prit le chemin du retour. D'ailleurs, ils s'étaient finalement donné rendez-vous le lendemain pour passer la journée à la campagne. Mais, maintenant, ça sonnait assez faux ; les deux qui s'étaient mis d'accord ce jour-là semblaient être devenus entre-temps des étrangers.

L'impression d'être en pièces, en totale déconfiture, s'empara de lui.

Alors qu'il se dirigeait vers l'entrée, le crépuscule, devenu gris, se glissa lentement entre les arbres. Les malades rentraient, mais quelques-uns partaient à peine ; sur la gauche, le sévère «château», avec ses fenêtres éclairées, était seul, muet. Une bonne masse grise, chargée du poids des siècles absents et assoupis.

Arlette arrivait du côté de la porte, et sa fraîcheur soudain le troubla. Il se fit l'effet de quelqu'un qui s'était menti et qui entre-temps se trouvait pris dans un mensonge qui sortait du secret, puisqu'elle aussi était là. Au sein de ces pensées, il lui sembla voir sur son visage une trace d'abattement et comme une demande voilée de réconciliation. Avec ses cheveux défaits, lisses, à peine ondulés vers le bas, son visage était celui d'une fillette ayant commis une sottise qu'elle regrette amèrement et dont elle redoute conjointement la punition. Mais, peut-être parce qu'elle venait seulement de remarquer sa présence et qu'elle en avait été surprise, peut-être pour exprimer ce changement à voix haute, elle se tourna vers Mlle Rivière. C'est alors seulement qu'il se rendit compte qu'elles étaient ensemble. Et au même moment il les revit toutes les deux à l'infirmerie. Arrivé à leur hauteur, il les salua d'un geste aimable mais bref, et continua son chemin.

Il se sentait comme après un travail particulièrement pénible ; de plus, son angoisse s'accrut à l'idée qu'Arlette lui avait fait un signe de la main. Sa main tendue. Sa petite main. C'est ainsi qu'elle cherchait, enfant, la main de sa mère, dans l'ombre, quand, toute la nuit, la main maternelle devait pendre au-dessus du lit. Une enfant qu'un homme devrait choyer jusqu'à la fin du monde. Bercer comme une enfant et aimer comme une femme. Ou le contraire. Lui-même ne savait pas au juste, mais elle n'avait pas le visage d'une femme légère. Extravagante tant qu'on veut, dépravée, non. Pourtant, juste au moment où elle s'était tournée vers Mlle Rivière, son visage avait de nouveau pris une expression antipathique. Peut-être veut-elle se montrer fière et arrogante devant elle?

«Grâce à sa main tendue, le pique-nique de demain sera un événement extraordinaire», se réjouit-il tandis qu'il allait retrouver son pavillon sous la pénombre. En même temps, penser au lendemain suscitait en lui une révolte impuissante, une colère sourde, mais aussi le regret de n'être pas déjà demain. Il pressentait quelque chose. Qu'ils devaient se voir immédiatement, sans quoi tout serait perdu. Mais bientôt il sourit de ce doute et pourtant, malgré la certitude qu'il ne pouvait y avoir aucune barrière entre eux, il entrevit un infime vestige, caché, non extirpé, de ce doute.

XXX

Voilà un revers salutaire. Mais quelle réserve de dureté il faut avoir pour aller gaspiller une telle journée! C'est signe qu'elle n'a pas besoin de toi; aujourd'hui, elle a sa liberté. Qu'est-ce que ça lui coûterait de refaire un tour dans les endroits où ils s'étaient rencontrés?

Sur le chemin à l'écart qui montait un peu vers la sombre forêt de sapins poussaient des pommiers. On y entendait parfois crisser un chariot, autrement rien. Rien que le silence du soleil et des herbes, rien que le vert des fruits. Et dans l'herbe, le raclement grisant des criquets; infatigable et monotone pour attester de la vitalité éternelle et imperceptible de la terre, la bonne terre sans fin.

«Peut-être est-ce mieux qu'elle ne soit pas là», se dit-il. Cette fraternité avec la nature est fondamentalement différente de celle qui se créerait en sa présence. Car la nature, comme toutes les mères, est jalouse; et elle se comporte tout autrement avec son fils en l'absence de celle qui a pris son corps d'homme. D'autant plus que ce fils, voué à la mort, était miraculeusement revenu se coucher dans ses bras. Toute la croissance des pommiers et des ceps pour lui. Toute la chaleur des sols fertiles pour ses membres qui dormaient avec la mort osseuse. Toute la sève des tiges en lui. Tout le sucre des raisins jaunes et violets dans ses veines. Et pour lui, spécialement, pour qu'il pût rassembler ses pensées émiettées, le silence infini et intact. Et le soleil. C'est ce qu'il y a maintenant de meilleur. Tendre et chaud. Chaud tout alentour et chaud sur chaque centimètre de sa peau. Un froid caché et insidieux se dégage de chacune de ses cellules. Le souffle du néant sort de chaque cytoplasme, de chaque noyau. Et le soleil organise de nouvelles unions et de nouvelles transformations. Le soleil. Bon comme du bon pain, le soleil. Et nécessaire comme l'eau. On doit l'inhaler, lentement et profondément pour qu'il pénètre partout et qu'il se dissémine dans toutes les directions. Comme ça. Et comme ça, sagement et raisonnablement, l'homme pourrait toujours vivre avec la nature ; c'est sûr, il ne devrait utiliser ses inventions que pour changer les déserts en oasis. Dans l'intérêt de l'homme. Car ça n'a aucun sens d'avoir le soleil, si ensuite on nous donne les crématoires. Ça n'a aucun sens de découvrir les sulfamides pour faire ensuite Hiroshima. Aucun sens. On a d'abord eu Goethe, Mozart et Beethoven, puis on a relié les livres avec de la peau humaine et fumé les pots de fleurs avec leurs cendres. La nature ne fait pas cela. La nature n'a pas ce genre de méchanceté avec l'homme. Elle suit d'instinct les lois qui la régissent. Tandis que l'homme est né au moment où par la pensée il s'est séparé de la nature, même s'il n'en finit pas d'avoir partie liée avec elle. C'est pourquoi il doit être solidaire des êtres qui, comme lui, s'élèvent à côté de la nature et se mettent à construire un monde particulier sur elle et autour d'elle. C'est une loi pour lui. La première loi. La loi des lois. Personne n'est autorisé à lever la main sur l'homme. Aucun prétexte ne peut justifier un tel péché, ni la conscience de sa propre puissance et de sa singularité, ni le bien-être de la majorité, ni la perspective des lendemains qui chantent. Il n'est pas possible d'accorder du prix au collectif et de tuer l'individu. Ce n'est pas possible. Il faut respecter l'homme. À tout prix. Voilà. Voilà la seule loi. L'alpha et l'oméga.

Il se leva et s'approcha d'un pommier; mais les fruits étaient trop verts. Il allait ainsi d'arbre en arbre, tout en sentant sous ses pas la chaleur de la terre, la chaleur de l'herbe. « Le corps perçoit différemment la chaleur suivant qu'il est debout ou allongé », pensa-t-il. Et il eut l'impression d'être un déserteur qui fuyait son unité et subsistait avec ce qu'il trouvait sur les routes. Il eut alors envie d'être sur sa chaise longue entre Robert et le Breton d'un certain âge qui parlait une langue si personnelle. Robert, Jojo, Jules, Charles. Jacques aussi. Oui, lui aussi, car lui aussi est un semblable. Un copain, c'est ça. Vivre dans l'isolement ne vaut rien. Ou l'amour ou la camaraderie. Il n'y a pas d'autre choix.

Il cueillit une pomme à moitié verte et revint où il était. Oui, comme un déserteur qui, le long du chemin, étanche sa soif avec des fruits. Mais il est juste qu'il soit ici. En pleine lumière, au milieu des champs. C'est vrai, toute la journée il est au milieu des champs, là-bas sur la terrasse, mais finalement cela devient peu à peu une définition, une catégorie, *idolum loci,* comme dirait Bacon. Quelquefois, il faut aussi délaisser les gens pour avoir conscience de la valeur de la vie en collectivité. La camaraderie, oui; mais il faut encore veiller à ce que cette notion ne devienne pas banale.

Il voulut regagner au plus tôt la terrasse, mais alors il sentit que son désir avait plus de profondeur que son retour proprement dit au milieu des autres. Avec elle, il en allait de même : il aspirait à la voir, souhait qui en soi lui paraissait un plaisir extrême. Non, ce n'était pas vraiment un plaisir extrême. C'était quelque chose de différent. La veille, au moment où il s'y attendait le moins, il l'avait soudain aperçue devant lui. Aujourd'hui que tout était prêt, aujourd'hui, rien. Il n'est son hôte que la nuit. Son hôte nocturne. Ça ne marche pas à la lumière du jour. Cet amour a démarré sous le signe du vagabondage, de l'errance qui, même à son insu, répugne peut-être à Arlette. Pourtant d'où viennent ces ombres inattendues sur son visage ? Le résultat d'un voisinage sournois et débauché ? Peut-être pas. Peut-être que cet amour, qui est pour lui une résurrection, est devenu pour elle une force cynique qui l'éloigne de lui selon une loi adverse et secrète. C'était donc bien qu'elle ne fût pas là, même si cette journée était amère. Amère et curative comme la gentiane.

Il prit du moins conscience de la camaraderie, il redécouvrit le goût irremplaçable d'immortalité qui émane des bonnes relations humaines. En même temps, une sorte de révélation le transporta loin quelque part sur la côte adriatique, sur ce petit coin de terre incapable de trouver sa véritable place sous le soleil, lui, l'enfant de ces terrasses ensoleillées. Là-bas, il s'arrêterait dans la cour où il avait rencontré Mija, quand il avait, après l'armistice, échappé aux Allemands à la gare de Trieste et qu'il s'était réfugié dans un village du Karst. Avec Vidka, elle arrivait de la ville : deux fées blondes venues le sauver de l'embuscade. Maintenant, Vidka aussi lui écrit de sa chaise longue sur une terrasse de la côte, d'un sanatorium à l'autre. Et elle se lamente parce qu'il ne revient pas. Vraiment, qu'attend-il ? Pourquoi ne pas rentrer et la surprendre dans sa blanche chambre de Nabrežina ? Oh, pour sûr, il continue de professer que sa seule véritable patrie est le large monde, mais, s'il est convaincu qu'il doit entreprendre quelque chose d'utile, une région s'offre à lui où sa présence serait peut-être moins vaine. Et cette terre regorge de beautés, d'algues brunes, longs cheveux ondulant dans l'eau bleu-vert entre les coquillages, jusqu'aux pinèdes courbées par la bora déboulant de la garrigue juchée sur le plateau. Et enfin, tout en haut, les vignobles étagés que le soleil illumine comme un photographe qui aurait oublié d'éteindre son projecteur.

À l'idée qu'en rentrant il trouverait les autres sur la terrasse, il fut soudain impatient, fébrile. Car maintenant qu'il s'était délivré des recherches et aussi d'Arlette, il s'unirait encore une fois tout différemment aux hommes, à ses compagnons.

Et il s'en alla comme un paysan basané qui avait honnêtement gagné son dîner.

XXXI

Le soir ils se rencontrèrent, au moment où, empruntant le sentier boisé, il se dirigeait vers le monument aux morts, vers leur chemin à eux; devant les maisons, il n'y avait personne et, sous le ciel gris et bas, la solitude était encore plus concentrée, intime.

– Tu es là, dit-elle.

Ses yeux étaient extraordinairement écartés tandis qu'elle se cramponnait des deux mains à son cou.

– Radko... souffla-t-elle.

– Oui?

– C'est insupportable. C'est comme...

– Comme?...

– Comme la mort.

– Toi aussi, tu l'as ressenti?

– Oui, tu mourais et il n'y avait aucun espoir de te ramener à la vie. Ensuite tu étais vivant, mais je ne pouvais aller vers toi et je ne savais pas comment te réveiller, que tu sois vivant pour moi.

– Ma petite!

– Nous ne devons plus mettre ça entre nous.

– Non, il ne faut plus.

– Ce froid et ce vide accablants.

– Non, nous ne le ferons plus.

On aurait dit que ni leur amour ni rien au monde ne venait

faire obstacle à un bonheur aussi délectable qu'émouvant, à la primauté de la vitalité et de l'exubérance.

Ils s'arrêtèrent.

– Et si nous changions de chemin, cette nuit ?

Ils retournèrent sur leurs pas et passèrent devant l'entrée, mus par l'idée qu'une nouvelle disposition exigeait aussi un nouvel environnement.

– Et si des camions déboulent ?
– Ne sois pas méchant.
– Ce n'est rien s'ils viennent. Il fera bientôt sombre.
– Ne sois pas comme ça.
– Mais je suis seulement fou de joie.
– Fou de joie parce que tu t'es débarrassé de moi ?
– De toi ?
– Là-bas, en congé, sans moi.

Il s'arrêta et lui posa les mains sur les épaules.

– Comment pourrais-je me débarrasser de toi ? Raconte-moi un peu.

– Farceur, souffla-t-elle.

Elle approcha son visage au regard tout à la fois résigné et rêveur. Un baiser seulement en passant ; à cause de l'asphalte et de la largeur de la route à grande circulation.

Ils repartirent.

– J'ai pensé au travail ; s'étirer sur une chaise longue, dans l'oisiveté, tout ça ne mène nulle part.

– Quelle est cette nouvelle plaisanterie ?

– Et t'avoir encore en plus. N'est-ce pas une richesse que je ne paie avec rien ?

– Tu as déjà payé en Allemagne. Mais ne parle pas comme ça à tort et à travers ; ou veux-tu que je te donne les réponses que tu as déjà trouvées tout seul ?

– Peut-être. Mais quel mérite me revient dans ce qui m'arrive, pour ceux que j'ai laissés *là-bas* ?

– Pour eux, sûrement aucun.

– Tu vois.

– Comme n'aurait eu aucun mérite celui qui serait revenu à ta place.

– Probablement. Au fond, moi aussi je pense comme ça. Cependant, il existe une caisse où il faut déposer son impôt ; et porter ses économies, à condition d'en avoir, bien sûr.

– Bien. Quand le Dr Decour dira que tu peux partir, tu t'en iras porter ta part à la banque communautaire. Correct ?

– Cette nuit, tout est correct – et ils partirent. Laissons cela, reprit-il. Tout devient pressant et difficile quand, parfois, je prends conscience que tu es perdue pour moi.

Maintenant, la route traversait le bois, pourtant sur la gauche, du côté ouest, on voyait des lumières. Un nuage se déchira et alluma dans l'air cette clarté singulière qui étonne le monde les jours où les nuages sombres voilent prématurément la terre. Lueur éphémère que suivent une obscurité épaisse et, au bout d'un certain temps, le bruit des premières gouttes de pluie.

– Tu l'as senti fortement cette fois.

– Oui. Cette table et ton visage.

– Tais-toi, je t'en prie.

Elle lui prit le bras, se serra contre lui.

– Oui. Mais je ne peux pas imaginer que je pourrais encore te voir comme ça.

– Mais tu ne me verras pas, Radko.

– Il y a quelque chose d'incertain sur le visage de ton infirmière. Je veux dire quelque chose d'incertain et de repoussant. Comme une tentative de corruption.

– C'est exagéré, mais il y a dans Claire un je-ne-sais-quoi qui me déplaît, à moi aussi.

– Quand elle sourit, on a l'impression que, si elle le pouvait, elle attacherait le corps d'un homme pour s'en délecter d'une manière bien spéciale, connue d'elle seule.

– Tu exagères!...

Il se taisait, pensif.

– Que me trouvent-elles? dit-elle alors avec emportement. Isabelle aussi me tyrannisait.

– Isabelle?

– Oui. Mais il faut dire, avec elle, c'était bien pire.

– Qui est Isabelle?

– Isabelle *était*, rectifia-t-elle, comme se parlant à elle-même. C'était lorsque j'étais bibliothécaire au sanatorium. Je te l'ai déjà dit. Elle venait chercher des livres, mais c'était en premier lieu pour me rencontrer. Au début, je n'ai pas fait attention. Ensuite, elle a parlé d'amitié. Ça me plaisait, c'était une belle fille, blonde, avec de grands yeux. Elle jouait très bien du piano. Elle voulait que je l'écoute jouer pour moi seule. Bon. Ça plaît un moment, et puis ça ressemble très vite à de la tyrannie. Il ne faut pas dépasser la mesure, n'est-ce pas? Mais elle était terriblement malheureuse et elle prétendait que je la négligeais. Et alors, quand le médecin a voulu que je suive les cours d'infirmière... si tu l'avais vue! C'était pathétique. Quelqu'un m'avait donné le droit de décider sans son consentement! J'avais joué avec son cœur! Tu te rends compte? Dans la semi-pénombre du couloir où nous étions, elle m'a collée contre la paroi, m'a saisie par la taille et a cherché ma bouche avec ses lèvres. Tu ne peux pas imaginer. Lamentable. J'ai eu bien de la peine à me débarrasser d'elle. Lamentable pour moi bien sûr, car elle, elle était complètement hors d'elle. Cette nuit-là, je n'ai pas pu dormir – elle se tut un moment. Prenons ce chemin de traverse, tu veux? C'est plus beau que le goudron.

– Oui. Je préfère.

– Tu vois, c'est seulement ce soir que j'ai compris pourquoi elle me disait toujours que les hommes étaient mal dégrossis et que seule une femme pouvait comprendre la tendresse d'une femme – puis, se tournant vers lui: Tu ne penses quand même pas que Claire est... comme Isabelle. Tu ne penses pas ça, Radko?

– Je ne sais pas. Mais je ne jurerais pas. Selon moi, Isabelle était plutôt plus franche. Alors que Mlle Rivière est une comptable délurée.

– Tu crois qu'elle aussi est une adepte des amours saphiques?

– Je ne crois rien, car je ne sais rien. Je sais seulement que toi, tu es...

– Quoi?

– Laissons ça.

– Non. Je veux savoir, Radko.

– Bon. C'est comme si tu étais avec une sœur plus âgée qui t'enseignerait les secrets de la séduction. Et comme si tu étais une élève appliquée et sensible.

– Tu as cette impression? Vraiment, Radko?

À entendre sa voix d'enfant, il soupira de soulagement.

– Mais je te l'ai déjà dit. Et toi, tu m'as demandé exactement de la même façon: «Tu as cette impression, Radko?»

– Ce n'est pas vrai.

– Mais si.

– Tu vois, maintenant, tu vas généraliser.

– Mais je ne généralise pas.

L'obscurité, recevant le renfort des nuages, allait s'épaississant. À l'inverse, les nuages semblaient laisser à la nuit noire le temps de s'installer pour crever et arroser la terre dans les ténèbres.

– À quoi penses-tu, Radko?

– Je pense que je vais t'aimer. Plus tendrement que n'importe quelle Isabelle ne pourrait même imaginer.

– Et qu'est-ce qui t'en empêche?

Il s'arrêta.

– Toi, dit-il, la prenant par les épaules.

– Moi, Radko?

– Tu es ainsi faite que parfois on serrerait les poings de révolte et que parfois on voudrait t'absorber tout entière.

En se tenant par la taille, ils se dirigèrent vers une grange à l'écart.

Sur le toit en bois, ces pas de moineau, c'étaient des gouttes isolées qui s'étaient mises à résonner.
– Radko, à quoi penses-tu?
– Au fait que je suis ton invité nocturne.
Elle remua et l'on entendit bruire les brins d'herbe.
– Il n'y a qu'une manière de se débarrasser de ça – elle souriait dans le noir. C'est de nous fiancer.
Il garda le silence. Dehors, on pouvait entendre les criquets qui tentaient misérablement de résister à l'ondée qui s'annonçait.
– Sauf si c'est pour elles, remarqua-t-il enfin. Sauf si c'est pour tes bavardes de tantes. Nous devons suivre notre voie.
– Oh, formidable!
– Mais cela doit laisser intacts notre façon de penser, notre amour. Pour nous, ce sera comme si ça n'existait pas, car nous n'en avons pas besoin.

Tantôt les gouttes se pressaient, serrées, tantôt elles mouraient, rares, sur le bois, et, l'espace d'un instant, il revit les averses obliques, dans les Vosges, tomber entre les baraques; et les rangées de vêtements zébrés sous la pluie, têtes nues et mains strictement le long du corps, au garde-à-vous, dans le froid vif, à huit cents mètres au-dessus du niveau de la mer. L'espace d'un instant, il sentit le froid de la mort dans les épaisses gouttes que le vent apportait sur les montagnes, en droite ligne de l'océan Atlantique. Puis il se retrouva à l'abri de ce toit dont il sentit, dans l'obscurité, les planches branlantes au-dessus de sa tête et à ses côtés. «Leur bonne proximité», pensa-t-il. Et aussi la bonne paille. *Ici*, de la paille tendre et propre. Même la chose la plus grossière était presque virginale comparée aux choses de *là-bas*. À plus forte raison, la proximité d'Arlette. De sa main, il effleura ses cheveux d'une façon à la fois apaisante et incrédule.

– Aujourd'hui, j'ai lu Diderot, dit-il. J'ai déniché un passage formidable sur la nature. Il écrit à peu près ceci : « Sa paix n'est pas une éloquence bruyante mais la conviction qu'on l'inspire lentement en soi. Et l'homme presque involontairement se trouve en accord avec elle, cette nature, car nos sens, nos pensées et notre âme sans aucun effort s'unissent aux arbres, à la plaine, au murmure de l'eau. Ils sont, nous sommes, tous ces êtres et nous avons l'impression qu'au milieu des champs tout nous berce. »

– On dirait que c'est la fébrilité de notre siècle qui est visée, remarqua-t-elle.

– Cet après-midi-là, dans l'herbe, c'était en effet comme si je la respirais. Et je trouvais que la terre me berçait. Et j'étais comme enfin soulagé, presque satisfait.

– Mais sans moi.

– Toi ? Depuis le début, j'ai essayé de t'y inclure, mais en vain.

– En vain, Radko ? Pourquoi en vain ?

– Tes paupières bizarrement maquillées étaient toujours devant moi. Une impression de falsifié. Comme le visage fardé d'une actrice.

– Mais elles ne l'étaient pas.

– On maquille aussi approximativement les paupières des enfants au carnaval.

– Mais elles ne l'étaient pas !

– Quand les gamins se griment pour mardi gras, ils ont les mêmes paupières. Mais, tu sais, je n'ai pas pensé aux enfants du carnaval, sans quoi tout aurait changé, fit-il avec un sourire. C'est vrai que j'aurais pu y penser, ajouta-t-il.

– Elles ne l'étaient pas, insista-t-elle.

«Enfantin et charmant, pensa-t-il, mais faux en même temps!» En cet instant précis pourtant, il aimait l'accent de sa voix. Comme une tentation, mâtinée de prière – une prière qu'il pouvait exaucer, autant dire une nouvelle capacité de construire leur monde.

– Comment peux-tu nier? C'est vrai qu'il fait sombre et que je ne peux te voir. Mais tout de même!

– Je ne l'ai fait qu'un peu. Rien qu'un peu.

La paille frémit et de la pénombre ses lèvres arrivèrent sur lui, à la façon de l'enfant dont le visage frustré de son baiser tente une caresse de séduction dans l'obscurité muette. Deux enfants dans une cabane au milieu du bois. Il sentait sa tendre poitrine contre lui et de son baiser émanaient la même douceur, la même humidité que de l'herbe sous les fines gouttes de pluie.

– Désormais, ce sera différent, dit-elle. Tu verras que ça va te plaire chez moi.

– Sûrement.

– Ça va te plaire, n'est-ce pas?

– Ça me plaît déjà.

– J'aimerais tant m'endormir à ton côté.

– Ma gamine, dit-il. Ma merveilleuse gamine.

– Car je le pourrais, dis, Radko?

Elle remua, et le craquement de la paille lui rappela l'image du mal infini; mais une fois encore de façon fugace; car de grosses gouttes rebondissaient sur le toit et, devant la porte, la nature bruissait déjà sous la pluie comme une large rivière.

XXXII

Il revoyait le visage de Nikos.
Sa carrure râblée, solide et inflexible, était encore au pied de sa chaise longue. Il était allé en ville. Un jour de congé. Mais cette fois il était revenu sombre. À l'invite du soleil, il s'était promené dans les rues de Paris avec la femme grecque et son petit garçon. Ensuite il y avait eu cette vitrine. Une librairie, un club? Il avait fixement regardé des photos d'hommes aux yeux creusés et aux vêtements rayés comme s'il s'était reconnu derrière la vitre. Des femmes s'étaient arrêtées à côté de lui avec une moue de dégoût. « Qu'on cesse donc de nous montrer ces images! » avaient-elles marmonné. Et maintenant, il ne pouvait se consoler de les avoir laissées partir, tranquilles, sur le trottoir. Il était complètement désemparé. Effaré. À en avoir la parole et le souffle coupés. Et il le regardait qui, devant la chaise longue, avait l'air d'exiger des excuses. Ainsi donc, c'étaient tous des nigauds, ceux qui étaient partis par les cheminées? Et sans un mot, il restait là, alors que derrière son dos, loin au-delà de la clôture verte, une succession de champs donnait à son embarras un arrière-plan abusivement lyrique. Il restait immobile, le sarcasme inhabituel, inattendu, l'avait désarmé. À quoi pensait-il donc? Avait-il oublié que les femmes allemandes avaient rempli leurs pots de fleurs avec ces cendres? « Tu vois, Nikos, nous ne savions rien de ces fleurs. Qu'est-ce que ç'aurait alors signifié pour nous de savoir

que ces fours étaient utiles à quelque chose, qu'est-ce que tu en penses ? Et de savoir qu'avec la poudre blanche de tes os grecs un géranium écarlate allait fleurir dans un pot, sur la fenêtre d'une dame allemande. Qui absorberait la lumière du soleil et réjouirait les yeux attirés par son éclat. »

Mais Nikos n'a pas l'air de le voir, il ne voit que son ombre sur le mur de la terrasse, derrière la chaise longue. Il n'a pas l'air d'avoir entendu un seul mot. On jurerait qu'il sait parfaitement à quoi s'en tenir, dans l'obscurité où naît ce sourire ironique, et qu'il l'admet comme un adulte attendant avec indulgence qu'un enfant finisse de s'opposer et de se rouler par terre. Pourtant, la surprise qu'il lui avait rapportée de son congé le frappait lui aussi d'incapacité, partagé qu'il était entre la conscience de la lutte pour l'avenir et le vide qui l'étreignait. Le sourire de Radko semblait s'être greffé sur la vacuité de Nikos, en même temps qu'il avait envie de le poursuivre de sa vengeance pour s'être consacré à la réalité. Il mesurait la futilité de sa résistance, mais cette certitude ne faisait qu'attiser son ironie. Et, à Nikos qui savait tout cela aussi bien que lui, il rappela les dames qui voulaient des tapisseries en peaux tatouées et le jeune Polonais de quatorze ans qui avait écrit : « Même si le ciel était du papier et la mer de l'encre, je ne pourrais pas vous décrire les tourments que nous endurons et tout ce que je vois autour de moi. »

Et voilà que, sur la terrasse vide, il ne parvenait pas à comprendre comment il avait pu lui dire tout cela, à lui, Nikos. Il avait parlé dans un état second. Mais Nikos ne l'avait pas écouté. Il regardait tout le temps devant lui ; quand il s'était repris, il avait fait quelques pas et avait dit : « Je dois aller chercher des timbres. »

La terrasse était inondée de soleil et sous la bâche la chaleur lourde était d'une densité estivale. Tout était aussi immobile que dans le silence d'un port ensoleillé au mois d'août. Il dit à Nikos qu'il allait lire, sachant pertinemment que l'idée ne l'emballait pas. Pourquoi est-il donc toujours indispensable de trouver une justification au fait de vivre et d'être seul avec ses pensées ? Était-il si honteux de laisser, après ce qu'il avait vécu, sa sensibilité, son esprit s'allier à l'attente impatiente et silencieuse des choses ?

Puisque notre pensée, ainsi qu'il est écrit dans *Hamlet*, nous rend tous peureux, il faudrait trouver la juste mesure dans l'action si l'on veut garder l'équilibre.

L'action ? C'est pour cette raison que l'image de la grande ville et de la vie l'assiégeait souvent désormais et venait fortement le tenter. Il pourrait la fréquenter pratiquement comme un être sans passé. Avoir Arlette et être seul avec ses livres et son amour. Bien sûr, le passé ne manquerait pas de l'assaillir en tant que souci quotidien, mais à la façon de la taupe qui creuse sous l'herbe d'invisibles tunnels dans l'obscurité. « Vous avez lu qu'on juge ces bêtes féroces. Ç'a dû être horrible là-bas, n'est-ce pas, monsieur ? Mais bien sûr, madame, bien sûr que ç'a dû être "horrible" ». Voilà. Et il serait encore un homme dans la foule à Montparnasse, à Montmartre ou ailleurs. Place Pigalle. C'est vrai, on est en train de juger les bêtes sauvages ; mais ceux qu'il a portés dans le four n'en tireront rien. Quand la flamme les a embrassés, leurs membres se sont tordus avant de devenir cendres. Amen. Maintenant, ils se fichent des bêtes sauvages. On ne peut plus les tourmenter. Et lui aussi se fiche des tribunaux. *Ganz egal*[1]. On aurait dû y penser avant, quand on leur donnait aide et argent pour leur permettre de se préparer à l'attaque. C'est alors qu'on aurait dû couper les griffes des bêtes sauvages et leur limer les dents, les leur arracher, oui. Mais tout ça, ce ne sont que des mots, alors qu'en ce moment tout se répète, comme après la Première Guerre mondiale. Et il aurait préféré parcourir les rues au titre d'envoyé secret de ceux qui seront absents pour

---

1. « Je m'en fiche. »

l'éternité, car même si ça ne servait absolument à personne, il en tirerait une sorte de satisfaction silencieuse. Accompagnée d'un sarcastique sourire silencieux. Ça devrait être dans une grande ville, pas dans un coin de province, là où le sourire se décomposerait pitoyablement dans la petitesse et l'insignifiance.

XXXIII

– Oui, dit-il, une odeur de bois brûlé.
– De quoi parles-tu?
– De ta peau.
– Ah!
– Tu n'es pas d'accord?
– Sûrement pas si je sens le bûcher.
– Je n'ai pas dit ça.
– Quoi alors?
– Je pense au bois brun et précieux qui a survécu à des siècles de danger.
– Un objet de musée, alors?
– Non, attends: un arbre, oui, l'odeur d'un arbre que la foudre aurait brûlé.
– Ça me va plutôt mieux.

«Le ton de ses mots est toujours chargé de vérité mélancolique», pensa-t-il. Comme les basses sombres qui accompagnent fidèlement une musique joyeuse. Et qui, à cause de l'atmosphère ténébreuse, rendent une mélodie encore plus sympathique et gaie. Le son clair de sa voix, malgré l'impression d'un vague malaise, était presque sans défense et vulnérable. De même, l'odeur de maturité qui imbibait sa peau s'opposait à son corps menu, étendu près de lui, presque trop vert pour l'amour. Presque innocent à cause de sa pureté et en même temps d'une habileté charmante.

– Non, dit-il, aucun choc ne peut te faire assez mal et pour longtemps.
– Qu'en sais-tu?
– Presque rien. Je ne fais que supposer.
– Mais il n'y a pas de quoi.
– Bien des fois, en effet, je pense qu'il n'y a pas de quoi. Mais, par-derrière, il y a toute cette atmosphère sombre qu'il n'est pas possible de comprendre.
– C'est probablement vrai pour tout le monde.

Sa paume chercha sa main sur le drap et s'y agrippa.

«Sa main répond à sa manière», pensa-t-il.

– Mais chez une personne ordinaire, avec ce qui est inconnu, avec ce que tu ne fais que pressentir, d'une certaine façon, tu complètes tout ce que tu sais déjà sur elle. Alors que, derrière toi, il y a toujours une Arlette qui peut me surprendre à tout instant.
– Ne parle pas de cette façon, Radko.
– Mais c'est le côté insolite de ton charme!
– Je ne veux pas.
– Soit, mais dans ce genre d'affaires là, la volonté ne sert pas à grand-chose.
– Je ne suis pas insolite.
– Bon, alors tu ne l'es pas.
– C'est vrai que je ne le suis pas, Radko.
– Seulement un peu.
– C'est bien vrai?
– Oui, seulement un peu, et encore certaines fois seulement.
– Et ça ne t'empêche vraiment pas de m'aimer, n'est-ce pas?
– Vraiment pas.
– C'est vrai?
– Je ne t'en aime que plus.
– Mon petit.

Son corps bougea un tout petit peu, de sorte qu'il sentit la douceur de sa poitrine tendue de son côté. «Seuls ses seins sont féminins», se dit-il.

– Tes seins sont depuis longtemps ceux d'une femme.
– Ils sont trop plantureux?
– Ils sont juste comme il faut.
– Je sais bien que non. Et je suis souvent mécontente de leur opulence.
– Il n'y a rien de trop.
– Ça ne te gêne pas qu'ils soient ainsi, n'est-ce pas?
– Pour moi, ils sont surtout une grande tentation.
– Ne dis pas ça, Radko.
– Depuis que nous nous voyons ici chez toi, c'est comme s'il me fallait, pour ne pas te perdre, être à chaque instant près de toi. Et je t'attends toujours avec impatience, pour me convaincre de nouveau de ta réalité.

Elle posa doucement ses seins sur sa poitrine.

– Mon petit.
– C'est toi ma petite.
– Non, c'est toi mon petit.
– Eh bien, c'est moi. Parce qu'il arrive que j'aie effectivement l'impression d'avoir affaire à plus adulte.
– Ce n'est pas vrai.
– Si.
– Quand?
– Je ne me souviens pas, mais j'y ai pensé.
– Si, dis-le.
– Maintenant, je sais. Quand tu allonges la main et que tu appuies sur le bouton.
– Pour éteindre la lampe?
– Quand, avant l'amour, tu n'oublies pas que tu as le visage éclairé, tu ressembles à une amante experte.
– Ne dis pas ça, Radko.
– Pourquoi pas? C'est prodigieusement émouvant.

– C'est sûrement inné chez toutes les femmes.

Elle sourit et, confiante, posa la main sur sa jambe.

– Oui, mais il s'agit d'une expression délibérée de ton visage.

– Tu exagères exprès.

– Non. Peut-être suis-je alors surpris par ton bras si fin et ta main si petite.

– C'est complètement anormal, alors!

– Non, absolument merveilleux. Et on a l'impression que tu es encore une enfant et en même temps qu'il y a, devant moi, près de toi, un amant.

– Pourquoi es-tu comme ça?

– Non, mais les impressions sont si fortes et si diverses que j'en suis tout ému.

– Mais tu m'aimes quand même malgré ça?

– Je suis tout régénéré par ton amour.

– C'est vrai?

– Jamais encore la vie ne m'avait été si favorable.

Elle pressa plus étroitement encore son épaule contre la sienne. Par la fenêtre ouverte arrivaient le souffle du bois dormant et l'humble supplication des grillons dans l'herbe.

– Pourquoi penses-tu à un amant alors que je t'ai parlé d'un ami avec qui j'ai campé quand j'étais à l'école?

– Parce que c'est arrivé presque en passant.

– En effet, en passant. Depuis que j'avais campé, je ne l'avais pas revu; un jour je marchais dans Paris en attendant le train pour rentrer. Debout devant une vitrine, à moitié abrutie, je me reposais quand j'entendis quelqu'un me dire: «C'est beau, hein?» Je me retourne, et j'aperçois Philippe. Que j'avais déjà reconnu à sa voix. «Que fabriques-tu ici?» me demanda-t-il, et comme je lui dis que je passais par là, il m'emmena chez lui. « Dors bien, dit-il, ton sana ne va pas se sauver » – elle avança la main le long de sa jambe comme un petit être vivant et timide devant un objet inconnu. Il était tout différent, rien à voir avec le gamin avec qui j'avais campé. Il avait plus d'assurance et de hardiesse et je l'aimais toujours. « Je vais jusqu'au cinéma, dit-il, fais comme chez toi, allonge-toi et dors. » Mais je ne pus trouver le sommeil dans cette petite chambre bizarre et je ne voulais pas aller au cinéma avec lui parce que j'étais trop fatiguée. Il s'occupait de films, m'avait-il dit ; essais d'avant-garde, scénarios, prises de vues ; tout ça tournait autour de moi et j'étais comme un poussin perdu. Je voulais qu'il revienne pour que la petite chambre change. Je tendais l'oreille en espérant entendre sa voix. Des filles sont arrivées dans une chambre voisine et ensuite lui aussi ; je me suis levée et nous avons discuté. Ensuite la nuit, il est venu chez moi. Le lendemain je suis rentrée ici – elle se tut un moment. J'ai seulement regretté qu'il n'y ait plus entre nous la belle camaraderie des jours où nous vivions sous la tente.

– D'une certaine manière, il y avait alors quelque chose de beaucoup plus important.

– Oui, puisqu'il m'a demandé de rester vivre avec lui.

– Et alors ?

– Cette vie de saltimbanque me faisait peur. Elle m'attirait et m'effrayait tout à la fois.

– C'est toujours comme si tu avais perdu la main de ta mère au-dessus de ton lit ?

Ils se turent ; machinalement elle reposa sa main sur sa jambe.

– Tu es extraordinaire, dit-elle au bout d'un moment.

– Ce serait insensé d'en vouloir à quelqu'un pour ce qu'il a vécu d'important sans vous.

Sa reconnaissance le rendit heureux, il eut conscience d'avoir, en tant que revenant, un rapport à la vie tout à fait différent, mais de n'avoir rien fait pour cela.

– Je ne l'aimais pas assez pour rester avec lui, dit-elle ensuite comme pour répondre à sa pensée.

– C'est quand même incroyable que tu n'aies pas eu d'autre amour.

– Gérard. Mais, à l'époque, j'étais encore une enfant. Avec Gérard, il ne s'est rien passé.

– Tu en es sûre ?

– Pourquoi es-tu comme ça, Radko ?

Il sourit.

– Tu as peut-être oublié.

– Pourquoi es-tu comme ça ?

– Ça te ressemblerait bien.

– Non, Radko, mais tu penses vraiment que j'aurais pu oublier ?

– Je ne jurerais pas que non.

– Tu vois comme tu es.

– Mais non, je plaisante.

– Tu plaisantes, mais tu le penses vraiment, je le sais.

– Non, c'est vrai, je plaisantais.

– Mais je ne veux pas que tu me prennes pour quelqu'un de bizarre, non et non, ça je ne veux pas.

– Ce n'est pas le cas.

– Oh, pourtant !

– Je ne fais que te taquiner. Tu ne le vois donc pas ?

– Oublier quelque chose comme ça ! Comment est-ce possible ?

– Non, ce n'est pas possible : tu décortiques trop et tu sens tout trop fort. Et puis tu décris tout ça d'une manière si vivante qu'on croirait que ça s'est produit hier.

– Tu vois, maintenant j'ai de nouveau la sensation que tu me connais bien.

– Mais oui ! Néanmoins j'ai parfois l'impression que ce n'est pas de toi que tu parles : tu parles d'une connaissance sortie tout droit d'un conte pour enfants.

– Mais je t'ai déjà dit que j'étais encore une enfant. Je n'avais même pas quinze ans.

– Tu devais être très mignonne.

– Plus rose et plus fraîche.

– Pas plus que maintenant.

– Mon petit.

– Mais sûrement aussi acide qu'un fruit vert.

– Comment le sais-tu ? C'est vrai, personne ne pouvait m'atteindre réellement. À l'époque, je montais aussi à cheval. D'ailleurs, tu as vu la photo.

Elle se tut subitement ; la nuit rafraîchissait doucement les arbres et l'herbe, comme pour donner vie à la prairie où elle montait à cru un cheval brun ébouriffé.

– Un jour, avec ma sœur, je riais et je ricanais, et mon père me regarde : « Pourquoi te moques-tu de moi ? » demande-t-il. Et moi : « Mais je ne me moque pas ! », mais avec Joséphine nous rions de plus belle. « Arrête ! » crie-t-il. « Oui, mais puisque je te dis que je ne ris pas de toi. » Et ce rire qui nous reprend toutes les deux ! Papa avait sans doute un complexe de persécution. Il rugit : « Tu vas finir ! – Ça y est », dis-je tout en riant. Alors il s'est levé d'un bond et m'a frappée comme jamais de sa vie il ne l'avait fait.

– Tu l'avais poussé à bout.

– Je sais. Mais je n'ai pas supporté qu'il m'ait donné un ordre injuste. J'ai enfilé un manteau et je suis sortie à peine habillée. Je ne suis pas rentrée de la journée ni de la nuit. Il y avait de la neige et j'étais gelée, au point de vouloir me jeter dans la rivière de tristesse et de froid. Finalement je me suis blottie dans une grange, roulée en boule, comme un hérisson. Je voulais être malade et mourir de froid. Mais le lendemain, quand la sirène a retenti et que les ouvriers sont sortis de l'usine, je suis revenue. Je me suis arrêtée au coin de la rue sans faire attention aux ouvriers qui me regardaient. J'ai attendu Gérard. Je ne l'avais pas rencontré depuis un an. Il était plus âgé que moi et il pensait qu'il pouvait me dominer. Tout ça n'était que de l'enfantillage, mais je l'ai taquiné et me suis moquée de lui jusqu'à ce qu'il se lasse et se marie. Deux jours avant son mariage, il m'a dit que je continuais d'être tout pour lui – elle se tut. Sans le dire, j'ai toujours désiré qu'il m'embrasse, au moins une fois.

– Mais tu ne faisais que le tracasser et le repousser.

– J'étais une vraie peste.

– Finalement, c'est un miracle que tu sois maintenant auprès de moi.

Elle se retourna et pressa sa tête contre son épaule.

– Il faudra que je fasse bien attention à ne pas te perdre, fit-il.

– Pourquoi es-tu comme ça ?

– Non, maintenant, ce ne serait vraiment pas le moment que je te perde.

– Si seulement je savais vraiment t'aimer !

– Personne ne pourrait le faire mieux.

– Ne dis pas ça, Radko.

– Mais si. Tu es ainsi faite que j'ai l'impression, d'abord, que je ne devrais pas te toucher parce que tu es encore une enfant et, ensuite, que tu as la sagesse et le bon sens de tous les temps. Comme la terre, vierge chaque matin en même temps qu'indiciblement vieille.

– Mon Radko !

– Oui, et quand tu m'appelles « mon petit », c'est tout à fait juste parce que, dans tous les domaines, je me réveille à la vie. Mais aucune femme, excepté toi, ne pourrait me dire ça. Je ne supporterais d'aucune femme adulte qu'elle m'appelle comme ça.

– Ne parle pas comme ça, Radko, je vais avoir peur.

– Tu n'auras peur de rien du tout, car je te tiendrai la main quand tu t'endormiras.

– Méchant.

– Tu veux dire que ce serait déjà l'heure des adieux ?
– Reste encore une petite minute.
– Bon. Mais je vais allumer pour voir ce que dit la montre.

Quand la lumière jaune se répandit sur le lit, elle se leva et s'agenouilla à côté de lui.

– Quelle heure ?
– Devine.
– Une heure.
– Trois et demie.

Elle battit des mains. Mais se ravisa à l'instant même.

– Chut, nous allons réveiller toute la ruche, chuchota-t-elle tout en rassemblant ses cheveux sur le haut de sa tête.

Il l'observait sans mot dire et son regard révélait la sollicitude tranquille et attentive qu'il portait à la statue vivante accroupie, près de lui, sur ses talons. La lumière enveloppait les rondeurs oblongues de ses cuisses, elle les séparait d'un mystérieux trait ombré jusqu'à la paroi tendue et dorée de son ventre de petit garçon. Au-delà, le bord de la flaque claire dessinée par l'abat-jour retenait comme une soucoupe sombre les deux renflements gonflés d'une sève qui rayonnait à travers la peau transparente. La fenêtre était ouverte et, quand il approcha de lui les fruits printaniers, il eut l'impression d'être un berger antique qui apaise sa soif en pleine nature à une outre tendre et qui, ébloui, sirote une noble boisson.

En bas, sous la fenêtre, les criquets l'emportaient sur les grillons, dans un arbre une chouette hulula.

XXXIV

Le divan était placé dans le coin, à droite de l'entrée avec, à sa tête, une étagère de livres. Il y en avait de bons. *L'Hôtel du Nord. Les Nourritures*, de Gide, *Le Blé en herbe*, de Colette. Il était peut-être injuste envers Wiechert, mais il n'avait pas envie de le lire. Un auteur allemand. Peut-être plus tard. Déjà le titre lui déplaisait. En français, le livre s'appelait *Le Revenant*. Mais le titre original était *Die Majorin*. Un titre typiquement allemand, qui n'aurait pas pu être plus allemand.

«Elle prétend que c'est un bon livre, se rappela-t-il. Peut-être, mais plus tard, chaque chose en son temps.»

Il le remit à sa place et prit *L'Hôtel du Nord*. «Dommage que Dabit ait disparu si jeune», se dit-il. Mais si la grande littérature ne ressent pas davantage sa perte, c'est sans doute qu'à côté de lui il existait cent talents prêts à combler le vide qu'il allait laisser. Cela dit, parmi ces cent, celui qui a disparu aurait peut-être atteint à une valeur universelle.

C'est alors qu'une feuille pliée entre les pages glissa sur le divan.

Son premier mouvement fut de la réinsérer dans le livre, mais, en la dépliant plutôt machinalement, il aperçut une écriture grasse qui devait dénoter une personnalité sans discrétion. Il eut beau se dénier le droit de fouiller dans sa correspondance, il se sentait visé, l'écriture peuplant la chambre d'une force hostile. D'ailleurs, elle s'était offerte d'elle-même ;

alors il la lut, non sans répugnance, dans l'état d'esprit de qui se soumet à quelque corvée.

Chère Mademoiselle,
Vous ne pouvez imaginer ce que signifie pour moi, pour ma triste vie, le fait de vous avoir rencontrée. C'est comme si le printemps m'avait repris dans ses bras et complètement transformé ; et, pendant tout ce temps où je ne vous vois pas, je ne désire qu'une seule chose, pouvoir repaître mes yeux du spectacle de vos charmantes petites mains.

Cet après-midi, je suis allé sur le chemin, mais vous n'y étiez pas comme vous me l'aviez dit. C'est vrai, je suis injuste, mon enfant ; en effet, vous avez répondu « peut-être » à ma question et je suis persuadé que vous avez été retenue par vos occupations. Pourquoi d'ailleurs, mon enfant, tourmenteriez-vous un cœur déjà si blessé ?

Je vous attendrai demain à deux heures et demie, là où nous nous sommes rencontrés la dernière fois. Vous viendrez, j'en suis sûr !

ANTOINE

Il se retourna.
Il avait l'impression que s'étendait sur lui l'ombre épaisse d'un monstre, de quelque noir orang-outan. Bien que rien ne lui en fournît matière, sauf peut-être les gros *o* ventrus. À part cela, l'écriture était élégante et fluide, si universelle que fût l'écriture de ces hommes qui invitent chez eux des femmes dont on n'a ensuite plus de nouvelles.

L'envie le prit de laisser la lettre sur le divan et de partir, ainsi elle saurait pourquoi il n'était pas là. Mais il alla se mettre à la fenêtre, d'où il contempla les arbres. Quel dommage, le soir était si doux, si mystérieux ! Au même instant, il se retourna et reprit la lettre. «Justement le jour où elle avait refusé d'être accompagnée à la ferme», pensa-t-il.

Il se dirigea vers la porte, mais s'arrêta, la main sur la poignée. Non, il voulait voir son visage, il voulait voir de quelle manière elle allait inclure cette affaire dans leur amour.

Il s'assit sur le divan puis se laissa tomber en arrière sur les coudes. Mon enfant, peut-être suis-je injuste, mon enfant. Pourquoi tourmenteriez-vous un cœur si blessé, mon enfant? Littérature de bazar d'un pleurnicheur maladroit, mais qui sait ce qu'il veut. Visiblement, il la flatte avec ses propos sur le printemps et ses charmantes petites mains qui l'annoncent. Mais le plus consternant, c'était la vie que lui menait, complètement enfermé dans son cocon. Poète détaché de la vie, il enveloppait toute chose dans le lyrisme et il s'était mis à croire à une redécouverte du monde par son entremise à elle. Pourtant, sa responsabilité envers son passé le rendait bien conscient que seule l'assurance d'une valeur hors du commun pouvait modifier la direction de ses sentiments.

Ce constat fait, il se dit qu'il devait, si c'était possible, tenter de considérer la situation à l'avantage d'Arlette. Par exemple, l'autre l'avait attendue en vain; parce que tout avait l'accent de l'amour non exaucé ou plutôt de la passion. Comme le fait qu'il pût être ravi à la vue de ses charmantes petites mains. Amorce trop doucereuse pour qu'elle y mordît, tout cela était cousu de fil blanc. Il la voyait bien se soustraire et promettre avec un *peut-être* mi-coquet, mi-distant, dont l'incertitude excite plus qu'une promesse précise. C'est pourquoi il était compréhensible que l'inconnu ordonnât presque: «Vous viendrez, j'en suis sûr!» C'était encore une fois assez grossier, mais en même temps c'était l'expression d'une faiblesse que la passion poussait à espérer.

Oui, mais voilà, il était impossible de nier le ton de familiarité qui émanait de la lettre.

Dans l'escalier, on entendit le claquement rapide, un peu

glissant, de ses sandales. Elle frappa avant d'apparaître à la porte, en blouse blanche mais sans foulard.

– J'ai fait aussi vite que j'ai pu.

Elle se pencha sur son front, mais, plus que ses lèvres, ce furent ses cheveux qui le caressèrent.

Il l'observait, en proie à la pensée que c'était injuste qu'il fût, lui, de si massacrante humeur alors qu'elle au même moment était aussi charmante, aussi vive, souriait avec désinvolture, toute au bonheur de le trouver qui l'attendait.

– J'ai apporté du pain, dit-elle en posant un paquet sur la table. Si nous faisons du thé, nous mangerons des tartines – elle lui tournait le dos. Tu mangeras bien du pain avec du beurre?

– Je ne sais pas.

La tension était désagréable, mais il n'y avait pas d'autre issue. « Si elle n'avait pas été aussi avenante, au point qu'il eût préféré se lever et la serrer contre lui, ç'aurait été plus facile », se dit-il.

– Mais tu n'es pas fâché? demanda-t-elle en enlevant sa blouse.

– Fâché n'est pas le mot.

– Alors, quoi?

Il haussa les épaules, mais il savait qu'elle ne le voyait pas, étant en train de chercher quelque chose sur la tablette de verre du lavabo.

– Tu as lu *L'Hôtel du Nord*?

– Je pensais le lire, mais cette lettre a contrarié mon plan.

– Quelle lettre?

– Celle d'un certain Antoine.

– Antoine?

– Et c'est intéressant de savoir que tu l'as rencontré sur la route où tu n'as pas voulu que, moi, je t'accompagne.

– Rencontré? Qu'est-ce que tu vas chercher là? – elle

s'approcha du divan, la brosse à dents à la main. Comment as-tu pu fouiller dans mes affaires ? s'écria-t-elle en jetant un coup d'œil sur le livre et la lettre.

– Je n'ai pas eu à fouiller. Elle est tombée du livre et s'est présentée toute seule.

Elle saisit le livre, glissa la lettre entre les pages du livre, qu'elle rangea. Elle n'avait plus le même visage, une triste perplexité ayant remplacé la colère à la perspective d'une belle soirée de bonheur enfuie sans recours.

– Mais de quel droit le laisses-tu s'immiscer dans notre relation ?

– «Notre» n'est pas bien dit. Cela ne regarde que moi.

– D'accord. Mais, cela étant, tu ne vas sûrement pas dire que cet Antoine est aussi proche de toi que je le suis.

– Je vais dire que tu es méchant.

Elle était debout devant lui, comme incapable de choisir entre s'asseoir sur le divan ou repartir vers le lavabo.

– Et celle qui va à des rendez-vous en cachette ?

– C'est toi qui inventes des rendez-vous.

– Antoine dit : «là où nous nous sommes rencontrés.»

– Arrête avec cet Antoine ! fulmina-t-elle en levant la main qui tenait la brosse à dents.

– Comment dois-je l'appeler ?

Il regrettait d'être plus fort qu'elle. En même temps, il se faisait l'effet d'être un juge froid qui, tout neutre qu'il se veut, n'en est pas moins partial.

– Il n'y a pas de raison de lui donner un nom – soudain, elle repartit vers le lavabo. Rencontrer quelqu'un sur la route, ça ne s'appelle pas aller à un rendez-vous !

– Même si tu sais d'avance que tu vas le rencontrer ?

– Qui a dit que je le savais ?

– Tu n'as pas voulu de moi.

– Ce n'est pas vrai.

Il remua sur le divan.

– Ou tu es dérangée, dit-il avec colère, ou tu voudrais me prouver que c'est moi qui le suis.

– Ni l'un ni l'autre. Tu t'imagines seulement des choses qui n'existent pas.

– Je n'ai fait que lire.

– Et qu'est-ce que tu as lu?

Elle était revenue devant le divan. Elle s'était coiffée. Dans la pénombre, ses cheveux avaient un reflet vieil or. Ses traits étaient sérieux, mais tranquillement résignés.

– Et qu'est-ce que tu as lu? Que quelqu'un voulait me voir, mais qu'il avait espéré pour rien.

– Je ne peux pas conclure ça de la lettre, tout au plus qu'il a attendu en vain la deuxième fois.

Elle s'assit et, l'air las, appuya le dos contre l'étagère à livres.

– Je vois que tu n'as pas confiance en moi. Par conséquent, toute discussion est superflue.

– Quelqu'un écrit que tu as apporté le printemps dans sa vie et qu'il t'attend là où tu l'as rencontré la première fois. Que dois-je en penser?

– Rien.

Il se taisait, en lui l'amertume le disputait à la rage.

– Alors, il ne me reste rien d'autre à faire qu'à m'en aller.

– Oui, murmura-t-elle en regardant fixement devant elle, mais, quand il se leva, les lèvres tremblèrent imperceptiblement.

«Je me fais violence, pensa-t-il en s'extirpant du divan, et nous sommes tous les deux dans un cercle vicieux, impuissants, prisonniers.»

Toujours debout, il la regardait, dans l'attente d'un mouvement capable de bousculer l'immobilité de l'atmosphère; dans l'air autour d'eux, la débauche se répandait comme autour d'un criminel qui venait juste d'accomplir son forfait.

– Et moi qui avais apporté du pain pour faire des tartines! persifla-t-elle.

Penchée en biais, la tête sur les livres, elle était une ombre que le soir absorbait inexorablement.

– Bon! s'exclama-t-il en avançant. Tout de même, tu ne vas pas me demander de changer tout d'un coup ce qui, hier encore, était unique contre cette nullité brumeuse?

– Et tout ça à cause de ce vieux baudet, murmura-t-elle comme pour elle-même. Tu marches sur la route, une auto s'arrête à ta hauteur et propose de t'emmener un bout de chemin. Tu dis: «Merci, je marche pour faire de l'exercice.» Ça réussit deux fois; à la troisième, tu as malgré tout l'impression d'être impolie, et tu acceptes. Et quand tu descends aux abords d'un chemin de campagne, il te demande si tu accepteras la prochaine fois.

Dans l'obscurité, seul son visage formait une tache encore visible. Elle s'esclaffa:

– Donc, monsieur, vous tenez votre premier rendez-vous!

– Bien. Mais tu pourrais m'épargner ton aigreur et ton ironie.

– Il me semble dommage de mêler de telles sottises à notre amour.

– Mais s'il m'avait vu sur la route avec toi, cet homme aurait compris.

– Pourquoi humilier quelqu'un sans raison?

– Très noble. Cela dit, cette noblesse n'excuse en rien ton jeu de cache-cache.

– Mais ce n'était pas un jeu, Radko, dit-elle d'une voix retrouvée, comme réveillée.

– Si. Quand tu as imaginé toutes les excuses possibles pour que je ne t'accompagne pas.

– Je l'ai regretté par la suite.

– Et pour autant il ne t'est pas venu à l'idée que l'homme serait déçu quand il me verrait avec toi?

– Bon, c'est comme ça.

Et quand ensuite elle parla du médecin de quartier, trapu et courtaud, ils se turent comme s'ils s'étaient inutilement fourvoyés dans les marécages de l'humiliation.

– À son écriture, j'avais conclu qu'il devait être lourd et égoïste, dit-il enfin.

Elle semblait absente. À demi allongée, elle avait posé sa tête dans le coin, entre les livres et le mur. Elle regardait devant elle, le visage paisible ; plus éloquent était son corps. Comme s'il ne lui appartenait pas. Comme si on s'était moqué de lui après en avoir abusé. Sa jupe grise était coincée entre ses jambes comme chez les noyés que la rivière ramène insensiblement vers la rive, la nuit.

– Dommage, murmura-t-elle alors.

– Oui, dit-il à voix basse.

– Ta confiance s'est envolée.

Ses lèvres se tordirent pour vaincre la vague de chagrin qui la gagnait.

– Maintenant, tout est fait, dit-il.

Alors, dans la chambre, il n'y eut plus que les hoquets qui éclatèrent d'un seul coup. Et sa révolte totale et bruyante était à la hauteur de sa déception devant une perte définitive, irrémédiable.

– Arlette, murmura-t-il.

Mais le haut de son corps était comme tétanisé, tendu dans un énorme sanglot. Les larmes baignaient ses lèvres rebondies et froncées pendant qu'elle haletait des phrases sans suite.

Embarrassé, il lui prit la main.

– Vous êtes tous méchants, dit-elle.

– C'est vrai, acquiesça-t-il, presque soulagé par cette constatation élémentaire puisque l'orage s'apaisait lentement.

L'accent de sincérité qui par définition excluait le subterfuge fit voler en éclats sa rigueur, laissant le champ libre à la cordialité. Il éprouva de nouveau l'envie de la caresser et il sentit qu'elle était sa «petite».

– Eh bien, maintenant, nous allons gentiment prendre congé de lui, dit-il en lui essuyant les yeux.

Elle sanglotait encore, mais ce n'était plus que le doux clapotis de la marée qui se retirait lentement.

– Pense plutôt que tu ne m'as même pas embrassé.

– Non, maintenant, je suis affreuse.

– Mais non. Tu ressembles à une petite écolière qui est rentrée chez elle en pleurant, à cause d'une mauvaise note.

– C'est vrai? – ses dents d'écureuil étincelèrent en un sourire étonné. J'ai un air si piteux?

– Si irrésistiblement charmant que tu gagnerais presque à pleurer un peu plus souvent!

Tout se passait comme s'il était partagé entre le désir de la consoler et un mouvement contraire, d'ailleurs plus fort: il mourait d'impatience de boire à ses lèvres quelques-unes de ses larmes innocentes. Comme si, plus que les lèvres d'une enfant, c'étaient celles d'un petit être logé au noyau intime de tout ce qui est humain, et qui serait sorti indemne de la pire des catastrophes que le monde ait connues. Elle aussi, renversée dans ses bras, sentait quelle importance avait pour lui sa proximité. Et sa bouche bien dessinée, détendue par les larmes, l'exauça rapidement pendant que ses mains l'étreignaient avec force et confiance.

Elle se retourna alors complètement et posa la tête sur ses genoux.

– C'est désolant, des moments pareils, quand on a l'impression que l'amour a définitivement échoué, dit-elle, pourtant, ensuite, tout prend plus de valeur.

Il lui ramena les cheveux sur les tempes et posa sa main sous sa nuque.

Elle dit:

– Tu dois avoir confiance en moi.

– Ce serait plus facile sans ces jeux de cache-cache.

– Mais ça n'en était pas un.

– Bon, accorda-t-il avec un sourire. Mais si tu pouvais en tout cas t'arranger pour qu'il y en ait encore un peu moins !

– Dès que surgit la moindre chose qui pourrait porter préjudice à notre amour, je le cache vite comme une gamine qui a cassé une assiette et qui redoute sa mère.

– Mon enfant, dit-il, mon doux enfant…

– Oui. Et maintenant, envoie l'enfant dormir, il est fatigué.

– Entendu.

Au même moment, il la désira pourtant, et elle lui sembla injuste avec sa revendication de sommeil. Mais en contrepartie il savait que se quitter à cet instant, dans une tension inassouvie, les unirait bien mieux que les caresses.

Elle se leva et plissa le front.

– Je veux m'endormir auprès de toi, dit-elle.

Il se dirigea vers la fenêtre et, en entendant l'eau, sur le fond lointain du silence de la nuit, glouglouter puis cascader dans les tuyaux, il mesura de combien peu il s'en était fallu qu'il ne la perdît. C'est alors qu'il pensa avec précision à son *corps*. C'est pourquoi il l'attendait maintenant, apaisé, en songeant, dans la clarté ambrée, qu'il avait un *corps* encore jeune et bien bâti, et que cette valeur humaine avait été sauvée du feu. Et il avait beau savoir qu'il lui fallait, justement à cause de la méchante gloutonnerie des flammes d'autrefois, être modeste, et il l'était, il savait aussi qu'il était juste de sentir en lui son triomphe sur le néant. Et en pensant à son corps devant l'eau bruissante, il n'avait plus autour de lui le décor de la petite chambre, mais le soleil et le sable d'un coin tranquille de la côte du Karst.

Il avança.

– Non, ne viens pas ici !

Entre-temps l'eau s'était tue.

Il s'approcha doucement, baigneur dont les pas sont absorbés par le sable soyeux.

– Non, murmura-t-elle alors qu'il était déjà près d'elle et que ses lèvres effleuraient ses épaules.

Mais déjà elle se retournait et se serrait contre lui.

– Je suis encore toute mouillée.

Il la prit dans ses bras et l'emporta comme s'il la volait à la mer fraîche et pure.

– Maintenant, j'irai à la ferme à travers bois, promit-elle, je n'irai plus par la route.

Doucement, il écuma de ses baisers l'humidité de sa poitrine. Il la tenait toujours dans ses bras et sentait qu'il était, malgré tout, grisant d'être un homme.

– Voilà pourquoi tu as toujours des chaussures aussi poussiéreuses, dit-il.

– Tu as remarqué ? Décidément, rien ne t'échappe.

– Non, rien de ce qui concerne ma gamine.

– C'est ça, dit-elle alors. Que le vieux m'attende sur la route !

XXXV

Mlle Gilbert venait de le transférer dans une chambre à deux lits au bout du couloir. À cause d'Yves Delbos, jeune homme d'une famille bourgeoise connue à Paris. Pour lui faire de la compagnie. 16e ou 17e arrondissement. Un garçon sympathique. Petit, fin, vif, avec un visage allongé de jeune fille et d'épais cheveux presque blonds. Pas du tout embêtant. Il reste allongé sur le lit fait, le pied gauche reposant à plat et la jambe droite en travers sur le genou gauche. Il lit tout le temps, avec ardeur. De temps à autre, il tire de son étui un petit bâtonnet de beurre de cacao et, tout en lisant, s'en enduit les lèvres. Le bâtonnet jaune donne peut-être à ses lèvres la couleur de l'innocence, toujours est-il que ses mouvements sont insouciants; il a l'air d'exécuter une prescription médicale, comme si sa virilité naissante tentait d'y résister, mais continuait d'être prise dans les injonctions et les rituels du raffinement. Il est fou de livres de cinéma, ce qui, semble-t-il, est un sujet d'amertume pour M. Delbos père; qui voudrait voir son fils en faculté, alors que le fils s'intéresse autant à la faculté qu'à la dernière pluie. Mais M. père, actuellement, prend sur lui à cause de l'ombre qui voile le haut des poumons du fiston, et pendant ce temps le fiston profite, sans vergogne et avec jubilation, de cette liberté momentanée, comme s'il s'agissait d'un stratagème réussi.

Dimanche, M. Delbos père est venu et on le sentait mal à

l'aise dans l'espace réduit de la petite chambre. Hôte indésirable qui se sait indésirable. Les liens qui unissaient le fils, le père et le Dr Decour, qui accompagnait ce dernier, étaient à la fois invisibles et distendus. Grand, plus tout jeune, M. Delbos avait le visage inquiet, amer, apanage des caractères coléreux, prompts à l'outrage et enclins à la maladie nerveuse. Sans qu'il cessât de respecter les règles de la courtoisie digne, ses yeux désertaient la chambre d'un air critique en même temps qu'il faisait machinalement un mouvement d'épaules à peine perceptible.

Mais le plus intéressant fut la visite du Dr Lebon.

Trente-cinq ans, grand, à la fois cordial et discret, prêt à tout moment à rire de bon cœur malgré une grande maîtrise de soi. Sa voix douce et veloutée, il la rendait parfois grave et virile pour mieux se faire comprendre. La plupart du temps, il parlait de la bizarrerie de ses malades déséquilibrés, mais sans aucune arrogance dans le ton. On pouvait croire qu'il informait Yves de ses cas les plus récents, comme on instruit un jeune ami, mais, ce disant, il se faisait plaisir, car en fin de compte il s'agissait de sujets désormais bien connus.

Ainsi l'environnement de Radko Suban avait-il complètement changé, même si, pour tout déménagement, il n'avait fait que se déplacer d'une extrémité du couloir à l'autre. En tout cas, ce peu valait la peine, pour le petit, sans doute, mais surtout pour le Dr Lebon. À cause de son assurance, de son rapport personnel et décidé aux écrivains et aux livres.

«Le petit a de la chance, pensait-il, ils sont comme deux copains, même si le petit le vouvoie»; et Lebon, en bon camarade, lui parle des films qu'il a vus au ciné-club, du contenu de l'article qu'il a préparé pour la revue où il a publié il y a quelques mois une étude sur les névroses de guerre. Yves avait de la chance, il n'y avait pas à dire, on rêve toujours d'avoir des amis pareils. Des amis de même niveau ou qui, s'ils vous surpassent, n'imposent pas leurs vues à toute force ; qui savent écouter, ce qui est une preuve de grande maturité. Et de modestie. D'une modestie qui n'est pas le fruit d'une vertu acquise, mais qui est, comme chez Lebon, un intérêt cordial, attentif, presque curieux pour les particularités de caractère de *l'autre*. Une sorte de joie anticipée devant une nouvelle découverte ou un nouveau trouble.

Mais en dépit de cette attirance, qui est indubitable, nous sommes pourtant aux antipodes l'un de l'autre, continua-t-il. Peut-être d'abord en raison de la délicatesse de son visage, qui semble avoir tendance à l'embonpoint même s'il n'est pas vraiment rebondi. Le dessin de sa bouche a quelque chose de sacerdotal, impression que souligne sa calvitie, trop lisse et trop brillante pour un jeune homme. À vrai dire, la calvitie en question ne provient que d'un front montant très haut, et de cheveux bien coiffés sur les côtés ; mais l'expression onctueuse qui habille la bouche concorde bien avec un front lisse. C'est un homme spécial, voilà. D'une virilité en quelque sorte défaillante, malgré une carrure vigoureuse et droite, mais placez en pensée un corps de femme devant cette carrure, vous ne le verrez pas pour de bon contre lui, vous n'arriverez pas à l'imaginer dans ses bras. Vous le diriez tout entier marqué par un vague retrait qui ne semble pas, soyons juste, découler de son libre arbitre, mais représenter quelque écho qui vient de loin. Il se trompait peut-être, car nulle part, ni dans l'usage qu'il faisait des mots, ni dans l'appréciation des livres, des films, ni dans l'évaluation de la personnalité des malades, il n'y avait en Lebon le signe d'une quelconque étroitesse d'esprit, la trace d'un quelconque puritanisme ; c'était même parfois le contraire. Mais s'exprimer dans un argot bien senti n'était pas non plus de nature à entrer en conflit avec le gros du premier jugement ; du reste, ne pouvait-il pas déraper dans son vocabulaire afin de dissimuler son incroyable chasteté ?

XXXVI

Il la sentait toute détendue depuis la scène de la lettre, délivrée du brouillard qui jusque-là entravait ses mouvements. Mais la cause prépondérante de ce calme apparent était dans la bonne humeur qu'il affichait devant elle. À la pensée qu'Arlette était la source qui irriguait ses racines les plus profondes, il baignait dans l'harmonie. Et quelque impatience. Car plus il percevait en lui la palpitation de la vie, plus il voulait voir cette palpitation croître et embellir. Du coup, il la couvrait de caresses qui ignoraient les limites et avaient par conséquent besoin de la nature comme unique témoin.

De lourds nuages touchaient presque le sol, accentuant la solitude de cette soirée silencieuse.

– C'est vraiment dans les bois et dans la nature que tu es dans ton élément, dit-il.

– Tu plaisantes, mais c'est vrai.

– Non, je ne plaisante pas, la corrigea-t-il avec un sourire. Au fond, je me demande souvent où tu es vraie, dans ta chambre bien rangée ou dans l'herbe au milieu des arbres.

Elle le précédait d'un demi-pas, regardant pensivement devant elle comme si elle avait été toute seule.

– Dans les bois, j'oublie complètement le temps.

– Et le reste du monde est exclu, proscrit de ton royaume de fées.

– Enfant, j'étais déjà comme ça.

– Autant dire que nous autres, nous n'avons aucun rapport avec toi ni avec la vie.

– En pleine nature, je me demande parfois si une mère et un père, ça existe vraiment.

– Aucune passerelle ne mène jusqu'à toi.

Elle gardait le silence, en tête à tête avec elle-même. Mais son visage n'avait pas seulement l'air absorbé de quelqu'un qui médite : on y devinait la satisfaction de rencontrer une image flatteuse. Cependant lui se sentait à l'écart. Et il avait beau se dire qu'une telle dépendance le rendait particulièrement vulnérable, il s'opposait de toutes ses forces à l'idée qu'elle pût l'exclure de son monde. Comme si la source même de son salut devenait alors incertaine.

– Dans ces moments-là, les arbres sont vivants, et les gens des êtres à part qui nous intéressent bien peu, et les arbres et moi-même, dit-elle.

– Ils sont superflus.

– Oui.

– Au fond, *nous* sommes en trop, dit-il.

– Voilà.

– Oui.

C'est alors qu'elle comprit sur quel ton il avait prononcé sa remarque.

– Pourquoi es-tu comme ça ?

Toujours un demi-pas devant lui, elle lui tendit la main gauche et se cramponna à son bras. Le bras contracté, plié comme lors de leur première promenade, elle le conduisait de la même façon presque machinale.

– Je ne pensais pas spécialement à toi, s'expliqua-t-elle.

– Je sais bien. Nous sommes tous exclus de ton royaume d'arbres et de champs !

– Tu vois comme tu es.

– Je suis de très bonne humeur aujourd'hui.

– Tu es méchant.

– Non, seulement moqueur, dit-il. Nous sommes comme des bannis.

Il pencha son visage contre le sien, tandis qu'elle marchait à sa manière, toute droite, en regardant fixement devant elle.

– Tu veux dire qu'il y aurait quand même un petit coin pour moi dans ta forêt?

– Toi, tu es en moi, répondit-elle, pensive, ayant l'air de revenir lentement à la réalité. Là où je suis, tu es aussi.

– Mon trésor, dit-il. Mon petit trésor.

– C'est ça: ton «petit» trésor.

– Mon grand «petit» trésor.

Les gouttes avaient commencé à tomber et, comme des grains de raisin trop mûrs, elles éclataient en douces étoiles sur le sol.

– Comme la visite du dieu Pan, dit-elle en courant.

Quand il la rejoignit, la pluie chantait au-dessus de leur tête, et l'épais feuillage des chênes résonnait, étrange coupole trouée.

– Cela me rappelle le camping, remarqua-t-elle.

Il attendit alors que le souvenir mûrît en elle pour cueillir ce fruit et l'attirer à lui avec le consentement de ses camarades de camp.

– Je ne sais pas pourquoi, mais, près de toi, on se dit que tout est encore possible et que rien n'est définitivement perdu, dit-il – puis, après une pause: Peut-être parce que j'ai l'impression d'être devant une nouvelle et incroyable germination de tout.

Quand il la prit par la taille, elle recula doucement contre l'arbre et s'arqua tendrement, comme une chenille qui prépare son prochain mouvement. Et ses lèvres aussi ondoyèrent, s'ouvrant toutes seules pour accepter ce qu'en même temps elles offraient. Toujours intactes, condamnées à l'immaturité pour l'éternité. Lorsqu'il sentit le dos de sa main frotter contre le tronc râpeux du chêne, elle lui apparut, marchant entre les arbres et les buissons. «Capter cela en soi», se dit-il. Tout en sachant qu'il cherchait une innocence qu'il ne pouvait atteindre. En même temps, comme tout à l'heure, il était jaloux de sa complicité avec la nature. «Mais je ne dois pas le lui reprocher», songea-t-il immédiatement. Puisqu'elle éprouvait le besoin de lui, même quand elle était seule avec les arbres, pourquoi chercher plus loin? Il appuya délibérément le dos de sa main contre le tronc du chêne, ses mains étaient entre elle et lui et il sentait son généreux voisinage.

Les gouttes tombaient à travers les branches, se glissaient entre leurs visages, les fondaient dans l'humidité vivante, tout comme elles imprégnaient le tronc solide qui enveloppait son contenu vulnérable sous une rude écorce.

XXXVII

Les feuilles de châtaignier n'en étaient pas encore à changer de couleur, mais elles présentaient cette maturité lasse qui jaunit le fruit et le rend trop lourd pour sa fine tige. Finie la chaleur qui brûle ou étouffe : elle avait laissé la place à cet air tiède de serre uniformément réparti, et l'on pouvait croire que les courants caniculaires avaient conspiré à installer ce souffle aussi tempéré que l'eau sur une plage d'été pour que s'offrît aux sensations comme à la pensée un lieu neutre où toutes les oppositions vont se dissoudre.

Aussi la feuille qui avait si inopinément glissé du livre de Wiechert était-elle d'autant plus déplacée. Il n'avait nulle envie de lire le roman; pourtant Arlette le lui avait tant vanté qu'il s'y était décidé et, en fin de compte, il s'était dit que cet automne solennellement paisible et raisonnable éclairerait d'un jour définitif le rapport frelaté en son fond que l'écrivain allemand devait entretenir avec la vie.

Mais voilà qu'une lettre avait encore une fois mis *Die Majorin* sur une voie de garage.

Il avait d'abord ramassé machinalement sur le lit la feuille pliée et l'avait replacée dans le livre; mais la lettre s'était ouverte, laissant voir une écriture large et grasse qu'il reconnut. Il eut alors la sensation qu'une ombre malfaisante l'avait touché.

Chère petite,

Pourquoi n'êtes-vous pas venue ? Pourquoi tourmentez-vous un cœur qui ne peut se passer de vous, ne serait-ce qu'une minute ?

Je vous attendrai demain après-midi, ainsi qu'après-demain. Mais venez car je languis de vous à un point que je ne saurais dire.

Votre

ANTOINE

«Elle n'y est donc pas allée», se dit-il. C'est égal, il sentit qu'il lui reprochait d'avoir reçu cette lettre. Elle n'était coupable de rien, néanmoins il lui en voulait bêtement, inconsidérément. Mais qu'y pouvait-elle : elle était comme ça, étourdie au point de coller cette lettre dans le premier livre venu, au dernier moment, elle l'avait oublié et elle le lui donnait à lire.

– En avez-vous déjà assez ? demanda Yves.
– Je n'arrive pas à y entrer.

Il lui était désagréable qu'Yves se mêlât de ses méditations, mais, en même temps, il ne lui déplaisait pas de pouvoir se dégager de ses pièges de petite fille.

– Un auteur prussien, dit-il. C'est peut-être mesquin, mais je n'arrive pas à surmonter une certaine résistance.
– Une résistance bien compréhensible.
– Surtout parce que *là-bas* la résistance n'était pas possible.
– C'était bien gardé, n'est-ce pas ?
– Ce qui était déterminant, c'était plutôt l'idée que jour et nuit les fours brûlaient des os humains dont la fumée flottait par-dessus les baraques et que c'étaient des hommes qui faisaient ça avec d'autres hommes. Ainsi que la stupeur dans laquelle le psychisme d'un être exténué s'effrite bien avant

que ses membres soient pourris par les phlegmons et que son corps soit vidé par la diarrhée. L'âme se met à chanceler, l'esprit ou, si l'on veut, le principe de vie qui donne une sorte de centre à notre conduite.

Yves hochait la tête.

« Mais qu'est-ce qui le prend aujourd'hui de m'interroger là-dessus ? » pensa-t-il.

– J'ai lu quelque chose sur les révoltes dans les camps, dit-il.

– C'était dans les jours qui ont précédé la défaite des Allemands. Bien sûr, certains ont ainsi sauvé leur vie, mais à l'époque tout était joué. Onze millions d'Européens avaient été transformés en cendres.

– Onze millions !

Il avait prononcé ces mots avec un étonnement candide.

– J'ai été le témoin d'une révolte. À vrai dire, ce n'était pas une révolte au sens où nous venons d'en parler ; c'était le fait d'un individu. Mais, pour moi, il a le caractère d'une véritable révolte. Peut-être à cause du lieu et de l'environnement. Peut-être parce que le révolté était un infirmier, c'est-à-dire un homme qui, *là-bas,* entretenait avec la mort le même rapport que moi.

Mais pourquoi lui racontait-il tout ça ? Parce que Yves s'y prêtait ? Parce qu'il était si jeune et si inexpérimenté qu'il voulait entendre des histoires émouvantes ? Le passé venait tout juste de buter sur une chute qui en faisait tout autre chose qu'un conte de fées : dans ces conditions, ce n'était peut-être pas dommage qu'il entendît une miette de ce qui dès à présent passait à la légende. C'est pourquoi il continua :

– Ce matin-là, le soleil éclairait une file incroyablement longue de wagons, c'est-à-dire de caisses ouvertes avec des débris humains debout qui n'avaient pour toit que le ciel allemand. Au cours de la nuit précédente, on avait enseveli cent soixante corps, tout à côté de la voie ferrée, et c'était lui, l'infirmier Janoš, qui avait dirigé le travail. Un travail tout à fait nouveau, car c'était la première fois depuis bien longtemps que nos momies ne finissaient pas au four. La lumière du soleil qui éclairait la nature libre alentour nous réconfortait un peu, même s'il y avait vingt-cinq ou trente wagons privés de nourriture et si, pour cette raison, les deux wagons juste derrière la locomotive se remplissaient encore plus vite. Malgré le travail de la nuit, Janoš sauta du wagon, alerte et vif, comme si toutes les étincelles qui couvaient dans les corps des agonisants s'étaient rassemblées en lui. Et, grâce à lui et au soleil, nous sommes sortis, alors que nous aurions préféré rester sous une couverture dans un coin du wagon à bestiaux fermé.

« Devant le wagon, il y avait un jeune Polonais qui tenait dans sa main gauche son maigre bras droit, que Janoš examinait. Un gamin de quinze ans, petit, le crâne rasé, tout pâle, presque vert de n'avoir pas mangé depuis cinq jours et six nuits. Un SS avait tiré, justement parce que ces squelettes avaient couru vers un wagon plein de pommes de terre isolé sur un quai voisin. Le jeune était parmi eux et une balle lui avait traversé l'avant-bras.

« – Comme tu es arrangé ! avait marmonné d'un air paternel Janoš à l'adresse du jeune.

« C'est alors qu'était passé devant eux l'*Unterscharführer* au visage maigrichon. Janoš se retourna d'un seul coup.

« – Quelle cochonnerie, dit-il. Pour une pomme de terre, alors qu'ils n'ont rien mangé depuis cinq jours !

« L'*Unterscharführer* le menaça et partit pendant que Janoš continuait son pansement.

« Comment vous dire l'essentiel brièvement ? Moi, j'étais absolument épuisé, je n'avais pas envie de rester dehors, c'est pourquoi j'étais remonté dans le wagon où je m'étais allongé, enroulé dans ma couverture. Je ne sais pas depuis combien de temps j'étais comme ça quand les deux SS qui nous gardaient se mirent à discuter avec quelqu'un devant le wagon. Il s'agissait de Janoš qui s'était éloigné du convoi. Il était question de coups de feu, ensuite quelqu'un a dit qu'on le portait, alors moi aussi je me suis levé et approché de la porte. En effet, il y avait deux hommes qui passaient en tenant un corps dans une couverture grise. Mais que pouvais-je faire ? Je me disais qu'il s'était révolté, je me disais qu'il avait calculé que ce serait bientôt la fin de la guerre. Pourtant, de toutes mes forces, et malgré la couverture où j'étais enroulé, je voulais continuer d'avoir froid, de grelotter, et de sentir le plancher dur contre mon épaule et ma hanche.

– C'est fou d'avoir vécu ça.

Yves regardait, l'air interrogateur, mais aussi timide. L'insolence de l'âge adolescent avait déserté son visage.

– Si un homme cohabite avec une femme osseuse, il finit par s'y faire.

– Mais ce n'est pas possible.

– Il ne sait même pas à quel moment elle lui devient familière.

Yves l'observait ; dans son regard, il y avait à la fois de l'admiration et du doute.

– Ne me regardez pas comme ça, dit Radko Suban en souriant.

– Je me demande comment vous pouvez parler de ça aussi naturellement.

– La mort réussit à rendre tout très simple.

– Et comment vous pouvez sourire en disant cela.

– C'est votre jeunesse qui me fait sourire.

– Je comprends. Vous avez une grande supériorité sur nous pour avoir été témoin de ces événements.

– Au contraire, c'est vous qui avez une grande supériorité, car vous pouvez agir pour empêcher votre monde d'être aussi ravagé que le nôtre – il sourit. Bon, maintenant, je peux prendre un livre allemand, dit-il.

– Vous plaisantez, dit Yves en déplaçant la jambe posée sur son genou plié, comme s'il s'éloignait d'un danger auquel il avait, par hasard, échappé à temps.

XXXVIII

Le crépuscule enlevait lentement leurs couleurs aux nuages et aux arbres, le temps se rafraîchissait; on avait l'impression que la nuit froide glissait légèrement le long de la route en pente douce.

– Un jour, je t'ai attendue dans ce verger, dit-il.

– J'étais persuadée que tu ne viendrais pas parce que la veille tu étais passé à côté de moi comme ça.

– À côté de toi et de Mlle Rivière.

– Oui, j'étais avec Claire.

– C'est à cause d'elle que je jouais à Robinson sous ces pommiers.

Il était injuste, en remontant chercher si loin cette histoire. De plus, il aurait mieux valu ne pas prendre le parti de s'enfermer dans le mutisme si leur conversation devait être plus embarrassante qu'un véritable interrogatoire.

Alors elle se retourna et, tendant les bras vers son cou :

– Qu'est-ce que tu as aujourd'hui ?

Il se laissa enlacer et posa lui aussi les mains sur ses hanches, mais c'était plutôt pour ne pas rester les bras ballants alors qu'elle s'accrochait à lui.

– Allons-y, dit-il.

– Mais moi, je veux savoir.

Sa voix était si tendre qu'il lui sourit involontairement.

– Non, dit-il. Pas maintenant.

Elle le saisit par la main.

– Viens !

Et lui se disait : « Laisse-toi conduire, fais celui qui n'a jamais lu une lettre que d'ailleurs elle n'a jamais reçue. »

Sur la gauche, il n'y avait pas d'arbres, mais juste au bord du chemin une petite cabane en bois dont la porte était ouverte ; ils n'étaient pas encore venus à cet endroit. Il bougea sa main dans la sienne, de l'air de l'inviter plutôt à continuer la promenade. Mais Arlette voyait dans cette maisonnette le refuge qui allait les sauver. Il pressentait qu'un lieu clos, isolé dans la nature automnale, les rapprocherait, que son humeur carrée se ramollirait sous ses caresses. Et il ne voulait pas suivre sa main d'enfant. En contrepartie, il lui semblait que de l'avoir toute proche allait peut-être lui faire quitter le point mort. Il n'est pas rare en effet que le corps et les sentiments se dénouent ainsi et qu'arrive au jour sans difficulté, de façon droite et naturelle, le mot qui auparavant ne voulait ni entrer ni sortir. Pourtant, sa petite main n'était pas seulement celle de ses rêves, comme ce premier soir où elle l'avait conduit sous la lune. Maintenant, il la reliait à la lettre du médecin et, dans le geste d'Arlette, il voyait du calcul.

Non, non, il résistait ; mais la simple résistance ne suffit pas dès lors que l'on n'a rien qui puisse remplacer ce à quoi on résiste. Le ressort qui modifierait son état d'esprit, c'était son affection, son désir de se montrer de meilleure humeur – assez pour le calmer et le rendre accueillant à ses bonnes dispositions.

– Regarde, de la paille ! s'exclama-t-elle.

Et, comme un gosse qu'enchante tout ce qui fait du tapage et attire l'attention, elle s'y assit bruyamment.

– Mon petit, fit-elle, lui passant ses mains autour du cou.

– Oui, dit-il en hochant la tête.

Ses lèvres annulèrent le sourire amer, son corps, sa force

magnétique retrouvaient ce désir familier de rallumer l'éclat qui jaillissait de leur contact. Il retint sa tête entre ses mains et, légèrement, de ses doigts écartés, peigna ses doux cheveux. « Elle sent bien que le cœur n'y est pas, se dit-il, un corps de femme sait identifier chaque mouvement, deviner si le moindre geste est sincère ou simulé. » D'autant plus que c'était elle qui offrait son amour et qui l'imposait presque. Mais que veut-il en fin de compte ? Il a une fille peu ordinaire, capable de se donner à lui dans une cahute, sur la paille, une fille qui vit en contact avec la nature comme il aimerait le faire ; elle est donc tout à fait comme il la désire, que veut-il de plus ? Elle n'exige rien, elle lui donne tout dans la joie. Il est déçu parce que quelqu'un d'autre la désire ? Qu'est-ce qu'elle doit faire ? Est-ce sa faute si une fois elle s'est assise à côté de lui dans une voiture et qu'il a passé le bras autour de ses épaules ?

Il l'effleura de sa main droite, histoire de diminuer la distance, de la consoler de l'avoir laissée si longtemps seule et presque à l'écart. « Mais elle le sent, se répète-t-il, elle sent qu'il n'habite pas sa main, qu'elle se déplace autonome, elle sent que ses doigts la caressent, mais qu'il n'est pas dans ses caresses. Et c'est malhonnête. »

Il se dégagea, manifestement en proie à une mauvaise pensée.

– Qu'y a-t-il, Radko ?

– Je ne peux me faire à l'idée que tu caches toujours tout.

– Je ne cache rien.

– Si.

Ensuite le silence les sépara, dans lequel se faufila le cri frileux d'un criquet isolé. Quelle misère, un amour pareil, sur la paille, si on n'a pas la foi pour en alimenter la flamme ! C'est encore plus navrant quand on a autour de soi le vingtième siècle, sa technique et son confort.

– Ton Antoine t'a encore écrit, dit-il enfin.
– Non.
– Inutile de nier.
– Si je dis non, c'est non.

Il réprima l'énervement qui s'emparait de lui, il sentait que, s'il ne se dépêchait pas, il ne pourrait ressouder la fêlure qui allait se former entre eux. Mais pourquoi parlait-elle avec tant d'assurance, sans trace de la moindre hésitation ?

– Quel est le sens d'un mensonge à cet instant ?
– Mais je ne mens pas.

Il y avait moins de révolte et de détermination dans sa voix, mais justement cette nuance de fléchissement était une sorte de piège que lui tendait sa dissimulation irresponsable et néanmoins bien éveillée. Une sorte de faiblesse qui, parce qu'elle se protège par la coquetterie, a conscience de son pouvoir.

Il retira la main de dessous sa tête et se leva.

« Qu'elle dise quelque chose, pensait-il tout en avançant. Qu'elle l'appelle par son prénom comme elle est la seule à savoir le faire. Ça suffirait. » Mais on aurait dit qu'elle n'était pas là, et le pire, c'était qu'il la détestait à cause de cette absence et de cette froideur. Dans l'obscurité, elle ne faisait qu'un avec la paille, et, après l'avoir tout entier bouleversé avec son amour, son mensonge et maintenant son silence, c'était comme si elle n'était pas là.

Il se retrouva sur le chemin et entreprit de grimper vers un massif de pins. Ses pas, d'abord rapides, se calmèrent petit à petit.

Elle va descendre vers le pavillon. Qu'elle aille où bon lui semble, et qu'on en finisse avec ces enfantillages ! Pourtant sa manière de nier n'est pas vraiment puérile. À moins que... Il paraît, justement, que les enfants nient avec cette obstination.

Bon, mais maintenant, c'en est fini. Et puisque l'amour est nécessaire, que ce soit quelque chose de solide et de sincère, et non un jeu qui change tous les jours. Ni une belle tentation qui maintient son homme dans un univers de nursery. Ainsi font font font. Si ça continuait, il allait complètement retomber en enfance et il oublierait l'endroit d'où il venait. Ce qui était déjà un peu le cas.

Il était heureux d'avoir parlé de Janoš à Yves. C'est la première fois qu'il se dévoile. Parce que Yves est raisonnable et bon. Pourtant avoir en soi une telle quantité de morts est incommunicable. Comme sa responsabilité vis-à-vis de tout ça. Mais pas l'hypocrisie d'une lunatique qui s'assied près d'un homme en auto et qui raconte qu'elle ne pouvait pas s'opposer plus longtemps à l'amabilité indiscrète de son bras. Elle ne pouvait pas s'y opposer. Et si elle dit qu'il ne lui a pas écrit une nouvelle fois, c'est qu'il ne lui a pas écrit. Et lui accepte ça, lui qui a vu Janoš dans la couverture et Mladen sur la table de pierre à côté de la meule brûlante. Jeu dérisoire avec le Petit Chaperon rouge. Et justement ici, où un jour, il s'est senti comme délivré d'elle. Mais elle l'avait ébloui dès le début. Elle a toujours une excuse prête. Où est donc chez elle la frontière entre un motif justifié et la dissimulation ordinaire? «Je ne me suis pas fardé les paupières», alors que, même de loin, elle avait l'air d'une actrice après une représentation. «Je ne retire pas ma main», et puis que je t'explique en long et en large pourquoi elle l'a déplacée. En finir! Dans son empoignade avec la vie, cette fille folle ne pourra pas se tenir à ses côtés. Elle n'est pas la femme qui sera aussi un compagnon.

Pourtant il lui avait bien dit que, si elle avait été raisonnable et maternelle, elle n'aurait pas pu signifier autant pour lui. Et c'était vrai. Il n'aurait pas su se confier à elle. Il n'aurait pas su être *seul*. C'était sans doute là l'essentiel. Être *seul* et avoir la capacité de s'oublier. Car quand les corps des hommes mouraient en brûlant, les femmes ne leur étaient d'aucun secours, même s'ils évoquaient leur souvenir. Non. Surtout pas s'ils évoquaient leur souvenir. Et si quelque part des femmes devenaient squelettes et qu'ensuite on dût les brûler, on les brûlait séparément; leur destruction n'avait aucun rapport avec celle des hommes. L'atmosphère de sa mort à lui n'avait aucun lien avec l'atmosphère de leur mort. Et si, *en ce temps-là,* sa solitude avait été aussi irrémédiable, de quelle manière pourrait-elle, en tant que femme, obtenir maintenant son billet d'entrée jusqu'à lui? Par la bonté? Mais n'ayant pas été mise en pièces par des dents affamées, n'ayant pas brûlé dans les fours, la bonté n'avait pas le visage d'une femme. Aussi, l'amour comme bonté, comme Bon Samaritain, quelle absurdité! Oui, femme par le sexe. Devant elle, il serait seul. Elle resterait à la lisière de son secret. Elle soignerait son corps. Ce faisant, elle ne s'appliquerait pas à soulager le malade, mais elle serait une femelle surprise par la richesse insatiable de la passion. Ce serait l'ondulation des hanches et des seins, le rythme sain de la chair vivante après la déferlante des os et des peaux humaines sèches et croûteuses. Aimer un corps rose après l'autre comme chaque nouvelle vague d'un grand fleuve qui roule de la mort vers la mer pure et corrosive, infinie.

Il s'arrêta à l'extrémité du bois. La route descendait un tout petit peu, mais dans l'obscurité on le remarquait à peine. De la droite, du nord, soufflait un petit vent vif. La fraîcheur était imprévue, comme au théâtre quand le rideau se lève et qu'un courant d'air souffle de la scène. «Mais toutes ces métaphores ne servent de rien à l'homme qui doit vivre sur terre, pensa-t-il, il va bientôt faire froid et il faudra se couvrir; alors c'en sera fait du romantisme des arbres et de l'amour dans les cabanes de berger.» Et pourtant. Se cacher dans une maison de pêcheur sur le littoral désert où l'on n'entend que le grondement des vagues et le cri des mouettes qui s'égosillent et se querellent d'une voix presque humaine. Veiller sur un petit phare et trouver dans cette simple tâche le but et l'utilité de son destin...

«Arlette, se dit-il brusquement en faisant demi-tour, c'est ça.» Elle est le sexe, mais elle est d'abord une féerie. La ferveur de ses yeux d'enfant, quand on raconte une histoire merveilleuse. Près d'elle, il est seul, mais non livré à ce vide qui accompagne l'engloutissement aveugle dans la houle du corps féminin. Seul, mais enchanté par son indécision et sa vivacité. Avec elle, il est de nouveau un enfant au milieu de la nature. Elle sait son passé, elle le prend de tout son être et elle se greffe dans son être sur son immense faculté de rajeunissement.

Car la vie est-elle autre chose que la persistance d'une germination toujours renouvelée?

Mais cela, il l'avait déjà constaté seul aussi bien qu'avec elle.

Et son mensonge. Ce n'était qu'une protection instinctive de sa vie avant qu'il ait le temps de lui inoculer le germe de la mort.

Il s'arrêta et releva son col.

«C'est elle», se dit-il, et il se remit en route. C'est elle; et il se demanda comment il avait pu être à ce point terrifié par des bagatelles qu'il ne s'en était pas aperçu tout de suite. Il veut être mûr et sage, et il est hargneux et insupportable. Et il la rend responsable du silence et de l'enfermement dans lesquels il s'est fourvoyé. Il n'est pas à la hauteur de leur amour, voilà. Et sa main sur son corps était un outrage. Le fait de chercher à réduire la distance était bien une manière d'invite au rapprochement, mais, en fait, c'était une offense faite à son corps. Et à ses seins, qui avaient perdu leur valeur sous ses doigts.

Il l'avait laissée allongée dans la paille comme une coureuse avec qui il se serait disputé.

Une vague de peur l'envahit.

Il accéléra le pas.

«C'est à cela que doit ressembler la peur d'un père qui a oublié son enfant sur la plage, pensa-t-il, et qui, au moment où il en prend conscience, est prêt à n'importe quel renoncement pourvu qu'il ne lui soit rien arrivé et qu'il le retrouve sain et sauf.» Lui aussi était vraiment impossible, il l'avait laissée là-bas comme si elle avait été la dernière des dernières. C'est ça, impossible. Comme le monde d'où il vient. Alors qu'elle n'a absolument aucun besoin de greffer tout ça sur sa jeunesse. Vraiment aucun besoin.

Il sentit qu'il devait se presser tant qu'il était encore temps, et en même temps il était effrayé par l'idée que tout fût perdu.

XXXIX

Après avoir poussé la petite porte d'entrée, il resta dans l'ombre, mais, ici et là, de chaque côté du couloir, un trait de lumière brillait sous les portes. Quelque part, derrière son dos, une radio bredouillait doucement, avec un son étouffé semblant monter de dessous une couverture.

La poignée céda sous sa main.

– Tu ne dors pas? – il essayait d'avoir une voix naturelle.

Mais elle l'observait dans la lumière jaune de la lampe de chevet. Ses yeux étaient habités de doute et d'une attente où le souci était porté à son comble, comme si elle dépendait tout entière de ce qu'il avait décidé. Pourtant, pris comme il l'était dans ses yeux, il avait tout du coupable devant un juge candide. Cependant qu'il se sentait pénétré de l'étrange satisfaction de pouvoir la délivrer du doute qui la troublait.

Il s'assit sur le bord du lit et lui écarta les cheveux du visage; et bien que l'incertitude affichée dans ses yeux le retînt de sourire, elle sentit l'affection bourdonner dans l'air et l'encercler.

– Oh, Radko!

Mais plus que le son de sa voix, déchiré en même temps que suppliant, c'était la pression de ses mains sur son cou qui était éloquente. Et quand il faufila les siennes à plat sur ses épaules pour se dégager un peu de son emprise, elle le serra encore plus fort dans ses bras. Alors il céda et s'abandonna à son ardeur. Il sentit qu'il ne pouvait réprimer un sourire, car tout son corps, instinctivement et sans pouvoir s'en défendre, s'étonnait tout de bon de ce bonheur inattendu.

– Comme tu as froid! dit-elle, soucieuse et concentrée.
– Je n'ai pas froid.
– Pourtant ton visage est si froid! Comme tes mains.
– Mes mains aussi sont froides?
– Elles font deux plaques de glace sur mon dos.

Le silence envahit un instant la petite chambre; grâce à lui, les cloisons étroites semblaient défaites et ils avaient l'impression d'être dans les bras de la nature, dans son infinité.

Et il se demanda si ce n'était pas de la traîtrise qu'une femme le séduisît à ce point par sa tendresse. En même temps, il avait conscience d'être satisfait de la valeur rare qui était devant lui encore intacte, inchangée. Et cette certitude, loin de le rendre impatient, l'enveloppait d'un halo de paix, de sécurité raisonnable.

«Je lui offre la protection, songeait-il, et la question est de savoir si c'est elle qui en a le plus besoin.» Mais il savait également que leur embarras à parler durerait aussi longtemps qu'ils n'auraient pas retrouvé leur connivence. Le chemin le plus proche vers la confiance était là. Et comme s'il découvrait à travers les saules le chemin qui mène à une rivière calme et doucement ondulée, il effleura de ses doigts la veste bleue de son pyjama. «Doucement, se dit-il, pas d'impatience, comme quand on attend posément la montée de la marée, le petit clapotis sur la grève et le doux bruissement de l'eau qui se faufile entre les galets.» Si près de la ligne bleue que l'ouverture s'agrandit et que sa main se courbe sous les formes offertes; pourtant on aurait dit que sa main devait encore trouver la nuance qui rendrait sa forme définitive. Il avait ainsi dans la main la source de tout son bonheur d'homme, et la douce pression de cette main était le dernier contact qui manquait encore à la perfection des tendres formes. Comme le potier qui polit le galbe tendre d'un vase encore humide.

Il la sentait réagir, accepter ses attentions. Pourtant elle semblait se faire violence et maîtriser au fur et à mesure une tristesse, lointaine, voilée.

«Nous aurions dû nous faire confiance plus tôt», pensa-t-il. Mais peut-être que la dureté et la gêne se seraient encore plus difficilement atténuées. Il l'avait abandonnée sur la paille après avoir embrassé son corps et l'avoir caressé sans ferveur. Deux fautes que sa main seule maintenant pouvait effacer. Elle aussi le sentait. Alors il désira ardemment qu'elle devinât ses pensées dans sa main. Qu'elle les découvrît sur ses lèvres qui s'approchaient d'elle, aspirant son approbation des profondeurs les plus secrètes. Comme la palpitation qui fait frissonner la surface de la mer quand une pierre finit par toucher le fond sableux.

– Nous ne devrions pas nous éloigner l'un de l'autre ainsi, dit-elle comme pour elle-même.

– Non – il sourit. Mais nous l'avons déjà dit plusieurs fois.

– Tu devrais avoir confiance en moi.

– Oui, mais c'est toi qui m'as apporté le roman de Wiechert.

– Quelle poisse d'avoir glissé la lettre dans ce livre!

– Non, quelle poisse que tu mentes comme une enfant de quatre ans! – il s'allongea sur le dos. Si tu te décides, autant le faire tout de suite, nous ne perdrons pas de temps...

– J'avais peur que ça nous fasse tort. J'en avais peur.

– Ça nous a fait plus de tort, de cette façon.

– Maintenant, nous nous sommes vraiment retrouvés, n'est-ce pas, Radko, vraiment?

– Pourtant, tu dis que c'est la poisse d'avoir laissé cette lettre dans le livre.

– Oui, j'aurais mieux fait de la déchirer.

– Ç'aurait été mieux de ne pas jouer à colin-maillard.
– Mais si je l'avais déchirée, je n'aurais pas eu à le faire.
– Un jour ou l'autre, le mensonge se venge. Même s'il ne se découvre pas, par la suite, il désagrège la valeur qu'il protège et on croit être en sécurité.
– Oh, Radko !
– Cette personne semble avoir un pouvoir particulier qui peut nous nuire.
– Il pense en effet qu'il a un droit.
– Un droit ?
– Éteins la lumière, supplia-t-elle d'une voix pleine de sanglots. Éteins.

Dans l'obscurité, ses pleurs étaient déroutants, émouvants. Ce n'était pas une plainte de femme arrivant des profondeurs, mais qui a derrière elle une pensée adulte ; au contraire, c'était le déchirement et le désespoir dans lequel est tout entier un enfant, de tout son être, car au-delà, il n'y a que le néant et son vide.

Il tenta doucement de tourner son visage vers lui. Mais son cou était raide et ses membres crispés.

– Calme-toi, lui dit-il en prenant son bras qui tremblait, replié devant la figure.

Lentement, ses pleurs cédèrent, comme l'averse emportée par le vent, mais que des ondées isolées rappellent de temps à autre.

Le silence qui s'installa alors n'avait rien de pénible, il semblait chercher le degré de densité convenable.

– À l'époque, j'étais assignée au pavillon 3.

Sa voix était encore humide, mais il y avait maintenant en elle une résistance étouffée qui prenait le dessus, presque une colère.

– J'étais arrivée là-bas, un peu intimidée mais pourtant confiante, en infirmière passionnée par son nouveau métier. En fait, j'étais une fille abîmée dans ses rêves, qui vivait encore dans l'ambiance heureuse du camping. Ma rencontre avec Philippe n'avait en rien modifié cet état d'esprit ; cette nuit avec lui avait été le prolongement de notre camaraderie autour du feu de camp – elle marqua une pause, puis reprit avec conviction : C'est bien que j'aie été sienne à l'époque. Car ici je me retrouvai dans un zoo, guettée dans tous les coins par des yeux qui convoitent. Tu vas dans les chambres en craignant tout le temps les plaisanteries, les blagues qui t'assaillent sans cesse. Tu apparais sur la terrasse et tu es cernée par le chœur des voix et des sourires douteux. Et il n'y a personne à tes côtés sur qui compter. Philippe ? Je lui ai quelquefois écrit et il m'a répondu, mais j'aurais dû aller chez lui. Je n'avais pas assez de courage. J'avais peur de la bohème, de la vie au jour le jour. Donc je me suis forcée. Mais ça n'est pas facile quand, dès le début, on gâche tout, en montrant son vrai visage. Tu marches, l'air sévère et réservé, mais en vain. Ils se moquent de toi, ils disent que ça ne te va pas, que tu fais semblant. Et tu es d'autant plus en colère que tu sais qu'ils ont raison. C'est alors que Jean s'est approché. Il me plaisait : il restait toujours à l'écart quand les autres me persécutaient avec leurs sottises. Grand, des yeux espiègles et un sourire moqueur sur ses fines lèvres. Parfois, il ressemblait à Philippe, mais la plupart du temps les mots lui manquaient. Au début j'ai eu peur. J'avais l'impression qu'il était sûr de lui et qu'il avait quelque chose derrière la tête. Oui, au fond, j'ai tout le temps été sur la défensive, du début jusqu'à la fin. Mais c'est peut-être cette incertitude et cette recherche qui m'ont séduite. Tout en résistant au fait que lui comptait, par son comportement raisonnable, que j'allais lui appartenir, j'étais en même temps tentée par l'inconnu. C'est pourquoi, petit à petit, je ne l'ai plus repoussé avec autant de fermeté quand il venait à l'infirmerie sous un prétexte quelconque et qu'il restait avec moi. Et même si j'avais peur de ses visites, il me semblait en même temps qu'il me protégeait des autres. Un jour, je suis allée à l'infirmerie après le dîner. J'avais quelqu'un qui était mal en point et je ne voulais pas qu'il attende l'infirmière de nuit pour sa piqûre. Jean le savait et lorsque je suis sortie de chez le malade, il m'attendait dans le parc et nous nous sommes assis sur l'herbe. Il m'a immobilisée dans ses bras et s'est mis en colère, disant que je devais rester tranquille. «Ne bouge pas», grognait-il. Ensuite, il est aussi venu une fois à l'infirmerie et comme je voulais lui échapper, il a dit que ce serait pire si je criais, car ils seraient tous au courant. Mais, malgré cette vilaine bataille, j'étais attachée à lui et je lui reconnaissais la victoire en secret.

À ce moment-là, la nuit resserra son cercle, le silence devint presque palpable.

– C'était idiot d'attendre quelque chose d'autre, mais j'ai été déçue quand je lui ai parlé de mon état. J'avais comme perdu la tête. Pas parce qu'il était si froid ; mais je n'étais absolument pas préparée à affronter de telles questions. C'est sûr, c'est insensé de se tourner vers le médecin de quartier, mais je n'avais vraiment personne pour m'aider. Je me revois comme si c'était aujourd'hui : c'était plein de soldats allemands sur la route et puis je me suis retrouvée dans son cabinet. «Il paraît que je couve quelque chose, lui ai-je dit avec un sourire dur. – C'est vrai que vous couvez quelque chose, a-t-il confirmé après m'avoir examinée.» On avait l'impression que ça lui était plus facile parce que j'étais souriante et cynique. L'adresse aussi, il me l'a donnée sans hésitation, vraisemblablement à cause de mon attitude. «Elle connaît son affaire», a-t-il pensé – elle se tut un moment. Depuis lors, il pense qu'il a des droits sur moi parce que j'ai dû lui montrer mon corps et parce qu'il a farfouillé dedans avec ses grosses mains – sa main bougea pour chercher celle de Radko. Oh ! Radko.

Au même moment, elle déplaça la main.

– Et ensuite chez cette femme. Dans cette chambre qui sentait le crime et elle, penchée sur mon corps, presque dedans. Comme un monstre qui aurait rampé en moi. Oh, maman! ce que j'aurais donné pour être dans ses bras! Et ensuite dans cette mansarde avec la peur de l'hémorragie et la tentation de me jeter dans la cour sombre. Et cette dernière lettre que j'ai écrite à ma mère. Mais on est faible et on ne saute pas, et on est aussi dégoûté par ça. Et l'errance dans le couloir, le corps qui va s'effondrer, se vider de son sang, cependant que la conscience reste éveillée. Ensuite le retour ici, alors que j'aurais voulu ne plus revoir cet endroit. Voyage en train de nuit, torpeur, faiblesse et découragement. Et, en descendant, tu te rends compte que tu n'es pas à la bonne gare. Alors tu erres dans l'obscurité sur des chemins défoncés, tu butes contre les pierres et tu grimpes la côte, oppressée, comme dans un cauchemar. Avec la peur d'être prise quelque part par les soldats allemands. Jusqu'à ce que finalement tu frappes à la porte d'une maison à l'écart dont la chambre est éclairée, et dont la maîtresse de maison te regarde comme un fantôme; mais qui te propose cependant un lit dans une chambre toute pareille à la tienne, chez toi où tu dors avec Joséphine. Et même l'horloge qui sonne quelque part, comme la nôtre.

L'instant d'après, sa tristesse s'était de nouveau déployée sur l'ensemble de son corps de sorte que son tremblement réprimé semblait être sous l'empire de vagues régulières. Elle était derechef toute durcie, raidie, si étrange qu'il en eut presque peur.

Il la saisit par le bras et posa sa main dans la sienne. Qu'au moins son corps se calme; quand elle pleure, son corps ressemble à celui d'un homme secoué par une crise d'épilepsie puisqu'il est bien possible que l'épilepsie ne soit qu'un long sanglot, longtemps retenu, qui éclate par force.

– Maintenant, je vais te dégoûter, je le sais – les sanglots hachaient ses mots. Maintenant, tu vas me regarder autrement.

– Je serai riche de l'idée que tu as eu confiance en moi.
– Oh, Radko!
– Oui. Avant de trouver cette lettre dans le livre, j'avais souvent l'impression que le danger de te perdre me guettait à tout moment.
Elle se taisait.
– Je t'ai trop vite appartenu, dit-elle au bout d'un instant.
Oui, si on pensait à ce qu'elle avait vécu naguère. Mais, d'un seul mouvement, il la voyait qui l'emmenait au clair de lune et il se voyait, suivant sa petite main qui le tenait fermement.
– Peut-être, dit-il. Mais tu as sans doute pressenti que cette inclination allait sauver quelque chose en toi.
– C'est par pitié que tu es bon.
– Il n'y a pas de bonté là-dedans. C'est justement ce que tu disais ce soir-là.
– Qu'est-ce que j'ai dit?
– Que nous, les déportés, nous étions de grands malheureux.
– J'ai dû dire quelque chose comme ça. Juste pour dire.
– Mais tu aurais pu dire autre chose. Que ce soit par plaisanterie ou par nécessité, on utilise en général ce qui est dans sa nature.
– Tu as peut-être raison.
– Devant les autres et devant toi-même, tu as joué les femmes expérimentées. Mais c'était un masque.
– Et maintenant, tu vas me mépriser.
– Notre amour nous libérera du passé, toi et moi.
– Tu es vraiment sûr de ça, Radko?
– Au fond, nous sommes tous les deux des débutants.
Elle se taisait, étendue sur le dos à côté de lui; elle ne se tourna pas vers lui comme elle l'avait fait les autres fois dans des situations semblables.

– Quand tu m'as laissée dans cette cabane, je suis restée allongée un bon moment, engourdie, dit-elle. Puis je me suis levée et j'ai marché sur la route. Tout le long du chemin, je me répétais «coureuse, coureuse», et mes larmes dégouttaient sur mes joues.

Alors elle se retourna d'un seul coup et ses mains se levèrent comme lorsqu'il était entré dans la chambre.

XL

Il sentit une satisfaction secrète, complice, à être imprégné de son poison qui apportait des images d'immaturité et de printemps.
Une feuille de papier vert.

Cet après-midi, j'ai jeté un sac sur mon épaule et je me suis mise en route pour la ferme (combien de temps durera encore cet après-guerre où l'on ne trouve pas de beurre dans les magasins?). Il faisait plutôt froid et je suis partie avec une bonne provision de chaleur, j'ai fait le chemin comme un atome tiède. Dans le bois, il ne faisait pas froid, les feuilles mortes se cassaient sous mes semelles, le sentier familier serpentait vaguement sous les arbres, les brins d'herbe étaient hérissés de cristaux réguliers. J'ai d'abord rencontré une fille et son chien, celui-ci en arrivant m'a flairée et, quand il a eu reconnu « son camarade », il m'a manifesté son amitié. Puis, j'ai vu un vieux, tout courbé sous un lourd fagot de bois. Il avait sur la tête un chapeau bien lavé et bien fatigué, enfoncé jusqu'aux yeux. Il m'a regardée presque fixement avec un air de reproche (je marchais sans doute trop triomphalement alors que lui, tout vieux et tout cassé, peinait).

La cuisine de la ferme était tiède; le chien dormait près du feu, une veste de chasse était suspendue à un siège, les fusils étaient accrochés au mur; le balancier de l'horloge battait lentement et gravement les secondes. Un jour, nous irons ensemble, si tu veux bien. Un jour où tu pourras t'arracher à tes livres et où moi, je serai assez décidée.

Au retour, une lune transparente brillait au milieu des nuages et sur les brins d'herbe les cristaux répondaient faiblement à son appel.

On frappa à la porte et au même moment, elle entra.
– Seul?
Elle se pencha en arrondissant ses lèvres.
– Tu le regrettes?
– Quelle idée!
– Tu as eu l'air déçue en regardant dans la chambre.
– C'est bizarre que tu sois seul.
Il sourit.
– Yves est un garçon sympathique, dit-il.
– Bien sûr, encore jeunot mais sympathique – elle alla jusqu'à la porte de la terrasse et se retourna. Maintenant, tu es méchant.
– Il joue au billard au foyer.
Mais elle n'acceptait pas la plaisanterie. Elle se tenait à la tête du lit d'Yves, inclinée pour déchiffrer le titre d'un livre placé sur le petit meuble en fer-blanc.
– *Histoire du film*, murmura-t-elle pour elle-même.
Il serra les genoux et jeta un coup d'œil sur le livre qu'il avait rapproché en faisant ce mouvement. «Elle est arrivée, prête à se mettre en valeur devant Yves et la voilà frustrée, pensa-t-il. Maintenant, bien sûr, elle nie, mais ses gestes suivent leur chemin sans qu'elle en ait conscience.»
– Je t'ai apporté du beurre.
Elle s'était approchée de la terrasse et elle avança jusqu'à la balustrade.

– À moi aussi ?
– Mais tu m'en avais commandé.
– Les autres fois également.
– C'est-à-dire que, les autres fois, j'ai tout donné à Rivette.
– C'est ça.
Elle se retourna alors vers son lit.
– Qu'est-ce que tu as ?
– Rien.
– Allons donc !
– Non, au contraire. Je suis content, car je viens juste de vendre des cigarettes et je pourrai te payer le beurre tout de suite.
– Quelle bêtise ! s'écria-t-elle en agitant les mains avec colère.
– Les Players sont des cigarettes très recherchées. Rendons grâce à la Croix-Rouge qui nous les donne, dit-il.
– Oh, je t'en prie !
Elle s'assit au pied du lit et repoussa ses cheveux de son front.
– Quelque chose ne va pas ?
« Ça y est, ses yeux sont tout à fait présents, remarqua-t-il, elle est dégrisée, elle est revenue de son monde. »
– Maintenant, dit-il en souriant, tout va bien.
– Maintenant ?
– Non, non. Aujourd'hui, je suis de bonne humeur.
– On ne le dirait pas !
Elle se déplaça vers le milieu du lit, mais par saccades et tout d'une pièce, sans s'aider de ses mains, ni de ses pieds d'ailleurs, car ils ne touchaient pas le sol.
– C'est vrai, dit-il. Depuis que j'ai reçu ta lettre forestière.
Elle tourna la tête vers la terrasse.
– Tu vois, aujourd'hui, l'air est encore automnal et on ne croirait pas qu'il a fait froid ces jours derniers.

– C'est vrai.

Il se dit qu'encore une fois il avait été injustement caustique. Elle se sentait détendue parce qu'elle avait retrouvé son contact d'autrefois avec la nature et bientôt elle n'aurait même plus conscience de s'être délivrée du passé. Ainsi donc, elle cherchait maintenant à faire reconnaître sa nouvelle assurance et il était compréhensible qu'elle fût déçue de ne pas trouver Yves. Il n'y a en effet rien d'étonnant à ce que, ayant recouvré la joie de vivre, elle fasse parfois la coquette ; c'est l'optimisme, la conscience de la force vitale, cela il le sait bien lui-même.

Elle se leva, alla jusqu'à la terrasse, y passa puis revint.

– Je dois y aller.

– Déjà ?

Mais elle se tenait près du lit d'Yves comme si rien ne pressait. En tout cas, elle aurait aimé le voir. Elle se serait montrée et se serait inquiétée de l'écho qu'elle aurait produit en lui. « C'était le besoin de quelque chose qui transformerait la monotonie du quotidien et c'est pourquoi c'est idiot de me tracasser pour ça », conclut-il.

Mais ça le tracassait : c'était comme si leur relation reposait sur un mensonge, car ce qu'elle cherchait n'était pas réfléchi, n'était pas dicté par la volonté, mais machinal et donc plus grave que si elle en avait eu conscience. Son monde à lui ne la satisfaisait pas. Et ce jeu de cache-cache autour du médecin qui la pressait était maintenant des plus innocents, comparé à son attitude actuelle. À ce besoin d'exhiber sa nouvelle naissance. Elle s'était échappée du cocon qui l'étreignait, et le papillon voulait à présent invalider toute sa dépendance forcée. Et lui se vivait comme un simple tremplin.

– Que lis-tu ? Tu es toujours avec Odile ?

– Toujours.

– Et elle me ressemble toujours ?

– Un peu trop.

La cloche sonna et dans le couloir des voix s'approchèrent.

– Maintenant, j'y vais.

Elle s'approcha de lui puis s'écarta comme si un tourbillon caché mais net l'avait portée.

La porte s'ouvrit brusquement et Yves pénétra dans la chambre. En réalité, il y fit irruption comme une rafale de vent qui déboule à un coin de rue. Yves resta accroché à la poignée, le dos appuyé contre la porte fermée.

– Bonjour! On fait ce qu'on peut, ajouta-t-il dans un rire – tout en se dirigeant vers son lit à grandes enjambées, les épaules un peu courbées, adoptant, pour se moquer de lui-même, une posture de clown.

– C'est fabuleux comme vous êtes toujours de bonne humeur, dit-elle.

– Fabuleux, dites-vous?

– Je m'installerais bien ici avec vous deux.

– Magnifique! commenta-t-il en s'asseyant au bord du lit.

Elle se déplaça en direction de la terrasse et du lit d'Yves.

– Ce sont des restes de puberté, dit Yves avec un faux air sérieux à propos de son comportement.

– Minette m'attend, dit-elle alors rêveusement – elle se rapprocha encore de la tête du lit de Radko Suban. Oh! c'est vrai, et elle se tourna vers lui, j'ai oublié de te dire que j'avais Minette.

– Minette?

Elle était de nouveau devant Yves.

– Mais oui! ce petit angora que m'avait promis Mme Ramond. Je t'en avais parlé – elle expliqua pour Yves: Il est incroyablement mignon quand il se promène, sans se gêner, comme une petite pelote de laine marron.

– Je n'aime pas les chats, dit Yves.

– Moi non plus, dit Radko.

– Oh, ce n'est pas un chat ordinaire! s'écria-t-elle.

– Vraiment, je ne m'imagine pas avec un chat, fit Yves d'une voix gaie en repoussant une mèche de cheveux de son front.

– Vous êtes incorrigibles, dit-elle en se dirigeant vers la porte, essentiellement parce que Yves, qui allait se mettre au lit, retirait déjà ses pantoufles.

– Au revoir, dit-elle. Soyez sages.

Elle se pencha vers Radko et ses lèvres effleurèrent sa joue.

– Par la force des choses, dit Yves, et il saisit l'*Histoire du film*.

Là-dessus, ils se turent.

Il pensa qu'elle s'était approchée de son visage alors que les autres fois elle ne l'avait jamais fait en présence d'Yves. Son plein accord avec Yves renforça inopinément sa solitude.

XLI

La nuit sentait l'hiver, le vent vif donnait un poli brillant aux étoiles. Il voyait la neige allemande et la route qui la traversait. Les wagons Krupp. Le piétinement des galoches contre le plancher métallique. Il repoussa ces images, même s'il était bien persuadé que ce domaine secret le délivrait du pénible pressentiment que Mlle Renard allait l'inviter à danser. Il sentait que ses relations avec Arlette se modifiaient. Elle ne savait pas renoncer à la danse; comme si c'était d'une importance vitale. Et s'il n'avait pas reçu l'invitation inattendue de la directrice, elle venait sans lui, libre et à l'aise.

Les fenêtres du pavillon des infirmières étaient éclairées, ainsi que la porte vitrée du rez-de-chaussée; on aurait dit une serre dont la lumière dévoilait tout alentour les arbres qu'autrement on ne voyait pas la nuit.

Les couples se séparaient, tout le monde retournait vers les sièges alignés contre le mur. Mlle Renard lui souriait d'un air encourageant. Petite, la soixantaine, son visage était légèrement échauffé, mais ses yeux n'en étaient pas moins inquisiteurs.

Arlette sortit de la foule.

– Tu es là, dit-elle.

– Ça faisait tant plaisir à Mlle Renard.

– Et à moi.

– Toi, tu as déjà choisi.
– Ne sois pas comme ça. Je n'ai pas dansé depuis un siècle !
– Soit.

Il s'avoua tout bas qu'il ne devait pas l'inclure dans un monde qui n'avait rien d'intéressant. De quelque part, la joie et l'insouciance devaient aussi affluer vers elle.

– Viens !

Elle le tira par la main derrière elle. Il n'était pas gêné par cette main qui l'avait tant surpris, il y avait quelques mois, au milieu de la nuit, non loin de cette salle. On aurait dit qu'elles allaient bien ensemble, cette main irresponsable et la naïveté de ce public qui s'amusait.

Il en fut de même pour les présentations. Marie, de l'autre pavillon. Une fille simple à qui sa mère avait sagement enseigné le savoir-vivre. Isabelle la maigrichonne ; quarante ans, des lèvres minces et cyniques, lunettes, cigarette entre ses doigts tachés de nicotine. Elle travaillait au laboratoire, où elle fréquentait surtout les bacilles de Koch. Enfin, le veilleur de nuit, un blond au visage large et au sourire stéréotypé ; « un bon diable », aurait dit Arlette.

– Mais tu connais M. Michel.
– Il pourrait faire quelque chose de plus intelligent que de braquer une lampe de poche sur les hommes qui dorment, dit Isabelle dont les yeux, à demi fermés derrière de gros verres, séparés de tout, semblaient ne regarder personne.

Les autres rirent et Michel rétorqua :
– Il n'y a pas de sot métier.

Comme tous les hommes simples, il était mal à l'aise devant les attaques d'une femme caustique.

– Mais lui ne cherche que ceux qui ne sont pas là, dit Radko Suban.
– C'est encore pire, murmura Isabelle comme pour elle-même.

C'est alors qu'on entendit jouer le piano, et Arlette saisit Radko par le bras.

– Vous permettez? dit-il.

– Comme si vous demandiez la permission les autres jours, dit Isabelle.

– Elle est terriblement caustique, observa-t-il quand ils se furent éloignés.

– Oui, elle est toujours comme ça, et avec tout le monde. Elle me plaît bien.

– Je comprends, dit-il.

Il pensa que le caractère d'Isabelle était finalement assez proche du sien, sinon qu'elle était sincère et logique dans son mordant. Il observa les danseurs. Certains visages étaient jeunes, ici et là il y en avait de mignons. Cette blonde par exemple, au visage de Joconde, au sourire près. Quant aux autres, on avait l'impression qu'elles venaient de retirer leur tablier blanc et d'ôter de leur tête leur fichu blanc. Comme si elles avaient toutes un portrait en blanc à côté d'elles; et cette association des deux visions donnait une impression de contrefaçon. Comme lorsque les filles d'un pensionnat se déguisent pour jouer un rôle d'homme. Il y avait peu d'hommes. Tous connus, sauf celui qui dansait avec la Joconde.

– Une nouvelle acquisition?

– Oui, un secrétaire.

– On dirait qu'il s'entend bien avec la Joconde.

– Avec qui?

Elle ne poursuivit pas la conversation : ses yeux s'étaient posés sur le couple dont ils parlaient.

– Ah oui! dit-elle alors. C'est vrai qu'elle ressemble à la Joconde, Mlle Verdier.

Mais elle était subjuguée par le don Juan qui était tombé, à la suite de Dieu sait quel curieux hasard, dans ce trou perdu.

Quand le piano se tut, il aperçut les mimiques d'Isabelle et alla vers elle.

– Vous permettez que je m'asseye ? dit-il.

– Je n'y peux rien si le siège qui est juste à côté de moi est libre.

Mais autour de ses yeux, sa peau se plissa en petites rides qui prouvaient le passage d'un sourire ironique.

– Au contraire, c'est bien comme ça, dit-il.

– Seul est bien ce qui est troublant – elle se ficha une cigarette entre les lèvres. Ce qui est excitant.

– Je ne sais pas ce qu'il y a de plus excitant que l'intelligence.

– Chez les femmes, leur tour de poitrine, sans aucun doute.

– Mais si la cervelle est trop petite, le jeu n'en vaut pas la chandelle.

– Verbiage.

Une infirmière entre deux âges s'approcha d'elle ; la tête penchée, elle lui parla à l'oreille.

«Si elle retirait ses lunettes et se coiffait autrement, son visage ne serait pas si ingrat, pensa-t-il ; et elle pourrait atténuer les rides de ses lèvres qui ne se trouvaient là que parce qu'elle ricanait perpétuellement.» Ensuite, il regarda Arlette. Elle était assise à côté de Marie et sur le moment, comparée à Isabelle, elle ressemblait à une fillette, pas à une adulte ; à cause d'elle, il se sentait également immature et exclu. Il savait qu'il était aberrant de la comparer à une femme désenchantée de quarante ans ; il se rendait compte qu'Arlette aussi était intelligente ; mais l'impression était là, constituée de trop de nuances pour qu'il pût s'en débarrasser tout simplement. C'est alors qu'il remarqua sa main. Ils étaient assis à trois, elle et Marie, de chaque côté du veilleur de nuit. Ils riaient. Et Arlette était encore plus enthousiaste avec sa série de petites dents disjointes et sa tête d'enfant orgueilleusement relevée. Sa petite main reposait sur la cuisse de Michel. Pas sur la rondeur qui était si pleine qu'elle faisait disparaître le pli de son pantalon, mais à l'endroit où la cuisse descend vers le triangle qui est déjà le pubis; elle était là, dans le petit nid chaud, comme la main d'une enfant de trois ans sur la jambe de son père.

– Il fait chaud, dit-il en se levant.

– La danse va vous rafraîchir, dit Isabelle.

Mais il n'entendit pas son ironie. Il sentait qu'il affichait un sourire contraint. Il se plaça devant Arlette et Michel pour cacher la main aux yeux étrangers, mais il avait l'impression qu'Isabelle l'avait déjà remarqué et aussi qu'elle avait compris son embarras. En même temps, qu'Isabelle fût au courant ne lui semblait pas dangereux et, d'une certaine façon, c'était même une aide et un soutien. Il désirait ardemment entendre le piano jouer: sa mélodie sortirait la main de sa rêverie dans ce coin tranquille. Il craignait aussi qu'elle n'agitât machinalement ses doigts à cet endroit.

Par bonheur, on dansa de nouveau.

Il fit un pas vers Isabelle.

– Non, dit-elle. Les morues séchées ne sautillent plus – et elle alluma une autre cigarette. Je suis prémunie contre toute tentation.

Elle plissa le front pendant que ses yeux se rétrécissaient derrière ses lunettes.

– Je te le vole, dit Marie à Arlette.

– Elle n'en sera pas triste, dit-il.

Le son du piano avait réveillé la main d'Arlette, alors il était libéré. Il avait une sensation d'indépendance. Elle était là-bas et lui ici, séparé d'elle. Elle ne pouvait pas le déséquilibrer; il la jugerait de l'extérieur et ne la laisserait pas avancer ses doigts laiteux dans son monde à lui.

– Oh, moi je pense que si, dit Marie.

– Elle était de bonne humeur avant mon arrivée.

– Maintenant, vous êtes méchant.
– Peut-être.
– C'est sûr, dit-elle en souriant.
– Bon, dit-il – et il la serra plus fort.

«Tu es une fille bien vivante», pensa-t-il. Il vit le visage étonné d'Arlette qui semblait soudain avoir compris le malentendu imprévu. Et il fut satisfait de ce réveil; il est temps qu'elle grandisse. En même temps, il se sentait injuste envers elle parce quelle ne connaissait pas sa réaction. La conscience de son indépendance lui plaisait, mais il se disait aussi que cette impression de soulagement n'était pas normale. Et, comme Marie dansait avec beaucoup de senti, il était tout entier sous le charme du parfum de ses cheveux noirs; et justement à cause de cette présence rapprochée, il n'y avait plus en lui la moindre révolte. La proximité d'un corps de femme n'avait pas le moindre attrait si ce n'était pas le sien, celui d'Arlette. Tous les autres corps de femme étaient connus, ordinaires, normaux. Le sien était encore à découvrir comme au premier jour. Tout était peut-être à commencer comme la nuit où, non loin de là, elle avait couru au clair de lune, les sandales à la main. En évoquant le recueillement du bois calme et silencieux de la nuit d'été, il trouva immédiatement superflues toute cette compagnie et toutes ces lumières froides qui jetaient leur clarté sur les arbres à travers la rangée de portes vitrées. Cette foule s'était injustement nichée à leur place.

XLII

Elle avait l'air complètement sous le charme. Don Juan faisait encore plus svelte à côté de sa petite silhouette pressée contre lui. C'était peu de dire que cela ne lui était pas égal de la voir danser avec lui.

– Seul?
– Vous, mademoiselle Gilbert?

Il était content qu'elle vînt le tirer d'embarras.

– Moi.

Elle hocha la tête en souriant modestement; elle s'assit au bord de la chaise, dans la position du malade qui attend à l'infirmerie devant la porte du médecin. Telle quelle, sans tablier blanc, elle était encore plus diaphane et plus vulnérable; mais ses épais cheveux blonds donnaient de la vie à son visage étroit et pâle, d'ailleurs moins pâle en l'absence du foulard blanc.

– Puis-je vous inviter à danser?

Il se dit qu'elle serait une femme tout à fait plaisante si elle pouvait se rétablir complètement au lieu de soigner des malades qui étaient la plupart du temps moins atteints qu'elle.

Elle était légère comme une plume.

– Et Mlle Dubois?
– Elle danse avec don Juan.
– Vous êtes drôle!

Mais sous le front blanc ses yeux gris l'observèrent avec encore plus de vivacité.

– Il y a peu d'hommes, dit-il. On devrait appeler à l'aide nos gars du deuxième pavillon.

– Oh la la ! ne me parlez pas d'eux.

– Mais ce sont de gentils malades.

– Des vauriens, pas des malades.

– Jojo se jetterait au feu pour vous.

– Ne me parlez pas de Jojo.

– Bon, il est un peu bruyant.

– Une vraie brute, oui.

– En apparence seulement. En réalité, il est doux comme un mouton.

Il répondait machinalement, comme s'il s'agissait d'un jeu de questions et réponses qu'il avait préparé pour elle. Il regarda Arlette ; don Juan lui racontait des choses très intéressantes, et elle l'écoutait pensivement, sous le charme de cet oracle.

– Ne me parlez pas de lui, répéta Mlle Gilbert.

– Grand et fort comme il est, il irait au feu pour vous, insista-t-il.

Elle le regardait, trouva-t-il, avec les yeux de quelqu'un qui accorde une importance fondamentale au fait d'avoir sa rareté reconnue. C'est ainsi qu'elle regardait Yves.

Il accompagna Mlle Gilbert jusqu'à sa chaise. « Une cavalière déjà lasse, mais satisfaite », se dit-il.

Il partit à la recherche d'Arlette.

Il se disait qu'il ne la voyait pas, cachée qu'elle était par les gens qui bavardaient. Mais si elle n'était pas là ? L'idée gagnait en lui, et que l'autre non plus n'était pas là. Quand il en prit conscience, toute son inquiétude se focalisa sur ce doute ; il lui eût été indifférent qu'elle fût là ou pas, à condition que lui, au moins, eût été dans la salle. Il la chercha des yeux, tout sûr qu'il était de la vanité de sa quête. Ils n'étaient pas là. Il voulut s'opposer à la subite montée de cette détresse. Comme pris au piège dans une attaque qui le désarmait par sa bassesse, qui le paralysait. Il vit sa chambre et, en un clin d'œil, tout devint clair. Mais l'instant suivant, cette pensée même lui fit honte. Ils se promenaient dans le couloir, ils prenaient l'air, ce qui était compréhensible par cette chaleur étouffante. Au fond, il aurait mieux valu qu'on ouvrît un moment les portes vitrées.

Il se dirigea vers le couloir, mais sans se dépêcher. Il se retirait du jeu, de cette lamentable situation, il devait donc être impassible et afficher un sourire mi-cordial, mi-absent, car il faisait face à la foule sur laquelle Mlle Renard régnait comme une reine sur sa ruche. Il s'inclina légèrement devant elle comme s'il ne voulait pas la déranger par sa présence, l'air préoccupé par une recherche intéressante.

Dans le couloir, il n'y avait personne; une lueur blanche baignait l'escalier vide et s'échappait par la porte vitrée qui s'ouvrait sur le parc, lequel renvoyait en échange un petit vent froid.

«Eh bien, pensa-t-il, au fond, c'est la nature qui a toujours raison.» Il eut de nouveau l'impression que cette quantité de lumière semblait concentrée là exprès pour illuminer en pleine nuit sa cachette et celle d'Arlette dans le parc. L'infirmière d'un certain âge descendait l'escalier.

– Vous êtes venu prendre un peu l'air?

– On a en effet besoin de quelques bonnes gorgées d'oxygène, répondit-il avec un sourire, tout en se disant qu'Arlette était sans doute allée montrer le pavillon des infirmières au nouveau secrétaire.

Il y avait d'autres infirmières à l'étage. On entendait leurs voix du rez-de-chaussée. Il n'avait qu'à monter? Il résistait. Non, pas ça! Mais après tout n'était-ce pas la chambre dont il était tous les jours l'invité? Alors, machinalement, il grimpa en hâte l'escalier. Ici et là, on entendait des rires. Mais sa chambre était fermée. Il redescendit en vitesse. «C'est la première et la dernière fois, se répétait-il. La première et la dernière fois.» Il se dit qu'il allait sortir tranquillement dans le vestibule et par la même occasion se libérer de son humiliation. Mais auparavant il voulait voir son visage. Il voulait voir comment elle allait rentrer dans la salle. Cela suffirait. Oui, il la tenait, la confirmation de ce que, inconsciemment, il avait toujours su d'elle. Il ne lui importait plus guère d'avoir l'explication de son absence, il la détestait bêtement parce qu'il ne pouvait pas partir sans lui dire adieu.

Quand ils regagnèrent la salle, le secrétaire lui jeta un regard circonspect comme s'il ne comprenait pas pourquoi il les gênait.

– Bonne nuit, lui dit-il.
– Non – elle recula. Non, pas si vite!

Elle le suivit dans le parc et c'était bien: on pouvait croire qu'ils voulaient être seuls pour se dire adieu.

– C'est parce que je me suis absentée?
– Laisse donc.
– Je lui ai montré notre pavillon. Ma chambre.
– Il n'y avait personne dans ta chambre.
– D'abord, nous avons été chez Claire.

Ses paroles pourtant manquaient de chaleur. S'il sentait que ce qu'elle affirmait avait de grandes chances d'être vrai, elle n'en avait pas moins une juste appréciation de sa conduite.

– Tu t'en vas comme ça... murmura-t-elle.

Mais alors qu'il passait par un étroit chemin de la lumière au silence et à l'obscurité, il eut l'impression que cette constatation: «Tu t'en vas comme ça» faisait tomber ses doutes, elle était timide et sincère. Cependant, elle ne s'opposait pas vraiment à son départ. Elle était plutôt surprise de sa décision qui lui gâchait un épisode intéressant.

Il eut conscience d'être seul, entouré par le silence et la navrante absurdité qui flottaient entre les arbres dénudés... Il accéléra le pas.

XLIII

Ce qui l'emportait, c'était une consternante sensation de vide. L'être qu'il aimait, qui était sa seule source de vie, s'était brutalement transformé en une petite personne sans intérêt à laquelle un seul lien désormais le rattachait : l'embarras de lui avoir confié ses rêves de monde nouveau. De les avoir déposés dans les bras d'une fille qui met sa main à l'entrejambe d'un veilleur de nuit aussi tranquillement que si elle la posait dans une petite niche confortable. Michel était trop peu dégourdi pour s'en rendre compte. Mais il n'était pas possible de passer sans cesse de la confiance en elle et en soi à la détresse et à la solitude. Ç'aurait été comme éteindre l'appareil au beau milieu d'un merveilleux film en ricanant ironiquement dans l'ombre. «Tu as beaucoup souffert», lui avait-elle dit un jour. Non, sa souffrance n'avait probablement pas été si grande, pendant des mois il n'avait fait que sortir des squelettes de leur paillasse. Jamais il n'avait pensé: «Demain, ce sera mon tour.» Il pensait: «Ce sont des momies couchées, moi je suis une ombre qui bouge.» C'est pour cette raison qu'il était irrémédiablement insensible à tout ce qui n'avait pas une valeur incontestable. La jalousie? C'est bon pour celui qui a peur de perdre. Le revenant ressemble au blessé qui préfère qu'on lui coupe un membre plutôt que de le laisser gangrener son corps tout entier. Certes, il est possible qu'un homme ayant de tels sentiments ne puisse jamais s'arrêter près d'une femme, notamment s'il la veut libre et indépendante. Pourtant, il devrait être possible de croire en une femme qui pourrait parfois remplacer ses baisers par une poignée de main, ferme, franche, comme celle d'un homme.

Comme Mija.

Même si maintenant elle aussi était loin, puisqu'elle n'était plus en vie et qu'il y avait eu entre eux la période des camps. Des siècles. Mija était une réalité du monde qui, malgré le mal, n'était pas encore le mal le plus insensé. Et il se référait à elle chaque fois qu'il devait nager à contre-courant. Comme s'il espérait se délivrer de l'atmosphère absurde, il avait, il y a peu, montré à Arlette la photo de Mija ; et, de cette voix cordiale qui vibrait dans sa gorge quand elle était profondément bouleversée, elle avait rendu hommage à Mija. Maintenant, ce souvenir le révoltait. Il s'en voulait d'avoir dévoilé Mija à une enfant immature. Il fallait en finir.

«En finir», marmonna-t-il, et il sentit affluer en lui une sensation de force, comme s'il était sous l'effet d'une boisson enivrante qui se répandait aisément, régulièrement, dans ses veines. Il avait conscience de se délivrer d'un esclavage humiliant qu'il traînait derrière lui depuis un temps incroyable. Comme souvent, même le temps lui était favorable. Une journée tout ensoleillée qui, tout à coup, fait naître l'idée que l'été s'est ravisé et que, malgré novembre, les perce-neige vont apparaître sous les arbres nus. Et dans la salle à manger, il observa également la tablée avec des yeux changés. Il était resté trop longtemps éloigné de Jojo, de Jules, de Robert et du Breton d'un certain âge aux cheveux blonds soyeux, comme ses sourcils et sa barbe.

– Quand en aura-t-on fini avec ce mortier de petits pois !

L'invective visait une assiette de purée verte que le serveur poussait devant Jojo.

– La richesse américaine est sans limites.

Jules ouvrit les mains en signe de résignation.

– Sois bon, Jules ! Tu vas engraisser ! – Jojo donna un coup de patte sur la table. J'aimerais savoir, Jules, comment tu serais si tu étais bien nourri !

Jules sourit imperceptiblement et prit une cuiller de purée de pois.

– Pas plus laid que toi.

C'était Robert qui asticotait Jojo.

– Comment peux-tu comparer ma poitrine à cette caisse rabougrie ? dit Jojo en se tapant sur le torse.

– Mais les bacilles se développent plus vite dedans, dit Jules comme pour lui-même. Cette graisse ne sert qu'à ça.

La tablée s'esclaffa.

– Jules ! l'apostropha Jojo. Jules, est-ce que, oui ou non, tu es mon ami ?

– Si je suis ton ami, Jojo ? – Jules baissait la tête d'un air faussement soumis. C'est sûr !

– Depuis notre séjour dans ces maudites baraques, Jules ?

– Depuis, Jojo.

– Alors voilà, ça, c'est ma main.

Il étendit sa main entre les assiettes ; Jules connaissait le piège, mais pour le plaisir de la tablée qui attendait, il offrit docilement sa main. Et la table rit de cette docilité et plus encore quand Jules se leva et se déplaça derrière les pinces qui tenaient sa main.

– Nous serons toujours unis tous les deux, n'est-ce pas, Jules ?

Les autres se moquèrent de l'air de Jules.

– Et ma force n'est pas seulement bonne à nourrir les bacilles, hein, Jules ?

– Non – maintenant Jules s'éloignait. Non, Jojo.

– Pour de bon ?

– Tu devrais avoir honte, Jules ! s'écria Robert.

Jules agita sa main droite dans les airs comme si elle était cassée et la tablée rit aux éclats au-dessus de la purée vert-jaune.

Rien de neuf, rien de sérieux, mais malgré ce souci d'une bonne nourriture qu'accompagnaient les plaisanteries et les rires, il avait l'impression d'être en contact avec le sens essentiel du séjour. Comme s'il n'avait cessé jusqu'alors de chercher des images impalpables et de vivre hors de la réalité. Car lui, pour ainsi dire, appréciait d'autant mieux la nourriture qu'il avait moins affaire à elle.

Et c'est ainsi qu'il reprit contact avec la réalité quand, après le dîner, il rencontra Nikos dans le couloir et qu'ils partirent un bon moment se promener. Ils se livrèrent à un examen attentif de la situation et à une appréciation précise des éventualités ; destin de la Grèce entre l'Est et l'Ouest ; glissement du monde occidental vers un climat d'après-guerre comparable à ce qui avait suivi 14-18 ; amalgame particulier des mouvements de résistance aussi bien français qu'italien. Et ainsi de suite. Ils étaient, chacun de son côté, le maçon qui se débarrasse des briques cassées, le maçon qui pose une pierre sur une autre et l'aligne comme il faut. Pourtant, il savait que son rapport aux choses était différent de celui de Nikos. Il était pétri de confiance et d'espoir. Et c'était grâce à elle, même si, maintenant, il était plus enclin à dire : à cause d'elle.

Mais quand Nikos rentra au pavillon, il se promena seul dans le village, tout content d'être seul. Une femme peut regreffer un homme sur un tissu vivant sain, mais c'est lui qui doit ensuite créer pour son propre compte. À partir d'elle et de lui-même, mais lui seul pour les deux ; attaché à elle, mais séparé d'elle. Et, presque simultanément, il prit conscience que sa promenade incluait l'espoir de la rencontrer ; sinon, il serait rentré avec Nikos. Cette découverte, loin de le mettre de mauvaise humeur, le remplit d'un bonheur secret et complice. En rentrant, il était heureux d'être seul et indépendant en même temps que secrètement soulagé de n'avoir rien perdu d'irrémédiable.

Dans ce genre de situation, quand il se sentait tout déchiré, le monde extérieur venait toujours vers lui de façon presque tangible. Ses camarades de camp qui répondaient à ses lettres étaient la preuve sans cesse renouvelée de leur insertion dans le cours d'une activité organisée. André était redevenu médecin chez lui et l'avait invité à aller le voir en rentrant. Il lui souhaitait un retour rapide parmi les siens. Émile donnait de ses nouvelles du Luxembourg. Il portait le deuil de son frère qui avait succombé à Dachau à la fièvre pourprée compliquée d'un typhus intestinal qui lui avait perforé les boyaux. Cependant, il annonçait également, avec fierté, qu'il jouait dans l'orchestre du premier bataillon des gardes et qu'on pouvait l'entendre sur les ondes de Radio-Luxembourg tous les mercredis de 12 h 30 à 13 h 30. Il s'agissait surtout de musique classique, et il était persuadé qu'il serait satisfait de l'exécution. Sinon, les conditions de vie chez eux étaient, vaille que vaille, meilleures qu'en France; c'était la même chose pour les salaires, bien entendu. Hans lui écrivait de Norvège même, sur le papier à en-tête d'une succursale de Philips. Il l'informait qu'il était allé au procès de Nuremberg en tant que représentant des déportés norvégiens. Il lui annonçait que Leif était médecin-chef à Oslo.

Il revit alors un homme grand, aux cheveux blancs, en costume zébré, le stéthoscope nickelé sur la poitrine, qui montait les marches vosgiennes comme un capitaine qui monte sur le pont. Ses relations avec les Méditerranéens avaient une froideur un peu trop nordique; mais, cela mis à part, c'était un organisateur hors pair. Un vrai capitaine, un amiral. Et ce gaillard de Norvégien, d'un certain âge déjà, s'occupait maintenant d'autres malades, alors que lui, son ancien interprête, perdait son temps, jour après jour, avec une petite fille rêveuse.

Tout en se faisant cette remarque, il découvrit que les autres revenants avaient déjà normalisé leur vie et qu'ils étaient aux prises avec la réalité quotidienne. Ils étaient actifs dans la société d'après-guerre, alors que lui n'en était qu'à chercher l'harmonie et l'équilibre. Il avait l'impression que les autres avaient réussi à dominer le courant contre lequel lui naviguait sur un radeau sans gouvernail. Les autres créaient, comme des hommes, et lui attendait son salut des bras d'une femme. Il eut honte et, machinalement, il tourna la tête pour voir si Yves était au courant de sa situation impossible. Mais de regarder le lit blanc, d'imaginer la longue série de corps allongés sur les chaises longues de la terrasse le calma. La radio de ses poumons n'était pas encore comme elle devrait être ; et son repos était justifié.

Ce qui le consola, même s'il savait bien que dehors, probablement, beaucoup de gens travaillaient avec un poumon droit comme le sien. Et il se dit qu'il partirait à l'instant même où le médecin laisserait entendre qu'il pouvait s'en aller. En même temps il savait que, s'il n'y avait eu Arlette, il aurait poussé le médecin à le laisser partir ; qu'en fait, il se laissait prendre par une force d'inertie qui l'entraînait aveuglément vers un lieu inconnu, en tout cas pas chez lui. Et quand il pensait à Émile, si content de sa petite et belle patrie, alors, malgré tout, il se sentait coupable d'avoir si peu envie de repartir.

Il aurait dû être moins égoïste, d'abord à cause de Vidka qui lui écrit de son lit d'hôpital. Elle est atteinte du même mal que lui, à ceci près qu'elle a été victime d'un médecin négligent qui l'a soignée pour une grippe au lieu de lui prendre une radio des poumons. Après avoir couru, lors d'une attaque aérienne, de son lit jusqu'à l'abri, elle avait d'abord eu un rhume. Son corps fluet se bat maintenant contre un mal pernicieux, pour lequel on n'a pas encore découvert de remède efficace. Mais sa jeunesse trouvera certainement en elle des éléments pour contre-attaquer.

En proie à une sensation de distance égoïste et en même temps de proximité cordiale, il chercha dans son porte-documents une feuille de papier à lettres.

> Vidka, j'essaie de me représenter les rues de notre ville, mais je n'y parviens pas; et j'ai ainsi l'impression que tout s'éloigne vers le bout du monde. C'est vrai qu'on parle de Trieste comme s'il s'agissait de Shanghai ou de La Nouvelle-Orléans. Mais moi, depuis 1940, j'ai couru l'Italie, l'Afrique et maintenant l'Europe, si bien qu'il n'y a pas lieu de s'étonner si je suis chez moi partout et nulle part. Pourtant, cela ne signifie pas que je ne sente pas en permanence à côté de moi ma petite sœur qui m'accompagne partout avec son cœur d'or. Oh, je sais, je mérite certainement que tu me sermonnes parce que je mets autant de temps à rentrer; mais je vais venir et nous en parlerons et je suis convaincu qu'alors tu me donneras ton absolution. Tu sais que jadis je voulais venir en France et on a été ici assez hospitalier pour m'accueillir quand j'en avais besoin; j'ai donc prolongé un peu mon séjour. Bien sûr, tu vas me faire malicieusement remarquer que la cause de mon retard est d'une nature assez différente, moins «culturelle», mais je te répondrai qu'il faut d'abord nous mettre d'accord sur le fait que la notion de culture englobe tout. Bon, mais nous ferons cela de vive voix, comme je te l'ai dit. L'essentiel est que maintenant je pense de plus en plus souvent à mon retour, car j'ai envie d'aller me promener avec ma petite sœur, quand elle sera complètement rétablie, sur la côte triestine. Est-ce que tu te rappelles comment tu m'as pris par le bras et emmené en promenade sur

le Corso quand j'ai échappé au sable du Sahara? Le soleil baignait les façades et les vitrines, et moi je te souriais et je te souhaitais un cavalier qui entrerait dans la famille!

Lorsqu'il eut fini, il se dit que, quand il était chez lui, le tempérament karstique ne lui permettait pas d'être aussi chaleureux; et la distance avait à peine libéré ses manifestations sentimentales. En même temps, il s'apercevait qu'il avait raison de dire qu'il pensait fréquemment à son retour, même s'il ne l'avait découvert qu'en écrivant à Vidka; la question était juste de savoir si Arlette le freinerait ou l'accélérerait.

XLIV

Ce n'était pas encore l'heure du petit déjeuner, et la terrasse encore vide était tout emmitouflée dans le souffle froid de la nuit. Il poussa le battant de la porte et se retrouva à côté d'une rangée de chaises longues inoccupées; la toile des étroits matelas était décolorée et froide.

Pourtant quand il ouvrit sa lettre, l'atmosphère autour de lui bougea et se fit plus proche. Elle était de service de nuit, et elle venait tout juste de chez un malade à qui elle avait apporté du thé. «Elle s'aperçoit qu'elle n'est plus aussi sûre d'elle-même qu'autrefois en présence de la souffrance. Elle n'est pas indifférente, non, plutôt ennuyée. Elle ne sait plus compatir comme avant; la souffrance est une sorte de fluide et jusque-là, quand elle tenait la main d'un opéré, elle avait l'impression de laisser échapper de ses doigts sa propre tension et de prendre sur elle sa douleur à lui. Tandis que maintenant elle ne croit plus au miracle, mais elle pressent la mort, et elle la souhaite presque pour "abréger les souffrances" du malheureux. C'est du moins ainsi qu'elle se console. La vérité, c'est qu'elle n'est plus aussi sensible, elle ne voit plus rien de sublime dans le fait de s'occuper des pots de chambre et de leurs odeurs. Elle ne sait plus se moquer d'elle-même quand (qu'il veuille bien l'excuser) elle se crotte les mains. Elle voudrait vivre, mais que faire quand on ne sait pas comment on imagine ce "vivre"? Sa main sur la cuisse de Michel? elle ne s'en est vraiment pas rendu compte, mais c'est certainement arrivé parce que Michel est une bonne âme, un peu limitée, si bien que personne ne le prend au sérieux. Comme s'il n'avait pas de sexe. Quant à M. Pilier (le nouveau secrétaire), c'est vrai qu'il avait piqué sa curiosité immédiatement. Lui-même n'est-il pas excité quand il fait une nouvelle connaissance ? Mais il lui est vite apparu que Pilier est un type arrogant et affecté. Si elle est allée lui montrer sa chambre, c'est sa naïveté, qui lui a déjà fait tant de mal, qu'il faut incriminer en premier. Il faut qu'elle se réveille, car, après ces terribles expériences, elle est comme dépossédée, à la fois contrite et fâchée. Elle a honte de souffrir sans panache. Elle veut renier au plus tôt le chemin de la mort, le ciel de Paris, l'armée allemande, les trottoirs, la cour profonde tout au fond de l'abîme sur lequel s'ouvre cette fenêtre. Mais pourquoi s'éloigne-t-il d'elle, lui le seul pôle d'attraction de la capricieuse Arlette, la justification de sa vie ? Car tous les deux ne se sont pas choisis, ils se sont trouvés. Maintenant, il est seul, elle aussi est seule, à moitié vaincue parce qu'elle l'aime, à moitié sauvée parce qu'elle l'aime. »

Et le post-scriptum : « Si au moins je pouvais mourir. Mais regarde cette vitalité ! Je viens de rentrer dans ma chambre et il faut que je mange. »

Il avança sur la terrasse.

La cloche du rez-de-chaussée allait d'un moment à l'autre annoncer le début du quotidien dans le silence matinal. Il souhaita qu'au moins un certain temps encore le silence posé, sage de la nature se prolongeât. Avec une secrète satisfaction, il s'apercevait que c'était pour lui de la toute première importance. Cette indépendance infinie de la terre. Le sommeil de l'hiver, qui n'est qu'une préparation déguisée de la germination et de la croissance. Indépendance qui n'a besoin de rien ni de personne. Rien qu'une vie en soi et pour soi. Il avait bien conscience de pouvoir ainsi se rassurer devant la nature parce qu'il savait qu'elle, Arlette, était près de lui. Puisqu'elle est comme ça, indéfinissable. Et qu'elle constatait qu'il était le centre autour duquel elle pouvait rassembler et sauver son moi naïf et débordant de vitalité.

Oui, il pouvait sauvegarder en lui l'essentiel de la valeur de la vie, pour peu qu'il eût quelqu'un à qui restituer le sens des choses; oui, c'était elle, et il ne tenait qu'à un cheveu qu'elle ne se fût dévoyée. Il eût suffi que cette première nuit elle ne trouvât pas en lui un être capable de comprendre cette main qui l'avait emmené dans l'harmonie de la paille bleutée du hangar. Par chance, son âme était relativement plus perdue que la sienne, c'est pourquoi il l'avait comprise.

Elle ne se réveilla pas quand il entra ni même quand, arrivé près d'elle, il l'observa. Il lui semblait injuste qu'elle dormît aussi profondément sans avoir fermé la porte à clef.

Il s'assit au bord du lit.

Son visage était échauffé par le sommeil, mais elle avait les traits calmes; et sans la moindre trace d'une quelconque épreuve. Ce qui lui fit se dire que même les pires événements ne s'inscrivaient pas sur le livre de vie de ceux qui la traversent le cœur perdu dans les rêves.

Elle remua son bras et se frotta les yeux.

– Tu es là – et immédiatement elle plia son coude autour de son cou. C'est exprès que je n'avais pas fermé...

– Et si quelqu'un t'avait emportée dans ton sommeil?

– Qui s'intéresserait à une personne si drôle?

– Et pourquoi m'y intéresserais-je, moi?

– Toi, c'est différent – un écho espiègle roula dans sa gorge. Tu me ressembles.

– À toi?

– Tu te fiches des gens sérieux, respectables, estimés et bien-pensants!

– Mais il y a aussi une énorme différence entre nous.
– Et laquelle ?
– Que je ne me fiche pas d'une certaine autre.
– Mais moi non plus, je ne me fiche pas d'un certain autre.

Elle déplaça sa main pour pouvoir le chercher de ses lèvres. Sa douceur et son dévouement enthousiaste lui firent l'effet de réalités nouvelles qu'il acceptait pour la première fois et donc avec sollicitude et attention.

– Je ne pensais pas me retrouver ainsi près de toi, dit-il.
– C'était à ce point définitif ?
– Tu me comprends mal si tu penses que tout ça a un rapport quelconque avec la jalousie. C'est la même impression que quand quelqu'un insulte ta mère ou ton pays. Mais c'est bien pire.
– Je comprends.
– Non, tu ne peux pas comprendre tout à fait. Et c'est normal.
– Mais je peux me l'imaginer. Sinon que je m'en rends compte après avoir tout gâché. Auparavant, je ne pouvais supposer que cela aurait un tel effet sur toi.
– C'est vrai, les choses n'ont pas toujours de sens en elles-mêmes.
– Mais on leur en donne.
– Ta main à l'entrejambe du veilleur de nuit par exemple.
– Sur sa cuisse.
– Ç'aurait été mieux si ce n'avait été que sur sa cuisse.
– Ne dis pas ça !
– Soit, mais il ne s'agit pas de ça ; il s'agit de la déroute du revenant qui doit mêler de si minables sentiments à son héritage.
– Mais maintenant tu es ici, maintenant le nuage noir est passé.

— D'une certaine façon, c'est encore l'histoire du nouveau-né qui doit toujours sentir sa mère près de lui.

— J'ai bien mérité que tu te moques de moi. Mais ce n'est pas vrai, Radko, ce n'est pas vrai. Tu es prêt à te séparer de moi sur-le-champ comme le malade est prêt à perdre le membre qui l'infecte.

— Pourtant, c'est moi qui me sens perdu.

— Un homme qui prend sur lui si durement, si âprement, est plus fort que nécessiteux.

— En réalité, fort, il le sera seulement quand il sera privé de tout et qu'il sentira que c'est son état naturel.

— Ne parle pas comme ça.

— Je ne dis pas que je voudrais perdre. Mais si ça m'arrivait, alors je n'aurais ni à m'étonner ni à me plaindre.

— Je te comprends, pourtant tu ne dois pas parler comme ça.

— Peut-être. Mais ceux que le four a engloutis ? Ça ne servirait à rien qu'on les plaigne.

— Mais c'était dans un autre monde.

— Non, c'était bien dans celui-ci. Sauf qu'ils étaient déjà des branches sèches et que les branches sèches ne se plaignent pas quand on les jette au feu. À moins qu'il y ait encore un peu de sève dedans. Or dans mes bûches humaines il n'y en avait plus une goutte.

Elle approcha doucement sa main du genou de Radko.

— Oui, c'est comme ça, murmura-t-il.

Il découvrit qu'il n'avait de colère ni contre elle ni contre quiconque. C'était plutôt comme s'il avait ressenti le besoin instinctif de se disputer ; et maintenant, c'était fait. Il savait aussi que sa relation à elle s'était modifiée depuis le bal. Et il sentait l'intemporalité anarchique de cette matinée au cours de laquelle des gens travaillaient, cuisinaient, lavaient, forgeaient le fer, réalisaient des synthèses chimiques, pendant que lui se chauffait contre le corps d'une fille.

– À quoi penses-tu ? demanda-t-elle.
– Je pense que c'est le matin, que je suis près de toi et que je ne sais pas si quelque chose d'autre m'intéresse.

Elle souleva son genou sous le drap à la manière d'un gamin qui bouge machinalement la jambe quand son copain lui raconte quelque chose d'intéressant.

Il se tourna vers elle, un air de matinée volée dans les yeux ; comme si, tout au bonheur de recevoir un corps de fille à peine formé, il avait besoin de dénier les branches humaines sèches ; avec une impression de sobriété radieuse, et aussi de larcin, secret et exubérant.

C'est alors qu'un grincement se fit entendre.
– Minette ! dit-elle.

Puis elle sourit en écoutant le doux ronronnement sur le tapis, à la tête du divan.

XLV

Il lut le roman de Wiechert.
Arlette avait raison, même si globalement le mystique suintait un peu trop ; mais il s'agissait avant tout de la figure de Michaël, le revenant. D'un homme qui, autrefois prisonnier des Français en plein Sahara, est rentré longtemps après la fin de la Première Guerre mondiale vivre dans une cabane au milieu des bois. *« Personne ne sait ce qu'il y a dans l'esprit des gens qui ne sont pas morts, mais qui ne sont pas vivants non plus »*, se dit-il, et il sent que la porte de sa cabane peut être aussi aisément ouverte que *« la porte de la demeure d'un cadavre à qui on ne peut plus rien voler »*. Voilà pourquoi il est un ermite misanthrope, un sauvage qui va à la chasse dans les épais fourrés. Seule une femme, propriétaire d'un grand domaine et veuve d'un major mort en France, peut l'approcher. Puis vient la description de la chaste relation qu'il entretient avec cette dame de quarante ans traversant à cheval sa propriété pour aller rendre visite au solitaire mal embouché afin de réveiller lentement en lui sa confiance dans la vie.
Brillant.
Bien, mais quel repère doit donc trouver le revenant du monde des crématoires allemands ? Si rentrer d'Afrique, certes après de longues années de captivité, mais passées aux mains des Français, interdit qu'on soit compté aussi bien parmi les morts que parmi les vivants, de quel côté le mettre, lui ?

Il s'étonnait lui-même de commencer à fendre la vie comme un nageur qui au petit matin, sur une côte retirée, déchire, plein d'élan, l'eau argentée. Peut-être était-ce parce qu'il n'appartenait pas à la race «élue» et qu'il savait donc assimiler les pires des maux? Mais, en son cœur, il bénissait Arlette, car son mérite avait été de provoquer en lui une repousse, un regain. Grâce à elle, son évolution avait été bigarrée et animée, désordonnée et toujours à peine entamée, pas encore dans le mûrissement, loin de la maturité. Il ne s'agissait même pas d'une croissance, seulement d'une germination. D'une certaine façon toujours à mi-chemin entre la germination et la croissance parce que, à ce degré de développement, la sensation de naissance est sans cesse vivante. En effet, avant la germination, il y a le doute, mais quand la plante prend sa forme, on peut pressentir le fruit et donc la conclusion; et un revenant se garde de ce qui est achevé.

C'est vrai, c'était cette notion de liberté intérieure qu'il avait quand il était, comme en ce moment, tranquille par rapport à elle. Oui, il l'aimait et il avait rassemblé sous son nom toutes les étincelles du jour; pourtant, il n'appelait pas cela une liaison. Parce qu'il ne pensait absolument pas à l'avenir et que, à peine l'image de la vie commune se présentait-elle, le voilà qui la chassait sans pitié; car par intermittence elle s'était manifestée l'espace d'un instant, reproche de sa conscience. Mais rien qu'un instant en effet, s'échappant bientôt de la réalité fade et plate qui voulait se glisser malgré lui dans son monde. Pourtant, quand il reconnaissait en lui ces germes de vie solitaire et indépendante, un grand vide le saisissait. C'était une froideur, une indépendance primitive, comme dans les moments de refus absolu. Tout se passait en un instant, mais c'était l'équivalent d'une éternité mise sous scellés qui n'autorisait pas d'appel.

Sans doute Arlette n'avait-elle jamais mentionné l'avenir, mais il était naturel qu'elle attendît un accomplissement.

Certes, après leur première nuit, de chez elle elle avait écrit qu'ils s'aideraient mutuellement tant qu'ils seraient ensemble, mais c'était l'expression de son état délabré au moment où elle se lançait dans une nouvelle aventure, juste après une rupture. Lui l'aimerait encore plus si c'était possible et l'idée de tromperie était autant dénuée de réalité à ses yeux que le changement de la couleur de peau. Mais il se sentait coupable de n'avoir jamais perdu une occasion de repousser tous ses plans. En même temps, il sentait que la situation dépassait le cadre de la solution individuelle. Qu'elle s'incarnait en lui. La dérobade dans la lutte contre la mort était probablement devenue une seconde nature. Il se sentait donc coupable d'hésiter au sujet de son départ, alors même que Vidka, dans sa dernière lettre, lui redemandait la date de son retour.

Quand il était parti quelques jours en congé et qu'il n'était plus séparé d'elle par le seul parc, l'appréhension irraisonnée de la perdre l'avait assailli en plein Montmartre. Comme s'il y avait constamment quelque part, à ses côtés, une ombre froide qui allait l'absorber d'un moment à l'autre. Ils étaient convenus de se rejoindre et ils flâneraient pendant deux jours à travers Montparnasse et Montmartre. Pourtant, une sorte de peur devant un méchant piège s'était réveillée. Ça ne ressemblait pas à l'obsession du soupçon, mais plutôt à l'inquiétude physique qu'on éprouve avant de partir en voyage.

C'est ainsi qu'il tenait de *là-bas* la quête de l'indépendance, la fuite devant n'importe quel lien possible et aussi un doute sur la valeur de l'espoir et la réalité de l'authenticité. Cependant la découverte de ces tendances et de ces réactions, même si elles étaient surtout négatives, s'accompagnait d'une certaine fierté à l'égard de son monde intérieur. D'une sorte de satisfaction cachée. Ni arrogante ni complaisante, plutôt sarcastique. Provocante. Mais comme ce défi n'était dirigé ni contre un dieu ni contre une quelconque force visible ou invisible naissait finalement en lui une déraison gaie, presque enfantine. Si le monde, *ici,* maintenait ses vieilles habitudes, alors celui qui se révolterait en sachant jouir de la nature et de l'amour échapperait d'autant mieux à l'impossible absurdité. Voilà ce qu'il ressentait. Et, lui semblait-il, c'est également ainsi qu'il se préserverait le mieux des assauts de l'absurde.

Cet après-midi-là donc, impatient, il délaissa les bouquinistes des bords de Seine et il s'assit dans un café pour lui écrire.

> Je me suis senti obligé de m'éloigner des étals des bouquinistes pour venir te dire combien j'aime l'être amusant, plaisamment menteur et gentiment indépendant qui refuse souvent qu'on le prenne par le coude, mais qui est si léger qu'on peut en fin de compte l'emporter tout entier dans ses bras.
>
> Je suis de bonne humeur?
>
> Probablement à cause des bateaux-mouches qui naviguent sur la Seine et qui sont comme les messagers de la bonne vieille sagesse, encore solide malgré tout. À la vue du chargement et des tonneaux sur la berge, des bateaux à voile s'approchent de moi, venant du marché aux poissons de Trieste. Épaisses nattes de filets pendant aux mâts, grands arcs tendus des proues des bateaux de Chioggia qui saillent de l'eau comme des poitrines dilatées. Puis vient un entrepôt étroit qui longe la jetée et devant lui une véritable exposition de tonneaux. On décroche un wagon et, sur le quai, le vin, par un tuyau, coule d'une immense barrique jusqu'à l'entrepôt. C'est pourquoi l'été l'air fleure le sel, les écailles de poisson, en même temps que le vin échauffé.
>
> L'animation me gêne parce que je suis tout près de la place Saint-Michel. Larges flaques de soleil tardif sur

le pavé, grappes de gens devant les boîtes à bouquins. En même temps, je me dis que tout se modifie devant moi parce qu'il existe quelque part quelqu'un qui saura bientôt accueillir ces images et leur donner ses couleurs. Et si je compare cette sensation de richesse au tragique terrain vague où j'ai entrevu Paris à mon retour en mai, encore une fois, ce bien actuel me semble injuste et immérité.

Quand le métro quitta le trottoir pour s'engouffrer dans la gueule du tunnel suivant, il s'assit avec satisfaction. Il n'aurait pas besoin de descendre à Odéon pour la correspondance. Il repensa à ce voyage, le jour où il était allé vendre ses bottes. Il était si faible, si abattu, qu'il craignait d'avance qu'une dame âgée restât près de son siège et qu'il ne pût éviter de se lever. Il aurait eu honte d'avouer qu'il tenait à peine debout. Maintenant, non, il s'asseyait volontiers, mais il pouvait rester debout sans problème. Il s'assit cependant avec plaisir. Il jeta un coup d'œil sur les voyageurs et tenta de s'inclure dans la vie des gens affairés et préoccupés, lui qui était resté couché des jours durant. Là-bas, il n'avait pas ressenti cela de façon si vive, là-bas, en lisant les journaux, il s'intégrait en quelque sorte dans les événements. Ici, il voyait à quel point il était exclu, à quel point son existence manquait de but, comparée au bon sens et à la logique des gens. Ainsi cette visite à Paris. C'est vrai, Arlette et lui allaient être deux jours ensemble. Ils iraient voir Walt Disney, comme elle le désirait parce que, malgré tout, elle avait toujours l'air de sortir du *Grand Meaulnes*. Et il y avait aussi une certaine finalité dans cela. Bien sûr. Cependant, et pour cette raison, ce congé parisien était peut-être une occupation fictive, artificielle. Et même s'il se disait qu'il était malade tous les jours et que, pour quelques jours seulement, il était maintenant un malade en liberté, ça n'arrangeait rien.

Mais immédiatement après, il se dit que l'ambiance d'après-guerre était toute meurtrie, toute vide, et qu'il n'y avait donc rien d'étonnant si un ancien déporté ne voyait pas encore la nécessité de s'y inclure. Et si donc la vie dans l'anonymat était la seule consolation possible, la seule satisfaction. Cette constatation lui procura un bien-être inhabituel, état vif et insouciant qui éveilla ses sens, les maintint en alerte.

Son billet.

Un vent fort souffle, qui déboule entre les arbres dans un bruit de train. Un vrai vent triestin (quel est son nom déjà?). Je viens juste de fermer la fenêtre après avoir colmaté un immense trou sur une chaussette et, dans mon zèle ménager, j'ai cassé l'aiguille. Dehors, des gouttes serrées frappent les vitres et le mur. Oh, comme j'aurais aimé être avec toi dans la douce quiétude de cet après-midi où tu es parti! C'est vrai, nous pouvons être tous les deux tout à fait heureux, car, malgré l'incompréhension, les tâtonnements et ma gaucherie, cela nous réussit souvent. Je ne doute pas, Radko, et je n'ai jamais douté, que tu me souhaites autre chose que de me retrouver et que tu aimerais retirer de moi, comme les écailles d'un poisson qu'on nettoie, les taches humiliantes et les comportements troubles.

C'est pourquoi tu es parfois une bride pour moi alors que je me sens comme un poulain qui frappe le sol de ses sabots, mais qui doit rester sur place.

Ensuite arriva une lettre dans laquelle elle l'appelait mon petit, ce qui se produisait toujours quand elle se sentait désarmée.

17 décembre

J'écris au crayon (oh, tu vas sûrement encore une fois me dire que je fais partie des invertébrés!). Pourtant j'ai une excuse, car je suis dans mon lit et je ne peux atteindre la bouteille d'encre sur la table (il y en a encore quelques gouttes au fond). Et ensuite cette plume qui racle tellement!

L'air froid s'est lentement réchauffé dans ma chambre et pose maintenant ses mains tièdes sur mon visage. La fenêtre est ouverte. Le courant vient juste d'être coupé et je suis allée à tâtons sur le balcon. Une foule d'étoiles clignotaient, malicieuses, entre la masse sombre des arbres, comme pour se moquer de l'obscurité créée par l'homme. C'était beau et tout autour c'était le silence, j'ai pensé à toi très fort et avec bonheur. Il m'a semblé que nous avions toute la vie déployée comme un tapis devant nous et derrière nous déjà un vrai... passé. Sais-tu comment je suis près de toi?

Ta lettre m'attendait sur la table. Je suis rentrée tard dans la soirée, les autres étaient déjà à table. J'ai posé ta lettre sur mes genoux et, tout en mangeant ma purée, j'ai mis ma main dessus pour prendre patience et me convaincre que tu étais en quelque sorte à moi, même si tu étais loin.

Ribau est partie en congé pour quelques jours. Ses directives emplissent maintenant l'air de l'infirmerie comme les ordres allemands les murs de la ville pendant la guerre. Si je pouvais m'enfuir d'ici, échapper à cette atmosphère où je me sens indécise et lâche! Ce n'est pas moi. Je devrais vivre libre, avec toi, sans tous ces gens qui sont la voix de la conscience, l'amour de Dieu, les «principes». Oh, j'ai besoin de toi, Radko, et je voudrais presque que toi aussi, tu sois un peu malheureux sans moi. Tu sais, dans une de tes premières lettres, tu imaginais pour toi une femme aigrie, abandonnée et isolée. Et moi, je suis tout cela, car je suis fragile, refusant de voir le marécage au bord duquel je me trouvais. Retiens-moi pour ça, retiens-moi pour mon amour, retiens-moi sans raison.

Ce serait si doux.

P.-S. : Tu as sans doute déjà été au Louvre ? (Moi, je n'ai jamais osé y entrer seule.) Et dans les ruelles de l'île de la Cité ? et au Luxembourg (jardin en longueur, et maussade, jet d'eau, chaises en fer qui ont été vertes, amoureux ébouriffés comme les jets d'eau) ?

Il fut progressivement submergé par une espèce de grande marée étincelante. Une agitation lucide et dense le poussait à aller quelque part et à faire quelque chose d'extraordinaire ; mais il s'en défendit, l'accueillant de biais comme s'il craignait un piège. En même temps, il était ligoté par l'embarras devant sa demande. Il se sentait humble et presque indécis devant une pareille soumission, cependant que la prodigieuse conscience de sa richesse agitait ses pensées. Elle les apaisait et les agitait en même temps.

Cet hôtel de la rue Richer était «son» hôtel, comme elle disait, elle y avait passé deux nuits quand elle était partie en congé. Haut et étroit, mais bien arrangé et sympathique. Pas loin du métro. Bien que séparé de la place Pigalle par presque tout le 9e arrondissement, on pouvait sentir sa proximité dans l'atmosphère, en même temps que le reflet distinct mais doux des couleurs de Toulouse-Lautrec. Sa fenêtre ne donnait pas sur la rue, mais sur une cour intérieure. Comme le bâtiment était élevé, la vue de la fenêtre, sur les toits et les mansardes, était encore plus émouvante. Et il pensa au poète qui, «les deux mains au menton», observait de la lucarne les mâts des grandes villes que sont les clochers. Et tout en se rasant dans le petit matin, il se dit que Baudelaire et son enchantement étaient un carillon éloigné qui pénétrait, de façon presque imperceptible, les nappes d'eau d'une ville engloutie.

XLVI

Elle avait les yeux battus, mais son sourire brillait, confiant, dans le matin parisien.

Il lui prit son sac.

– Non, je vais le porter moi-même.

Elle jeta un coup d'œil vers son petit panier, sourit en levant le menton et les sourcils.

– Minette, dit-elle.

– Tu l'as amenée!

– Je n'ai pas eu le cœur de la laisser enfermée pendant tout ce temps dans un petit endroit sombre. À la maison, elle s'entendra bien avec Alonçon.

On entendit alors un vague miaulement.

– Sois sage, Minette, nous sommes presque arrivés.

Elle sourit d'un air complice, comme si elle avait réussi à narguer une puissance et à s'amuser à la barbe du visage sombre du destin.

Le métro survint; ils montèrent, mais durent rester debout.

– Fatiguée? demanda-t-il en lui prenant le bras.

– J'ai sauté dans l'autobus directement après mon service de nuit.

– Tu vas pouvoir dormir.

– Oh non! Allons tout de suite nous balader en ville.

– Bien sûr, tout de suite, tout de suite.

Elle sourit. Dans ses yeux tout brouillés par l'insomnie, il y avait la tendre complicité qui les unissait dans leur île au milieu de la foule.

En sortant, ils passèrent devant des marchands de légumes, des boucheries, des crémeries.

– On dirait qu'on revient d'un long voyage, dit-il.

– Oui, approuva-t-elle comme pour elle-même.

Dans la chambre, elle soupira gaiement, sortit Minette du panier et la déposa sur le sol.

– C'est la fin de la détention, ma pauvre petite – mais vite elle se reprit : J'ai oublié d'acheter du lait.

– Si ça lui va, j'en ai en poudre, d'un colis de la Croix-Rouge américaine.

– Parfait.

« Maintenant, c'est le moment de passer aux choses sérieuses », pensa-t-il avec bonne humeur, ce que son regard traduisit comme il le fallait parce qu'elle avait retiré son manteau et se tenait debout devant lui, dans son tailleur moulant. Elle avait quelque chose de puéril, de maladroit dans sa manière de se cambrer dans ses bras. Comme si elle n'était pas encore habituée à toucher un corps d'homme ; pourtant cette raideur n'était pas signe de timidité, mais une composante encore inconnue de sa nature et une toute nouvelle surprise.

Alors la minette donna de la voix et Arlette écourta son baiser.

– Je dois d'abord la consoler.

Il était mécontent qu'elle s'arrachât à son étreinte pour un chat, mais il ne put qu'en sourire.

– C'est moi qui prépare son repas, dit-il – il versa de la poudre blanche dans un verre, ajouta de l'eau chaude et s'assit au bord du lit. Dois-je mettre du sucre ?

Elle leva la tête de son sac.

– Tu crois ?

Alors la minette sirota la poudre américaine dissoute dans l'eau chaude du robinet et Arlette fut heureuse.
– Maintenant, allonge-toi et ne regarde pas, dit-elle.
Il s'allongea, la tête appuyée sur sa main. Il observait la fenêtre. Elle était grande et sa partie inférieure était garnie de barres de fer. Peut-être autrefois y avait-il eu là une porte vitrée. Probablement. L'eau fit du bruit et convoqua le souvenir de sa chambre dans le pavillon des infirmières.
– Chez toi, la familiarité des objets connus nous encercle, dit-il. Mais ici, il y a, à l'inverse, une atmosphère singulière et indépendante.
– Et nous avons même la vue sur les toits et les lucarnes.
– Je pensais à un poème de Baudelaire. Les vers m'échappent, et le titre, je sais seulement qu'il regarde d'une mansarde et que les clochers lui rappellent les mâts.
Alors sa voix couvrit le bruit de l'eau qui coulait :

Et quand viendra l'hiver aux neiges monotones,
Je fermerai partout portières et volets
Pour bâtir dans la nuit mes féeriques palais.
Alors je rêverai des horizons bleuâtres,
Des jardins, des jets d'eau pleurant dans les albâtres,
Des baisers, des oiseaux chantant soir et matin,
Et tout ce que l'Idylle a de plus enfantin.

– Je t'envie, dit-il.
– J'ai appris ça quand j'étais bibliothécaire. Je te l'ai dit.

Car je serai plongé dans cette volupté
D'évoquer le Printemps avec ma volonté,
De tirer un soleil de mon cœur, et de faire
De mes pensers brûlants une tiède atmosphère.

– Tout cela te ressemble assez, dit-il.

– N'est-ce pas magnifique?

– Autrefois c'étaient ses poèmes inquiétants qui m'émouvaient le plus.

– Nous sommes souvent injustes envers les poètes; nous insistons trop sur une qualité aux dépens des autres – ses sandales se rapprochèrent. Dans ma précipitation, j'ai oublié mon pyjama. Sa voix avait une nuance d'embarras espiègle.

Il avait envie qu'elle fût toute proche de lui, mais en même temps il regrettait qu'elle ne restât pas séparée, désirée, devant lui. Par ses tendres rondeurs et la courbe de ses hanches, elle était toute féminine, mais elle faisait penser à un jeune garçon avec ses genoux et ses mollets à peine essuyés, si bien que son attrait de jeune fille commençait avec le passage de ses cuisses élancées à la paroi lisse de son ventre. À la fois réelle et maintenant attendue, mais encore une fois tirée d'un monde d'albâtre aux contours bleuâtres, de jets d'eau, d'atmosphère idyllique décrite par le poète. Elle n'était pas dans une chambre d'hôtel parisien ni dans le climat si peu poétique de l'après-guerre, elle sortait juste de la mer. Et quand elle s'allongea près de lui et qu'il sentit contre lui, comme dans un souvenir, le contact de l'eau froide, il eut envie de la protéger de tout changement.

– Maintenant tu devrais le reprendre en main, dit-elle.

– Qui?

– Baudelaire, bien sûr – elle sourit. Nous ne parlions pas de lui? Cette description du pendu et du corps sans tête par exemple.

– Pourtant, un tel récit ne nous bouleverserait plus.

– C'est trop riche, trop vivant, non?

– Actuellement, nous sommes plus terrifiés par l'idée du grand vide que par une image précise de mort. Le mal contemporain, c'est l'écoulement silencieux du néant sur lequel vole la poussière légère des cendres humaines.

Et il sentit que son corps, nu contre lui, était désarmé, comme les corps condamnés *là-bas* au-delà du monde des vivants. Il savait bien qu'il avait franchi depuis longtemps la limite de la mort et que sa confrontation avec les images du souvenir n'était qu'une manière toujours renouvelée d'avoir la confirmation de sa délivrance. Et dans cette délectation retenue, presque désagréable, du temps qui passe, il avait l'impression d'être, pour lui et pour les autres, le gardien assermenté de son corps.

Arlette dut sentir le sens de sa proximité, car elle avança son épaule plus profondément dans ses bras, comme elle le faisait lorsqu'elle marchait appuyée à lui, un peu en avant, mais étroitement unie à lui.

– Il n'y aurait qu'un film qui pourrait rendre une image fidèle, dit-elle.

– Quand les troupes alliées nous ont libérés, les Américains ont filmé ; mais c'étaient des images de lieux, de paysages et aussi de monceaux d'ossements. On ne pourra jamais plus reproduire l'atmosphère de désolation accomplie et pourtant jamais morte.

– On doit ressentir une impression assez désastreuse quand on vous met une caméra comme ça sous le nez.

– Celle d'une troupe d'enfants venus, follement curieux, musarder dans un cimetière.

– J'imagine.

– Mais pourquoi parler de ça ? On ne peut pas représenter ce monde.

Un silence impersonnel mais bienveillant avait envahi la chambre, dans lequel la voix fine du petit chat se détachait comme une étincelle.

– Il faut échanger ces images contre d'autres, belles et positives, dit-elle.

– Oui. Avant que tu sois ici près de moi, je nous ai vus distinctement sur une plage de sable, et tu venais de sortir de la mer.

– Si c'était vrai...

– Avec toi, je suis simple, naturel sur notre rivage. Comme si tu avais toujours été là-bas et que je vienne tout juste de te trouver.

Elle coinça ses doigts dans les siens, racines jeunes et succulentes qui s'entremêlaient à d'autres, durcies et noueuses.

– Mais si je pouvais faire une bonne synthèse intelligente et gaie, comme nous l'entrevoyions parfois quand une possibilité de salut parvenait un instant à notre conscience, ce pourrait être le commencement d'un nouveau monde sur notre merveilleux rivage.

Il sourit en se tournant vers elle.

– Nous sommes comme des enfants qui écoutent, charmés, parler du paradis après avoir tremblé à la description des tortures de l'enfer.

– Et pourquoi pas?

– Tu as peut-être raison.

– Si vous n'êtes pas comme les enfants – tu te rappelles?

– Des enfants qui ont refusé le mal grâce à leur jeunesse et leur foi dans le miracle.

Il replia ses jambes et se recroquevilla contre elle comme un adorateur à la fois soumis et heureux se met à genoux devant une déesse.

«Ulysse devant la nymphe Calypso, Ulysse le naufragé rescapé au paradis terrestre», pensa-t-il.

XLVII

«Décidément, se dit-il, il préférait toujours, avant de la toucher de la main, la boire tout entière du regard, l'absorber pendant le temps infini où elle resterait devant lui, inaccessible.» Mais la main, seule comme toujours, vogue vers elle, semblant obéir à une inclination secrète et douter de la réalité de l'apparition. Avec semblables caresses, le baigneur aplanit le sable lisse devant lui, il le touche à peine, pourtant il écume de ses tendres grains le filet d'étincelles de chaleur. Et même si sa main plonge plus profondément dans la substance soumise, docile, pour sentir l'écho des régions profondes, elle revient rapidement à la caresse des reliefs soyeux. La mer est à ses côtés avec sa magnificence et le silence de ses mystères, elle est aussi le témoin bienveillant qui autorise sa main à jouer avec un coquillage à demi enseveli.

Le tremblement chaud qui vibre sur elle, en elle, lui fait aussi baisser les cils. Et lui est tout ému qu'un tel courant vivifiant passe de lui jusqu'à elle. Il lui est reconnaissant de lui donner l'occasion d'une telle victoire, il la bénit, pour cette raison il l'adore comme une jeune fée. Mais, et c'est inattendu, il a aussi l'impression d'être un pétulant seigneur qui règne sur une matière soumise, un tout-puissant démiurge qui décide du passage du néant à la vie. Alors il étouffe vite ce surgeon têtu, car il pressent l'obscurité dans laquelle sont fichées ses racines; mais le souffle du triomphe provocant se pousse au jour à travers une fissure invisible, comme l'eau à travers le sable. Il voit la ressemblance entre cette maligne satisfaction et la jouissance du bourreau, maître incontestable de sa victime. Brusquement, il serre les paupières pour chasser la tentation. Il n'est que le vainqueur de la mort. Il n'a que la défaite vaincue à provoquer. Il veut en même temps que sa pensée cesse d'être en éveil, que sa conscience s'évanouisse, s'écoule à travers ses mains. Il les regarde, abandonnées à elles-mêmes, suivre leur rythme. Il y dépose sa vigilance pour qu'elle se vide. La pensée n'est pas nécessaire, les souvenirs n'ont rien à faire maintenant. Rien qu'un sentiment d'existence. Rien que la cadence des corps. Et il se penche sur elle, se fait souple pour que son étreinte intercepte le courant rosé, tel un barrage qui capte pour lui seul le courant éternel.

Elle dormait depuis un moment ; alors il dégagea sa main de son cou afin de la sentir encore mieux tout contre lui, mais sans qu'elle fût liée par son étreinte. Elle était serrée contre lui avec confiance, le dos un peu cambré et la tête rejetée en avant, l'air de sommeiller au milieu d'un jeu. Mais il savait bien qu'en retirant sa main il tendait à la séparation, à la liberté.

Maintenant, dans l'ambiance de la grande ville, la réalité était plus exigeante que dans un sanatorium retiré. Car ici, au creux de cette chambre d'hôtel, il était encore plus coupé des gens qui travaillaient, il était un voyageur, un touriste au milieu des maisons et des magasins. Et il y avait tout autour de lui les fourneaux qui préparaient les repas, la foule dans le métro, les vendeurs de journaux. Il était au milieu d'eux, cerné de tous côtés, comme au centre d'un amphithéâtre. Et ce guet-apens était silencieux, comme si tout le monde conspirait dans une indifférence qui était, il y a peu, un mépris évident. C'est ainsi que se réveilla en lui le besoin de projet, de communauté humaine, qui se manifestait toujours avec beaucoup de vitalité après l'amour. Car le trouble du sang tout juste satisfait, l'intelligence et le cœur sont tout entiers tournés vers de grands desseins. Cependant, ce nouveau courant d'activité ne devait pas emporter la femme sur ses rives, de façon que sa relation avec elle restât protectrice, sincère, mais au fond distante et confinée dans les éléments autonomes de la nature masculine.

Le corps d'Arlette tressaillit, comme si une dernière fibre, maintenant encore, répondait au bourdonnement d'un écho lointain. Et il se souvint de la surprise, presque de la peur, qui l'avait saisi la première fois que son corps avait remué de cette manière dans son sommeil. Maintenant, il considérait les mystérieuses étincelles qui s'échappaient d'elle comme les restes d'un courant qu'il avait lui-même déclenché, ce qui provoquait en lui une satisfaction bienveillante. Oui, peut-être s'aimaient-ils vraiment trop. Cette force, cette assurance qu'il avait rien qu'à la caresser était presque plus forte que l'élan qu'elle manifestait ensuite. Elle était une propriété non entamée et l'idée de conquérir son corps se heurtait alors au désir machinal de différer. Car est-ce que la série des mouvements stéréotypés de la passion était bien un enrichissement? Son corps entre ses membres, étançon fébrile, n'était-ce pas aussi une déroute? Ne préférait-il pas la conquérir longuement? La choyer comme un objet précieux qui serait d'autant plus sien, d'autant plus convenablement fécond pour lui et en lui qu'il resterait longtemps au bout de ses mains? Mais en même temps, le printemps tendre et lisse de son corps était une vérité qu'il savait aussi nécessaire que la vallée à l'écoulement de l'eau des montagnes. La soie de sa peau avait la fraîcheur des lames qui se décomposent contre une fine quille. Qui succombent contre elle, mais aussi l'entourent, la portent, l'ont en leur pouvoir; elles en sont le chemin, la matière dans laquelle elle n'a pour se diriger que l'œil exercé du capitaine sur le pont. Oui, parce que sa conscience est toujours en alerte, elle ne s'endort pas, comme celle d'Arlette, dans le brouillard grisant de l'oubli.

Il la regarda. Après l'amour, le visage des femmes a une expression noble. On dirait qu'il se purge de toutes les additions du quotidien et qu'il perd toute dureté. Il dévoile ce que l'homme pressentait et ce qui resterait à jamais une vision quand il ne percevrait plus les modifications de son visage après l'ouragan de l'amour. Et il revit Mija. Son visage aussi, après l'amour, devenait d'une pureté si enfantine qu'on se sentait, devant lui, devenir complètement plat.

Arlette bougea sa main, releva ses cheveux sur le front et se frotta les yeux.

– Pourquoi ne m'as-tu pas réveillée ?
– Je te regardais.
– Et à quoi pensais-tu ?
– Je pensais que, dans l'amour, le visage des femmes devient merveilleusement innocent.
– Donc, tu ne pensais pas seulement au mien.
– Avant tout au tien.
– Et auquel encore ?
– Je me suis souvenu de Mija.
– C'est normal que tu penses à elle. Si elle n'était pas morte, elle serait maintenant ta femme.
– Je ne sais pas. La fortune est une éducatrice extraordinairement influente.
– Son amour aurait été plus fort que tout le reste.
– Je ne sais pas.
– Sûrement. Si elle était simple et décidée comme tu me l'as décrite.
– Dommage que le temps où elle s'est sentie bien dans sa peau ait été si court.
– Peut-être vaut-il mieux vivre quelque chose intensément pendant un temps limité que de traîner son ennui pendant des lustres.

Ils se turent. Seul le minet se plaignait de sa solitude au milieu de la chambre.

– À côté d'elle, je dois avoir l'air de sortir du jardin d'enfants.

– Mais tu lui ressembles à bien des égards.

– Ce genre de flatterie n'est pas utile.

– Ce n'est pas de la flatterie. Malgré tout le réalisme de son caractère, c'était en fait un être qui sentait la valeur de l'arrière-plan.

– Je me la représente comme une gagnante qui avait sa vie entre les mains.

– Ses élans avaient la fatalité de l'avalanche. Là est la différence entre toi et elle. Mais, pour vous deux, s'en remettre à la vie est vraiment simple, franc et entier.

– Depuis que j'ai l'âge de raison, je ne me souviens pas d'avoir eu de bonnes relations avec les gens.

– C'est parce que l'apparence des choses ne te satisfait pas.

Elle leva brusquement la tête, son visage était serein et légèrement souriant.

– Tu sais qu'à l'école on m'avait découvert un don pour la peinture ? J'ai même obtenu un premier prix !

– Tu aurais dû continuer.

– Sans doute. Mais mon père a jeté les peintures au feu.

– Et, bien sûr, il était fier de son fait.

– Pauvre papa ! Finalement, il a été vraiment malheureux avec ma mère, sa nature exubérante n'a pas pu se manifester et il a vécu à sa façon, à côté d'elle. Par rapport à moi, sa fille, il se sentait à la fois semblable et fondamentalement différent.

– Il a quand même gouverné la maison selon ses seules humeurs.

– Tout en s'agitant comme un animal sauvage mis en laisse, sans cesser de se rendre compte que je lui échappais...

Elle laissa la phrase en suspens, comme pour faire attendre la suite. Mais l'explication ne suivit pas l'ombre qui lui passa sur le visage. Il ne resta qu'une rêverie impénétrable.

– Qu'est-ce que tu as ?

Quand il se pencha sur elle, son visage était encore plus sérieux. Peut-être était-ce le baiser qui l'avait rendu plus sérieux, mais en même temps on avait l'impression qu'il n'était que le point de départ d'une confusion imprévue, presque d'une panique. Ses lèvres arquées furent prises d'un tremblement imperceptible.

– Qu'est-ce qui s'est passé ?

– Je te le dirai quand nous nous baladerons en ville.

Le chat miaula de nouveau.

– Minette. Ma pauvre petite.

Elle se leva, enfila ses mules et alla la chercher.

Il lui en voulait de son indépendance, même si c'était là la cause de son attachement. Il observait son corps et ses mouvements, libres, comme si toute la valeur du monde était sauvée en elle. Et, dans un éclair, la possibilité d'une nouvelle époque classique lui apparut clairement, réalisation d'une humanité simple, sans masque. « La femme et l'amour qu'elle nous inspire sont la garantie que malgré tout l'humanité peut tout recommencer depuis le début », pensa-t-il.

– Il faut aller déjeuner, dit-il.

Il y avait encore dans sa voix une nuance de mauvaise humeur ; elle, maintenant, serrait sur sa poitrine la petite boule de laine marron du nom de Minette et la tendre courbe de sa hanche se dessinait à contre-jour sur le fond de la fenêtre.

XLVIII

Ils erraient comme deux très jeunes amoureux qui s'étaient enfuis de chez eux et qui contemplaient le lieu où ils étaient venus cacher leur complicité. Et, comme ils étaient familiers du Montmartre de Mac Orlan et de Carco, que Degas, Toulouse-Lautrec et Renoir étaient présents en eux, qu'ils avaient l'un et l'autre l'esprit assez vagabond, ils se sentaient en pays de connaissance au milieu de la procession des passants sur le trottoir. Ils n'avaient rien de ces touristes qui contemplent les endroits réputés, leurs yeux s'étonnaient, tout émus par la découverte prodigieuse qu'ils attendaient depuis longtemps.

«Cette agitation dans les rues, pensait-il de son côté, c'est l'essentiel. Bien sûr, il y a encore dans l'air la méchante fraîcheur des longues années d'occupation, pourtant les devantures des maisons semblent avoir presque retrouvé leur ancienne physionomie et les fenêtres ont le charme d'yeux bienveillants et intelligents.» Cependant, il eut l'impression, pendant un instant, d'entendre la chanteuse du théâtre de Dix Heures interpeller, en 1943, les retardataires qui bousculaient la foule: «Pas facile d'avancer, hein? On se croirait à Stalingrad!» À la suite de quoi les nazis avaient organisé une descente punitive dans le petit théâtre où on avait tiré des coups de revolver.

Pendant cette courte séquence, il lui sembla qu'Arlette n'était plus à son côté, mais qu'il marchait seul dans une ville familière assiégée, pénétré à la fois par la peur et le fol élan de la résistance. Il est encore *là-bas* et il est déjà ici, sauvé, dans la foule montmartroise. Il entend le bruit des bottes, et en même temps il suit avec délice le rythme des pas libérés. Il voit Mija morte, et le jeune homme qui s'incline maintenant sur son visage lisse, c'est celui qui, devant lui, guide une fille sur le trottoir.

Il se penche vers Arlette, qui sourit gaiement à son baiser ; la fille française n'est pas étonnée par ce baiser dans la rue, mais plutôt par l'expression de son visage. Il est content et pensif. Et il lui répond avec un haussement d'épaules espiègle, alors elle devine sa bonne humeur et lui prend la main sans rien dire. Et il se sent riche, à cause de son silence, de sa main et, en pensant à la fumée des crématoires, il éprouve une satisfaction irraisonnée d'avoir été *là-bas* et d'être maintenant ici. Satisfaction pour lui, pour son corps. Mais encore plus parce que, malgré tout ce qu'il y a eu *là-bas,* deux amoureux marchent devant eux en se bécotant au sein de leur monde secret et clos. Parce que ce monde est encore possible. Qu'il existe, tout simplement. Et qu'Arlette et lui vivent dans ce monde, même si lui est aussi dans celui où l'on inscrivait deux grands N en rouge sur les vêtements rayés des gens. *Nacht und Nebel.* Nuit et brouillard. Oui, il témoigne de ce monde ; c'est pourquoi, bien qu'inconnu et anonyme, il affirme, par sa seule présence, la valeur d'un baiser sur le trottoir, dans la lumière et les couleurs d'Utrillo.

Ensuite ils fouinèrent parmi les livres sur les quais de la Seine où ils dénichèrent une belle édition du *Grand Meaulnes* et de *Nerrantsoula* de Panaït Istrati. Puis ils allèrent à Montparnasse voir une exposition de peinture sur le monde concentrationnaire.

– Non, protesta-t-il. Avec une telle froideur intellectuelle et ce cubisme d'épigones, on ne peut pas évoquer cette atmosphère.

– Qui sait si le peintre a vraiment été là-bas ?

– Même s'il y a été, la vanité formelle lui a fait oublier l'infinie modestie que requiert le sujet.

Après les tableaux, le jardin du Luxembourg leur sembla un havre de verdure.

– « Jet d'eau, chaises en fer qui ont été vertes, amoureux ébouriffés comme les jets d'eau » – il citait sa phrase.

– Tu vois comme tu es.

– Gai. Tout simplement gai.

– Tu commences par vouloir que je t'écrive, et ensuite tu te moques.

– Il faudrait être bien impertinent pour se moquer de tes lettres.

– Je ne t'écrirai plus rien.

– Mais si. Et dès demain, quand tu seras seule chez toi avec l'horloge du petit salon. Et tu écriras en vitesse, directement sur une feuille à carreaux que tu auras arrachée d'un cahier de comptes.

Elle sourit d'un air espiègle.

– Ça, c'est vraiment extraordinaire. Mes anciens cahiers de comptes sont inusables. J'en arrache sans cesse des pages.

Le soleil déclinait derrière les arbres, pourtant elle voulut s'asseoir sur un banc. Rien qu'un instant. Ils fuiraient avant d'être effleurés par le froid.

Le jet d'eau, de sa douche infatigable, troublait la surface du bassin, une jeune mère n'en finissait pas d'interpeller son fils qui, accroupi sur la bordure en pierre, poussait un petit bateau bleu dans l'eau écumante.

– Quel bonheur une journée pareille en plein décembre ! dit Arlette.

Il l'imaginait encore devant les feuilles de son cahier.

– Et ton père ? Il sait à qui tu écris ?

– Mon père ? Avant, ça ne l'intéressait pas, mais, maintenant qu'il a compris de quoi il s'agit, il a commencé à tempêter – elle observait l'enfant qui résistait à sa mère et ne voulait pas s'écarter du bassin. Je t'ai dit dans la chambre que je te parlerai de ça plus tard, dit-elle au bout d'un certain temps.

Il sourit.

– Il ne m'aime pas parce que je suis malade?

– Il dit qu'il n'acceptera jamais que je parte pour l'étranger. Que, si je m'en vais, je ne franchirai plus jamais le seuil de la maison. Que je n'existerai plus pour lui – elle continuait de regarder devant elle. Une sorte de malédiction sans recours, ajouta-t-elle en faisant une grimace – ensuite, elle tourna la tête. J'ai reçu une lettre de Joséphine.

Dans ses yeux, il y avait un abîme de doute gris dont elle ne pouvait se libérer.

De nouveau, elle regarda fixement devant elle.

– Mon père voudrait Alfred pour gendre, dit-elle à voix basse.

Il haussa les épaules.

– Qui est-ce?

– Je te l'ai déjà dit. Un camarade de classe. Il m'aime depuis longtemps.

Il observait son visage : il s'était peu à peu arrondi comme si ses traits s'étaient amollis sous le coup d'une émotion soudaine. La possibilité qu'elle se mît à pleurnicher en parlant de choses si désespérément pitoyables lui répugnait. L'amour qui devient un argument convenable pour la famille, les connaissances, les vieilles tantes bien intentionnées. En tout cas, pas de larmes. L'atmosphère était déjà suffisamment absurde.

– Alfred a dit qu'il m'attendrait.

Le temps s'était rafraîchi, mais il croisa les jambes. « Qu'elle en finisse », se dit-il.

– Devant ma mère, il se présente comme autrefois lorsqu'il était mon camarade de classe. Il lui plaît beaucoup, à ma mère, parce qu'il est bon et pieux, pourtant elle ne se mêle pas de l'affaire. Elle a éprouvé dans sa chair ce qu'était un lien qu'on n'a pas choisi, mais qui a été manigancé par d'autres. Mon père, non. Il l'encourage et lui assure que tout ira bien.

– Et pourquoi lui tient-il tant à cœur ?

– C'est le fils d'un artisan aisé – elle lui lança un coup d'œil. Mon père aimerait bien réaliser avec moi ce qu'il n'a pas réussi. En effet, malgré tous ses efforts, il n'est que simple commis et ça le tourmente, c'est une humiliation indélébile – elle se tourna de nouveau vers lui. Alfred est doux et calme et mon père sait que, par moi, il aura de l'empire sur lui.

«Comme elle le dissèque menu, pensa-t-il avec admiration ; aucune nuance ne lui échappe. Quelle collaboratrice parfaite elle serait pour son père si elle acceptait de conspirer avec lui ! »

Le crépuscule s'allongeait sur les arbres et bruinait avec le jet d'eau sur la surface plombée du bassin. Il aurait voulu dire : «Allons-y», mais il était englué dans une impression de misère et de grisaille. Alors, toutes seules, lui revinrent les images de Paris le jour où il se tenait à côté de ses bottes, sur le terrain vague de la porte de Clignancourt. Ces objets que les survivants en procession après le déluge portaient en silence. Chutes de cuir de toutes les formes. Peignes aux dents très effilées, très aiguës. Petites culottes d'un rose trop vif. Et le nuage de poussière jaune qui roulait comme la fumée après un incendie tout juste étouffé. Et les bottes qui semblaient vouloir continuer de s'échapper de son bras et de marcher dans la fine poussière comme sur une immense couche de cendres.

– Et toi ?

– Moi, je me moque bien de ses plans.

Son visage était sérieux et figé.

– Et s'il ne voulait plus te voir à la maison ? Il est bien capable de tenir parole.

– Bien sûr qu'il en est capable – au bout d'un moment,

elle murmura d'une voix changée : Maman me manquerait – elle chercha machinalement sa main.

– Tout ira bien, dit-il. Il n'y a encore aucun projet de départ. Il n'a pas, actuellement, de raison de te tracasser.

Elle dégagea sa main.

– Il veut que j'aille leur rendre visite.

– Ton père ?

– Les parents d'Alfred fêtent leur anniversaire de mariage.

– Et ils t'invitent toi aussi ?

– C'est Alfred qui les en a persuadés.

– Autrement dit, c'est ce qui t'a décidée à partir chez toi maintenant.

– Ne parle pas comme ça, Radko !

Ils étaient presque entièrement prisonniers du crépuscule et, sans en avoir l'air, le froid traversait sa veste. Il aurait dû se lever, donnant ainsi le signal du départ, mais il sentait maintenant une fragilité en lui et autour de lui, alors il attendait.

– Le hasard a voulu que j'aille maintenant chez moi. Joséphine écrit que mon père s'est exclamé : « C'est parfait, comme un fait exprès ! »

– Et toi ?

– Cette visite ne me dit rien.

– Mais tu y vas quand même.

– Je me suis dit qu'au fond ça ne m'engageait à rien – elle chercha de nouveau sa main, mais il s'écarta. Pourquoi es-tu comme ça ? Papa tempérera son désir de considération, et moi je reviendrai près de toi dans deux jours – elle le regarda. Ses parents ne m'aiment pas, Radko.

– Tu verras bien quand ils te connaîtront.

– Je suis une fiancée trop pauvre pour leur fils. C'est Alfred lui-même qui me l'a avoué il y a des années.

– Et malgré ça, c'est toi qu'il veut.

– Oui. Mais malgré moi, Radko. Tu ne peux pas ne pas voir ça.

– Mais pourtant malgré eux. Et ta visite sera pour toi une humiliation de plus.

– Non. Joséphine dit que mon père tourne dans la maison comme un ours en cage parce que l'invitation est la preuve que les parents d'Alfred ont changé d'idée sur moi.

– Mais pourquoi dis-tu alors qu'ils ne veulent pas de toi ? demanda-t-il brutalement en se levant.

Elle resta assise, comme surprise par son mouvement inattendu.

– Il fait froid, dit-il.

Il avança. Elle se leva et le suivit. Sur le moment, il ressentit de la pitié pour elle, si frêle et prise à un piège compliqué ; en même temps, il avait envie d'accélérer le pas pour qu'ils se perdent dans l'obscurité. Le chuchotement du jet d'eau s'éloignait, les laissant encore plus seuls, encore plus isolés.

XLIX

– J'avais tellement envie de voir ce parc ! dit-elle au bout d'un moment.

Mais lui se taisait. Il savait que son silence durerait un temps infini parce qu'elle allait s'y enfermer et qu'elle ne saurait pas rompre la glace qui s'installait.

Ils marchaient sur le boulevard Saint-Michel, ils n'avaient pas envie de trouver une station de métro, car alors ils s'en iraient dîner, ils s'assiéraient l'un à côté de l'autre et ne pourraient plus se taire. Il se rappelait son état d'esprit du matin dans la chambre : quand elle déclamait ; quand ils parlaient des camps ; quand elle dormait. Et pendant tout ce temps, elle savait, pour la visite du lendemain. Il avait conscience, conjointement, qu'elle était toute malheureuse parce que l'offensive de son père l'avait surprise. Il eut envie de la prendre par le bras et de prononcer quelques phrases drôles, histoire de détendre l'atmosphère. Elle aurait vite souri et se serait mise à plaisanter. Mais il était irrité par les bas-fonds dans lesquels elle avait fourvoyé leur amour ; leur relation que, même en pensée, il ne pouvait comparer à aucune autre ; leur découverte mutuelle après ces heures difficiles qui avaient tous les traits de l'apocalypse.

Au carrefour de Cluny, des lumières au sol annonçaient la station de métro.

– Nous prenons le métro ?

– Oui, il faut aller dîner.

Il s'efforçait d'être simple et détaché, mais il n'était qu'officiel. Et dans le métro non plus il ne se passa rien d'autre, même s'ils tentèrent de se parler parce que les voyageurs les observaient.

Comme pendant le dîner.

Comme au cinéma.

Les Champs-Élysées étaient loin, mais on ne jouait Disney que là-bas et ils étaient tombés d'accord sur Disney.

– Allons ailleurs, si c'est trop loin, suggéra-t-elle alors qu'ils regardaient un plan au mur.

– Ça n'a pas d'importance.

Mais en silence il s'avoua qu'il n'avait vraiment rien à faire ni du cinéma ni de Walt Disney. Pourtant sa dureté s'adoucit dans la salle obscure. Il se laissa prendre par l'intérêt et l'unité de la foule devant les dessins animés. Il se revit dans l'obscurité du cinéma à Barriera, avec Charlot sur l'écran et une vieille pianiste martyrisant le piano désaccordé dans un coin. Charlot et les visages barbouillés de crème et eux, les gamins sur les sièges, tout excités, mâchonnant des caramels ou décortiquant bruyamment des pistaches. Il n'y avait aucune comparaison possible entre l'immense salle moderne et l'endroit d'autrefois, qui était pratiquement un entrepôt aux murs gris et bosselés. Mais c'était là qu'il était, le morveux entiché de Charlot, de Tom Mix et de Buffalo Bill. Et ce rappel de ses jeunes années le séparait encore plus d'elle. À cause de cette incursion inattendue dans le passé, il n'était plus en colère contre elle ; et quand, dans l'obscurité, elle chercha sa main, il ne l'écarta pas. Il ne lui manifestait pas de chaleur, mais il tenait sa main avec attention et affection, tel un père qui tient la main de sa fille quand le dentiste travaille avec la roulette : il est à la fois compréhensif envers la gosse et attentif à la délicatesse du médecin.

Leur humeur se délia un petit peu sur le chemin du retour ;

mais c'était plutôt lié au changement de station qu'à la modification de leurs dispositions profondes. Comme ce sont probablement les préoccupations externes, réelles, qui unissent la vie des jeunes mariés quand le charme de la lune de miel s'éloigne. Ils descendirent à Cadet, le silence de la ville endormie les enserra, et alors il eut une réaction singulièrement vive contre la médiocrité de leur situation.

Il aurait voulu être seul. Il s'imagina en vagabond extraordinairement éveillé dans les rues la nuit, les mains dans les poches, ne pensant pas au temps. Observateur solitaire et ému. Et cependant détaché, ouvert à n'importe quelle rencontre, à n'importe quelle impression. Il se demanda pourquoi il était avec elle. Que vienne le lendemain et qu'elle aille se faire évaluer. Comme un fait exprès, le hasard voulait qu'il pût retrouver son indépendance maintenant. Ainsi tout se résolvait simultanément et de la façon la plus simple.

Le concierge fut très aimable en leur donnant la clef et ils répondirent à sa bienveillance naturelle par un sourire de connivence.

Alors qu'il montait l'escalier, Arlette sursauta.

– Minette, je l'ai complètement oubliée.

– Elle a à manger plus qu'il n'en faut, marmonna-t-il.

«Bien sûr, Minette, pour elle, c'est de la première importance», songea-t-il. Il avait l'impression nette, déjà connue, d'être prisonnier d'un monde infantile. Elle avait le visage soucieux et ses pas devinrent plus rapides, comme si une brusque intuition l'assaillait.

Devant la fenêtre fermée qui donnait sur la cour, on pouvait en effet entendre un miaulement faible et éloigné. «Maintenant, c'est le tour des chats», se dit-il, et surgit l'image de la femme qui apporte tous les jours un grand sac de nourriture à une bande de chats au jardin public. Il marchait derrière elle, qui courait presque, tout satisfait que l'escalier fût beau, presque élégant; pour rien au monde, il n'eût voulu être à cet instant dans un escalier triste au sein d'un décor minable.

– Ne cours pas comme ça, dit-il, plus pour rompre le pénible silence que par désir de la retenir.

Mais, tandis qu'il lui ouvrait la porte, il sentit une peur confuse le gagner lui aussi.

– Minette! cria-t-elle avant même d'allumer dans la chambre où, par la fenêtre entrouverte, pénétrait le froid morne de la mer des toits. Minette!

Sa voix était presque plaintive. Elle contourna l'armoire et le lit, s'agenouilla sur le tapis; son regard était rêveur, ses mouvements fébriles.

Sur le sol, il y avait le bol avec du lait et tout près des miettes de pain.

On entendit alors dans la cour un nouveau miaulement souffreteux.

– Minette!

Et d'un seul coup, elle se retrouva à la fenêtre, se pencha sur la balustrade, si fort que son corps oscilla dans l'obscurité.

Il se précipita sur elle et la saisit par les épaules. Mais ses mains restaient nerveusement agrippées à la balustrade pendant que son corps se redressait et se raidissait.

– Nous l'avons laissée mourir – elle tremblait de tout son corps. Nous l'avons laissée mourir!

– Calme-toi, murmura-t-il.

Il tenta de la retourner vers lui, de l'écarter de l'obscurité et du trou noir. Mais ses membres étaient encore plus fermes et plus raides. Comme si elle était tout entière pétrifiée, à l'exception de ses yeux qui versaient des larmes de façon irrépressible, inondant son visage échauffé.

– Minette, cria-t-elle – et, se libérant de son emprise, elle courut dehors.

Il se précipita derrière elle, mais elle ne l'écoutait pas. Ses pleurs bruyants, désespérés, réveillaient l'escalier insouciant.

– Ma Minette, sanglotait-elle.

– Viens, chuchota-t-il en la prenant par la main.

Mais elle se ruait déjà vers la loge du concierge, où elle s'arrêta, droite comme une condamnée devant le banc des juges.

– Minette est tombée, dit-elle à travers ses larmes. Elle est tombée dans la cour.

Le visage du concierge exprimait une bienveillance aimable et un embarras respectueux. Il n'arrivait pas à comprendre comment il pouvait s'agir des deux mêmes personnes à qui il venait juste de souhaiter une bonne nuit et qui étaient si sérieux, si réfléchis.

– Cherchez-la, dit-elle entre deux sanglots. Cherchez-la.

Le concierge sortit de derrière son bureau.

– Quel dommage ! marmonna-t-il.

– Cherchez-la.

Il la saisit alors par les épaules et l'amena lentement jusqu'à l'escalier.

– Calme-toi, murmura-t-il en faisant un signe au concierge.

– Mais bien sûr, dit le concierge.

Il était grand et fort, il avait le visage digne d'un paisible diplomate. D'un délicat mouvement du coude, il ouvrit la fenêtre du rez-de-chaussée, escalada avec élégance l'appui de la fenêtre, comme pour faire remarquer par son allure que ce n'était pas son travail, mais qu'il l'acceptait de bon cœur, étant donné les circonstances inhabituelles.

– Trouvez-la.

Son corps s'était de nouveau raidi dans un spasme qui l'avait prise comme une attaque de paralysie infantile. Lui, tout contre elle, était navré de voir s'installer ce climat insidieux au-delà duquel se trouvait le domaine du néant ; de la froide aspiration du vide, comme le matin où le liquide chaud avait jailli de sa gorge. Il était épouvanté, parce que ces impressions étaient sollicitées par une manifestation inattendue de sa personnalité. Comme si on lui donnait en garde quelque chose qui excédait ses forces. Il était à la fois prisonnier et coupable. À la fois dupe et complice.

Le froid entrait par la fenêtre ouverte et l'on entendait dans l'obscurité un miaulement à peine perceptible.

– Minette !

Son corps, comme une barre de bois qui tremble sous un coup, fut traversé d'un soubresaut.

– Pas comme ça, dit-il. Pas comme ça, répéta-t-il comme une berceuse.

Mais le corps prisonnier de sa rigidité ne pouvait l'entendre. Elle tremblait par secousses au rythme des pas du concierge le long du grillage qui se tendait et crissait.

– Il fait sombre, dit le concierge tout bas.

Le grillage crissa plus fort. C'est alors qu'une petite voix faible se réveilla une fois encore pour s'éteindre immédiatement.

Il n'y avait que son tremblement devant la fenêtre ouverte et l'obscurité froide de la nuit. Le grillage craquait encore, mais on avait l'impression que le gardien était parti et ne se manifesterait plus. On ne l'entendit qu'au bout d'un long moment, mais comme un homme qui préférait rester à l'écart.

Il entoura plus étroitement ses épaules.

– Viens ! dit-il en forçant de la main, doucement, sa rigidité convulsive.

Elle avait le corps insensible et absent. Malgré tout, il la poussa doucement, d'un bloc, comme s'il s'agissait d'une statue.

– Laisse-moi, dit-elle alors avec colère, tout en étendant machinalement ses bras raides devant la fenêtre ouverte.

Alors il la poussa lentement, presque imperceptiblement, vers l'escalier. « La statue aux bras tendus », pensa-t-il, satisfait que le concierge ne se montrât pas dans l'embrasure de la fenêtre.

– Donnez-la-moi!

Cependant, son corps suivit la pression de ses mains quand il l'emmena à l'étage. «Bien, se dit-il, malgré tout, elle a compris que c'était fini.» Et il ressentit une impression de soulagement parce qu'ils s'étaient éloignés du hall; au tournant de l'escalier, il avait bien vu le concierge qui, en montant sur la fenêtre, penchait sa haute silhouette, mais maintenant Arlette était hors de vue.

– Nous sommes coupables. Nous l'avons tuée.

– Viens, chuchota-t-il alors qu'elle résistait soudain et voulait repartir.

Ils se déplaçaient lentement parce qu'elle était toujours droite et rigide; et, quand il l'eut ramenée en haut, il sentit qu'il lui fallait être attentif et prudent comme devant un objet qui peut se briser d'une minute à l'autre. Comme un homme de peine qui porte, dans un appartement, un précieux vase en cristal ou en porcelaine au cours d'un déménagement.

Dans la chambre, il resta encore près d'elle, attentif et prévenant. Elle voulait toujours aller à la fenêtre pour écouter si une voix venait de la cour, mais il la gardait serrée contre lui. Par son étreinte, il voulait peu à peu amollir ses membres en infirmier qui impose une thérapie à une malade inattendue. Et bien qu'elle refusât de se coucher, il l'aida à se déshabiller. Alors, dans cette activité quotidienne, ses mouvements retrouvèrent leur authenticité et son corps s'assouplit peu à peu.

Seul un tremblement la secouait encore, qui s'atténua à peine lorsqu'il s'étendit près d'elle et qu'il la serra étroitement contre lui.

– Nous l'avons tuée.

– Nous avons laissé la porte-fenêtre ouverte pour qu'elle ait de l'air, dit-il tendrement. Non?

– Si, murmura-t-elle dans un sanglot. Le soleil brillait tant que ç'aurait été un vrai péché de fermer la porte-fenêtre.

– Nous étions tellement emballés par cette fenêtre, par la mansarde et tout le reste qu'il ne nous est pas venu à l'idée que le minet pourrait se faufiler à travers les étroits barreaux de la balustrade.

– Elle était si menue, la pauvre!

– C'est vrai.

«Maintenant, il vaut mieux que je me taise pour qu'elle s'endorme», décida-t-il. Il passa la main sous ses épaules et son cou, lui arrangea les cheveux et revint à son épaule. Elle lui tournait le dos, si bien que ses cuisses reposaient sur les siennes, il passa la main sur leur tendre courbe et la repassa suivant le rythme lent mais continu des vagues douces qui vont et viennent, arrivent et repartent sur le sable soyeux de la côte. Il regrettait que ce ne fût pas une véritable caresse, mais un moyen de la calmer et de l'endormir.

Peu à peu, son corps se détendit entièrement, laissant libre cours à de petits tressaillements rapides qui annonçaient l'arrivée de l'assoupissement.

– Comme tu es bon avec moi!

Elle avait murmuré ces mots dans un demi-sommeil tout en se retournant pour se caler dans ses bras.

Bon? Comme si ça résolvait quelque chose dans la vie. Il se rendit compte qu'il devait se dégager et dormir seul. Oui, parce que l'idée de protéger un être sans défense peut être authentique, et authentique aussi, la familiarité avec son monde. Mais la question est de savoir s'il doit être l'infirmier de cette enfant. Il s'arrêta sur le mot infirmier. Oui, *là-bas*. Mais donner du charbon en poudre à des bouches sèches et ensuite porter ces ramures osseuses aux lèvres et aux dents noires dans une caisse derrière une baraque, c'est une représentation très simplifiée du métier d'infirmier. Pour elle, il aurait fallu les mains douces d'une véritable infirmière. Non, ce n'était pas vrai, il saurait être tendre et paternel; il le saurait sans peine. La preuve, les mots de reconnaissance qu'elle avait prononcés tout à l'heure. Mais maintenant, la question était encore une fois de savoir si celui qui a été infirmier *là-bas* avait pour mission de protéger et de soigner un être comme elle *ici* chez les vivants. Remplir ses jours de cette tutelle ? Y engager toute la fougue du salut ? Limiter son large horizon à une fillette qui éprouve un tel choc à la mort d'un simple chat ?

Lentement, il dégagea sa main de dessous son corps.

Il croyait être désormais allongé auprès d'une inconnue. Il revit son corps droit et tendu qui tremblait, pourtant il lui sembla que tout cela s'était passé il y avait très longtemps et même il n'aurait pas juré que ce ne fût pas une simple vision. Mais ça s'était bien passé ici, ainsi qu'en bas chez le concierge. Il se rendit compte que sa propension à l'indépendance avait une figure réelle. Un monsieur sans souci peut se permettre une existence pareille. Il peut prodiguer ses soins comme à une serre. Que ferait d'elle le naufragé ? L'assiérait-il sur un morceau de bois à peine suffisant pour une personne ? Il sentit alors que ses pensées dérivaient. Le confort aurait vraiment été trop juste pour elle. Il n'y aurait eu que les décors. Que la scène. Il se retrouvait de nouveau à la croisée des deux univers, alors qu'il n'appartenait à aucun. Inopinément lui apparurent les jeunes Alsaciennes que les camions avaient emmenées avec le crépuscule ; soudain, il fut encore plus indéniablement loin d'elle.

Bien qu'il fût allongé juste sur le lit voisin, il la voyait issue d'un univers différent et insignifiant. Et c'est tout surpris et presque épouvanté qu'il constata avec quel naturel, avec quelle aisance il s'était retiré de son monde à elle pour entrer dans un domaine auquel elle n'aurait jamais accès. Parce que, à l'époque, ces jeunes filles n'avaient jamais pleuré, quelques raisons qu'elles eussent de le faire – ne savaient-elles pas à quoi aboutissait ce transport au camp d'extermination vosgien ? C'étaient des femmes et des filles du pays, peut-être des résistantes du *maquis** du Donon, qui avaient été prises et enfermées au camp de Schirmeck, où il n'y avait pas de four. Qui pouvait savoir ? C'est pourquoi, après avoir fait des hypothèses dans les baraques, ils s'étaient tus, révoltés et impuissants. Car c'était épouvantable, cette arrivée de véhicules qui descendaient la côte en pleine nuit sur l'autre versant des terrasses taillées. La satisfaction de savoir que les Alliés approchaient, que les avions survolaient les montagnes, que les SS creusaient des fossés autour du camp avait disparu. Face aux filles fourrées dans la baraque-prison située à quelques pas seulement du four qui ne s'éteignait pas, ils avaient encore une fois été, d'une certaine manière, vaincus. Ils n'avaient pu que se représenter le cours de leur destin, mais ces images étaient accompagnées de l'idée insensée qu'on étouffait leur virilité en mettant à mort les continuatrices du genre humain pour qui, sur la terrasse inférieure au-dessus de l'étroite cheminée, s'élevaient des flammes et voletaient des étincelles. C'est seulement quand ils avaient vidé les baraques pour partir à Dachau dans un wagon à bestiaux qu'un médecin à cheveux blancs leur avait raconté comment il avait suivi, depuis sa baraque, le sort des filles et des femmes. Un SS les avait fait traverser une par une l'espace vide et avait disparu avec elles à l'intérieur du bloc qui contenait le four. L'une après l'autre, à intervalles réguliers. Aucune ne pleurait, elles marchaient, silencieuses et calmes, et il était presque reconnaissant à la nuit d'avoir caché ce malheur.

Oui, et lui se souvenait maintenant d'elles à cause de ses sanglots.

Il mit les mains sous sa tête. Sangloter à cause d'un chat ! Il regardait fixement devant lui comme s'il entendait encore le roulement du camion qui descendait la côte, comme s'il voyait les filles en compagnie du SS et entendait les coups de feu, car, c'est certain, ils ne les avaient pas pendues aux crochets, ç'aurait été trop long.

L

Comme d'habitude, il essaya cette fois-là encore d'échapper à la mort en renouvelant sa confiance à ses notes. Tout en s'étendant sur le lit, il se reprocha d'avoir pour ainsi dire trahi la chambre, avec cette escapade parisienne aussi courte qu'échevelée. Il s'en voulait aussi d'avoir parlé à Arlette du destin des Alsaciennes ; mais la chose s'était passée si naturellement qu'il en était encore surpris, de même qu'il s'étonnait d'avoir constaté, froidement, comme un étranger à l'histoire, qu'en fin de compte c'était le père d'Arlette qui avait raison. Ensuite, il s'était dit qu'il devait persévérer dans cette attitude pour acquérir petit à petit une manière d'indispensable indifférence, s'il ne voulait plus être sous la coupe des vagues houleuses du cœur. Oui, le plus sage serait de s'acclimater encore une fois à l'isolement, état qui convenait le mieux à un revenant.

Et c'est ainsi qu'il laissa son stylo suivre fidèlement le cours de ses réminiscences ; mais, cette fois, celles-ci ne tutoyaient pas le pays de la mort, elles renvoyaient à son premier contact avec les résidences des hommes. C'était à son arrivée à Lille où après une longue interruption – il s'était écoulé une éternité – son corps s'était étendu entre des draps qui l'avaient enveloppé avec une douceur depuis longtemps oubliée. Auparavant, il avait surmonté sa fatigue et, au petit matin, avait marché avec René et François entre les maisons, sensible au charme de ces demeures silencieuses et bienveillantes. Oui, mais il lui faudrait encore réfléchir à cette impression, décrire avec soin et méthode tous les mouvements de son âme dans la clarté de son retour à la vie en ce matin du 1er mai.

C'étaient encore une fois deux feuilles du papier à carreaux d'un cahier de comptes. Il est neuf heures et demie, et il vient probablement de rentrer, il a grimpé la côte d'où l'on voit, entre les arbres touffus, le mur blanc du premier pavillon. Pense-t-il un peu à elle? Depuis qu'ils se sont séparés à la gare, elle n'a devant les yeux que son maintien tout à la fois aimable et froid. Il lui a affirmé qu'elle allait manquer le train, mais il ne lui a pas demandé de le manquer. En lui donnant un baiser rapide et triste, elle a eu envie de laisser sa valise, de discuter, pour qu'ils se retrouvent. Mais elle craignait de voir son absence à lui et sa résistance à elle persister jusqu'à la nuit venue; s'ils allaient rester ensemble sans s'embrasser, réitérant la froide attitude de la nuit à Paris, qui ne s'était modifiée que parce qu'il l'avait consolée après la mort de Minette? Il avait été si tendre avec elle dans sa grande tristesse. Oui, pour la première fois depuis qu'ils se connaissent, il avait un peu écarté le rideau qui couvre le temps passé en enfer, comme eût dit Rimbaud. Sur le moment, elle n'avait pas saisi pourquoi il lui racontait d'une voix si calme l'histoire de ces Alsaciennes; il avait l'air de poursuivre une réflexion avec lui-même, réflexion qui aurait commencé cette nuit-là ! C'est peut-être ensuite, quand il avait dit: «Et le vieux médecin français a encore une fois insisté sur le fait que pas une n'avait pleuré en avançant, à côté du SS, jusqu'au crématoire», qu'elle avait compris. Elle ne lui dira pas à quel point elle a eu honte. La conduite des filles qui se retrouvaient absolument sans préparation là-haut dans les montagnes, dans leurs montagnes. Les impressions des prisonniers qui se rendaient compte qu'elles allaient brûler. Oh! elle avait su comment ces images s'étaient naturellement réveillées et comment la comparaison avec elle qui pleurnichait, désespérée à cause de Minette, s'était imposée à son esprit. Elle avait senti à quelle distance il la regardait. Non, jamais elle ne pourrait se mesurer à elles, qui étaient mortes en secret, presque sans témoin, en entrant dans la féroce baraque, au sommet de la montagne solitaire. Mais il doit l'excuser : si toutes les filles qui ont survécu à la guerre sont indignes de vivre, comparées à ces victimes, on ne peut cependant pas leur reprocher de n'avoir pas traversé ces horreurs. Ce n'est pas son avis ? Que serait le monde actuel, si tout le monde avait en soi un pareil héritage ? Peut-être qu'alors il ne se serait pas arrêté près d'elle, ne trouvant pas ce qu'il cherchait. Mais à quoi bon faire ce constat puisqu'ils se sont quittés de cette façon ? Non, il est peu probable qu'il pense vraiment qu'elle pourrait se sentir bien dans ses relations avec un homme qui, un beau dimanche, la conduira à l'office, aux côtés d'un mari conservateur, qui sera bon et ennuyeux. Pourquoi lui avoir parlé si concrètement de cela ? Et même son père qui lui a dit au dîner : « Maintenant, tu as en main un atout maître : à toi de bien le jouer ! » Comme s'il s'agissait d'un jeu. Elle, elle sait que toute sa vie elle sera infidèle à ce mari et qu'elle couchera dans la chambre conjugale en pensant à lui et à l'éblouissement qui l'a frappée à jamais. Non, ce n'est pas vrai qu'elle puisse encore s'incarner dans quelqu'un d'autre. Rien ne pourra y faire, ni l'application ni le temps. Mais comment a-t-il pu parler de ça avec tant de calme, comment a-t-il pu ? « Tu auras la possibilité de vivre avec tes livres et avec la nature », lui a-t-il dit. Et il était si incroyablement raisonnable que l'expression réfléchie de son visage la poursuit ; comme si, maintenant qu'il s'éloigne d'elle, il cherchait à arranger au mieux son avenir. Oh, mais c'est vrai, pour lui, elle n'est que trouble et inquiétude et le mieux serait peut-être qu'elle se soumette à l'offre d'une vie confortable. Elle se consacrerait à son enfant et lui donnerait tout ce qu'elle n'a pas eu. Elle lui achèterait tous les livres qu'il voudrait, des livres avec des images. (S'il pouvait voir la terrible maison de son enfance et connaître toute la colère qui s'était amassée en elle! Si elle pouvait maintenant être riche dans cette classe qu'elle a tant détestée et qu'elle déteste encore, elle aimerait faire quelque chose pour le gamin qui, tous les jours, observait avec hostilité les jouets des enfants aisés.) Mais pourquoi pense-t-elle à ça? Bientôt, elle sera de nouveau à ses côtés et tout ira bien. Elle est sûre que tout ira bien. Tout à fait comme le soir où il est parti, où une angoisse indescriptible l'a saisie et qu'ensuite ils se sont retrouvés dans sa chambre comme deux marins après un naufrage. Il l'aime et elle aussi. Ça ne peut pas se perdre comme un ruisseau dont le cours argenté se décompose en petits filets dans le sable et qui disparaît peu à peu.

Et encore un post-scriptum:

P.-S.: Je saute de mon lit pour te dire encore ceci. J'ai dû mettre une chemise de maman, car, comme tu le sais, j'ai oublié mon pyjama. La chemise est longue et blanche et toute bordée de dentelle. Maman veut être enterrée avec, du moins c'est ce qu'elle dit.
P.-S. 2: J'ai lu un article qui dit la même chose que toi sur l'exposition du boulevard Raspail.

Il se sentit coupable. Comme si, par ses conseils, il avait aidé son père à lui faire jouer son «atout maître». Mais ce matin-là il avait été sincère même s'il parlait contre lui et même s'il attendait aussi qu'elle s'opposât de toutes ses forces. Il savait que sa résistance ne ferait que le raffermir dans son effort, mais, cette résistance, il la désirait aussi pour démentir ses paroles. Elle s'était défendue mollement; trop surprise par son intérêt subit pour son avenir en même temps que désarmée en pensant au sort des Alsaciennes et à ses pleurs dans l'escalier. Quand il était resté seul, il avait découvert qu'il avait pour mission, à cause de tout ce qu'il avait vécu, de lui venir en aide et aussi que l'histoire des malheureuses aurait dû authentifier son passé et non humilier Arlette. Et maintenant, elle lui écrivait ce qu'il aurait dû savoir depuis longtemps. Qu'elle n'était pas coupable de ne pas avoir été *là-bas*. Et allez savoir si, victime d'un pareil sort, elle n'aurait pas su se comporter comme ces filles; bien des fois ce sont les circonstances, la nécessité qui font l'homme. Et telle qui pleure, désespérée, la mort d'un petit animal irait peut-être à la mort le lendemain sans ciller. Oui, depuis longtemps, il aurait dû savoir que les gens, en deçà de l'enfer, étaient restés des gens ordinaires. Pendant la guerre, ils avaient eu faim et tremblé à cause des bombes et de la terreur, mais ils n'avaient pas été confinés dans une atmosphère dont toute humanité était exclue. Et il l'avait laissée partir sans un mot pour l'encourager dans sa bagarre contre son commerçant de père. Il avait même insinué qu'entrer dans une famille aisée serait la meilleure solution pour elle.

Maintenant, il pouvait à peine imaginer qu'il eût vraiment parlé de cette façon; pourtant, il en retrouvait en lui le souvenir trouble, vague. Et il avait aussi conscience de la satisfaction un peu méchante qu'il avait éprouvée devant sa confusion. Ce n'était pas volontaire, bien sûr; c'était comme si un esprit moqueur s'était réjoui, en cachette, contre lui, pour avoir réussi à lui prouver que c'était une perte de temps de s'occuper d'Arlette. Comme si elle-même dans une lettre n'avait pas déjà demandé: «Retiens-moi sans raison.»

Maintenant, le souvenir de cette lettre la lui rendait encore une fois plus proche. C'était une véritable malédiction, cette obsession silencieuse qui le prenait quand ce monde lui était rendu de façon plus tangible. Comme un trou noir. Comme un épais brouillard. Et tout ce qui était autour de ce cercle étroit se trouvait invalidé. Futile et vain. Et même s'il haïssait l'influence de cette atmosphère sur sa vie quotidienne, il savait bien qu'il resterait malgré tout fidèle à cette atmosphère. En aucun cas, le passé ne saurait être mesuré à l'aune du monde réel. Il ne devait pas décider de la direction de ses sentiments, car le sens du passé était uniquement négatif, il était même la négativité absolue. Et la satisfaction que donnait la certitude d'avoir été *là-bas* et pourtant d'être de nouveau ici était une drôle de satisfaction. De toute façon, perverse et contre nature.

Il était couché, seul dans sa chambre – Yves était allé à la radio –, et il sentait la fausseté de sa position. Les cloisons de la petite chambre ne lui semblaient plus familières, c'était une cuirasse silencieuse, hostile. Et même *Le Pont de Langlois* de Van Gogh, accroché au mur, était une turbulence enchaînée. Et comme devant une personne qui n'est plus aimée, il se mettait maintenant à sentir les mauvais côtés de ce lieu. Et aussi le silence tout autour. Il lui était insupportable de trouver quelque part, profondément, la nostalgie de la ville agitée, alors qu'il n'y avait devant lui que l'image tranquille, monotone, des champs et des arbres. Mais cette inquiétude et cette insatisfaction se seraient malgré tout transformées en richesse spirituelle s'il n'avait su Arlette si loin. Comme définitivement perdue pour lui; comme si elle n'allait pas revenir. Mais pourquoi ne reviendrait-elle pas? Le doute demeurait cependant. Le doute et en même temps une sorte de pressentiment qu'il ne resterait plus longtemps en cet endroit.

LI

Le Dr Lebon vint rendre visite à Yves.

Sa carrure large et puissante remplissait la chambre de sa présence tout à la fois excitante et douce. Derrière son image d'homme de la grande ville, cultivé, agité et organisé, se laissait deviner l'assurance calme et concentrée du psychologue qui avait l'habitude de rassurer des gens au psychisme délabré. Fondamentalement, il avait une bonté naturelle mais aussi impatiente, indomptable pour ainsi dire, de sorte qu'il dégageait une attirance singulière; sans compter que son regard, en dépit d'une expression de bienveillance, était souvent absent. Une absence présente, presque cette rêverie qu'on remarque chez les médecins exceptionnels plutôt enclins aux activités artistiques.

Ainsi la chambre recréait la sécurité des mois passés; et il en inférait que tout irait bien avec Arlette.

– Fameux, n'est-ce pas? dit le Dr Lebon quand il lui rendit le livre de Freud. Et que dites-vous de l'explication du monothéisme à la lumière de la psychanalyse?

– La même chose que quand vous m'avez passé *Totem et Tabou*. On se dit que Freud donne les réponses les plus simples aux questions les plus difficiles. Et on est étonné de ne pas les avoir découvertes soi-même.

Lebon sourit, puis il alla chercher une chaise et la plaça entre les deux têtes de lit.

– Enfin! laissa tomber Yves.

Il avait sur les genoux une revue de cinéma que le docteur venait juste de lui apporter et il la feuilletait distraitement.

– Dans la deuxième partie du livre, le développement de l'éthique et de la religion est présenté avec tant de tact qu'il n'éveille pas l'ombre d'une opposition, dit alors Radko Suban. Au contraire, nous sommes aussi émus par la perfection stylistique des phrases qui vient toujours à bout d'un sujet excitant et difficile.

– Pensez seulement à l'endroit où il parle de la foi dans la *toute-puissance de la pensée*. Pour nous psychanalystes, cette idée de toute-puissance de la pensée est extraordinairement importante. Nos malades, comme les primitifs et les enfants, confondent leur monde intérieur avec le réel.

Yves demanda :
– Vous avez un cas parmi vos malades ?
– Bien sûr.
– Et ?...
– Rien. Quand le patient aura conscience de l'origine de son complexe de culpabilité, tout ira bien. Pour l'instant, il s'entête à refuser de la rechercher avec sincérité – il se retourna une nouvelle fois vers Radko Suban. La foi en la toute-puissance de la pensée, la magie, ensuite la force du mot et de la parole qui est au fond le début du véritable développement de l'homme... Ce sont des chapitres remarquables. Et aussi l'explication selon laquelle la foi dans la toute-puissance de la pensée et des désirs – ce qui est la même chose chez les primitifs – est celle qui accroît le plus sa culpabilité.

– Vous, évidemment, vous regardez cela en première ligne, toujours en thérapeute, dit Radko Suban. Cependant, si nous réfléchissons au fait que, dans notre siècle, nous éduquons encore les enfants à coups de culpabilité, il semble presque incroyable que nous fassions une telle violence à l'homme contemporain.

Yves fit une grimace espiègle.

– Pourvu que vous n'oubliiez pas notre promenade, dit-il.

– Nous avons dit à quatre heures, non ? demanda Lebon, avec un regard sur sa montre.

– Oui, oui, marmonna Yves. C'est ce que je disais.

Le médecin sourit ; « on dirait que son intuition professionnelle attend que cette conversation lui fournisse quelque détail intéressant sur mon caractère », se dit Radko Suban.

– Pas mal de découvertes sont, selon moi, extraordinairement importantes, dit-il. Avant tout, celle qui concerne la conscience morale, le surmoi, pour employer le terme de Freud. Si nous renonçons à une mauvaise action, nous sommes contents et la conscience nous cuit si nous la commettons. Pour Freud, le surmoi a pris la place des parents et des éducateurs. Et c'est une grande réalité, consolante aussi, car elle écarte l'idée de la voix en nous d'un Dieu omnipotent et jaloux.

– M. Suban est agnostique, remarqua Yves en souriant.

– Non. (Lebon se levait.) Le monde contemporain sera contraint de trouver de nouvelles définitions de tout, à commencer de l'idée du père parce que l'idée de Dieu est la projection de l'idée du père. La seule éventualité que les dictateurs apparaissent et l'emportent plaide dans ce sens.

– Et c'est évident, non ? La dictature dépend toujours de la situation économique et sociale d'un pays ; cependant, sur cette seule base, une dictature ne pourrait pas atteindre à une position aussi exceptionnelle, à moitié divine.

– Les dictateurs réussissent d'autant mieux que l'idée du père représente la fidélité à sa pensée, la rigueur de la volonté et la décision dans l'action. Or la société contemporaine est un grand ramassis d'oscillations, de contradictions et de relativité.

Yves étendit sa jambe hors du lit, l'air mutin, attendant un signe.

– Oui, oui, dit le Dr Lebon, je sais, il est quatre heures.

Elle n'était pas là. Dans sa lettre, Joséphine annonçait qu'elle était au lit et qu'elle ne pouvait donc revenir, mais que, même si elle l'avait pu, son père s'y serait opposé : il n'était pas convenable pour une jeune fille de travailler dans un sanatorium. Au bonjour d'Arlette, Joséphine ajoutait le sien et elle lui demandait de l'excuser pour ces mauvaises nouvelles.

La détresse qui le saisit ressemblait au silence de la mort, immobile, aux aguets ; une solitude infinie dans une absence de bruit figée. Il n'y tenait plus, il partit pour le bois, malgré le froid et le vêtement de pluie fourni par la Croix-Rouge qui n'était pas à la hauteur de l'hiver qui arrivait.

Il venait juste de remarquer que décembre tirait à sa fin et que ce serait bientôt Noël. Même en se forçant, il ne parvenait pas à se faire à l'idée que les gens allaient s'amuser et il se demandait de quoi ils allaient bien pouvoir se réjouir ; tout ce qu'il savait, c'est qu'à Noël il faisait froid. Si Arlette avait été près de lui, il aurait dit, l'humeur sereine, que les gens se réjouissaient d'être encore en vie et qu'ils voyaient dans l'enfant de Bethléem la naissance d'un nouvel espoir. Mais il ne lui restait que la réalité du froid qui lui piquait le visage. Et le pire était que le monde concentrationnaire n'était même plus une réalité présente, unique, à laquelle il pourrait se mesurer. Il savait seulement qu'il y avait des mois, dans le bois sombre, il avait pu se retrouver en elle. Maintenant, des ramures dépouillées s'avançaient dans le ciel de plomb. Comme il était de nouveau inclus dans le monde des hommes, il avait délaissé les cadavres. Et l'image infernale de leur fin. Et voilà que celle-ci aussi s'éloignait de lui parce qu'il avait perdu Arlette. Parce qu'il l'avait perdue : là-dessus il n'y avait aucun doute. Et il était sans force. Il l'avait accusée d'être faible. Il s'était condamné en même temps. Et, quoique incapable de se figurer clairement qu'elle n'était plus là, il sentait que tout était fini.

Parce que, encore une fois, elle était tout entière près de lui depuis le jour où elle lui avait massé le dos jusqu'à leur séparation à la gare. Cette première nuit où elle l'avait emmené au clair de lune. Son corps vivant, son étreinte enfantine. Puis toutes les nuits dans le bois. Et, à l'occasion de leur séparation involontaire mais amère, il découvrait le désespoir qui accompagnait cette perte irrévocable. Quand il l'avait laissée seule dans le bois, il était revenu vers elle au milieu de la nuit, et un trait de lumière l'attendait sous la porte. Et quand elle était arrivée dans sa chambre à Paris ; quand elle s'était lavée et avait déclamé ce poème ; quand ensuite elle s'était approchée du lit, les bras croisés sur la poitrine parce qu'elle avait oublié son pyjama. À peine avait-il chassé ces images qu'elles revenaient plus riches de nuances encore. Et elles étaient toutes une même preuve démultipliée de dévouement et d'amour unique avec, en plus, un grain d'indécision en elles. Toujours le cache-cache, toujours la solution dans la dérobade. Puis la preuve que tous ses odieux expédients étaient justifiés, de sorte qu'ils devenaient, en dépit de tout, un lien qui, parce qu'il était incertain, l'enchaînait encore plus à elle. Il aurait dû être celui qui décidait, qui prenait délibérément sous sa protection un être blessé, mais il était lui-même plus blessé encore. Aux aguets au moindre mouvement, plein de doutes à la moindre ombre. Et au lieu de se colleter avec la réalité, il avait été, il était encore prêt à se réfugier dans le passé, où il trouvait en réserve des valeurs que le présent ne pouvait lui procurer. Et, de surcroît, sa jalousie envers sa liberté et son indépendance. Mais maintenant que cette liberté devenait réalité, son indépendance ressemblait à un désespoir silencieux. Il savait pourtant que, si elle revenait, tout recommencerait au premier désaccord. Non, maintenant il saurait l'accepter, qu'elle revînt seulement ! Et il se promit d'être tendre et plein d'égards. Elle allait être étonnée.

Ça marcherait, car maintenant il savait définitivement qu'il devait maîtriser les fantômes de sa mémoire et ne pas les laisser décider de sa conduite.

L'après-midi, il faisait à peu près aussi froid, mais les nuages s'étant épaissis, l'atmosphère était encore plus lugubre. Ça sentait la neige, sur la terrasse les corps étaient emmitouflés jusqu'aux épaules dans les couvertures. Mais ce jour-là beaucoup avaient délaissé les chaises longues et étaient sortis du pavillon. Et cette sortie, par un temps tout indiqué pour le repos, avait quelque chose d'extraordinairement bizarre, de presque déplacé. Ce qui donnait une coloration particulière, celle de l'escapade vagabonde, à l'idée de devoir se rendre à un enterrement. C'était avant tout parce qu'ils étaient pour la plupart d'anciens prisonniers de guerre et que leur attitude en face de la mort d'un ancien déporté n'était pas chargée de souvenirs. Les liens de camaraderie n'étaient pas aussi vifs. C'est pourquoi ils étaient inconsciemment satisfaits de se promener dans le parc à une heure inhabituelle. Presque curieux. Du petit bâtiment à l'extrémité du parc, du mur qui séparait le jardin de la route goudronnée, et personne n'aurait sans doute su que c'était une morgue, s'il ne s'était agi de la mort d'un ancien déporté sans famille : car, quand il n'y avait plus rien à tenter, on se dépêchait de ramener les autres chez eux.

Ils marchaient en groupes, certains avaient le regard pensif, mais le clan formé par Jules, Jojo et Robert était incorrigible.

– Alors, tu vois, tu disparais pendant la nuit et les anges t'emportent sur leurs ailes, dit Jules, l'air consolateur.

– Je préférerais une paire de nouveaux poumons maintenant plutôt que des ailes dans l'autre monde, marmonna Jojo.

– Mais s'il y a à grimper, là-haut ? demanda Jules, le regard interrogateur. Je serai trop essoufflé.

– Tu es vraiment trop mécréant pour qu'on te donne des ailes !

Jules s'arrêta au milieu du chemin, toussa et soupira :

– Est-ce que vous imaginez Jojo avec des ailes ?

Le groupe sourit.

– C'est comme si on donnait des ailes à une baleine, observa Jules en portant la main à la bouche de l'air d'un enfant qui veut dissimuler qu'il rit.

Ce côté commun lui déplaisait chez eux, néanmoins il leur était secrètement reconnaissant d'être ce qu'ils étaient. Il pouvait ainsi se perdre dans leur bavardage comme dans un bourdonnement qui ne l'empêchait pas de suivre ses pensées. Ou plutôt ses sentiments. Il était comme saisi inopinément par une panique inconnue. Il n'avait pas peur du corps mort. Évidemment, il en avait tant porté ! Il n'avait pas peur du petit bâtiment gris et bas, au toit plat, il avait eu l'habitude de voir l'intérieur du four perpétuel. Cependant il aurait préféré ne pas y aller ; et, en passant devant le pavillon des infirmières, il pensa délibérément à elle, à sa chambre et aux objets qu'il y avait dedans. Ensuite à la chambre de Mlle Rivière, sa voisine. C'est vrai qu'il avait correctement apprécié Claire, avait dit Arlette lors de leur promenade à Montmartre ; il y avait eu un début d'incendie chez elle à cause du poêle électrique, elle était au village, et on avait dû forcer la porte de sa chambre. Dans son armoire, on avait trouvé un instrument de caoutchouc que les femmes utilisent pour faire l'amour toutes seules. Il chassa cette image et regarda vers la gauche où, à travers un arbre dépouillé, on pouvait voir le pavillon 4. Et il pensa à Nalecki, qui était maintenant au plus mal ; ensuite il préféra penser à sa première rencontre avec Arlette. À cet après-midi où elle avait apporté le thermomètre et où, en revenant le chercher, elle avait ôté son foulard et arrangé une mèche de ses cheveux blonds devant son miroir.

Non loin de là, Nikos marchait seul, silencieux et un peu

à l'écart des autres. Il allait avancer vers lui et cheminer à son côté. « Mais dans ce genre de situation, chacun est seul, comme lui aussi avait été seul autrefois, malgré la foule innombrable des condamnés », pensa-t-il. Oui, c'était comme s'il craignait de découvrir que le mort était quelqu'un qui, Dieu sait comment, venait juste d'arriver de *là-bas* pour être enterré *ici*. Comme s'il se révoltait à l'idée que, dans l'environnement actuel, avec le parc, la route, le village le long de la route, quelqu'un venait du monde de la désolation. Et il se rendit compte à cet instant qu'en plus d'une peur inexplicable il y avait en lui une ombre de révolte. Oui, il savait précisément à quel point il se sentait sincèrement ému et amical à l'égard de l'homme qui revenait de là-bas, mais, encore une fois, c'était comme s'il n'était pas revenu. Toutefois, il lui en voulait de la présence de son corps immobile, même s'il était aussi curieux de savoir si son corps était desséché et osseux comme ceux de *là-bas*.

Ils arrivèrent ainsi jusqu'au bâtiment gris où ils entrèrent pour la cérémonie religieuse. Jojo avait l'allure d'un brave ours et Jules le visage d'un père maigre dont le fils malade aurait pris les devants alors qu'il avait tout donné pour le sauver. Égarement de la pensée. Il avait conscience de penser à elle pour ne pas penser à lui. Et cela bien que le corps du défunt fût différent des corps de *là-bas*. Il était habillé. Surmontant son front jaune, il n'y avait qu'une courte brosse, mais en tout cas son crâne n'était pas chauve. Non, il ne faisait pas partie de *ceux-là*, il était d'*ici*. Il portait la marque des infirmiers qui l'avaient soigné, de la doctoresse qui lui avait posé le stéthoscope sur la poitrine. Sur ses joues creuses, on pouvait deviner le souffle de ceux qui lui avaient adressé la parole, le contact des petites mains d'Arlette qui lui portait ses médicaments la nuit. Il se souvint de ce qu'elle lui avait écrit : il y avait un malade qui souffrait tant qu'elle en était presque à lui souhaiter une fin rapide. Peut-être était-ce justement lui ?

Il était dehors au milieu du groupe, vide de toute pensée et écoutait, hébété, parler de l'homme. Il avait peut-être une femme quelque part. «Ils ont envoyé un télégramme, mais personne n'a répondu.» Et dans sa torpeur, il songea à Jules parlant à Mlle Gilbert des trois valeurs, la santé, le travail et l'amour. À propos de l'amour, il lui avait raconté une histoire spéciale qui commençait ainsi: «Est-ce que vous savez combien coûte un divorce pour un ancien prisonnier qui, en rentrant chez lui, trouve sa femme avec un autre? Hein, mademoiselle Gilbert?» Et Jules, solennellement, avait cherché son portefeuille dans sa poche, mais Mlle Gilbert s'était enfuie, laissant pour toute trace la vibration de la porte sur ses gonds...

C'est alors qu'il prit soudain conscience de l'absence d'Arlette, et sur le moment il ressentit une certaine solidarité avec le défunt; il se trouva moins seul: tous deux avaient un destin commun.

Pour rentrer, il se joignit à Nikos et, même s'ils avaient tous deux des représentations identiques de *là-bas*, ou peut-être parce qu'ils avaient des représentations identiques, ils gardèrent le silence tout le long du chemin.

LII

Pendant la nuit, il vit une sorte de symbole dans cette inhumation : son retour à la vie se transformait en défaite. La force qu'avait le passé évoquait, en dépit de tout, un vent invisible et imperceptible capable d'emporter de la scène acteurs et décors, ne laissant que des planches désespérément désertes. Encore une fois, la réalité était derrière la scène, avec la cheminée et l'odeur de suif que la fumée, lourde et suffocante, portait au-dessus des baraques. « Pourtant, s'il le surveillait jalousement, s'il en était inexplicablement fier, ce monde était aussi complice », pensa-t-il. N'était-il pas contaminé par *là-bas,* n'était-il pas soutenu par *là-bas* au moment où il lui parlait de son mariage avec le bon jeune homme ? Et plus la nuit avançait, plus il s'emmêlait dans les mailles d'un filet embrouillé. Si bien que l'idée de la mort sembla s'imposer d'elle-même en guise de conclusion. Il y en avait eu tant, après leur retour, qui s'étaient délivrés de cette manière ! C'est-à-dire qu'ils avaient été plus sagaces que lui. Moins naïfs. Moins adolescents, voilà. Devant ces visions, quel salut pouvait-on attendre d'un corps de femme ? Il ne pouvait apporter l'oubli parce que le revenant ne le souhaitait pas et parce que, jamais, l'amour ne pourrait offrir d'équivalent. Malgré cela, en finir par le suicide était, bien plus encore, tout dénaturer. C'était un aveu de faiblesse. Alors que la greffe sur la vie, après son retour des régions de la mort, était une preuve de force. Non, hier soir, il n'aurait pas été aussi hostile à ce corps venu expirer dans la banalité du quotidien s'il ne s'était pas déjà senti solidaire du monde simple et plat des humains. Il ne serait pas resté devant lui comme devant un invité importun. Car si la poursuite de ces images est une malédiction, les images de la vie, bariolées, multicolores, sont une tentation directement liée à l'être humain. Quelle absurdité ce serait que d'avoir été fidèle à cet être tout au long du chemin de la mort et de ressentir maintenant le besoin de prendre congé de la vie !

Ce constat une fois dressé, il soupira ; au même moment, son corps svelte s'approcha de lui à petits pas. Toutes ses impressions et toutes ses pensées du moment étaient donc irréelles et fausses. Tout, du début jusqu'à la fin, était faux. Quand en effet elle reviendrait et courberait ses lèvres comme deux tranches d'orange gonflées de suc, tout cela ne serait plus que sombres chimères. Elle le toucherait comme une vague d'eau tendre, comme le contact de la mer onctueuse et émouvante dans la lumière rose du couchant. Car sa peau avait encore la couleur de l'enfance. Tout, de sa bouche qui, dans ses baisers, s'attachait à ses lèvres comme un polype inexorable et poignant, jusqu'à ses chevilles d'enfant quasi malicieuses. Et aussi la souplesse de ses rondeurs lisses et la courbe joueuse de ses mollets et de son ventre. Comme un garçon qui s'ébat – ou une fille qui ne connaît pas encore la différence entre les deux corps – culbute sur un autre et presse de toutes ses forces ses hanches contre celles de l'autre au point que les chairs se joignent et que les creux s'emboîtent dans les reliefs. Et elle appuie ses genoux souples tantôt sur le sol, tantôt sur sa hanche. Et son corps devient ressort, lui qui passe de la défensive à l'attaque. Et ses lèvres exigent, de toute leur ardeur.

Il chassa ses pensées et ferma les yeux pour mieux décomposer tous les moments de son baiser. Au début peut-être, une forte reconnaissance puis, l'instant suivant, le besoin d'absorber chaque palpitation des lèvres qui la célèbrent. Comme si la découverte de sa valeur était pour elle une merveille incroyable et qu'elle veuille en faire durablement sa propriété. En même temps, son baiser est aussi la preuve ardente et sincère qu'il la juge avec justesse. Une preuve de durée, en profondeur, en impétuosité et en douceur. Mais qui a en lui le charme d'une capitulation naïve et d'une confiance enfantine. Et quand le baiser interminable le dépose à la limite où l'amour bascule et se brise dans le précipice de l'inconnu, rien que pour sa joie enfantine, il retient la chute. Il soulève son corps comme celui d'un enfant qui se serait endormi sur sa poitrine et embrasse ses seins ; grappes dont il s'approche sans les effleurer du doigt. Et cette attention portée aux fruits mûrs sur un cep mince exprime sa reconnaissance et confirme ses paroles. En même temps que le vertige. D'abord pour elle, pour que, dans le bonheur insupportable de la passion ininterrompue, elle affirme définitivement leur réalité. Mais aussi son vertige devant les offrandes de la nature après une si longue abstinence. Et il les place devant lui pour en prendre soin dans l'obscurité, avec attention, comme d'une flammèche à peine née, qu'il faut protéger entre ses mains. Et lui, avec sa sollicitude, est le peuplier qui frissonne sur le bord du lac lisse. Pour qu'elle sache comment aime un revenant. Et il s'abandonne au tourbillon. Et c'est comme s'il sauvait de lui un enfant qui ne veut pas se noyer et qui, de toute la force de ses membres jeunes et souples, se cramponne au corps qui pourrait le sauver, mais qui l'entraîne avec lui dans les profondeurs.

Il se leva sans bruit pour ménager le sommeil d'Yves et sortit sur la terrasse.

La nuit était pure et le ciel tendre et mobile, fiché de petites têtes d'épingles argentées et instables. Il était sorti pour ne pas réveiller Yves, peut-être aussi pour demander à l'air vif de le dégriser. De lui apporter la fatigue. En l'abattant et en le poussant dans un sommeil lourd. Mais il savait que son insomnie attendrait la clarté qui allait s'élever dans le lointain, au-delà du bois, comme la brume tendre du printemps monte du sol après la pluie. Oui, parce que ses sanglots qui l'avaient tant ravagé à l'hôtel, à Paris, étaient maintenant en lui comme l'écho de ces sons joueurs et en même temps significatifs qu'alors, par distraction, il n'avait pas entendus. Une tristesse si inconsolable causée par la mort d'un petit animal aurait dû le frapper d'une ineffable sensation de bonheur. Une expression si pleine, si authentique de la mort dont l'homme contemporain, raisonnable, équilibré, était incapable. Les pleurs incarnés. Le vol affolé de l'oiseau auquel on a ravi son petit. Et tout ça près de lui, dans ses mains. Et, au lieu de l'apprécier, de la greffer sur lui, de la greffer en lui, il avait tout laissé échapper. Justement parce que les filles des Vosges et leur silence infini s'étaient approchés de lui sans bruit, il aurait dû saisir son corps endormi, imprimer cellule par cellule sa réalité dans sa peau, soigner comme une garde sans expérience et d'autant plus inquiète le nouveau germe de bonheur dans ses pleurs d'enfant.

Il avança jusqu'à la longue balustrade, devant les chaises longues en rotin, délaissées, le long du mur. Les étés avaient marqué de tavelures brunes les étroits matelas et maintenant ces taches, dans la nuit d'hiver, évoquaient de froides moisissures gris-bleu. « Elles sembleraient probablement tout à fait minables à quiconque aborderait, de l'une de ces flammes là-haut, ces couchettes destinées aux maîtres malades de ce monde », pensa-t-il. Mais il était de nouveau près d'elle. Il aurait dû l'accepter comme une partie de la réalité d'après-guerre. Comme il devait accepter la vérité de Nalecki, à savoir que l'Angleterre et l'Amérique allaient de nouveau fricoter avec la patrie des crématoires pour se préserver du péril représenté par ces rouges qui, contre toute attente, avaient abattu le nazisme de façon trop foudroyante. Oui, Arlette aussi était une partie de la réalité. Une fille qu'il doit avoir dans la maison familiale avec un projet précis dans cette atmosphère d'après-guerre, avec des aspirations, en bousculant ce qui résiste. Épouse ou amante, qu'importe, mais le pain quotidien partagé et les rêves partagés. Et en s'appuyant sur l'imprévisibilité qui entoure ses mouvements, qui est à l'origine de ses mouvements. Depuis l'instant où sa main avait machinalement cherché sa confiance et en remontant jusqu'à la mansarde où la bouche des cabinets avait englouti l'insouciance du camping avec des amis. Et il lui donnerait encore l'enthousiasme du revenant qui l'honore comme une fille de Pan pour que son immaturité se libère devant lui, que sa rêverie s'épanouisse et par là même les sauve, elle et lui.

Il marchait devant la balustrade aux barreaux de fer symbolisant si bien les limites de la prison où il était enfermé dans la contradiction insoluble d'une nuit d'hiver hostile. C'était comme si plus personne ne viendrait de nulle part se coucher sur les chaises en rotin, voilà pourquoi les couvertures grises étaient enroulées à leur pied comme une réalité immuable, définitive. Leur laine ne réchaufferait plus personne. Et l'ambiance de l'enterrement lui revint à l'esprit, sans doute parce que les couvertures sur les chaises longues étaient exactement semblables à celles de *là-bas*. Il chassa ces images, qui réapparurent. Il entendit quelqu'un dire : « Il a peut-être une femme. » Et quelqu'un répondre : « Personne ne s'est manifesté. »

LIII

Il accueillit avec calme, comme s'il l'attendait, le télégramme qu'on lui apporta au petit déjeuner; car l'idée de l'opération, même si elle n'était pas la solution rêvée, s'intégrait néanmoins correctement dans le cours des événements. Et cela d'autant plus que le dénouement arrivait de si loin que toute sorte de négociation était exclue. La preuve en était aussi la stupeur avec laquelle il avait accueilli la nouvelle! Car il s'avisait (comme de l'antichambre lointaine, très lointaine du souvenir) que les enfants sont attachés à leurs parents, à leurs frères et leurs sœurs, et qu'ils ont peur quand un danger les menace; mais en même temps sa personne semblait exclue de cette affaire. Et s'il sentait le manque de naturel, presque les mauvais penchants de cette position, il ne pouvait la nier sans vouloir pour autant y changer un iota. Il aimait Vidka, il souhaitait qu'elle fût en bonne santé, que l'opération réussît, mais il se répétait ce refrain si machinalement que c'était comme s'il prononçait une formule magique, avec soin sans doute, mais sans y croire.

Il avait l'impression que, grâce à son départ, le petit lac induré, figé quelque part au sommet du thorax, allait être ramené à la vie par un petit clin d'œil, par le contact d'un mince rayon de soleil. Mais il marchait hébété, car il savait qu'il n'y avait pas de miracle; aussi, descendant la côte vers la large porte à barreaux métalliques, avait-il à peine conscience de partir pour de bon.

L'air calme, il avait à la main la petite valise élimée qu'il avait dénichée dans une armoire militaire à Bergen-Belsen. Elle contenait quelques comprimés de Tannalbin, une ampoule de Prontosil rouge, une pincette, des gants en caoutchouc de l'infirmerie SS, la veste de pyjama du vieux Belge. Plus des notes sur du papier jaune et des lettres. Dans son imperméable grisâtre, sa petite valise à la main, il avait tout du footballeur du dimanche qui vient d'une station d'autobus de campagne pour aller rencontrer l'équipe du village voisin, image drôle et impropre qui lui donnait le sentiment de se rapprocher des gens ordinaires.

Et il était presque réconforté de lui avoir fait savoir, en prenant congé, qu'il serait, avant son départ, à l'endroit où elle avait récité *Paysage*; mais il se sentait modeste comme à l'instant où il était revenu de l'enterrement avec Nikos. Des gens comme Nikos et lui ne sont-ils pas voués à vivre dans un isolement définitif? Pourtant, Nikos avait raison, malgré tout, il fallait recommencer à donner de la valeur aux jours et aux heures. L'idée de trouver leurs rêves réalisés dans le monde d'après-guerre était une vision qu'ils avaient pressentie quand, parfois, le rideau du néant se déchirait un instant.

Quand l'autocar l'emmena à travers les champs familiers, il la revit grignotant des cosses vertes et il eut envie de demander au chauffeur de s'arrêter sous prétexte qu'il avait oublié quelque chose d'important. Mais il se contenta d'essuyer la buée sur la vitre pendant que le véhicule filait vers le fleuve qui serpentait docilement entre les champs gelés.

LIV

Le plomb glacial des nuages de décembre et son irritation contre les employés distraits suffisaient bien à créer un contact réel avec un milieu de travail, en plein hiver. Il dut prouver qu'il était bien lui, qu'il était né sur le littoral triestin et non au sommet d'une montagne. Et tout en faisant effort pour ne pas ricaner au nez du bonhomme derrière son guichet, il lui pardonnait son assurance de bureaucrate parce que l'ajournement de son départ augmentait ses possibilités de revoir Arlette.

Évidemment, il regrettait d'arriver chez lui un jour plus tard, mais la joie qu'il ressentit en constatant qu'il ne pouvait partir était protégée des reproches de sa conscience par les règlements du consulat. Et comme l'espoir de la voir le reliait à la terrasse, aux chaises longues et à Yves, il téléphona à Lebon.

Devant les stucs antiques et les blouses blanches des médecins à la cantine de l'hôpital, il pensa à Pasteur. Ils étaient obligés de parler à voix haute pour couvrir le bruit des nombreuses tables, s'ils voulaient s'entendre. Il était absolument impossible de remarquer si le contact avec des patients en mauvais état avait une quelconque influence sur la bonne humeur des hommes en blouses blanches; de sorte qu'une invitation à déjeuner dans un asile n'avait pratiquement rien d'extraordinaire et que ce contact avec l'ambiance d'après-guerre d'une grande ville n'avait, malgré son symbolisme, rien de repoussant. D'autant plus que Lebon était la gentillesse même et que, quand il l'emmena dans son cabinet, on aurait dit deux collègues discutant d'un diagnostic problématique.

– Tu ne le portes plus depuis que tu as épaissi de façon indécente, m'a dit ma mère ce matin, expliqua Lebon – une légère gêne assombrit son visage toujours paisible quand il sortit un gros manteau gris de son armoire. Donnez-le à quelqu'un quand vous arriverez chez vous, ajouta-t-il.

Pour le sauver de sa pénible situation, il ne le laissa pas finir alors qu'en même temps il s'étonnait de la simplicité, presque de l'indifférence de ses paroles :

– Merci, docteur ! Il est superbe ce manteau, dedans je ne vais plus me reconnaître.

Et de fait, dans la rue, il avait eu l'impression de ne pas se reconnaître. La chaleur du vêtement qu'on lui avait offert, même si le drap protégeait agréablement son corps du froid, faisait qu'il se sentait la proie de quelque chose de faux, d'emprunté. La vulnérabilité de son corps exposé au climat septentrional lui revint et il revit les bacs carrés des wagons Krupp les emmener dans la neige et dans la nuit. À l'évocation de ces images, l'épais tissu qui désormais, une fois le col relevé, le couvrait des genoux jusqu'aux oreilles, était d'une texture assez merveilleuse. Bien sûr, il était certain de marcher devant des magasins parisiens et de ne pas être *là-bas*, il était reconnaissant à Lebon et à sa mère, pourtant il était trop peu surpris. Comme si d'une certaine manière, il allait sans dire qu'avant il n'avait pas de veste et que maintenant il en avait une.

Il tentait de se persuader que ce cadeau avait été fait de bon cœur au voyageur qui avait échappé au feu ; mais, encore une fois, il n'y voyait pas de véritable bonté. Il portait ce vêtement tout simplement, comme il pourrait tout aussi simplement ne plus le porter dans une heure ou deux. Comme peut-être aussi, sans manteau, sans vêtements et pieds nus dans la neige, demain, après-demain ou dans un an, le docteur et sa mère...

Il chassa ces pensées, «fruits de ces nuages de plomb», pensa-t-il, et il enfonça les poings au plus profond de ses poches. Car il se fichait d'être à Paris. Il aurait pu être à Halle ou à Munich. N'existaient que le froid pour son corps et l'inconsistance du reste. Histoire des hommes à laquelle le souvenir ne sert à rien, ce pour quoi elle ne deviendrait jamais adulte. Pourtant, à cet instant même, il savait précisément que cette absurdité l'emporterait ; ce n'était qu'une question de temps, il allait recommencer à se rendre compte qu'il pensait à elle et que c'était à cause d'elle qu'il avait pris le métro qui menait rue Richer où se trouvait «son» hôtel.

LV

La chaleur diffusée par les radiateurs enveloppait ses membres d'une amitié tiède, discrète et bienfaisante. Il n'était pas dans la chambre qui donnait sur les toits, il l'avait expressément refusée. Cette fenêtre donnait sur la rue Richer et l'épais voilage de rideaux jaunes laissait entendre le bruissement harmonieux de la circulation. Il avait choisi exprès cette chambre sur la rue pour lui éviter d'être troublée par le souvenir, si elle venait. Mais à l'idée qu'il l'attendait effectivement, il se considérait maintenant, avec une indulgence moqueuse, comme le papa qui se lève la nuit en croyant entendre sa fille appeler mais qui sait bien, quand il est complètement éveillé, que c'est en rêve qu'il a parlé à sa fille morte. Pourtant il était possible qu'elle vînt quand même.

Il était satisfait d'avoir encore à sa disposition la journée du lendemain cependant qu'il résistait à l'idée de rester encore longtemps pris dans la toile d'araignée de l'incertitude, drogué par un opium dont il ne pouvait se passer. Car l'amour est-il autre chose ? Quand la drogue s'élimine, les choses redeviennent stables et telles qu'en elles-mêmes. Mais les mois de mirage qui s'étaient écoulés se voilaient d'un lointain brouillard transparent qui en modifiait les contours. Tout ce qu'il avait construit pendant cette période s'était écroulé. Là-dessus, il n'y avait aucun doute. Et, comme cette idée était aussi bouleversante que le silence dans le cercle de fil de fer barbelé du camp, machinalement il étendit la main vers les feuillets jaunes, et machinalement il décortiqua une à une les phrases afin d'évoquer les lieux et les gens d'autrefois. En se faisant cette violence, il sentit monter en lui, comme d'une mer brumeuse, la certitude de ne plus penser à ce qu'il vivait de minable en ce moment, s'il se plongeait dans les feuilles jaunes et, finalement, il entreprit de les recopier d'une écriture bien lisible. Sur-le-champ. Et cet écrit serait une sorte d'occupation qui le distrairait tous les jours ainsi qu'un témoignage qui le prendrait tout entier et donnerait à sa vie le but tant recherché.

Alors que le crieur de journaux proposait l'édition du soir, dans la chaleur bienveillante de la chambre il prit une feuille blanche. À l'instant même, le monde se dissipa et il se retrouva seul au sommet des étroits escaliers.

Le titre s'imposa de lui-même :

LES CRUSTACÉS

Midi s'approchait.

Il s'arrêta quelque part au milieu de la pyramide d'escaliers et, grâce à cet instant d'interruption, il perçut clairement le silence qui l'entourait. Bien sûr, tous ces jours-ci, le silence accompagnait constamment le glissement de la vie vers les terrasses jusqu'à celles tout en bas où se trouvait le four ; et, à l'instar de la fumée de l'étroite cheminée, le silence planait au-dessus des escaliers et des baraques. Mais maintenant, il était différent. C'était un silence dépeuplé et les terrasses étaient les marches de décembres anciens.

Immobile, il se disait que le camp serait définitivement vide quand ils auraient emporté en camion les survivants de la dernière baraque, tout en haut de l'escalier. C'était à cause de cet instant de repos que le silence de l'atmosphère immobile de septembre le troublait. Il eut conscience de sa perfidie, car dans une heure ou deux, quand il n'y aurait plus personne, il recouvrirait si bien la montagne vosgienne qu'il ne resterait plus aucune empreinte d'eux sur les terrasses ni aucune trace dans l'air. Le silence allait tout recouvrir et, comme un sourd-muet, tout conserver pour lui.

Il se mit à descendre vers une baraque qui attendait encore son aide.

C'est alors qu'il aperçut ceux qui les avaient devancés et qui partaient seuls. Ils ne faisaient pas plus de bruit que pendant tous ces jours où ils étaient étendus et où leurs membres osseux avaient laissé leur empreinte sur les paillasses humides, ils ne troublaient pas le silence échauffé par un soleil à la Van Gogh qui semblait suspendu très haut au-dessus des montagnes. Ce silence, inhabituel et tendu, les avait sortis de leur couchette et ils marchaient dans la clarté, fantômes fragiles qui n'entendaient même plus le bruit de leurs pieds nus. Corps en chemise jusqu'au pubis. Quand ils chancelaient sur la terrasse, ils agitaient leurs bras pour retrouver l'équilibre comme de grands oiseaux qui auraient perdu leur pennage et à qui il ne restait qu'un réseau d'osselets jaunes. Après avoir erré jusqu'à l'escalier, ils se mirent à grimper en rampant, s'agrippant pour monter et, grâce à leurs dernières forces, se sauver de l'abîme où le feu éternel les guettait. Ensuite, ils se collèrent sur les marches et rampèrent à quatre pattes, grands moustiques d'eau, araignées brûlées, aux fesses en X, lentement, lentement, lentement, comme si chaque mouvement de leurs jambes en bois était le dernier. Puis il y eut une pause interminable dans le silence ensoleillé jusqu'à ce que quelque part, au milieu de ce complexe d'os et de nerfs morts, l'idée les effleurât que le soleil était un impitoyable aspirateur qui pompait les dernières gouttes de leur force vitale. Semblables à ceux d'une grenouille, leurs membres durcis se détendaient soudain jusqu'à la marche suivante à laquelle le crustacé écartelé s'agrippait. Puis se reposait pendant une éternité, tandis que devant lui un autre rampait et un autre encore à la terrasse supérieure, reptiles qui, de temps à autre, levaient leur tête nue de tortue dans le silence perfide du royaume des ténèbres.

Il s'arrêta. Il se demandait s'il était juste de comparer ces corps à des crustacés. N'aurait-il pas été plus honnête de raconter simplement comment ils tentaient de se sauver avant qu'on vînt les chercher en civière, parce qu'ils craignaient que, lors de l'évacuation du camp par les SS, on laissât là les plus faibles et qu'ainsi on scellât leur destin.

C'est alors qu'on frappa.

Et en même temps s'éleva un : « Je peux ? »

C'était sa voix par la porte entrouverte ; mais déjà, elle était devant lui, le visage refroidi par la soirée d'hiver, et, en la voyant, mains enfoncées dans la fourrure dorée de sa courte veste, il se demandait si c'était bien elle. Non, il ne pouvait comparer cette nouvelle réalité à aucune autre auparavant, car jamais le danger de la perdre n'avait été si grand.

– J'ai eu si peur de ne plus te trouver, murmura-t-elle.

– Comme tu vois, je t'attendais.

– Tu pars si froidement, dit-elle comme pour elle-même.

– Froidement ! s'exclama-t-il en relâchant son étreinte pour la regarder dans les yeux. Je ne voudrais pas revivre les jours qui se sont écoulés depuis que nous nous sommes quittés.

– Et moi, Radko ? – mais au même moment elle s'exclama : Ouh, je cuis dans ce manteau !

Il le lui ôta ; dans son tailleur gris perle, elle ressemblait à une jeune femme qui trompe son mari avec un amant d'avant son mariage.

Ils s'assirent sur le bord du lit.

– Ça n'a probablement pas été facile pour toi non plus. Mais tu voulais faire plaisir à ton père avec cette visite.

Elle était toute sérieuse, toute concentrée, comme ayant vieilli au cours de ces derniers jours.

– On discute de choses sans intérêt, pendant que des yeux te jaugent comme un veau à la foire. Oh, comme je me suis haïe!

– Et le résultat?

– Mon père est tout fou. Alfred lui a sans doute dit que j'avais séduit ses parents – elle secoua la tête. Mais qu'est-ce que ça peut me faire? Il voulait que j'accepte une invitation et je l'ai fait pour avoir la paix. Maintenant, l'affaire est finie pour moi.

– Mais pas pour lui, s'il ne veut pas que tu reviennes travailler.

– Oui, murmura-t-elle, pensive – puis elle fit le lien: Joséphine t'en a aussi parlé dans sa lettre?

Elle était assise, la tête penchée, le rideau de ses cheveux blonds cachant ses joues. Il songea qu'ils étaient infiniment loin l'un de l'autre et qu'il ne savait pas comment trouver le chemin jusqu'à elle. Il écarta les cheveux de son visage et lui souleva le menton.

– Et maintenant?

– Maintenant je me suis sauvée, comme tu vois.

– Chercher tes affaires?

– Il m'a tellement sommé de le faire, il a même menacé de venir me chercher. Mais il ne bougera pas – au même moment, elle tendit les mains et se cramponna à lui. Oh, Radko, aide-moi!

Il effleura ses cheveux.

– Tu devrais venir avec moi, dit-il tandis qu'elle pressait

sa joue contre la sienne, comme prête à lui obéir en tout ce qu'il déciderait. Mais même s'il était possible que nous partions ensemble, sans l'accord de tes parents, tu n'en aurais pas le courage.

– Oui, Radko, je suis si faible…

– Et si je te disais de m'attendre, ce serait pareil quand je reviendrais te chercher: tu n'oserais pas prendre la route sans leur accord.

– Ce serait différent, car j'aurais le temps de me préparer à ce voyage.

– Alors, attends-moi.

– Oh, mon Radko chéri!

– Mais je n'ai rien dit de nouveau.

– Si. Le matin où tu m'as parlé de ces filles, je ne comptais plus pour toi.

– La visite que tu allais faire avait enlevé tout son intérêt à ton caractère. Tu n'étais plus toi.

– Et maintenant, je le suis encore moins?

– L'expérience de ces jours derniers t'a changée. Ton charme reviendra aussitôt que tu seras sereine.

– Mais je suis déjà gaie, Radko – et elle fit un tour dans la chambre, alla vers la valise et l'ouvrit. Je t'ai apporté un demi-litre d'eau de Cologne, dit-elle en prenant un flacon au milieu du linge.

– Un demi-litre? Je ne crois pas avoir tant de goût pour cette boisson.

– Dans le train, tu devras pourtant te laver avec quelque chose, non?

«Maintenant, c'est presque la véritable Arlette», songea-t-il. Mais, quand elle fut de nouveau devant lui, il n'y avait plus dans l'air ce bonheur sincère qui changeait chacun de ses mouvements en une valeur encore inconnue.

Ils eurent l'impression de se taire pendant un long moment.

– Radko... chuchota-t-elle enfin.
– Oui ?
– Mon charme a donc disparu !
– Non, mais chacun à notre façon, nous nous sommes trahis l'un l'autre.

Elle chercha sa main.

– Mon instabilité est la seule coupable.
– Plus coupable est celui qui ne sépare pas le monde de l'apocalypse du quotidien prosaïque.
– Il est plus facile de séparer que d'accepter.
– Il est difficile d'accepter cette réalité qu'au-delà de l'enfer les hommes soient restés des êtres qui se font du souci pour un bifteck ou une nouvelle robe, mais grimacent devant une photo de Belsen.
– Et qui pleurent à la mort de leur chat.
– Ceux-là ne sont pas coupables. Ils n'ont pas de visions qui contrecarrent leur réalité quotidienne.

Là-dessus, ils se turent et le bruissement confus de la circulation de la rue lui parut amical.

– Il faut plonger les mains dans la réalité comme le boulanger les enfouit dans la pâte, dit-il. Faire n'importe quoi, mais avoir la sensation d'être utile – et il se tut de nouveau. Tu te souviens du revenant de Wiechert qui se cache dans le bois ? C'est aussi une réalité, mais à court terme. Il n'est pas possible de rester longtemps l'animal blessé qui attaque quiconque s'approche de sa tanière.
– Peut-être que la vie au milieu d'une épaisse forêt serait une solution, dit-elle tout bas.
– Tu serais vite dégoûtée par la triste solitude.
– Mais le bois n'est pas la solitude. Les arbres, tout ce qui respire et bouge autour d'eux, tout cela c'est vivant.
– N'importe quelle solitude serait une fuite. Qui ne résoudrait rien. Et moi, je préfère être au milieu de la ville agitée et palpiter avec son destin.

On aurait dit que le vendeur de journaux s'était arrêté exprès à ce moment-là sous leur fenêtre; leurs corps étaient séparés et il eut l'impression qu'il devait reconquérir le sien parce qu'il l'avait éliminé de son monde. Une faille s'était ouverte, laissant passer un vide imperceptible. En même temps, sous son tailleur gris, son corps lui était familier, il était vivant pour lui, greffé sur lui. Et il désirait la toucher pour que revînt au-dessus d'elle le halo de son charme. Un mot suffirait. Un sourire d'argent. Un mouvement de bras avec des petites rides sur la paume. Un contact de ses doigts.

Et même s'il ne s'agissait pas d'une garantie suffisante pour l'avenir, il sentit que son charme réapparaissait, qu'il était en route, qu'il arrivait de quelque part, tout prêt, justement, à renaître.

Trieste, 1958.

DU MÊME AUTEUR

Aux Éditions Phébus

L'Appel du navire, 2008.
Trilogie triestine :
  Dans le labyrinthe, 2003.
  Jours obscurs, 2001.
  Printemps difficile, 1995 ; Libretto n° 414, 2013.

Aux Éditions du Rocher

Le Jardin des plantes, 2007.
La Porte dorée, 2002.

Chez d'autres éditeurs

Arrêt sur le ponte Vecchio, Éditions des Syrtes, 1999 ; 10/18, 2006.
La Villa sur le lac, Bartillat, 1998.
Pèlerin parmi les ombres, La Table Ronde, 1996.

*Cet ouvrage
a été reproduit et achevé d'imprimer
en février 2013
dans les ateliers de Normandie Roto Impression s.a.s.
61250 Lonrai
N° d'imprimeur : 13-0661*

Imprimé en France

Dépôt légal : mars 2013